Chelsea Quinn Yarbro

Chelsea Quinn Yarbro est née en 1942. Américaine d'origine indienne, elle est une romancière accomplie qui a déjà publié plus d'une vingtaine de romans et nouvelles (dont *Ariosto Furioso* et *Réincarnations*, chez Denoël), d'inspirations très diverses mais toujours de très grande qualité. C'est elle qui, peu avant Anne Rice, vers la fin des années 70, entreprit de renouveler le thème du vampire, avec une série de romans narrant les aventures du célèbre, et immortel, comte de Saint-Germain à travers les siècles, dont *Le Comte de Saint-Germain, vampire* est le premier volume.

COLLECTION TERREUR
dirigée par Patrice Duvic et David Camus

CHELSEA QUINN YARBRO

LE COMTE DE SAINT-GERMAIN, VAMPIRE

UNE HISTOIRE D'AMOUR INTERDIT

A·R·D·A

Titre original :

HOTEL TRANSYLVANIA, A NOVEL OF FORBIDDEN LOVE

Traduit de l'anglais
par Nadège Cazaux et Édouard Kloczko

ISBN : 2-266-11056-X

Pour Christopher Lee,
À nous les amours et les roses
Jules Massenet, *Manon*, acte 4

PREMIÈRE PARTIE

LE COMTE DE SAINT-GERMAIN

Extraits d'une lettre de la comtesse d'Argenlac à sa nièce Mlle Madeleine de Montalia, en date du 13 septembre 1743 :

[...] *Le divertissement que nous avons eu en cette soirée a été musical, Mme la Duchesse avait pu convier une bien brillante assemblée à son salon. Même M. Rameau était présent, bien qu'il fût incroyablement âgé, mais il n'a point joué. Mlle de la Travellon a chanté des ballades italiennes, et les musiciens du Roi nous ont interprété de délicieux airs pour cordes.*

M. de Saint-Germain était aussi présent, non point le comte Louis, mais un autre, un gentilhomme bien étrange qui est arrivé à Paris au mois de mai dernier. Il nous a joué des morceaux de sa composition au clavecin et au violon. Rameau l'a félicité et a fait remarquer qu'il avait connu autrefois, en 1701 ou 1702, un musicien qui lui ressemblait fortement. Mais l'homme qu'il avait alors rencontré était âgé d'une cinquantaine d'années, alors que notre gentilhomme ne peut avoir plus de quarante-cinq ans. M. de Saint-Germain s'est montré très civil en retournant le compliment au grand musicien. Il a dit que si l'homme dont se ressouvenait Rameau avait laissé une image si limpide dans son esprit, il ne pouvait que souhaiter qu'il s'agît de lui-

même, car nul doute que seul un homme extraordinaire eût pu survivre si longtemps dans la mémoire de M. Rameau. Il a précisé que le nom du gentilhomme qu'il avait alors connu était il conte Balletti, *et que, tout comme M. de Saint-Germain, il était un grand voyageur et un vrai gentilhomme.* [...]

Nous aurions aimé apercevoir Mme de Cressie, mais la duchesse nous a informés qu'elle était indisposée, et n'avait point pu venir. Nous n'avons donc pas eu le plaisir de l'entendre jouer de la viole d'amour. Nous avons tous été bien maris de la savoir souffrante, M. de Saint-Germain — il a eu alors une étonnante expression dans les yeux — a été assez aimable pour lui faire parvenir ses hommages et lui faire dire qu'il avait composé trois airs à son intention et qu'il était très impatient de les entendre interpréter avec le talent que l'on sait.

M. de Beauvrai, également présent, en remarquant que toute la gent féminine était fascinée par Saint-Germain, a prédit que nous serions fâcheusement dépités quand il serait prouvé qu'il ne s'agissait là que d'un charlatan. Pauvre Beauvrai, avec ses parfums, ses bijoux et ses jambes arquées, il ne pouvait être que jaloux d'un homme aussi élégant et charmant que l'est Saint-Germain. Beauvrai a fait partie du Cercle de Saint-Sébastien, *une appartenance dont personne ne devrait s'enorgueillir. Seuls le bon nom et le bon ton de sa femme lui ouvrent encore les portes des meilleurs cercles, ce qui fait enrager Beauvrai.* [...]

Votre oncle et moi-même espérons avoir le plaisir de vous voir prochainement, ma chère nièce. Nous sommes heureux d'apprendre que vos parents ont enfin accepté que vous vinssiez nous voir, car lorsqu'on parle des jeunes filles, il faut savoir être réaliste. Une jeune femme de votre beauté et avec votre esprit ne pouvait être plus longtemps autorisée à s'épanouir loin du monde en Provence. Veillez à donner l'assurance à vos parents que nous ferons tout ce qui est en notre pouvoir pour que les dames du monde vous remarquent et pour que vous puissiez accéder aux soins qu'exige votre haute lignée et qui conviennent à votre sensibilité. J'espère que vous ne serez point scandalisée par ma franchise, parce que je crois sincèrement qu'il est hautement préférable aux jeunes filles de prendre conscience très tôt des nécessités qu'impose la vie.

En attendant de pouvoir par moi-même embrasser vos joues, je me rappelle à votre bon souvenir ainsi qu'à celui de vos estimés parents, tout particulièrement à celui de mon frère, M. le marquis, et les supplie de bien vouloir vous envoyer à moi dès avant la fin du mois de septembre. J'ai l'honneur d'être votre tante très affectionnée.

Claudia de Montalia
Comtesse d'Argenlac

1

On le connaissait sous le titre de comte de Saint-Germain, bien qu'il portât également d'autres noms et titres, mais bien peu de personnes à Paris auraient pu reconnaître ne serait-ce que le plus haut de ses titres, car la majestueuse cour de Louis XV se souciait aussi peu de ce qui se passait hors des frontières du royaume de France que de ce qui s'était passé avant le règne du Roi Soleil.

Il y avait aussi des coins de France que la resplendissante cour ne connaissait point, tels que la sombre et sordide ruelle qu'empruntait Saint-Germain avec précaution, son profond regard sombre occupé à observer les monceaux d'immondices qui emplissaient la nuit d'une odeur presque palpable. Saint-Germain, alors que ses souvenirs lointains se réveillaient, pensait que, la nuit, les quartiers insalubres étaient décidément tous semblables à travers le monde.

Le petit ris discret du ruisselet bruissant à son oreille le contrariait. Cela ressemblait au crissement d'un insecte bourdonnant incessamment et lui rappelait que la Seine était toute proche.

Dans la pénombre, les yeux rouges des rats le

fixaient, et les couinements que provoquait son passage invitaient Saint-Germain à découvrir ses dents dans un simulacre de sourire. Il n'avait jamais appris à aimer les rats bien qu'il dût souvent vivre non loin d'eux.

Il s'arrêta au croisement suivant, incertain du chemin à emprunter. Il n'y avait aucune indication dans la ruelle qui remontait depuis la Seine, en serpentant. Il fixa l'obscurité puis s'engagea dans une voie étroite. Les vieux bâtiments qui le surplombaient étaient presque contigus, penchés les uns vers les autres, croulant sous le poids des siècles. À présent, il marchait encore plus prudemment, foulant les pierres rugueuses du pavé.

Apercevant au devant de lui une lanterne allumée, il recula sous le porche d'une entrée, attendant le passage du veilleur. Il se pinça les lèvres d'impatience. Il existait bien des manières de se faufiler sans que le veilleur le remarquât, mais elles présentaient quelque inconvénient et pouvaient même parfois conduire à quelque découverte détestable. Au moins deux fois par le passé, au cours de sa longue expérience, un de ses mouvements impulsifs l'avait exposé aux pleins feux de la notoriété publique. Alors, il attendit.

Quand le veilleur fut passé, Saint-Germain reprit sa marche. En dépit de ses chaussures de brocart noir à hauts talons, il avançait silencieusement. Son corps, bien bâti, se déplaçait avec une grâce déliée remarquable pour un homme de son âge.

Enfin, il atteignit l'enseigne dont on lui avait parlé, l'auberge du Loup rouge. Il rajusta sa longue cape de velours noir par-dessus ses vêtements. De sa main menue aux doigts effilés, il poussa le loquet. Lorsque la porte s'ouvrit, les neuf hommes rassemblés dans la grand-salle sordide levèrent les yeux d'un air coupable, certains eurent même un mouvement de recul sous l'effet de la peur.

Refermant la porte derrière lui, Saint-Germain esquissa un geste. « Bonsoir, mes Frères », dit-il de sa voix mélodieuse, il haussait un peu le ton et ses paroles étaient un peu plus hachées que d'ordinaire.

« Êtes-vous le prince Ragoczy de Transylvanie ? » demanda le plus hardi des protagonistes, après un silence.

Saint-Germain s'inclina à nouveau. « J'ai cet honneur. » Il se dit que ce nom était autant le sien que Saint-Germain l'était. Ou que Balletti l'avait été. Il avait utilisé le nom de Ragoczy, ou *Rákóczi*, durant de nombreuses années en Italie, Hongrie, Bohême, Autriche et dans la ville allemande de Dresde. « Et vous devez être la Confrérie, je suppose ? » demanda-t-il, quelque peu déçu. Les sorciers étaient toujours de pauvres hères, et ces hommes n'étaient pas différents. Quelques-uns arboraient un visage intelligent avec un regard aspirant à la connaissance dont ils avaient fait une divinité. Mais pour ce qui était des autres, Saint-Germain bâilla. Les autres étaient tels qu'il se les était imaginés. Il y avait les sournois, ceux qui œuvraient en dehors de la loi, pratiquant des avortements et administrant poisons à ceux prêts à céder au chantage et à payer. Des hommes hypocrites plutôt qu'habiles, plus cupides que passionnés.

« Nous n'étions pas sûrs que vous viendriez, votre Altesse, dit l'un des sorciers. Il se faisait tard. »

Saint-Germain s'avança dans la salle. « Je suis ici à l'heure convenue. L'horloge n'a pas encore sonné minuit. »

D'une église avoisinante, retentirent les six carillons de minuit, avertissement solennel que le moment tant redouté était arrivé. « J'étais, à vrai dire, fit sèchement Saint-Germain, en avance.

— Le cœur de la nuit », murmura l'un des sorciers et il esquissa presque un signe de croix. Puis il se tourna vers Saint-Germain, son visage rusé déformé dans une apparente bienveillance. « On nous a dit que vous pouviez nous aider au sujet des gemmes. »

Saint-Germain bâilla à nouveau. « Vous, les Français, êtes si ouvertement cupides. »

Deux des hommes se raidirent, quelques-uns sourirent hypocritement. Celui qui avait parlé des gemmes haussa les épaules et attendit une réponse.

« Très bien. » Saint-Germain s'avança à grands pas dans la salle et prit place à la tête de la table principale. « Je vous donnerai le secret des gemmes, mais sous certaines conditions.

— Quelles conditions ? demanda, d'un ton empressé, le sorcier qui semblait prendre le plus grand intérêt aux pierres précieuses.

— Il y a certains services que j'aimerais qu'on accomplisse pour moi. Vous vous en acquitterez, et cela dans un délai aussi bref que possible. Quand ces tâches seront accomplies, alors je vous livrerai le secret des pierres. Pas avant. »

Le sorcier ironisa : « Et quand ce service aura été rendu, d'autres suivront puis d'autres encore et en fin de compte vous vous serez envolé et nous nous retrouverons avec les poches vides en récompense de notre travail. » Il se détourna.

« Je vous ai déjà dit que vous étiez cupides », lui rappela Saint-Germain. L'un des autres sorciers, l'un de ceux dont les yeux reflétaient une soif de connaissance, prit la parole.

« Je veux bien accepter vos conditions. Il est vrai que vous pourriez bien nous trahir ; cependant, je suis prêt à en courir le risque. »

Saint-Germain l'observa attentivement dans la lumière rougeoyante de la grand-salle.

« Quel est votre nom ? s'enquit-il, en levant ses longs et fins sourcils bruns.

— Je suis Beverly Sattin, répondit-il, avec une pointe de nervosité dans la voix, étant donné que les sorciers ne révèlent généralement pas leur nom véritable.

— Anglais ? demanda Saint-Germain dans cette langue.

— Oui. Mais j'ai habité en France pendant de nombreuses années. Me permettriez-vous de dire que j'ai attendu cette occasion avec impatience et pendant très longtemps, votre Altesse. »

Il inclina la tête avec ce qui lui restait des bonnes manières qu'il avait apprises lorsqu'il était jeune.

« Où avez-vous été éduqué, Sattin ?

— Au collège Magdalene d'Oxford », dit-il, en prononçant *mawdelin.* Il s'arrêta un instant puis reprit la conversation.

« J'ai été envoyé ici en 29 pour pratiques irréligieuses. J'étais alors en deuxième année. »

Les autres sorciers commençaient à s'impatienter, et celui qui marquait un grand intérêt pour les gemmes interrompit la conversation à ce moment.

« Je ne comprends pas ce que vous dites, se plaignit-il, en faisant signe au tavernier de leur resservir du vin.

— C'était inconvenant de ma part de vous exclure, messieurs », dit Saint-Germain d'un ton grave dans son français légèrement accentué.

À présent, l'aubergiste s'affairait autour de la table, son visage rond luisant de sueur et de désarroi. Il jeta un coup d'œil furtif à Saint-Germain alors qu'il apportait une autre coupe et commençait à la remplir.

Saint-Germain leva sa fine main élégante.

« Je ne bois pas de vin », dit-il, et fit signe au tavernier de s'en aller. Celui-ci s'inclina aussi bas que le lui permettait sa corpulence, puis s'empressa de disparaître, soulagé d'être débarrassé de ces sinistres personnages.

Quand l'aubergiste fut parti, Saint-Germain, sous l'œil observateur de ses compagnons, plongea sa main dans l'une des amples poches de son justaucorps noir et en retira une bourse en cuir recouverte de symboles en relief. Quand il fut sûr qu'il avait toute leur attention, il reprit : « Vous voulez avoir entière confiance en moi, voici donc ce que je vous offre. » Il ouvrit la bourse et dans le silence rendu plus profond par le crépitement du feu, fit tomber sur la table une douzaine de gros diamants.

Pas un des sorciers ne resta indifférent au spectacle des superbes pierres précieuses. Celui qui avait manifesté tant d'ardeur à posséder des gemmes commença à vouloir s'en saisir puis retira sa main, l'air effrayé.

« Je vous en prie, fit Saint-Germain, accompagnant le geste à la parole. Prenez-les. Examinez-les. Assurez-vous par vous-mêmes qu'ils sont véritables. Puis écoutez-moi bien pendant que je vous donnerai mes instructions. » Il se cala dans sa chaise, grossièrement sculptée, et fixa le feu, l'air absent, alors que les neuf hommes s'emparaient des diamants et commençaient à discuter ensemble à voix basse. Quand les sorciers se tinrent cois, il reprit la parole. « Je suppose que vous, Monsieur Le Grâce, pensez avoir agi habilement en effectuant la substitution », dit-il sans lever les yeux.

Le sorcier qui adorait tant les pierres sursauta ostensiblement. Il dit entre ses dents que le prince se trompait et montra du doigt le sorcier anglais.

« Cela doit être lui, votre Altesse. Ce n'est pas moi. »

C'est alors que Saint-Germain se tourna vers lui, son regard sombre et pénétrant plongé directement dans celui de Le Grâce. « Comprenez-moi bien, Monsieur Le Grâce, dit-il calmement. Je ne saurais tolérer qu'on me dupe ou qu'on me mente. Je ne suis point un sot.

Monsieur Sattin n'a nullement subtilisé le diamant, c'est vous qui l'avez pris. Celui-ci se trouve dans la poche intérieure de votre veste, en compagnie de six autres faux diamants en verre. Le septième se trouve être mon joyau. Je vais compter jusqu'à dix. Le diamant devra être déposé sur la table avant que j'aie fini de compter. Un… »

Le Grâce ne put soutenir le regard sombre et franc de Saint-Germain.

« Prince Ragoczy…, commença-t-il, en dardant sur ses compagnons un regard furtif.

— Deux. »

Sattin, le sorcier anglais, s'agitait nerveusement.

« Votre Altesse, ravisez-vous. Le Grâce n'est pas…

— Trois. »

Un rat courut devant l'âtre, en couinant de rage, puis disparut.

Deux des sorciers se levèrent et tournèrent le dos à Le Grâce, l'un disant à l'autre : « À aucun moment Le Grâce n'a donné son nom. Pourtant, le prince le connaît.

— Quatre. »

La main de Le Grâce se glissa, involontairement, vers la poche de son justaucorps. Son visage était paralysé par la peur.

« Nous pourrions en discuter entre nous.

— Cinq. »

Sattin s'éloigna un peu de Le Grâce, et s'adressa en anglais à Saint-Germain.

« Il est vrai que c'est un coquin, votre Altesse, mais il est utile.

— Nullement à moi. Six.

— Mais c'est insensé, protesta Sattin. Si vous possédez le secret des pierres précieuses, celle-ci compte certainement bien peu pour vous.

— Sept. Je n'aime pas être volé, dit-il en anglais. Je

n'aime point que l'on me mente. Celui qui me trompe pour une pierre me trahira pour bien moins encore. Huit. »

De la sueur souillée perla du visage de Le Grâce. Il l'essuya d'un grand coup de manche. Mal à l'aise, il se tortilla dans sa chaise. Soudain, sa bouche devint sèche, il s'empara de son verre de vin et but bruyamment.

« Neuf. » Bien qu'il n'eût pas élevé pas le ton de sa voix, le mot retentit comme l'aurait fait une détonation dans cette salle minable.

« D'accord ! » laissa échapper Le Grâce, qui mit la main dans sa veste. « D'accord ! » Avec mépris, il jeta sur la table la bourse. « Examinez-les. »

Un ange passa, la tension dans l'air retomba soudainement. Les deux sorciers près de l'âtre revinrent à la table.

Saint-Germain prit la bourse et l'ouvrit. Les sept joyaux promis vinrent rouler sur la table auprès de ceux que Saint-Germain avait éparpillés là.

« Alors, comment séparer le grain de l'ivraie ? » demanda Le Grâce d'un ton sarcastique.

Sans un mot, Saint-Germain s'empara de six diamants et en fit une petite pile. Puis, enroulant sa main d'une serviette prise sur la table, il les frappa du poing. Il ne restait plus sur la table, quand il releva la main, que de la poudre de verre. Il jeta un coup d'œil inquisiteur à l'assemblée.

« Prince Ragoczy…, balbutia lentement Sattin. De la part de notre congrégation et de cette Confrérie, je demande votre mansuétude et votre pardon. »

Saint-Germain acquiesça. « Accordé. Mais mettez cet individu en sûreté et assurez-vous qu'il ne puisse plus avoir accès à cette Confrérie. »

Sattin acquiesça et se retourna vers les autres. « Vous avez entendu ce qu'exige le prince. » Il fit signe d'un geste et les hommes acceptèrent ses ordres. « Pesche, et toi, Oulen, emmenez Le Grâce en haut. Dans la mansarde. »

Les deux sorciers acquiescèrent et se dirigèrent vers Le Grâce. « Suis-nous », dirent-ils, parfaitement prêts, selon toute apparence, à l'emmener de force s'il opposait une quelconque résistance.

Le Grâce les dévisagea. « Ce n'est qu'un prestidigitateur. Pas un seul de ses diamants n'est véritable. » Son regard allait désespérément de l'un à l'autre de ses Frères. « Ils ne peuvent être véritables. Ce n'est que du verre. »

Saint-Germain lui décocha un regard froid et désabusé. « Ce n'est pas parce que vous êtes un charlatan qu'il faut croire que le reste du monde est également déshonnête. » Il s'empara du plus gros des diamants et le posa sur la poudre de verre. Il resserra la serviette autour de sa main et abattit son poing de toutes ses forces sur la pierre. La table vacilla sous l'impact du coup. Quand il leva la main, la pierre, intacte, était profondément enfoncée de la moitié de sa hauteur à l'intérieur de la table. Saint-Germain ouvrit son poing et défit la serviette.

« Votre main... », commença Sattin.

Saint-Germain posa sa main sur la table, paume tournée vers le plafond.

« Constatez. »

Même Le Grâce n'eut pas le courage d'appeler cette démonstration une supercherie. Il baissa la tête et se laissa emmener par ses Frères.

« Vous lui avez bien répondu, dit Sattin, avec une certaine satisfaction dans la voix, sachant qu'on lui avait répondu tout aussi bien.

— Seulement pour un moment, dit Saint-Germain en hochant la tête à contrecœur. Dans quelques heures, il aura décidé que tout ceci n'était qu'illusion, puis il voudra me discréditer. » Il toucha ses cheveux bruns à l'endroit où ils étaient attachés sur la nuque. « Ne vous inquiétez pas, l'Anglais. J'ai des affaires plus urgentes à régler que celle qui concerne un faux sorcier mécontent.

— Vous disiez avoir besoin que l'on vous rende un service. » À présent, Sattin s'était penché en avant, alors que les six autres hommes écoutaient, sur le qui-vive.

« En échange du secret des pierres précieuses, oui. » Saint-Germain regarda les six hommes. « Qui parmi vous est français ? »

Quatre d'entre eux reconnurent être français. « Qu'en est-il des autres ? » demanda Saint-Germain, excluant d'un geste l'Anglais Sattin.

« Je suis espagnol. Mon nom est Ambrosio Maria Domingo y Roxas. Je suis de Burgos. » Il exécuta un salut, puis ajouta. « J'ai été excommunié pour hérésie, mais je me suis échappé pour la seule raison que l'escorte qui m'accompagnait à Madrid a été négligente. Ils affirment aujourd'hui que je me suis échappé en recourant à la sorcellerie alors que c'est uniquement mon intelligence qui m'a sauvé. »

Saint-Germain observa attentivement le petit Espagnol. « Il se peut que j'aie besoin de vous un peu plus tard, dit-il dans un espagnol parfait. En attendant, je vous félicite pour votre évasion. Vous faites partie des rares personnes qui ont réussi. » Il porta son attention vers les sorciers français et reprit dans cette langue. « Qui parmi vous a déjà fréquenté l'aristocratie ? »

Les sorciers se regardèrent, puis l'un des hommes, semble-t-il le plus âgé d'entre eux, dit : « J'ai servi comme majordome dans la Maison de Savoie. Mais c'était il y a plus de douze ans. »

Saint-Germain acquiesça. « Jusqu'à quel point sauriez-vous imiter leurs manières ? Oh ! non point celles vraiment importantes, mais celles qui, aux yeux des riches bourgeois les plus ambitieux, le paraissent. »

L'ancien majordome haussa les épaules. « Je n'ai jamais essayé, Prince, mais je vois parfaitement à quoi vous faites allusion. Je suis sûr que je pourrais les singer assez bien. »

« Alors c'est vous qui accomplirez la transaction pour moi. » Il vit une expression d'incrédulité se peindre sur le visage de l'homme. « Il y a une salle de jeu dans le faubourg Saint-Germain — il sourit intérieurement — au numéro 9 du quai Malaquais. L'endroit a été construit du temps de Louis le treizième et il a eu une carrière fort inégale. On le surnomme parfois l'hôtel de Transylvanie.

— Il reçut ce surnom à cause d'un autre Ragoczy, n'est-ce pas, votre Altesse ? se risqua Sattin, quand le silence dans la pièce parut trop long.

— Je crois qu'il porte ce nom depuis longtemps, dit Saint-Germain, faisant mine de ne pas en savoir davantage. Mais un Ragoczy a bien séjourné dans cet hôtel voilà treize ans de cela.

— Votre père ? on pouvait lire la question de Sattin sur le visage des autres membres de la Confrérie.

— Si vous voulez. »

Les sorciers se dévisagèrent, puis, gênés, regardèrent les murs et les flammes du foyer, partout où ils pouvaient éviter la silhouette en habit noir qui attendait patiemment qu'ils lui accordent à nouveau toute leur attention.

« Que devrons-nous accomplir dans cet hôtel de Transylvanie ? demanda Domingo y Roxas au nom de tout le groupe.

— Je désire que vous en fassiez l'acquisition pour moi. On peut dire que j'éprouve un certain attachement sentimental à cause de son nom, si vous voulez le savoir, dit-il, anticipant leurs questions. Je vous fournirai dix fois plus que nécessaire pour l'acheter. J'espère que vous n'aurez pas besoin de dépenser autant, mais quel qu'en soit le prix, vous achèterez l'hôtel de Transylvanie pour moi. Avez-vous bien compris ?

— Oui, Prince Ragoczy. »

Pesche et Oulen, les deux sorciers qui avaient emmené Le Grâce, revinrent et s'assirent sagement au bout de la table.

L'opuscule de l'abbé Prévost a assuré une bien déplaisante réputation à l'hôtel de Transylvanie, pensa Saint-Germain. « Telle n'était point sa réputation, quand… mon père y séjournait, dit-il brusquement. Ainsi, continua-t-il levant son regard des flammes, vous devrez acquérir l'hôtel de Transylvanie sans y mêler mon nom une seule fois. Vous pourriez prétendre agir au nom de quelqu'un d'autre ou acheter l'hôtel pour vous-mêmes. Mais, absolument, à aucun moment ne devrez-vous mentionner mon nom. Si j'avais voulu ébruiter que l'hôtel était à moi, j'eusse pu faire appel à un homme de loi et la maréchaussée aurait eu vent de la transaction dans l'heure qui suivait. Puis-je compter sur votre absolue discrétion ?

— Vous l'avez, votre Altesse.

— Bien. — Il se retourna vers le sorcier qui avait été majordome. — Quel est votre nom ?

— Cielbleu, répondit-il, prestement. Henri-Louis Cielbleu.

— Admirable ! Un nom qui ne peut qu'inspirer la confiance. Vous pourrez user de ce nom, ou de n'importe quel autre nom qui vous sied, au cours des négociations que vous entreprendrez avec les propriétaires actuels de l'hôtel.

— Que ferez-vous de l'hôtel une fois que vous l'aurez

acquis ? demanda Pesche avec respect, mais aussi avec de la curiosité et de l'avarice dans le regard.

— Je l'ouvrirai au monde, cela va de soi. Il a été bien trop longtemps le parent pauvre de l'Hôtel de Ville. Mais cela va changer.

— Votre Altesse…, commença Domingo y Roxas, pourquoi désirez-vous tant l'acquérir ? Est-ce parce que vous êtes, vous-même, originaire de Transylvanie ? »

Saint-Germain eut une expression lointaine dans ses yeux séduisants, alors qu'il répondait. « Je suppose que c'est parce que la Transylvanie est ma terre natale, et que j'y ai été un prince du sang. » Son expression s'éclaira. « Il est vrai, messieurs, que la terre natale possède une grande attraction, quelle qu'en soit la distance dans le temps ou le lieu où l'on vit. Disons, alors, qu'il s'agit d'une de mes marottes, mais permettez-moi de m'y adonner. En échange, vous obtiendrez le secret des diamants. Ce n'est point là une mauvaise affaire. »

Beverly Sattin l'observa tranquillement.

« Quand devrons-nous accomplir l'acte ?

— Au plus tôt, mon cher Sattin. Je désire posséder l'hôtel de Transylvanie avant la fin du mois d'octobre. »

Il fit une petite pile au milieu de la table avec les diamants.

« Vous vous acquitterez du prix de l'hôtel avec ces pierreries. Je crois que vous trouverez que leur prix suffit amplement à couvrir celui que le propriétaire vous en demandera, aussi élevé soit-il. Mais si la maréchaussée a vent de mon acquisition, je saurai que je dois vous compter parmi mes ennemis et j'agirai alors avec vous en conséquence. »

Il tâta le diamant qu'il avait enfoncé dans la table.

« Vous devrez faire sortir celui-là de sa gangue. Faites-vous apporter un couteau par le tavernier. »

Il se leva et s'enroula dans sa cape, prêt à sortir.

« Je serai ici à nouveau en cette même heure, et ce dans dix jours. Vous me ferez alors part des progrès que vous aurez accomplis.

— Prince Ragoczy, intervint Sattin, que faisons-nous de Le Grâce ? »

Saint-Germain rapprocha ses élégants sourcils.

« Cet homme ne nous vaut que des contrariétés. » Il toucha le rubis à son cou. « Pour le moment laissez-le où il est. Vous pourrez le garder à tour de rôle. Et assurez-vous que les gardiens soient de chair et de sang, et qu'ils soient armés d'un gros gourdin. Il serait fâcheux qu'il s'échappât. » Le comte les observa une dernière fois en pensant qu'ils étaient bien décevants, mais qu'il avait vu pire.

« À dans dix jours, Altesse », dit Sattin, en effectuant une profonde révérence.

Saint-Germain fit un salut, puis quitta prestement l'auberge du Loup rouge et disparut dans la noirceur de cette nuit parisienne froide et moite.

*

Extraits d'une lettre du marquis de Montalia à l'abbé de Pontneuf, en date du 21 septembre 1743 :

[...] *Dans ces conditions, mon cher cousin, vous comprendrez mon inquiétude concernant ma fille Madeleine. Les arguments de ma femme ont bien fini par me convaincre, mais je ne puis m'empêcher de nourrir de vifs ressentiments. J'ai peur que ma fille ne vienne à choir entre certaines mains. Madeleine devrait arriver à Paris le quatrième ou cinquième jour d'octobre en compagnie de sa bonne, Cassandre Leuf, qui est au service de notre famille depuis plus de vingt ans. Je n'aurai nulle inquiétude pour ma fille tant que*

Cassandre s'occupera d'elle. Mais cela ne saurait suffire. Mon souhait est que vous la protégiez tout en lui faisant profiter de vos sages conseils, car nous savons fort bien quelles tentations règnent à la cour de notre bien-aimé souverain.

Je suis persuadé que vous apprécierez ma Madeleine, c'est une jeune fille sensible et d'une grande intelligence. Les Sœurs de Sainte-Ursule qui l'ont éduquée ne m'ont dit que du bien de ses études et furent fort désappointées d'apprendre qu'elle n'avait point la vocation religieuse. En fait, le seul reproche qu'on lui fit était qu'elle n'avait que peu de patience avec ceux de moindre intelligence qu'elle et qu'elle entretenait un amour troublant pour le fantasque et l'étrange. Ma femme est persuadée que mariage et enfants sauront chasser les excentricités d'une nature autrement douce et affectueuse.

[...] *J'ai appris par ma sœur la comtesse d'Argenlac, chez qui Madeleine séjournera, que M. de Beauvrai peut, en raison du cachet de sa femme, fréquenter à nouveau les cercles convenables. Ai-je besoin de vous dire qu'aucune fréquentation de M. de Beauvrai ne saurait être tolérée. Aucun de ceux qui firent partie du Cercle de Saint-Sébastien ne doivent en aucun cas contaminer ma fille. Puis-je vous demander d'être très sévère en l'empêchant de fréquenter ce genre d'individu ?*

[...] *S'il advenait que ma fille voulût se marier, je vous supplie d'observer les inclinations de son cœur plus que celles dictées par l'ambition sociale. Bien trop souvent, le mariage naît des désirs d'autrui et non point des vœux profonds des cœurs. Ma femme a chargé ma sœur de trouver à Madeleine un mari convenable, et il est vrai qu'il me serait agréable de la voir heureuse et rangée. Mais je ne saurais supporter qu'elle eût sa vie brisée comme tant d'autres. Je me repose sur vous pour sonder son véritable cœur.*

[…] *Au nom du Tout-Puissant que nous révérons et servons tous deux, et qui vous a ramené sur le chemin du salut hors des flammes de l'Enfer, je me recommande à vous, et vous supplie de vous souvenir de mes péchés dans vos prières. J'ai l'honneur d'être en ce bas monde votre très humble et très obéissant cousin.*

Robert Marcel Yves Étienne Pascal
Marquis de Montalia

2

« En vérité, Comte, s'exclama Mme de Cressie en mettant une main sur sa gorge blanche, vous voilà sorti de nulle part. »

Saint-Germain s'inclina profondément devant la main qu'elle lui tendait, ses lèvres effleurant à peine les petits doigts vigoureux.

« C'est uniquement lorsque la Cressie est à nouveau parmi nous que toutes les autres pâlissent auprès d'elle. Si je devais sortir de terre à vos côtés, je me considérerais chanceux, car de quelle autre manière pourrais-je trouver mon chemin parmi tous vos admirateurs ? »

La Cressie eut un rire convulsif. « Voilà qui est très galant, Monsieur. Mais, comme vous pouvez le constater, vous êtes le seul à mes côtés. »

« Alors, je n'en suis que plus chanceux. » Saint-Germain jeta un coup d'œil circulaire à la pièce bondée et désigna de la tête une alcôve. « J'étais empressé de vous parler, Madame, mais je trouve l'endroit un peu trop bruyant. Peut-être, pourrions-nous nous retirer… »

Elle accepta et se glissa vers l'alcôve, ses amples jupons de soie bruissant lors de sa marche, telles des feuilles. Elle était vêtue de vert turquoise, avec un jupon de dentelle ivoire que laissait voir sa jupe aux endroits où elle était retenue sur le panier d'une ampleur très raisonnable. Sa chevelure blonde était apprêtée simplement, dans un style que l'on qualifiait alors de *tourterelle*, la poudre qui la recouvrait était parfumée au lilas.

À ses côtés, Saint-Germain offrait un contraste saisissant : il portait des culottes de soie noire, un justaucorps à larges basques aussi en soie noire et dont les revers repliés laissaient entrevoir du brocart, toujours noir. Pour compléter l'ensemble, il portait des bas et des chaussures noires, apprêtées de manière à ce que sa veste brodée et la dentelle d'un blanc irréprochable aux poignets et à la gorge égaient seules la sévérité de son habit. Des diamants rutilaient sur ses boucles, et il y avait un rubis étincelant dans la dentelle de son col.

Alors qu'il lui tendait la main pour l'aider à s'asseoir sur un siège bas qui se trouvait dans l'alcôve, Saint-Germain lui parlait du contraste qu'offrait leur vêture. La Cressie poussa un soupir. « Vous êtes aimable, Comte, mais je dispose de miroirs. Même mon époux a fait des remarques sur mon aspect. Je crains que la maladie n'ait laissé sur moi quelques traces. Je le vois bien dans la glace. » À nouveau, elle mit sa main sur sa gorge, touchant involontairement une macule en forme de viole d'amour.

« Il est vrai que vous êtes encore un peu pâle », admit-il, tout en secouant les manchettes en épaisse dentelle à ses poignets, « mais cette pâleur vous sied. Elle va avec vos cheveux blonds et vos yeux clairs, vous paraissez plus éthérée que jamais. Je vois d'ailleurs la marquise de la Sacre-Sasseau vous lancer des regards furieux de ses yeux noirs sans pareil. » Il étudia la longue macule sur son cou.

« Voilà une bien ingénieuse coquetterie, Madame. Vous établirez une mode, je crois.

— Merci, Comte, dit-elle, ne croyant pas un traître mot de ses froides paroles. J'eusse aimé établir une mode. » Sa voix était lointaine, et elle s'éteignit après un moment.

« Qu'y a-t-il, madame ? » lui demanda-t-il doucement quand le silence se fit trop long.

Elle leva les yeux brusquement et tressaillit. « Ce n'est rien, Comte, ce n'est rien. » Son rire était forcé. « J'ai fait des rêves inquiétants récemment.

— Cela n'a rien d'anormal dans le cas d'une convalescence. Voudriez-vous que je vous donne une potion qui faciliterait votre sommeil ?

— Vous ? répondit-elle rapidement d'un ton coupable.

— Non, non, ce n'est pas ce que j'ai voulu dire. C'est tout simplement parce que j'ai pensé que peut-être nous devrions aller dîner. J'ai entendu, il y a peu, un laquais qui l'annonçait et je crois qu'à présent j'ai faim. »

Saint-Germain sourit civilement. Il savait parfaitement qu'elle ne s'intéressait pas vraiment au dîner et que sa faiblesse avait émoussé son appétit. Il lui offrit son bras, et elle y déposa sa main.

L'Hôtel de Ville vivait l'une de ses nuits les plus animées. Dans la grande salle de bal, vingt musiciens jouaient pour une multitude de danseurs. Ils se mouvaient sur le parquet, pareils à un parterre de fleurs multicolores, portant des soieries, brocarts, satins, velours et dentelles de toutes les couleurs et très variés. Il y avait aussi des salles de cartes où l'on s'adonnait même à la *hoca*, jeu de cartes prohibé, les mises y atteignaient des sommets vertigineux. L'ambiance y était feutrée, les expressions qu'on pouvait lire sur le visage des aristocrates, quand on pouvait les lire, étaient sombres. D'autres jeux de hasard se pratiquaient dans des pièces à l'écart des salles de cartes, les conversations que l'on y entretenait résonnaient presque autant que les louis d'or qui s'empilaient sur les tables face à d'élégants joueurs.

Dans la salle à manger, Saint-Germain gratifiait ses nombreuses connaissances d'un bonsoir distingué en inclinant la tête, ou parfois d'un simple geste de la main. Il avait accompagné Madame de Cressie à l'une des tables les plus retirées. L'ayant fait asseoir, il lui demanda : « Qu'aurais-je le plaisir de vous apporter, madame ?

— Ce qu'il vous plaira, la même chose que vous, répondit-elle négligemment.

— Je n'ai pas faim pour le moment, dit-il, tout en pensant que ce n'était pas là l'exacte vérité. Je vois que nous avons des jambons et du poulet au dîner et ce qui ressemble à un plat de homard grillé. » Il lui sourit de toute la force que pouvaient contenir ses yeux noirs fascinants. « Peut-être serez-vous assez aimable, Madame, pour me laisser choisir pour vous ? »

Plongée dans son profond regard plein de promesses, elle s'y noyait : « Oui, murmura-t-elle. Choisissez. » Elle fronça légèrement les sourcils et mit, encore une fois, délicatement sa main à la gorge.

Après un nouveau salut discret, Saint-Germain se fraya un chemin à travers la foule qui se pressait à table jusqu'au long buffet dressé pour le banquet de minuit. Alors qu'il emplissait l'assiette de Mme de Cressie, il s'entretint un moment avec le duc de Vandonne, un homme assez jeune au regard étrange et fuyant, qui constituait une gêne pour toute sa famille et une honte pour lui-même.

« Je hais toutes ces soirées, dit Vandonne entre ses dents, tout en tirant sur la dentelle de son col. Je les redoute et je les hais.

— Alors pourquoi êtes-vous venu ? » demanda Saint-Germain, détournant son attention d'un pâté de foie en venaison accompagné de baies de genévrier dont il avait généreusement rempli l'assiette de Mme de Cressie.

« Car si je ne viens pas, je me retrouve puni par ma mère et ses deux sœurs. » Il s'exprimait avec une voix grossie par le dégoût. « Je ne peux leur échapper : elles vivent avec moi. Alors, me voici. Elles espèrent que je trouverai une femme, que j'attirerai une vierge tout à fait acceptable par mon titre et dans mon lit. » Il ricana. « Je connais de bien meilleures façons d'utiliser des vierges que cela. »

— Oh ? » Saint-Germain tourna le dos au buffet. Il savait que le duc avait des penchants pervers des moins tolérables, mais, tout en le sachant, cette remarque l'intrigua.

Vandonne pouffa et le son de sa voix saisit Saint-Germain. « Beauvrai a affirmé qu'il nous faudrait une vierge. J'aimerais que nous en trouvions une. Une vraie, cela va de soi. Une que nous pourrions utiliser.

— Utiliser à quelles fins ? » Saint-Germain haussa les sourcils et se fit une contenance pour donner l'impression d'une vague question de politesse, dissimulant l'effroi de ses sombres certitudes.

« Oh ! pour bien des choses, répondit Vandonne de façon évasive. Ce n'est point ici le lieu d'en discuter. » L'expression du duc se durcit. « Mais, de toute manière, vous n'êtes nullement un des nôtres. Bien que j'aie cru comprendre que vous êtes un étranger et il est des étrangers qui s'adonnent à ce genre de pratiques. » Il saisit un autre verre de vin sur un plateau que portait un laquais mais jura quand sa maladresse le lui fit renverser généreusement sur la cascade de dentelles de son jabot. Il avala la moitié du verre et se tourna à nouveau vers Saint-Germain. « Aimez-vous les vierges ?

— Je crains de ne vouloir point m'étendre sur le

sujet », dit-il, en saluant négligemment. Et il traversa la foule qui se pressait là, pour rejoindre Mme de Cressie.

« Dieu du ciel, je ne pourrai jamais manger tout cela, Comte », dit-elle, plutôt confuse, alors qu'il déposait l'assiette remplie devant elle.

Saint-Germain sourit. « Eh bien, voyez-vous, puisque je n'étais point sûr de ce que vous aimeriez, j'ai pensé qu'un vaste choix vous comblerait. Et s'il y en a plus que de raison, c'est que les mets pourraient vous faire envie et augmenter ainsi votre appétit. Je ne peux m'empêcher de croire qu'une partie de votre pâleur, dont vous vous plaignez, vient d'un manque de nourriture. » Il s'assit en face.

« Mais vous ne mangez pas, Monsieur », lui fit elle remarquer.

Il fit peu cas de cette remarque. « Je me vois dans l'obligation de me rendre à un dîner, plus tard. Allons. Le pâté. Et après, peut-être un peu de cette excellente gelée, ou peut-être ces œufs *à la florentine*. »

Mme de Cressie se trouvait partagée. Elle avait le plaisir d'être en compagnie du très populaire et très mystérieux comte, ce qui accroissait considérablement son prestige et la changeait agréablement de l'indifférence de son mari. Mais en y regardant de plus près, elle trouvait Saint-Germain plutôt dérangeant. Elle s'aperçut rapidement que ses yeux interrogateurs étaient bien trop pénétrants, capables de parfaitement discerner la vérité et que l'empressement qu'il lui portait, troublant et sincère à la fois, menaçait de briser ses précieuses défenses. Elle picora son pâté tout en réfléchissant à ses ennuis.

« Si vous avez des soucis, Madame, vous devriez me les confier, lui dit-il à voix basse. Je vous donne ma parole que je ne les trahirai pas. » À nouveau, elle hésita, frappée par son extraordinaire perspicacité. « Je ne suis pas sûre de bien vous comprendre, Comte. »

Saint-Germain se pencha en avant et dit doucement : « Manifestement, ma chère, vous n'êtes pas encore tout à fait vous-même. Et je dirais même plus, vous êtes de toute évidence profondément perturbée. Si vous vouliez me confier ce qui vous trouble, peut-être pourrais-je émettre une suggestion qui vous aidât. J'ai ouï dire, dit-il, compatissant toujours davantage, que votre mari ne séjourne pas souvent à la maison. Bien que je ne sache point ramener l'affection perdue, ou l'inspirer quand elle n'existe pas, il se pourrait que je possède quelque remède à votre ennui. »

Elle se rassit, offensée, le visage écarlate. « Monsieur ! »

Immédiatement, il comprit son erreur. « Non, non, vous m'avez mal compris. » Il lui décocha un sourire désabusé pour dissiper ses dernières craintes. « Bien que si cela est ce que vous désirez, je ne doute nullement que vous trouverez quelqu'un pour vous assister. Alors, veuillez me pardonner. Ce n'est pas que je ne vous admire point : je vous trouve une femme délicieuse. Mais vous devez vous rendre compte que j'ai délaissé ce genre de congrès voilà très, très longtemps. »

Mme de Cressie sentit refluer le rouge de ses joues, elle saisit l'occasion pour étudier l'étrange personnage qui se trouvait face à elle. Il ne paraissait pourtant pas être célibataire, elle dut admettre qu'il n'y avait eu aucune rumeur à son sujet, que cela concernât les femmes ou les hommes. Et ce n'était pas parce que nul ne voulut de lui. En fait, elle se souvint soudainement — et cette pensée lui amena l'ombre d'un sourire sur les lèvres — qu'une ou deux femmes avaient assidûment assiégé Saint-Germain pendant plusieurs mois, mais sans grand succès. Elle acquiesça. « Il semble que nous nous sommes tous deux mal compris. »

Saint-Germain ouvrit ses mains. « Si vous m'avez mal compris, Madame, je ne puis qu'en être plus flatté. » Il regarda son assiette. « Mais vous n'avez presque rien mangé. Les victuailles ne vous satisfont-elles pas ? »

Obéissante, elle prit la lourde fourchette en argent ouvragé. « Je ne désire nullement vous offenser, Comte, dit-elle, tout en prenant un nouveau morceau de pâté en venaison.

— Cela ne se pourrait, Madame », dit-il et dans cette réponse conventionnellement galante, il y avait un discret soupçon d'ennui. Il ajusta le grand jabot blanc qui tombait sur sa veste en brocart noir et argent, de manière à ce que les diamants incrustés dans ses fronces brillassent comme des gouttelettes d'eau. Son magnifique rubis scintillait comme le cœur d'un poète.

Mme de Cressie sourit, jalousant les joyaux. Il était injuste, pensa-t-elle, que Saint-Germain possédât tant de magnifiques diamants, ainsi que ce gros rubis. Mais elle chassa ces pensées de son esprit pour reporter son attention sur les œufs *à la florentine*.

Saint-Germain la regardait manger avec un léger amusement dans son regard noir. Il était content qu'elle eût faim même si ce n'était que pour lui faire plaisir. Il toucha ses cheveux pour s'assurer que la poudre blanche, qui était l'absolue nécessité dans ces circonstances qui exigeaient que l'on s'affichât, s'y trouvait toujours. Il était certain que son valet, Roger, avait accompli son travail avec son assurance coutumière. Il fut satisfait de constater que ses doigts ne s'étaient recouverts que d'une très fine couche de poudre. Il marqua son contentement d'un geste de la tête, songeant que chaque époque avait ses propres modes absurdes, et qu'assurément se poudrer la tête en France n'était pas plus absurde que les cônes de gras parfumés ne l'avaient été dans l'antique Thèbes, depuis longtemps évanouie. Il chassa ces pensées et demanda à Mme de Cressie : « La gelée est-elle à votre goût ? »

Elle l'observa au travers de ses épais et beaux cils noirs. « Excellente, comme on pouvait l'espérer dans cet hôtel. Vous aviez raison en ce qui concerne la nourriture, elle m'a ouvert l'appétit. » Elle se sentit manifestement gênée, car elle dit doucement : « Je crains d'être d'une bien piètre compagnie, Comte.

— Non, Madame, je vous assure. Il est très agréable d'être en votre compagnie à table. » Et ce n'était que la stricte vérité. « Voilà qu'un peu de couleur est revenue à vos joues.

— Il se peut que ce ne soit que le vin que j'ai bu, répondit-elle malicieusement.

— Cela vous sied à ravir. » Il se leva alors qu'un comité de dîneurs s'approchait, comme le dictait la bienséance, et fit un salut.

Une ou deux des personnes lui rendirent la pareille, mais un petit homme avec des jambes arquées aux airs d'un petit-maître fit un pas en avant, en le fixant. Il était affublé d'une perruque ridicule, avec trois ailes de pigeon au-dessus de chaque oreille. Son justaucorps était en satin pêche avec des passements dorés, les basques renforcées de fanons de baleine, sa veste de soie puce était brodée de papillons, et ses culottes faites du même satin pêche que son justaucorps attiraient malencontreusement l'attention sur ses jambes chétives ; pour couronner le tout, il portait des bas de soie mauve accentués par ses baguettes pêche. À cause de ses chaussures à l'ancienne mode avec de très hauts talons rouges, il marchait à petits pas maniérés. Son jabot à trois rangées de dentelles se souleva avec indignation et un scintillement de topazes refléta les lumières. « Damnation ! » jura-t-il, d'une voix trop forte et âpre, à force d'user du tabac à priser.

Saint-Germain dévisagea l'homme. « Monsieur ?

— C'est le charlatan ! » s'écria-t-il, tirant sur le bras de l'un de ses comparses. « Je n'ai jamais vu une telle impudence. Il est venu. Çà, il va affirmer qu'il est le maître de céans ! »

Un timide sourire affleura aux lèvres de Saint-Germain. « Mille excuses, mais je suis certain de ne pas être le propriétaire de cet hôtel.

— On aime à être sarcastique avec moi ! » L'homme fit un pas en avant et les basques de son justaucorps oscillèrent. « Je vous le dis en face, Monsieur, vous n'êtes qu'un coquin, un mystificateur et un fanfaron. »

Mme de Cressie laissa retomber bruyamment sa fourchette et jeta un regard inquiet à Saint-Germain, qui ne souriait plus du tout. Ses énigmatiques yeux noirs s'étaient posés sur le visage laid et outrageusement maquillé qui lui faisait face. « Baron de Beauvrai, dit-il d'un ton badin, êtes-vous décidé à me chercher querelle sans raison ? Je n'ai rien fait pour vous offenser. Vous m'avez choisi pour être l'objet d'insultes sans fondement. » Il s'arrêta pour mesurer le degré d'attention qu'ils avaient attiré sur eux et se trouva embarrassé de remarquer que non seulement les dîneurs avaient cessé de manger pour les observer, mais aussi que plusieurs joueurs élégants se tenaient dans l'embrasure de la porte qui conduisait à la salle de jeu, avec des visages où se lisait un certain empressement barbare.

« Si vous avalez ces insultes, vous êtes un lâche en plus d'être un fanfaron ! » Beauvrai fit un pas en arrière d'un air suffisant et attendit.

Pendant un instant, Saint-Germain résista à la forte envie de venir étrangler le vieux roué. Élevant le ton de sa voix de manière à ce qu'elle portât jusqu'aux moindres recoins de la pièce, il annonça : « On m'a toujours appris qu'en pays étranger un homme devait se comporter en invité et être disposé à respecter son hôte. Ce serait certainement faire montre d'impolitesse et d'ingratitude que de commencer une rixe, Monsieur de Beauvrai. J'aurais plutôt imaginé qu'un homme dans votre position, traînant une réputation scandaleuse derrière lui, ne souhaitât nullement attirer une attention aussi fâcheuse sur sa personne. Mais il est vrai que je ne suis pas français, comme vous l'avez fait remarquer. » Il put sentir les réactions hostiles que ces paroles avaient provoquées, et sut en tirer parti. « Je suis venu ici car j'avais entendu louer les lettres, la culture et le bon goût français, dans le monde entier. Il serait dommage qu'un individu tel que vous pût ternir une si belle réputation. »

« Touché ! » fit l'un des gentilshommes se tenant dans l'embrasure d'une des portes en mimant le salut des escrimeurs.

« Je ne me laisserai pas rabrouer ainsi ! » persista Beauvrai, mais en fait, il était à court d'arguments. L'un de ses comparses lui prit le bras pour l'emmener mais, en colère, il ne se laissa pas faire. « Si vous étiez un homme, vous insisteriez pour obtenir satisfaction.

— Il n'est pas dans mes habitudes de rencontrer des personnes qui ne sont plus en âge de se battre. Il serait fort répréhensible de ma part de vous tuer. Et croyez-moi, Baron, il me serait aisé de le faire. » Bien qu'il eût baissé le ton de sa voix, on avait pu entendre ses paroles dans toute la salle à manger.

Beauvrai le fusilla du regard. « Vous allez le regretter, dit-il d'un ton glacial. Il se retourna vers son groupe. Je crois que j'ai perdu mon appétit. Cette pièce empeste la roture. » Il fit demi-tour sur ses hauts talons rouges et quitta la pièce.

Un jeune homme habillé tout de soie rose s'avança

vers Saint-Germain. « Je dois m'excuser pour mon oncle, dit-il, s'inclinant maladroitement. Il y a des moments où il n'est pas tout à fait lui-même. »

Intérieurement, Saint-Germain pensa qu'il avait perçu davantage de la vraie nature de Beauvrai, l'espace de ces quelques dernières minutes, qu'il n'était possible d'en voir, parfois, au travers de son vernis glacé. « On ne peut pas être et avoir été, dit-il au jeune homme. Peut-être devriez-vous vous efforcer de vous assurer qu'il ne s'attarde pas, ici, trop longtemps, ce soir. »

Le jeune homme acquiesça. « Tout cela est épouvantable. Il a passé l'après-midi entier avec Monsieur de Saint-Sébastien. » Il y eut un silence embarrassant car de nombreuses personnes attablées avaient levé la tête, saisies. « Monsieur de Saint-Sébastien est revenu à Paris, je le crains. » Il montra son énervement et sa résignation, d'un geste. « Nous avions demandé à notre oncle de ne pas y aller, mais Saint-Sébastien et lui ont passé tant de temps ensemble dans leur jeunesse…

— Je comprends vos tourments. Et il est bien difficile pour un neveu de retenir son oncle, n'est-il pas ?

— Oui. » Le jeune homme lui décocha un sourire de reconnaissance. « Vous me comprenez bien, je vois. Il reste toujours le chef de famille, voyez-vous, bien que depuis fort longtemps sa fortune ne soit plus entre ses mains… » À nouveau, sa voix s'éteignit. Il en avait, manifestement, trop dit.

Saint-Germain acquiesça poliment au jeune baron ennuyeux. « Ces choses-là sont toujours compliquées, murmura-t-il. Vous êtes attendu, je crois », ajouta-t-il, en s'inclinant légèrement, indiquant par là qu'il était satisfait et que le sujet était clos.

Le jeune homme lui rendit son salut avec un geste élégant de la main, tout en disant : « Je vous suis reconnaissant d'avoir bien voulu excuser mon oncle. Je ferai de mon mieux pour qu'il ne vous dérange plus à l'avenir.

— Vraiment ? » fit doucement Saint-Germain, alors que le jeune homme s'éloignait pour rejoindre son groupe, son pas se faisant plus sûr à mesure qu'il s'approchait d'eux. Il n'avait jamais rencontré le baron des Radeux auparavant. On l'avait assuré qu'il avait plus de belles manières que de jugement. Désormais, Saint-Germain partageait cette opinion.

« Comte ? » dit Mme de Cressie, à présent que la situation embarrassante avait pris fin. « Allez-vous enfin revenir à mes côtés ? »

Saint-Germain la regarda, l'observant, de ses yeux noirs d'où émanait une intensité troublante. « Veuillez m'excuser un instant, dit-il pensivement. Mais soyez assurée de ma présence un peu plus tard. Peut-être ne vous sentirez-vous pas trop offensée si j'invite la Comtesse d'Argenlac à partager notre table ? »

Le visage de la Cressie s'éclaira. « Claudia ? Serait-elle donc là, alors ?

— Je l'ai vue, il y a une heure de cela. Je crois savoir qu'elle a pris sous son aile une parente de province, mais soyez certaine que la comtesse n'autorisera pas une parente campagnarde à venir vous ennuyer.

— Ah, Comte ! il est impossible de savoir quand vous êtes sérieux ou quand vous badinez. Amenez donc immédiatement ici la comtesse. Je suis persuadée que je serai enchantée de rencontrer sa parente par égard pour elle. » Elle chipota les quelques reliques qui demeuraient dans son assiette.

Saint-Germain tira une révérence et partit à la recherche de Claudia, comtesse d'Argenlac.

Il la trouva dans la salle de bal, attendant que sa nièce terminât son badinage, comme elle l'expliquait quand le comte de Saint-Germain s'approcha d'elle ; il la supplia de bien vouloir l'accompagner au dîner.

« J'ai cru que l'enfant allait mourir de frayeur quand nous sommes entrées. Il y a vraiment beaucoup de monde ce soir et elle est fraîchement arrivée à Paris. Elle dit être persuadée que personne ne pourrait la remarquer dans une si vaste assemblée. » Elle émit un rire en cascade pour montrer à quel point elle trouvait cela ridicule.

« Si elle danse, cela prouve bien que tel n'est pas le cas. Manifestement, quelqu'un l'a remarquée. »

Saint-Germain sourit d'aise. Il appréciait la comtesse et savait que sous son apparence frivole se trouvait un esprit fin et brillant. « Qui est cette pauvre jeune fille ?

— Non, point pauvre, Comte. Elle est l'unique fille aînée de mon frère, Robert. Il vit retiré du monde, depuis plusieurs années, c'est pour cela que vous ne l'avez pas rencontré. Il s'agit du marquis de Montalia. » Saint-Germain inclina la tête. Il pensait qu'il n'était pas bien grand, et que cette attitude gracieuse donnait l'impression d'une certaine grandeur. Il était amusé en constatant que parfois des hommes grands tentaient de reproduire cet effet.

« Où se trouve donc ce parangon de nièce ?

— Sur la piste de danse. C'est fâcheux. J'eusse aimé qu'il n'y eût point une telle cohue. J'aurais pu vous la désigner facilement.

— Décrivez-la-moi. Je verrai si je parviens à la percevoir. »

La comtesse se mit sur la pointe des pieds et scruta la foule des danseurs. « Elle porte une robe lavande en soie vénitienne sur un jupon italien à fleurs. Sa basque est relevée par des rubans argentés et elle a un collier de grenats et de diamants, avec des pendants d'oreille en diamant. Mais où est donc cette demoiselle ? » La comtesse referma son éventail en signe d'agacement. Elle avait essayé de désigner sa nièce mais autant essayer de désigner une silhouette sur un carrousel. « Là ! » s'exclama-t-elle enfin. « Sous le troisième chandelier en partant de la porte, avec le vicomte de Bellefont.

— L'homme en satin bleu ? demanda Saint-Germain pour être sûr.

— Oui. » La comtesse se laissa aller à sourire et il sembla à Saint-Germain, quand elle lui répondit, que cette voix venait de très loin. « Son nom est Madeleine Roxanne Bertrande de Montalia. Et, bien que j'aie un parti pris de tante, je pense qu'elle est ravissante. »

Sous le troisième chandelier, en partant de la porte, la nièce de la comtesse d'Argenlac tournoyait au rythme de la danse. Ses cheveux poudrés étaient apprêtés simplement comme il sied à une jeune fille qui vient de faire son entrée dans le monde. Ses fins sourcils avaient la couleur noire du café, rehaussant l'éclat de ses yeux violets et rieurs. Bien qu'elle fût un tout petit peu trop mince, son port était élégant et quand elle levait le menton en réponse à une remarque de Bellefont, elle avait quelque chose de royal.

Saint-Germain en eut le souffle coupé. « Elle est la plus belle jeune femme que j'aie vue depuis de très nombreuses années. » Il l'observa alors qu'elle s'affaissait dans une profonde révérence, à la fin de la danse. « Je prédis qu'elle aura grand succès, Claudia. »

La comtesse hésita, un sourire dans le regard. « Venez. Laissez-moi vous la présenter. Alors vous pourrez nous emmener dîner. Je suis sûre que Madeleine a faim, le simple fait de la regarder danser m'a ouvert l'appétit. » Tout en parlant, elle avait fendu la foule des danseurs qui commençaient maintenant à quitter la piste.

Saint-Germain la suivit, échangeant des saluts de la tête en passant.

« Ah, Madeleine ! » s'exclama la comtesse, alors qu'elle arrivait auprès de sa nièce. Elle fit à M. de Bellefont une révérence de politesse et reporta son attention vers Madeleine. « Il y a, ici, quelqu'un qui est impatient de vous rencontrer. Je vous en ai parlé dans notre correspondance. Il s'agit de cet homme qui nous laisse tous perplexes. Monsieur de Saint-Germain, permettez-moi de vous présenter ma nièce, Mademoiselle Madeleine de Montalia. »

Il s'inclina devant sa main, l'effleurant à peine de ses lèvres. « Enchanté », fit-il doucement. Il sourit, en la voyant rougir alors qu'elle se relevait lentement de sa profonde révérence.

*

Extraits d'une lettre de Mme Lucienne de Cressie à sa sœur, l'abbesse Dominique de l'Affliction des Anges, en date du 6 octobre 1743 :

[...] *Les rêves dont je vous ai parlé persistent et je ne puis les faire cesser. Parfois, je crains de ne pas vouloir véritablement les faire cesser. J'ai prié, mais en vain. J'en ai même parlé à mon mari, mais lui, naturellement, s'en est amusé et m'a conseillé de prendre un amant pour bannir de mon esprit les pensées de mort. Mais ce n'est point la mort qui me hante, ma chère Dominique. Je ne sais de quoi il s'agit au juste, mais ce n'est pas ça.*

Sur vos bons conseils, je suis allée voir mon confesseur. Il m'a dit que j'étais au bord du péché et que je devais implorer Dieu pour qu'il me guidât, et il m'a promis qu'il prierait aussi pour moi. Il m'a, également, fait comprendre que si j'avais un enfant, je n'aurais pas l'esprit aussi agité. J'étais embarrassée de lui dire ce qu'il en était entre mon mari et moi. Achille continue d'affirmer qu'il a des goûts aussi grecs que son nom et qu'à Athènes ses péchés auraient été des vertus. Cependant, je suis certaine que si j'avais un enfant d'un autre homme, il m'accuserait publiquement d'adultère. Ainsi suis-je destinée à ne pas avoir d'enfant, semble-t-il, et le bon abbé me conseille en vain.

M. de Saint-Germain, au sujet duquel je vous ai déjà écrit, m'a fait parvenir trois nouveaux rondos à jouer. Ma viole d'amour est mon unique consolation. Peut-être m'aventurerai-je à composer pour moi quelques airs, puisque je suis condamnée à passer de si nombreuses heures à ne rien faire.

J'ai commandé un violoncelle à Mattei. Parce que M. de Saint-Germain insistait, je me suis essayé à jouer de cet instrument qui m'a réservé bien des surprises. Il a la forme d'un violon, voyez-vous, et on le tient entre ses jambes comme la viole d'amour et la viole de gambe. Il n'a pas les cordes d'accompagnement de la viole d'amour et j'ai, tout d'abord, trouvé cela déconcertant. Mais la sonorité en est si douce et le timbre du cantabile d'une qualité si délicate que je n'ai pu y résister. Peut-être qu'un jour, lorsque je viendrai visiter votre couvent, apporterai-je mon instrument et vous en jouerai-je.

[...] *Je m'en remets à la grâce de Dieu pour souhaiter que tout aille pour le mieux pour vous. Permettez-moi de solliciter vos prières pour mon sommeil, et je ne me réveillerai plus l'âme remplie de crainte. Je ne me réveillerai pas non plus avec le souvenir d'une extase profane. J'ai honte à écrire cela, mais c'est la vérité. Je n'ai fait ce rêve que trois fois seulement et quand je m'éveille, je me fais horreur à moi-même. Mais lorsque je suis seule, la nuit, et qu'Achille est avec ces hommes qui sont ce qu'il est, je me prends à vouloir rêver encore et sentir mon corps s'embraser de plaisir. Qui suis-je, donc, pour que mon corps me trahisse à ce point ?*

Il y a cinq ans, je jugeais que notre père était un despote de vous envoyer dans un couvent plutôt que de vous trouver un mari. Mais aujourd'hui, je le supplierais de nous laisser échanger nos places. Il a arrangé mon mariage et non le vôtre parce qu'il était certain qu'une jeune fille possédant un pied bot — comme si quelqu'un voyait le pied d'une femme, à part son mari — ne serait digne d'être épousée par personne hormis l'Église. Pardonne-moi de dire cela, mais tu sais que c'est la vérité.

Tu as dit que ta vocation était sincère, mais quand je me rappelle combien nous avons pleuré ensemble, je me sens remplie d'inquiétude. Et avant que de mourir, notre père confessa qu'il n'avait pas l'esprit tranquille à ton sujet. Oh, dis-moi que tu es heureuse, ma très chère sœur ! Je n'ai jamais pensé que tu étais bien trop commune pour te marier et ton pied ne me préoccupait pas.

Sois patiente avec moi, ma Dominique. Je me sens en peine cette nuit. Si vous aviez vu Achille et Beauvrai avec ces trois autres hommes, vous seriez pareille à moi. Mais enfin, je ne peux rien faire présentement. Cependant, j'attendrai mon violoncelle et les morceaux que le comte de Saint-Germain m'a promis. Peut-être est-ce l'heure tardive qui m'a harassée. Voir Achille ainsi, ce soir, a profondément heurté mes sens. Notre mère n'a-t-elle pas toujours dit que je me tourmente au sujet des choses que je n'arrive point à changer, et que cela était une pure perte de temps ? Il est certain qu'Achille ne désire nullement changer. J'ai ma musique, au moins, ce qui est plus que ce que possède Claudia d'Argenlac, qui n'a, elle, nul enfant et dont le mari est joueur. Au moins, la fortune d'Achille est-elle intacte, et il ne se préoccupe nullement de ce que j'en fais, aussi longtemps que cela ne l'atteint pas.

Je vais vous souhaiter une bonne nuit, ma très chère sœur. Puissiez-vous connaître la paix qui n'est pas de ce monde et puisse votre âme reposer tranquillement dans la nuit. Avec l'affection d'une sœur et l'amour d'une pénitente, je demeure votre très dévouée, etc.

Lucienne de Cressie

3

La comtesse d'Argenlac leva les yeux de son petit déjeuner alors que Madeleine entrait dans la pièce. « Ah ! bien le bonjour, ma chérie. J'espère que vous avez bien dormi cette nuit. »

Madeleine arborait encore un sourire. « Oui, tante. J'ai fait un rêve absolument merveilleux.

— Après les succès que vous avez remportés la nuit dernière, je ne saurais m'en étonner. » La comtesse gloussa, invitant d'un geste Madeleine à s'asseoir. « Que voulez-vous manger, ma chérie ? Il y a des pâtisseries, bien sûr, et des fruits. Mon cuisinier peut préparer une omelette si vous préférez. Vous devez conserver un solide appétit.

— C'est ce que m'a dit Monsieur de Saint-Germain la nuit dernière. Il m'a apporté deux parts de pâté. » Elle s'assit de manière à ce que la lumière que diffusaient les larges fenêtres retombât sur elle, dessinant un joli motif sur sa robe de chambre en soie molletonnée à rayures bleues et blanches. Ses cheveux, au naturel d'un brun brillant, avaient des reflets dorés. « Si cela ne pose pas trop de problème, je voudrais boire du thé de Chine que mon père m'a fait parvenir. » Elle saisit au milieu de la table une pomme dans un panier en porcelaine et commença à la peler à l'aide d'un petit couteau tranchant.

« Bien sûr. » Sans se retourner, la comtesse donna l'ordre au laquais auprès de la porte de préparer le thé. « Goûtez-en », dit-elle à Madeleine, en lui tendant au travers de la table une assiette de gâteaux fourrés au fruit. « La crème au citron provient des serres de forçage de mon mari. Il m'a affirmé qu'il ambitionnait de manger des pêches tout au long de l'année.

— Où se trouvait Monsieur le Comte ? Je ne l'ai pas vu la nuit dernière, bien qu'il eût dit qu'il se joindrait à nous. »

Pendant un instant, un froncement de sourcils vint assombrir le visage de la comtesse Claudia.

« Il était avec ses amis. Il aime le jeu, ma chérie. En effet, c'est son plus grand défaut, et il y a des fois où je crains de mourir d'inquiétude. » Elle prit sa serviette. « Ah, ce n'est rien ! Je possède mon héritage et mes propriétés, sur lesquels il ne peut mettre la main. S'il cause sa propre ruine, eh bien, je suppose que je subviendrai à ses besoins… » Elle bâilla et but, appuyée à l'accoudoir, une petite gorgée de son chocolat chaud.

« Ainsi, vous n'êtes pas heureuse, ma tante ? dit Madeleine qui semblait vraiment bouleversée.

— Je suis aussi heureuse qu'il m'est possible de l'être, ma chérie. Aucune femme raisonnable ne souhaite espérer plus en ce bas monde. Vous n'avez pas besoin de chercher bien loin pour vérifier combien cela est vrai. Vous souvenez-vous de la femme avec laquelle nous avons dîné la nuit dernière ? » Les yeux de Madeleine s'adoucirent lorsqu'elle répondit. « Madame de Cressie ? Elle avait les traits si tirés et l'air si triste.

— Elle a été malade, dit la comtesse, comme si cela n'était pas grave. Un jour, vous aurez l'infortune de rencontrer son mari. Il est l'un de ces hommes… Je ne voudrais pas vous choquer, mais il s'agit d'une chose dont vous devez être avertie. Il existe des hommes en ce monde qui éprouvent de l'aversion pour les femmes... »

Madeleine acquiesça d'un signe de la tête avec empressement. « À la maison, les bonnes sœurs affirmaient qu'il en était souvent ainsi des saints et que ceux qui possédaient une réelle vocation religieuse fuyaient le monde afin d'éviter d'avoir à subir les embrasements de la chair... »

Sa tante l'interrompit avec quelque rudesse. « Je ne suis pas en train de parler des hommes d'Église — bien qu'il y en ait, je pense, qui vivraient comme Achille de Cressie le fait s'ils en avaient l'opportunité. » Elle fit claquer sa langue et revint à son sujet. « Ce sont des hommes sensuels, Madeleine, et ils agissent les uns avec les autres comme ils l'eussent fait avec des femmes, si bien qu'ils n'ont nullement besoin de s'unir à notre sexe. Vous entendrez parler d'un grand nombre d'entre eux. Très souvent, ce sont des hommes séduisants, de haut rang et très estimables. Le duc de la Mer-Herbeux est l'un d'eux et je suis sûre qu'il n'a pas plus de commerce avec les femmes qu'Achille de Cressie. Mais, bien entendu, dit-elle, en rougissant légèrement, avec un petit rire attristé, il est doux, très doux. Il ne se trouverait personne auquel je pourrais accorder ma confiance si vite. Ainsi, il est tout à fait injuste que ceux qui l'accusent de vouloir faire la paix avec l'Angleterre prétendent qu'il le fait uniquement parce qu'il est un Earl anglais. » Elle secoua la tête. « Bientôt, vous rencontrerez le duc de la Mer-Herbeux. À part ses penchants privés, il est aussi peu semblable à Achille de Cressie que je suis semblable à cette abominable comtesse espagnole avec ses seize petits minets et son cortège de prêtres. » À nouveau, elle s'arrêta puis dit avec clairvoyance : « En fait, nonobstant ce qu'on peut dire, je doute que le duc de la Mer-Herbeux et Achille de Cressie soient semblables, ne serait-ce même en ce qui concerne leurs goûts ultramondains. »

Madeleine regarda par la fenêtre et fit une remarque en l'air : « J'ai souvent pensé, ma très chère tante, que même parmi les couples bien mariés, il peut exister une grande variété. »

La comtesse acquiesça avec ostentation et avec plus d'assurance qu'elle n'en avait sur le sujet. « Eh bien, le mariage n'est-il pas un sujet à part ? Je sais que si Mer-Herbeux était en quête d'une épouse et si j'étais libre, j'aurais été enchantée de répondre favorablement à sa requête. » Elle aperçut de l'indignation sur le visage de sa nièce et poursuivit : « Je vous assure, il ferait, un mari délicieux. C'est un très bon ami, des plus charmants, et très sincère dans ses sentiments. De combien d'hommes pourrait-on dire la même chose ? Et s'il n'aime point, en quelque sorte, les femmes, eh bien, il y a de nombreux hommes qui faussent compagnie à leurs épouses. Un autre homme est-il tellement pire qu'une vingtaine de maîtresses ?

— Mais pourquoi se marier, alors ? Si Achille de Cressie ne veut point de sa femme, pourquoi l'a-t-il... ? » Madeleine avait pris un gâteau à la crème de citron, mais le mit de côté.

« Nous devons toutes nous marier, ma chérie. À moins d'éprouver une véritable aversion, et même en ce cas, j'ai connu des exemples... Mais quand l'argent et des terres sont en jeu, le mariage demeure le contrat qu'on préfère. Dans de telles circonstances, les sentiments peuvent n'avoir que très peu d'importance. » À présent, une certaine aigreur se faisait sentir dans sa voix, et l'expression de son regard aurait effrayé sa nièce s'il eût persisté. « Ma chérie, le mariage fait partie de la vie. Les hommes peuvent y échapper s'ils ont un frère aîné, mais les femmes peuvent être des épouses, des nonnes, des courtisanes ou alors elles deviennent un fardeau indésirable. Ou, ajouta-t-elle, avec un petit rire, elles peuvent devenir des tantes. »

Madeleine fixait la pomme pelée posée sur son assiette. « Voilà un bien sombre portrait, ma tante. »

« Ô, juste ciel ! » dit Claudia d'Argenlac, en se moquant de sa propre condition. « Voilà que maintenant, vous allez me considérer comme une martyre, mais je ne le suis d'aucune façon. Voyons, Madeleine, dit-elle sur un ton railleur, il n'y pas que les époux dans la vie. Et assurément, il serait lassant de les avoir à nos pieds constamment. » Elle fit signe qu'on lui servît encore du chocolat et remercia gracieusement son serviteur.

Madeleine comprit que le sujet était clos ; cependant, elle demeurait curieuse. « Ma tante, pourquoi me parlez-vous de ces hommes ultramondains ? »

La comtesse leva les sourcils. « Je vous ai vue beaucoup en compagnie de Monsieur de Bellefont la nuit dernière et je ne veux pas que vous fassiez trop grand cas de ses égards.

— En est-il un ? demanda-t-elle incrédule, son petit couteau heurta bruyamment son assiette de fine porcelaine de Chine.

— Des rumeurs circulent. Et ses fréquentations ne sont pas des meilleures. » La comtesse but la dernière gorgée de son chocolat et prit une orange dans la coupe à fruits. « Aussi, il se pourrait qu'il ne soit pas un prétendant acceptable aux yeux de votre père, eût-il même voulu vous épouser. Il est bien trop proche de ce Beauvrai et de sa clique.

— Beauvrai ? » Madeleine se coupa un morceau de pomme et le mâchonna pensivement. « S'agit-il donc de ce vieil homme ridicule à l'horrible perruque ? Celui qui était avec le baron des Radeux ?

— Vous avez fait la connaissance de Radeux ? demanda vivement sa tante.

— Pendant que vous étiez dans la salle de jeu. Bellefont nous a présentés et j'ai dansé avec lui. Il danse très bien.

— Avez-vous fait aussi la connaissance de Beauvrai ? » La comtesse prit conscience de ce que cela ne devait jamais arriver. Elle avait donné sa parole à son frère qu'elle ne laisserait Madeleine fréquenter aucun des membres du groupe de Beauvrai, et à présent, elle découvrait que Madeleine, qui était à Paris depuis moins d'une semaine, avait déjà dansé avec le neveu de Beauvrai.

Madeleine perçut l'inquiétude de sa tante. « Radeux m'a montré du doigt son oncle. Il a dit que celui-ci ne s'était pas montré beaucoup en public, ces dernières années, ce qui expliquait son apparence singulière. »

La comtesse frappa légèrement du pied avec impatience. « Paulin, dit-elle à son laquais. J'aimerais que vous alliez voir si le thé de ma nièce est prêt, et si cela est, vous le lui apporterez. » Elle fit un signe de tête en direction de son laquais comme il quittait la pièce. « Je ne veux pas que les domestiques puissent entendre ce que j'ai à vous dire. Vous ne devez avoir quelque rapport que ce soit avec ce Beauvrai, ma chérie. Sous aucun prétexte. Il est l'ennemi juré de votre père. Il a peut-être l'air d'un imbécile mais il est l'ami intime de Monsieur de Saint-Sébastien, et il n'y a pas pire compagnie à entretenir. »

Les yeux de Madeleine s'écarquillèrent. « Je ne voulais pas… »

Sa tante continua. « Il y a de cela quelques années, avant que tu ne naisses, éclata un terrible scandale. Il fut rapidement étouffé, parce qu'il visait les hautes sphères de la société. Mais à l'époque, nous fûmes tous terrifiés.

Ce fut l'une des raisons pour lesquelles votre père quitta la cour.

— Je l'ai toujours su. » Madeleine se pencha en avant, le fichu en dentelle qui recouvrait sa poitrine se souleva et retomba sous l'effet de sa respiration précipitée ; et à l'endroit où il s'étalait en éventail en une petite collerette, pour venir encadrer son visage, il parut soudain trop serré. « Je savais qu'il y avait une raison à tout cela. Mon père a toujours dit qu'il en avait assez de la vénalité sordide de la cour, mais je savais bien qu'il y avait plus que cela. »

La comtesse éprouva quelque difficulté, mais elle poursuivit. « Avez-vous entendu parler de la maîtresse de l'ancien Roi, la Montespan ?... Et des accusations concernant ses relations avec des sorcières et des empoisonneuses ?... Il y eut plusieurs exécutions... À l'époque, les conversations au sujet de messes noires s'étaient répandues, que Dieu tout-puissant nous protège, et elle se signa. Finalement, la Montespan chut en disgrâce. Mais elle sut devenir au moment opportun très fervente, du moins le dit-on. Il y eut des rumeurs comme quoi l'affaire n'était point terminée, qu'il y en avait toujours qui à la cour se dévouaient corps et âmes à Satan. On proféra des accusations, il y a vingt ans de cela, concernant Messieurs de Beauvrai et de Saint-Sébastien. Votre père, et une douzaine d'autres jeunes gens, furent impliqués. Mais comme il quitta la cour, il n'y eut aucune nouvelle accusation portée à son encontre... » Elle observa le laquais qui fit son entrée.

« Le thé, Madame, dit Paulin en posant sur la table une théière anglaise en faïence. Mademoiselle prendra-t-elle du lait, comme le font les Anglais ? » demanda-t-il sur un ton qui suggérait qu'il pensait que le lait dans le thé était l'une des perversions les plus dégoûtantes.

« Le thé de Chine doit se prendre nature, dit Madeleine sur un ton terriblement offusqué. Mais, merci. »

Paulin salua et revint à son poste habituel, près de la porte.

Madeleine mit un moment à s'en remettre, mais masqua ses réactions en se servant du thé. Quand elle prit à nouveau la parole, le ton de sa voix était léger. « Les commérages sont toujours divertissants, ma tante. Mais je suis à même de comprendre pourquoi vous ne voulez pas que mon comportement puisse en susciter aucun.

— Brave fille », dit sa tante. Son estime de l'intelligence de Madeleine augmentait. En dépit de son jeune âge, Madeleine n'était ni sotte ni naïve. « Je savais que tu comprendrais. »

Alors qu'elle finissait son gâteau à la crème de citron, Madeleine releva les yeux. « Parlez-moi de Saint-Germain. »

Heureuse d'être à nouveau sur un terrain connu, la comtesse rit. « Vous a-t-il captivée, vous aussi ? Je vous avertis que beaucoup d'autres, avant vous, ont souffert à cause de lui. »

Madeleine but son thé pensivement. « J'ai ouï dire qu'il n'avait point de maîtresse. Ressemble-t-il aux hommes contre lesquels vous m'avez mise en garde ?

— Pas à ma connaissance. Non, ce n'est pas ce que j'insinue en ce qui le concerne. » Elle avala un autre quartier d'orange. « Nous sommes toutes en extase devant lui, bien sûr. Une telle galanterie, une telle intelligence. Vous devriez entendre les histoires charmantes qu'il conte au dîner. Et ses yeux. La plupart d'entre nous vendraient son âme pour des yeux pareils.

— Il ne s'est pas joint à nous pour dîner, la nuit dernière, fit remarquer Madeleine tout en se resservant du thé.

— Oh ! quant à cela, il ne mange jamais en compagnie d'autrui. Je l'ai vu, et de nombreuses fois, à des dîners mais jusqu'à présent je ne l'ai vu goûter ni mets ni boisson. Je suis certaine que cela participe de l'aura de mystère dont il s'entoure. Il m'a assuré qu'il soupait en privé. » De façon tout à fait soudaine, elle se mit à rire, d'un rire aussi chaleureux et gratuit que celui d'une enfant insouciante. « Cela est toujours amusant de voir un homme tel que lui faire la cour à quelqu'un. L'unique méprise à ne pas commettre est de présumer qu'il est sérieux. Veuillez à ne pas vous arrêter trop sur les choses plaisantes qu'il a pu vous dire.

— Ainsi, je ne devrais pas croire aux compliments qu'il m'a faits ? » Madeleine ne put dissimuler entièrement la blessure qu'elle ressentait. Les propos de Saint-Germain avaient été si délicieux, bien au-delà de ce qu'elle avait pu espérer entendre.

« Eh bien, non ! dit gentiment la comtesse. Ses compliments sont sincères. Mais il serait déraisonnable de leur prêter un sens plus profond qu'ils n'ont. Après tout, qui peut savoir exactement qui il est ? C'est humiliant de penser que, malgré tout, Beauvrai pourrait avoir raison. Cet homme pourrait bien s'avérer n'être qu'un charlatan. »

Madeleine sirota son thé, son regard perdu dans le lointain. « Mais c'est un comte. Tout le monde sait cela.

— Ah ! Sa tante hocha la tête prudemment. C'est, effectivement, ce que *lui* affirme être, et ses manières, et ses pierreries sont là pour accréditer cette thèse. Il faut que vous voyiez la voiture qu'il conduit, une merveille ! Et ses quatre laquais portent des dentelles dorées sur leurs habits couleur tabac. Je n'ai jamais vu Saint-Germain porter deux fois la même veste, et la plupart sont de soie brodée. À l'évidence, quel qu'il soit, il est fabuleusement riche. Ses boucles de chaussures en diamant me firent cligner des yeux la première fois que je les vis. » Elle termina de manger son orange. « Mais ma chérie, vous pouvez vous laisser ravir par ses prévenances avec ma bénédiction. Il vous sera bénéfique qu'on vous voie beaucoup avec lui, car il est à la mode actuellement. Mais surtout ne faites pas trop grand cas du fait qu'il soit aux petits soins avec vous. »

Madeleine fit une moue de déception. « Très bien. Mais il est bien dommage qu'un si bel homme soit un imposteur.

— Je n'ai jamais dit cela… Simplement, il se pourrait bien qu'il en soit un. Ce qui est assuré, dit-elle après un moment d'hésitation, c'est qu'il ne revendique personne comme membre de sa parentèle, ce qui est étrange. Tout le monde a de la famille. »

Madeleine fronça les sourcils. « Vraiment, personne ?

— Personne, affirma sa tante. Pourtant c'est un homme très riche, ma chérie. Et les hommes riches ont toujours de la famille. » Elle usa de sa serviette de lin posée sur ses genoux. « Il n'est pas français, cela est certain ; mais on pourrait supposer que quelqu'un a, un jour, rencontré sa famille quelque part. Cependant, je ne connais personne qui a eu cette chance.

— D'où est-il originaire ? dit Madeleine, qui se servit un peu de thé à nouveau et en offrit à la comtesse.

— Non merci, ma chérie. Je ne supporte pas le thé. » Elle reporta son esprit sur le sujet qu'elles venaient juste de laisser. « Voilà encore une chose que personne ne semble savoir. Il a été partout, cela est certain. Sa maîtrise des langues nous a toutes abasourdies — il sait le russe et l'arabe aussi bien que toutes les langues d'Europe. D'aucuns prétendent qu'il est capitaine de navire ou marchand. » Elle s'arrêta, à nouveau, manifestement toujours intriguée. « Il se pourrait bien qu'il le fût, bien entendu, mais je parierais ma tête et mes plus beaux bijoux qu'il n'a pas appris ses manières sur le pont d'un navire.

— J'ai ouï dire de la Noisse qu'elle lui avait remis ses diamants et qu'il les avait fait grossir. » Madeleine traça avec son doigt un dessin compliqué sur la nappe.

« Je l'ai entendu dire aussi. Et j'ai vu les diamants qui, assurément, sont plus gros. Il a pu prendre ses petites pierres précieuses et lui en donner de plus grosses, bien sûr. Mais je ne vois pas pourquoi il l'aurait fait. Qu'y gagne-t-il ? » Elle secoua la tête, perdant patience face à ces problèmes insolubles. S'écartant de la table, elle dit : « J'ai l'intention de sortir cet après-midi, pour peu que vous veniez avec moi. Et ce soir, la duchesse de Lyon donne une fête. » Madeleine observa au-dehors le beau soleil. « Si vous désirez ma compagnie. Il est dommage que je n'aie pas fait venir ma jument avec moi, car, je dois le confesser, monter à cheval me manque. » Mais la tristesse de son visage ne semblait pas provenir des pensées au sujet de son cheval.

« Vous pourriez louer un cheval si vous le vouliez. » Claudia d'Argenlac n'aimait pas monter à cheval et elle était très surprise que sa nièce fît cette remarque. « Je suppose que le fait de grandir à la campagne...

— Je suis allée partout à cheval, ma tante. Je me sentais si libre quand ma Chanée faisait la course avec le vent et que je devais user de toute ma force pour la retenir. » Son visage s'éclaira un peu à l'évocation de ce souvenir.

« Ciel, j'espère que vous n'avez pas l'intention de chevaucher, de cette manière, dans les rues de Paris ! » Un instant, la comtesse prit vraiment peur ; puis elle réexamina la question. « Je vais demander à mon palefrenier de s'enquérir des chevaux qui vous siéent, et s'il vous trouve suffisamment bonne cavalière, alors nous verrons. »

Madeleine se tourna vers elle et sourit chaleureusement. « Oh, merci, tante ! Je sais que je me sentirai moins… bizarre si seulement j'ai la possibilité de monter à cheval.

— Le problème est donc réglé. » La comtesse se leva, ravie de voir sa nièce si animée. Elle sentait que Madeleine s'adaptait bien à la société parisienne et elle profita de l'enthousiasme de celle-ci pour demander : « Pour en revenir à la fête, que porterez-vous ? »

Madeleine haussa les épaules. « Je n'y ai pas beaucoup réfléchi. »

« Alors, peut-être, pourrais-je vous suggérer de porter cette magnifique robe que vous possédez, en satin aux rayures cerise. Cela conviendrait tout à fait, et vous ne l'avez pas encore portée. Il est dommage de poudrer vos cheveux avec une telle robe, mais c'est obligatoire.

— Quels joyaux devrais-je porter, tante ? demanda Madeleine, s'imprégnant déjà de l'ambiance de la fête.

— Vos grenats devraient suffire.

— Oh ! fit Madeleine avec un geste d'impatience. Ce matin, Cassandre a trouvé que la monture avait été dérangée. L'un des chaînons était presque cassé. Il m'a éraflé le cou. » Elle toucha son cou à l'endroit où la collerette de dentelle du fichu se déployait. « Je lui ai dit de le faire réparer. »

La comtesse secoua la tête. « C'est dommage. Eh bien, alors, portez les diamants. Vous avez ce collier avec le gros pendant de perle. Cela devrait convenir pour la fête.

— Très bien. » À ce moment, Madeleine se leva et se rendit avec sa tante à la porte de la salle du petit déjeuner, puis se retourna brusquement pour embrasser son aînée avec une affection spontanée. « Je me moque de savoir si mon père pense que Paris représente un danger pour moi. Je suis heureuse d'être ici, tante. Et je vous aime pour toute la bonté que vous me manifestez. »

Enchantée et embarrassée par cette effusion de cœur, la comtesse se libéra des bras de sa nièce. « Eh bien, admit-elle, il n'est pas difficile d'être aimable avec une jeune fille aussi brillante et aussi charmante. À présent, laissez-moi prendre congé, ma chérie. Je dois me changer si je dois être vue, dehors, dans ma voiture. »

Madeleine s'écarta de sa tante pour la laisser passer puis la suivit jusqu'au vaste vestibule qui menait à l'entrée de la maison. Elle avait un regard pensif et ne dit plus rien.

*

Billet de Beverly Sattin au prince Ragoczy, écrit en anglais, en date du 8 octobre 1743 :

À son Altesse, Franz Josef Ragoczy, Prinz de Transylvanie,

B. Sattin envoie ses salutations les plus respectueuses.

En ce qui concerne l'Affaire dont nous avons discuté, il y quelques nuits de cela, j'ai le plaisir de vous annoncer que les Manœuvres de Cielbleu ont réussi et que l'Issue tant attendue est à portée de main.

Je conjure Votre Altesse de bien vouloir nous rencontrer au Lieu Habituel, dans la nuit du neuf, où les Documents que convoitait Votre Altesse seront à sa disposition.

À l'issue de cette Transaction, mes associés et

moi serons fort Reconnaissants et Sensibles à la matière que vous nous avez promise.

Avec l'espoir que les affaires de Votre Altesse seront couronnées de succès, j'ai le privilège d'être votre très humble et très obéissant serviteur.

B. Sattin

4

Clotaire de Saint-Sébastien se laissa aller en arrière sur les coussins de sa voiture de ville et bâilla. Sa conversation avec des Radeux s'était avérée fort décevante. Le jeune homme n'avait plus du tout l'intention de céder les coffres familiaux à son oncle, quels que fussent les arguments dont il usât.

Saint-Sébastien jura. À cause d'un trou, la voiture venait de faire une embardée. C'était assez mauvais pour qu'on lui refuse l'accès à la fortune de Beauvrai, mais il n'était pas même certain de réussir le grand sacrifice qu'il avait tant espéré. Achille de Cressie répondait de son épouse, mais avait été assez stupide pour perdre l'affection de celle-ci. Il ignorait si elle avait l'intention de se rendre à la messe, sans parler du fait qu'elle fût suffisamment confiante pour être à la fois l'autel et le sacrifice. Il tapota sa longue canne, impatient. Il devait posséder cette femme. Si près de son but, il ne supporterait pas cet échec.

Pendant un instant, sa pensée s'arrêta sur le sabbat. Il n'en avait pas célébré depuis presque six ans et il sentait sa puissance décliner. Il avait besoin de ce pouvoir érigé sur le sang et la terreur. Il songeait au corps jeune et svelte de Lucienne de Cressie, nu et allongé sous lui, alors que les membres de la congrégation abuseraient d'elle ou se posséderaient les uns les autres, absorbant sa jeunesse comme une abeille extrait le nectar. Et plus tard, quand viendrait la Toussaint, il la posséderait à nouveau mais cette fois, il plongerait sa dague dans son cou en recueillant le sang dans le calice, au moment précis de son extase…

Soudain, la voiture tangua et s'arrêta brusquement. Irrité par cette violente interruption de sa songerie, Saint-Sébastien sortit la tête à la fenêtre et regarda vers le cocher.

« Alors ? demanda-t-il.

— Je suis désolé », balbutia le cocher, redoutant ce qui allait lui arriver.

Saint-Sébastien le foudroya du regard, son visage de prédateur s'était fait plus dur qu'à l'accoutumée.

« Cela n'est pas suffisant, mon bon. Cela n'est vraiment pas suffisant. Donne immédiatement les rênes au postillon à tes côtés. Immédiatement ! »

Il était descendu sur la route et tapotait très nerveusement sa canne. « Je ne te le redirai pas une seconde fois. » Très lentement, le cocher descendit de sa cabine et, plus lentement encore, il s'inclina devant Saint-Sébastien.

« J'ai pensé qu'il y avait du danger, maître », dit-il. Il ne voulait pas se plaindre mais repousser aussi loin que possible l'heure du châtiment. « Il y avait trois mendiants, maître. Ils se sont précipités au-devant des chevaux.

— Tu aurais dû leur passer dessus. » Il tenait désormais lestement sa grande canne plombée, sa main caressant le sommet de la pierre polie montée sur un pommeau d'argent.

« Les chevaux, maître. Je ne voulais pas que vos chevaux se blessent.

— Tu mens. » Saint-Sébastien abattit le pommeau sur l'épaule du cocher, et un léger sourire retroussa ses lèvres au hurlement que poussa l'homme. « Mets tes mains sur la route », ordonna-t-il, de manière implacable.

Le cocher commença à reculer. Il luttait, entre la colère et la peur, pour garder le contrôle de soi.

« Non ! Non ! » Cette fois, le pommeau orné de pierreries frappa le genou et le cocher s'effondra à côté de la voiture, tout en se lamentant d'une voix faible et aiguë. Il poussa un cri alors que Saint-Sébastien visant de sang-froid son autre genou l'écrasa. Du sang se répandit sur ses culottes et commença à tremper la route.

Saint-Sébastien se lécha les lèvres, tout en observant son cocher grièvement blessé ; ses yeux somnolaient d'un étrange plaisir. Puis, satisfait, il se tourna vers le postillon horrifié, assis dans la cabine.

« Tu peux repartir, dit-il, alors qu'il remontait dans la voiture.

— Mais votre cocher..., commença le postillon.

— De quelle utilité peut m'être un infirme dans ma maison ? » demanda Saint-Sébastien d'une voix horriblement mélodieuse. Il regarda par la fenêtre les rares badauds qui s'attardaient sur la route, stupéfaits. Il les balaya du regard, puis fit une remarque en l'air : « Il y en a qui feraient bien d'être aveugles, en ce moment. »

Rapidement, la route se vida. Alors, Saint-Sébastien dit au postillon : « Je n'aime pas devoir répéter mes ordres. Repars ! »

Le postillon ramassa les rênes et ordonna aux chevaux de partir. Il était rassuré de sentir la forte traction dans ses mains parce qu'elle les empêchait de trembler. Il se concentra sur le chemin en conduisant.

Le cocher observa l'attelage qui disparaissait au travers de ses yeux brouillés par la douleur et maudit le scélérat parfumé qui était à son bord. Il haïssait Saint-Sébastien, mais à ce moment précis, il aurait offert sa vie au service de Saint-Sébastien pour retrouver ses jambes. La douleur était intense et lui donnait la nausée. Quand il essaya de bouger, il sentit des douleurs dans tout son corps. Il comprit qu'il pouvait être écrasé par une autre voiture et il souhaita pendant un instant qu'il en fût ainsi. Il avait été humilié, il avait été estropié. Il posa sa main en avant et tâta la boue.

Une ombre le recouvrit. « Cocher ? » dit une voix en français, avec un léger accent.

Le cocher leva les yeux et vit un homme d'âge mûr, anguleux, habillé d'une livrée couleur tabac, ce qui indiquait de façon sûre qu'il était un domestique appartenant à une riche maison. Le cocher grogna. Il en avait assez des riches maisons.

« J'ai vu ce qui est arrivé. » L'homme s'était agenouillé à côté de lui, à présent, oubliant la saleté qui jonchait la route. « J'aimerais vous aider, monsieur, si vous me le permettez.

— Laissez-moi.

— Si je le faisais, dit le domestique, vous seriez mort dans l'heure. Une voiture vous écraserait ou des malfrats qui profitent de l'infortune des voyageurs vous lapideraient pour ensuite vous dérober vos vêtements. » Il fit une pause et toucha l'épaule du cocher.

« Quel est ton nom ? Moi, je me nomme Roger. »

Il répugnait à répondre, mais le domestique ne partait pas.

« Je m'appelle Hercule.

— Très bien, Hercule, dit Roger. Je vais aller chercher les laquais de ma maison. Nous te porterons à notre maître et je t'assure qu'il fera tout ce qu'il peut pour toi.

Tu ne dois pas avoir peur. Il est hautement versé dans l'art chirurgical. »

Hercule s'esclaffa, malgré la douleur.

« Quel maître voudrait m'aider ? Je suis un cocher cul-de-jatte ! »

Dans le regard éteint de Roger apparut un vieux sourire plein de sagesse.

« Mon maître m'a souvent surpris. J'ai entendu dire qu'une fois il prit de grands risques en protégeant un esclave en fuite et que, par la suite, il s'assura que l'esclave eût pleinement accompli sa vengeance.

— C'est un mensonge ! ses paroles finirent dans un cri.

— Non ! J'étais cet esclave, vois-tu. » Il se leva. « Je vais m'absenter un instant, Hercule. Ne perds pas espoir ! »

Hercule était sur le point de jeter l'amabilité de Roger à la face de celui-ci mais le vieux valet était déjà parti. Et à présent que Roger s'en était allé, Hercule se sentait seul. Il avait été aisé de rejeter l'aide du vieux domestique et de son maître lorsque Roger était agenouillé à ses côtés. Mais à présent, il gisait seul sur la route, ne sachant pas si une autre voiture viendrait à passer par là. Il guettait anxieusement la venue de voleurs ou de bandits. Hercule sentait grandir sa peur. Il avait vue sur les Portes de Paris. Il se trouvait à moins de quatre cents mètres des premiers bâtiments. Mais les badauds qui l'avaient vu se faire rouer de coups avaient disparu, il n'y avait personne pour l'aider à présent que Roger était parti à bord d'un petit cabriolet.

À mesure que sa peur grandissait, sa haine de Saint-Sébastien s'accroissait. Il ressentait une profonde amertume enflammer son esprit et il en tirait quelque satisfaction. La haine est plus forte et plus durable que le courage. Elle lui donna la volonté de résister suffisamment à la douleur dans ses jambes pour se traîner sur le bas-côté de la route.

Le soleil cuisant de cet après-midi l'oppressait, et seule la fraîche brise automnale lui apportait quelque répit. Il sentait son corps se vider de son sang et il repensa au sourire qu'il avait vu dans le regard de Saint-Sébastien alors que la première tache rouge était apparue sur ses culottes.

Hercule était allongé à moitié inconscient quand une des plus belles voitures qu'il eût jamais vues déboucha à toute vitesse sur la route. Elle était tirée par quatre chevaux gris assortis. Même dans son agonie, Hercule s'aperçut que les chevaux étaient de magnifiques bêtes. Il fut vaguement amusé que la voiture s'arrêtât à ses côtés et que l'on dépliât les marches.

C'est Roger qui sortit le premier de la voiture pour se diriger directement vers lui. « Avez-vous subi de nouvelles blessures ? demanda-t-il, en se baissant auprès d'Hercule.

— Non, répondit-il, trouvant sa langue pâteuse. J'ai rampé.

— Rampé ? » demanda l'homme qui, derrière Roger, venait de sortir de la voiture. Il était de taille moyenne, plutôt râblé, mais d'une belle corpulence. Ses élégants habits à la mode étaient noirs, à l'exception de la dentelle blanche à ses poignets et au jabot. Il portait à ses petits pieds des chaussures noires aux boucles serties de pierreries. Ses cheveux noirs n'étaient pas poudrés mais attachés soigneusement derrière la nuque par un fin nœud noir. Son beau visage, qu'un nez marqué et légèrement dévié rendait intéressant, était empreint d'intelligence. Il tomba à genoux, aux côtés d'Hercule, ignorant la poussière et la saleté qui maculaient ses vêtements. « Mon brave, qui a bien pu vous faire cela ?

— Saint-Sébastien, murmura Hercule, frappé soudain par le regard intense et irrésistible du gentilhomme.

— Saint-Sébastien ? répéta le gentilhomme. Saint-Sébastien ! » Puis il se tourna vers son domestique. « Roger, tu as bien fait. Emmène cet homme à l'hôtel. Je suis certain que nous lui trouverons un emploi. Je m'occuperai de lui plus tard. Veille à ce que ses plaies soient lavées, mais n'y applique aucun bandage. Des fragments d'os pourraient se trouver dans les blessures et celles-ci ne doivent, en aucun cas, être comprimées.

— Qui est-ce ? » demanda Hercule à Roger alors qu'il était soulevé doucement de terre et porté à la voiture.

Le maître de Roger entendant la question lui répondit : « Le plus souvent, je suis, en ce siècle, le comte de Saint-Germain. »

*

Extrait d'une lettre écrite par la comtesse d'Argenlac à son frère, le marquis de Montalia, en date du 11 octobre 1743 :

[…] *Nous avons assisté à un salon, hier soir, de manière à ce que Madeleine ne fût pas trop fatiguée de la fête qu'a donnée la duchesse de Lyon, la nuit précédente. Madeleine y a remporté un vif succès. M. de Saint-Germain avait composé des airs pour violoncelle et à l'intention d'une cantatrice. Mme de Cressie a pris possession de son nouvel instrument et le compositeur a persuadé Madeleine d'être au chant. Les œuvres furent charmantes, mon cher frère. Elles ne recelaient rien qui pût susciter la désapprobation même d'un moraliste tel que vous. Madeleine chanta de manière délicieuse. Mme de Cressie affirma par la suite qu'elle avait trouvé le duo charmant et elle a supplié Madeleine de l'accom-*

pagner au chant plus souvent. Je crois qu'elles ont prié M. de Saint-Germain de leur écrire de nouveaux airs. Il a répondu qu'il estimait qu'il serait dommage de priver le monde de leur musique et il affirma que c'était là un devoir pour lui.

Vous devez aisément imaginer, après cette charmante soirée, quel choc fut-ce d'apprendre que Mme Lucienne de Cressie était tombée gravement malade. Du moins, c'est ce qu'Achille a annoncé. Je dois vous avouer que je me méfie de lui. Il fréquente davantage MM. Clotaire de Saint-Sébastien et de Beauvrai. Il s'est tenu une certaine réunion chez Mme de Cressie le neuf septembre au soir. D'aucuns affirment qu'il ne s'agissait, encore une fois, que des pratiques vicieuses d'Achille, cependant je n'en suis pas si sûre, particulièrement depuis que Lucienne n'a plus été vue après cette nuit. Vous pouvez me traiter d'insensée, mon frère, mais vous savez quelle sorte de monstre est Saint-Sébastien, et j'ai la conviction qu'il tente à nouveau de réunir autour de lui les disciples de Satan. Soyez assuré que je ferai tout mon possible pour qu'aucun de ces hommes n'adresse ne serait-ce qu'une parole à Madeleine.

Nous nous rendons, demain soir, à l'hôtel de Transylvanie. Ne vous rongez nullement les sangs, je ne laisserai pas Madeleine prendre part aux jeux d'argent. Cependant, une fête doit avoir lieu, avec des danses, un ballet et un petit opéra joué à la manière italienne, aussi bien que d'ordinaire. On rapporte que cet hôtel voudrait rivaliser avec l'Hôtel de Ville. J'ignore si une telle chose est possible, mais nous aurons droit à de merveilleux divertissements où tout le monde est convié.

Je me dois de vous féliciter au sujet de votre fille. Elle est délicieuse. Ses manières sont plaisantes, elle a de l'esprit, de la conversation et son entendement est excellent. Parfois, l'étendue de son érudition me sur-

prend. Alors que M. de Saint-Germain nous régalait au souper du récit de ses histoires drolatiques, elle se rallia à lui au moment où il commença à nous conter une histoire de vampires en affirmant que c'était folie que de les craindre, puisque n'importe quel sang pourrait les apaiser. Tout ce que l'on aurait à faire serait de leur offrir un agneau ou un cheval et l'affaire serait réglée. Vous auriez dû voir la stupéfaction se peindre sur le visage de Saint-Germain. Il lui baisa la main et lui dit qu'elle avait la partie gagnée.

Plus tard dans la nuit, nous bûmes un verre de vin en compagnie du baron et de la baronne de Haut-Misou. Le baron nous conta une histoire écrite par un Florentin, qu'il avait lue, à propos du sculpteur Michel-Ange. Immédiatement, Madeleine identifia la peinture en question — les bonnes sœurs qui l'avaient instruite auraient été satisfaites de savoir que l'œuvre dont il était question était la Chapelle Sixtine — et nous conta l'histoire de la fresque. Le baron était enchanté. Il dit qu'il était fort rare de trouver une jeune fille dont l'érudition égalait la beauté. Madeleine répondit — et j'espère que vous ne la réprimanderez pas pour cela, mon cher frère, car elle ne faisait que plaisanter — que si plus de femmes étaient éduquées comme elle l'avait été, le baron n'aurait de cesse de s'enchanter, à chaque instant. Je vous remercie mille fois de m'avoir envoyé ma nièce. Je crois que vous serez satisfait du bon emploi que nous faisons de son temps à Paris. Recommandez-moi bien à Mme la Marquise et assurez-la que sa fille va bien et qu'elle va souvent à la messe. Ne pensez point que, parce que le succès en société de Madeleine est grand, je lui permette de négliger ses devoirs religieux. Elle est obéissante et sincère dans sa pratique de la foi, et son confesseur m'a dit que son âme est chaste. Ce prud'homme, notre cousin, est réputé pour sa piété et reçoit, comme je le comprends, votre approbation à ce qu'il pourvoie à ses besoins spirituels.

Je prends congé de vous pour le moment, mon cher frère, et nul doute que vous recevrez une lettre de moi à nouveau d'ici peu de temps. Puisse Dieu vous avoir, vous et la marquise, en sa Sainte Garde et vous donne la paix de l'esprit. Avec tout le respect que je vous dois et la profonde affection que je vous porte, je demeure votre sœur.

Claudia de Montalia
Comtesse d'Argenlac

P.-S. J'ai pris la liberté d'acheter une belle jument espagnole pour Madeleine à monter. C'est une monture splendide et Madeleine s'est avérée une cavalière émérite. Alors même que je vous écris, elle est, en bonne compagnie, partie au Bois-Vert pour l'après-midi.

5

Donatien de La Sept-Nuit tenait fermement l'étrier de cuir. Il aida galamment Madeleine à monter sur sa nouvelle jument espagnole. Tout autour d'eux, les autres membres de la compagnie remontaient en selle pour revenir à Paris.

Madeleine s'installa solidement sur sa selle amazone tout en ajustant sa robe vert bouteille afin qu'elle s'étalât gracieusement sur les flancs de sa jument. « Merci », dit-elle, après un moment, avec un léger agacement dans le regard.

De La Sept-Nuit s'inclina profondément. « C'est toujours un plaisir. Et si pour un si petit service vous me remerciez, j'accomplirais de grandes prouesses si les récompenses étaient à leur mesure. »

Madeleine ne répondit pas immédiatement car elle dut retenir sa jument qui fit une embardée parce qu'elle avait trop serré les rênes. « Il suffit, cessez ces compliments stupides, Chevalier. Je commence à me sentir ridicule. »

Le chevalier s'inclina à nouveau et retourna à son hongre de couleur baie. En un instant il s'était élancé en selle et chevauchait avec quelques-uns de ses amis. Châteaurose le héla comme il approchait.

« Les choses vont-elles comme vous le voulez avec la Montalia ?

— Plus d'épines que de roses, admit de La Sept-Nuit comme son cheval bai galopait et décochait une ruade pour s'amuser.

— J'ai bien envie de m'y frotter, dit Châteaurose alors qu'il observait Madeleine rapprocher sa jument tout près de l'andalou d'une blancheur immaculée conduit par la baronne de Haut-Misou.

— Ce serait inutile. Cette fois, Saint-Sébastien s'est bel et bien trompé. »

De La Sept-Nuit avait baissé la voix tout en prononçant ces paroles et il jeta un coup d'œil furtif aux autres jeunes gens.

Autour d'eux, les bois bruissaient de vie, inondés des couleurs de l'automne or et roux. Les feuilles s'envolaient en crépitant sur la route, voletant comme des papillons au gré du vent. C'était une magnifique journée mordorée, baignée par la lumière du soleil qui couvrait les cavaliers de taches aux reflets topaze alors qu'ils chevauchaient sous les hautes futaies.

« Et cela fut très fâcheux. » La baronne s'adressait à Madeleine, qui écoutait d'un air faussement attentif. « La robe fut ruinée, bien entendu, et il n'y eut rien d'autre à faire que de la donner à la domestique. »

« Une chose bien pénible, effectivement. » Madeleine contrôlait l'expression de son visage, prenant un air sérieux et maintenait sa jument à un trot rigoureux.

« Eh bien, qu'y pouvons-nous ? Si les cuisiniers ajoutent tant de vin dans leurs sauces, nous devons accepter de nous tacher. C'est certain, les sauces font toute la saveur d'un plat, mais il est dommage d'abîmer un beau satin parce que le bœuf exige une sauce appropriée.

— Peut-être qu'un vêtement approprié à porter au dîner..., suggéra Madeleine avant qu'elle n'ait eu le temps de réfléchir.

— Un vêtement pour dîner ? Pour *dîner* ! cria presque la baronne.

— Pourquoi pas ? demanda Madeleine innocemment, exposant son idée. Vous pourriez disposer d'une robe spéciale que vous porteriez à l'occasion du repas. Vous pourriez servir un banquet romain, chacun s'habillerait en toge et s'allongerait sur des couches. Je crois que c'est ce que faisaient les Romains », ajouta-elle.

Fronçant légèrement les sourcils, elle fit un signe de la main à un visage familier. « Saint-Germain ! Les Romains s'allongeaient-ils sur des couches ?

— Quoi donc ? demanda-t-il. Les Romains... » Il mit son étalon couleur fumé au petit galop, se dirigea vers elles et salua discrètement quand il fut arrivé à leur niveau. Puis, il reposa la question : « Que demandiez-vous au sujet des Romains ?

— Oh ! je suggérais à la Baronne qu'elle organisât un banquet romain avec des convives en toge, étendus sur des couches. Mais je ne pus alors me rappeler si c'étaient les Grecs ou les Romains qui le faisaient.

— Exotique, dit la baronne, et ce mot contenait à lui seul une condamnation absolue.

— Ne parlez pas ainsi, protesta Saint-Germain, quand l'arrière-grand-père du Roi essaya tant de rétablir la gloire de Rome pour la France.

— Louis le quatorzième fut un grand monarque, scanda la baronne, tout en observant de manière fort suspicieuse Saint-Germain.

— Sans aucun doute », acquiesça Saint-Germain, le plus froidement du monde. Amusé, il jeta un coup d'œil faussement enjôleur à Madeleine. « Êtes-vous aussi une admiratrice du précédent monarque ? »

Ce fut la baronne qui répondit à cette question. « Assurément, certains aspects du grand homme sont à déplorer, mais il est bon de se rappeler que son second mariage a rétabli une atmosphère digne à la cour.

— Alors croyez-vous que vice et satanisme, que vous abhorrez, Madame, disparurent définitivement sur l'ordre du Roi ? demanda poliment Saint-Germain. Bienheureuse France ! »

La baronne ne dit rien et ce fut peut-être par hasard qu'elle se retrouva derrière ; Madeleine et le comte chevauchèrent ensemble pendant un long moment dans un silence poli. Au devant d'eux, les jeunes gens poussaient leurs chevaux dans des courses improvisées. Derrière eux, venaient les personnes plus âgées du groupe, chevauchant plus sagement leurs montures. La lumière du soleil filtrait au travers des arbres, l'ombre et la lumière rythmant chaque mouvement.

« J'aime votre coursier, reprit Madeleine. Il me semble n'en avoir jamais vu de semblable. »

Saint-Germain tapota le cou gracieux. « Il m'a été offert en Perse. Peu de son espèce parcourent l'Europe. Je crois qu'on les nomme *barbes* parfois. » Il tapota à nouveau la large encolure du cheval. Madeleine acquiesça, puis dit malicieusement : « Je crois bien que c'est la première fois que vous ne portez pas de noir, Saint-Germain. Quel sorte de cuir est-ce ?

— C'est de l'élan. Le ciselage montre l'histoire de saint Hubert et du cerf. » Il palpa le cuir lie-de-vin qui faisait ressortir son foulard de mousseline. « C'est un peu démodé. Les poignets sont fâcheusement trop étroits eu égard aux critères actuels, mais je l'ai en ma possession depuis fort longtemps. Il a été confectionné pour moi en Hongrie. Je ne puis me faire à l'idée de m'en séparer. » Il fronça légèrement les sourcils. « Mais vous me paraissez troublée, ma chère ? Vous ne m'avez pas appelé à vos côtés pour disserter au sujet des Romains ou de la race chevaline. La baronne vous faisait-elle donc mourir d'ennui ?

— Oh ! non, s'empressa-t-elle de répondre.

— Alors, peut-être sont-ce les avances de La Sept-Nuit qui vous agacent ? Il comprit à sa moue que sa question avait fait mouche.

— Ma tante m'affirme que je ne puis espérer plus de bonheur d'un mariage et m'encourage à être réaliste. Je crois savoir que de La Sept-Nuit est riche et qu'il est à la recherche d'une épouse. Sa mère a fait comprendre à ma tante qu'il pensait que je lui ferais grand honneur.

— Oh, non ! Il se mit à rire. Et vous ne voulez pas seulement lui faire honneur ?

— Cela vous amuse peut-être, Comte, mais je trouve cela avilissant. » Elle tourna la tête brusquement, en colère, afin qu'il ne vît pas perler ses larmes soudaines. « Je me sens comme une esclave distinguée que l'on vend au plus offrant.

— Madeleine, dit-il très posément, elle se tourna pour le dévisager et fit aller sa jument à un trot plus lent. Votre tante ne vous veut que du bien. C'est tout ce qu'elle sait faire. »

La gorge serrée, Madeleine acquiesça.

« Elle m'a expliqué ce à quoi devaient s'attendre les femmes. Mais, ah ! Saint-Germain, je veux davantage. »

Il sourit tristement à cet épanchement. « Je sais. »

Elle lui jeta un regard de défi.

« J'ai ouï dire que vous aviez visité maints lieux, fait et vu des choses... J'aurais voulu visiter ces lieux et voir ces choses. »

Il y eut une lueur étrange dans les yeux de Saint-Germain.

« Une telle vie est très solitaire, Madeleine. »

À présent, son visage commençait à s'empourprer et

elle proféra, amèrement, à mi-voix : « Pensez-vous qu'être mariée à de La Sept-Nuit, ce n'est pas être solitaire ? Pensez-vous qu'être mariée à n'importe lequel d'entre eux (elle fit un grand geste de la main en direction des jeunes hommes qui s'amusaient bruyamment, plus avant sur la route) serait autre chose qu'une vie de solitude ? Au moins, votre vie, elle, est intéressante. »

Après un silence, il acquiesça.

« Oui, je suppose que ma vie est, d'une certaine manière, intéressante.

— Eh bien, comme la nuit dernière, dit-elle, changeant de sujet et cherchant à retrouver son calme. Vous avez évoqué la possibilité d'utiliser la vapeur pour mouvoir les bateaux. Mais ce n'était pas comme Monsieur de Beauvrai, qui parle de ces choses parce qu'elles portent l'attention sur lui, alors même qu'il ne comprend pas un traître mot à ces machines. Je pouvais dire que quand vous parliez de ces machines à vapeur, c'était vraiment que vous y aviez réfléchi. Puisque l'eau pousse une roue de moulin, de même on peut faire que ce soit l'eau que l'on repousse si la force est dans le moulin. Et utiliser l'eau bouillante pour mouvoir des tubes en cercles. Je ne vois pas pourquoi tout le monde disait que c'était impossible. J'ai trouvé que cela semblait très simple. »

Saint-Germain sourit largement révélant ses belles dents blanches. « C'est parce que vous n'avez pas passé votre vie à apprendre ce qui est impossible. »

La lumière quitta son visage. « Vous vous trompez, Comte. J'apprends vite.

— Chut, chut, Madeleine. »

Il amena son cheval un peu plus près, de manière à ce que son étrier touchât presque les sangles de sa selle.

« Êtes-vous donc si malheureuse, ma chère ?

— Oui… non… Enfin, je ne sais plus. »

Elle avait détourné les yeux. Elle avait peur de voir dans son regard un peu trop de compassion. « Je sais qu'on s'attend à ce que je me marie, et il se peut qu'avec le temps je me lasse et que je prenne peur tant et si bien que je fasse. » Elle jeta un coup d'œil derrière son épaule, vers le groupe de cavaliers plus âgés. « Voyez donc où sont toutes les femmes, Comte, même les jeunes filles ? Elles sont déjà vieilles. » Elle détourna le regard. « Avec le temps, je serai comme elles et je repenserai à vous avec un amusement cynique.

— Madeleine !

— Ne me parlez point si aimablement. Je ne puis plus le supporter. Vous me donnez de l'espoir alors qu'il n'y en a point. »

Elle éperonna les flancs de sa jument, oscilla gracieusement alors que sa monture s'en allait galopant en avant.

Saint-Germain, chevauchant, la suivit, suffisamment de près pour la rattraper si sa jument s'emballait véritablement, mais d'assez loin pour qu'elle pût prétendre ne pas savoir où il se trouvait.

*

Extrait d'une lettre écrite par le médecin Andreas Schoenbrunn au comte de Saint-Germain, en date du 12 octobre 1743 :

[...] *Le médecin tient à confirmer à Monsieur le Comte que ce qui demeurera de la mobilité dans les genoux est dû aux soins rapides et experts qui furent prodigués à cet homme, Hercule. Du moins, le mouvement sera-t-il préservé dans les genoux, bien qu'il soit possible qu'il ne puisse plus marcher à l'avenir. Le médecin est satisfait de ce que Monsieur le Comte a ordonné de ne pas bander les genoux, c'est ce qui a permis de sauver la mobilité. Le valet qui accompagnait le patient a informé le médecin que c'est Monsieur le Comte qui a donné les instructions de laisser les genoux sans bandages, et le médecin l'en félicite.*

En ce qui concerne la question de Monsieur le Comte à propos du travail, tant que cet homme, Hercule, ne mettra pas de poids sur ses jambes, il ne voit pas d'objections à ce qu'il quitte son lit aussitôt qu'il le pourra. Sa fièvre est tombée, il pourra accomplir de petits exercices avec ses mains et ses bras avant longtemps. Le médecin croit savoir que le comte possède du sirop de pavot, et il prescrit son administration à cet homme, Hercule, s'il souffre et en cas de douleur trop forte. Mais le médecin met en garde Monsieur le Comte contre une utilisation prolongée et le supplie de se souvenir de ce que le médecin a pu observer qu'une utilisation prolongée de cette mixtion provoque une dépendance qui n'est pas souhaitable.

Le médecin prendra la liberté de rendre visite à Monsieur le Comte dans dix jours pour examiner cet homme, Hercule ; constater qu'aucune infection ne s'est déclarée et s'assurer par lui-même que la guérison est en bonne voie. Si le médecin le juge opportun, il fera alors une saignée à cet homme, Hercule.

S'il peut être à nouveau d'une quelconque utilité à Monsieur le Comte, ce médecin lui assure qu'il sera honoré de servir la maison de Monsieur le Comte à tout moment.

Je prie Monsieur le Comte de me croire entièrement à ses ordres.

En la rue de l'École romaine,
Andreas Schoenbrunn,
médecin

6

Lucienne de Cressie observait la pièce plongée dans la pénombre au travers de ses yeux vitreux et fatigués. Rien ne lui paraissait familier, pourtant elle avait dormi dans cette même chambre presque toutes ses nuits depuis son mariage avec Achille. Des lourdes draperies autour de son lit jusqu'aux grands coffres en bois doré contre le mur opposé, tout lui était aussi étranger que le décor des quartiers privés d'un empereur de Chine.

Son mari avait été à ses côtés peu de temps auparavant. Elle ne savait pas clairement combien de temps s'était écoulé depuis qu'il l'avait quittée car le vin qu'il lui avait administré devait certainement être drogué. Elle bougea faiblement, et ressentit un malaise gagner tout son corps.

Elle s'agrippait à ses draps comme si elle allait se noyer, se demandant ce qui allait advenir. Chaque jour, elle se disait qu'elle pourrait supporter ce semblant de mariage un peu plus longtemps, mais la nuit venue, seule, avec pour unique compagnie masculine ses rêves, elle sentait son courage s'émousser. À ces moments-là, même la prière ne l'aidait pas, et cela, plus que toute autre chose, l'effrayait.

Maintenant, les yeux emplis de larmes, elle repensait aux rares instants qu'Achille avait bien voulu lui accorder, à son dédain face à ses souffrances, à sa terrible indifférence face à ses suppliques. Elle l'avait supplié cette nuit de la faire entrer dans un couvent. Elle était même prête à disparaître, peut-être pour le Nouveau Monde, pour ne plus le déranger de quelque manière que ce fût. Il avait ri, disant que, si elle voulait se consacrer à la religion, il allait lui offrir l'occasion qu'elle attendait. Il l'avait enfermée à double tour dans ses appartements, tout comme le jour précédent.

Elle avait joué un peu sur son nouveau violoncelle, mais n'avait trouvé qu'une bien piètre consolation dans la musique. Son esprit divaguait alors que la drogue prenait possession de son esprit.

À présent, étalée sur le lit, elle sentait ses défenses céder. Achille avait organisé quelque chose pour cette nuit, elle le savait. La nuit précédente, elle avait attentivement écouté Achille et ses mignons discuter dans la bibliothèque, à l'étage inférieur, jusqu'au petit jour. Il y avait eu des éclats de voix pareils à des chants, et puis, beaucoup plus tard, des cris et des commentaires lui indiquant que ces hommes accomplissaient ce que son mari appelait les *rites athéniens*. Elle ferma les yeux et essaya de focaliser son esprit sur la prière.

Un vertige la saisit, après un moment elle rouvrit les yeux, espérant vainement que ces visions allaient cesser. Elle avait terriblement mal à la tête, et ses oreilles bourdonnaient.

La pièce lui parut alors plus sombre, elle avait peut-être dormi ou peut-être rêvait-elle. Comme elle n'arrivait pas à discerner clairement le pompon du baldaquin qui pendait au pied de son lit, elle tourna la tête contre le mur. Alors qu'elle fixait son regard sur les larges drapés des rideaux de lit, elle crut voir les tissus bouger. Elle essaya de s'en détourner mais s'aperçut qu'elle ne le pouvait pas.

Ses yeux étaient chauds, très chauds et avides.

C'était à nouveau le rêve, mais cette fois-ci c'était elle qui allait au devant de la vision, le cœur empli d'une joie honteuse. Elle reconnut que sa passion était coupable et s'abandonna à sa bouche chaude et pressante qui allait de ses lèvres à sa gorge. Ses mains la caressaient aussi délicatement que de la mousseline, mais avec ardeur. Elle pouvait sentir son corps à côté et en ressentit de la joie, au bord des larmes alors qu'il l'attirait à elle.

Dans un recoin de son esprit, elle se demanda si Achille le lui avait envoyé comme une horrible plaisanterie, mais elle ne pouvait pas imaginer comment Achille aurait pu lui envoyer un rêve.

Aussitôt, elle se sentit fiévreuse et glacée à la fois, et elle lutta pour le retenir tout contre elle. Son esprit s'égarait sous l'effet de ces caresses douces et expertes. Il n'y avait que de fugaces instants douloureux mais suivis si rapidement d'une extase suprême que ceux-ci ne servaient qu'à ponctuer son transport. Elle se laissait emporter par le courant, aussi évanescente que la musique. Le chaud vibrato de son violoncelle entre ses jambes n'était rien en comparaison de ce rêve radieux qui remplissait chacune de ses fibres de bonheur. Ce rêve étrange et merveilleux la portait, pareil aux ailes du vent. Elle sentit son cœur s'ouvrir telle une fleur, elle se laissa emporter par un profond et silencieux sommeil. Il n'y avait plus de présence à ses côtés, et les délicieuses pulsations de son sang s'apaisèrent définitivement.

Il faisait froid dans la chambre quand elle s'éveilla, et les draps emmêlés ne lui apportaient aucune protection et peu de chaleur. Elle frissonnait, et maintenant que les effets des drogues s'étaient dissipés, elle se sentait engourdie et exténuée.

Un sentiment de culpabilité l'assaillit aussitôt. Elle savait que ce genre de rêve était aussi clairement un péché que l'acte lui-même, car celle qui avait commis l'adultère en son cœur était une femme infidèle aux yeux de la Sainte Église. Son confesseur lui avait dit qu'il en était ainsi, et cela sans exception car l'adultère était un péché de chair, ce qui était luxure, et la luxure était un des sept péchés capitaux. Elle se signa, mais avec le sentiment d'être hypocrite, puis se mit sous les draps, le visage rouge de honte.

Les prières ne lui venaient pas. C'est en vain qu'elle essaya de fixer son attention sur les choses saintes ; à chaque fois son esprit se reportait sur son merveilleux rêve, et sur la sensualité affolante qu'il apportait, ce rêve dans lequel son corps chantait une incantation très particulière que l'austère exemple des saints et des martyrs ne pourrait dissiper.

Son esprit était encore « divisé » quand la porte s'ouvrit et, à sa grande stupéfaction, son mari entra. « Bonjour, madame. J'espère que je ne vous ai pas dérangée ? » Ses yeux moqueurs reçurent le désordre de sa mise comme preuve de l'efficacité de la drogue.

« Achille ? » demanda-t-elle, ressentant, soudain, un froid particulier. Elle ramena les draps autour d'elle, en réponse au dégoût qu'elle lut sur son visage.

Il s'avança vers le lit. « Venez, madame, venez. Nous avons des invités, en bas. Il serait inconvenant de négliger votre apparence pour les recevoir. » Il lui tendit la main, autoritaire. Ce n'était pas là un de ses jeux cruels. Il s'agissait de tout autre chose. « Venez, madame », répéta-t-il.

Elle fronça les sourcils. « Je ne suis pas habillée, Achille, cherchez-vous à ridiculiser votre femme ? »

Elle espérait, ardemment, que c'était là tout ce qu'il envisageait de faire. « Ne pouvez-vous pas me laisser en paix ?

— Ce sont nos invités, madame. Ils sont dans votre maison. Il serait indécent de ne pas venir nous rejoindre alors que nos invités ont expressément demandé après vous. » Il attrapa son déshabillé et le lui jeta. « Cela suffira, femme. Mettez ça et venez avec moi. »

Alors qu'elle commençait à se soumettre, un éclair de lucidité la fit sortir de son indolence. Elle comprit que quelque chose de terrible se tramait et qu'Achille n'était pas là pour la protéger. Au mieux, c'était l'humiliation qui l'attendait ; le pire, elle n'osait même pas l'imaginer.

« Ne nous faites pas attendre », ordonna-t-il. Son visage s'enlaidit alors que ses traits se durcissaient. « L'heure est presque passée.

— Non », dit-elle, se reculant. Elle ne savait pas ce que le mot *heure* signifiait, mais elle savait désormais qu'elle courait un danger vers lequel son mari l'emmenait. « Allez-vous-en, Achille. Je ne me sens pas bien. S'il vous plaît, excusez-moi auprès de vos invités.

— Ce sont nos invités, dit-il, ne dissimulant que très légèrement son irritation. Ce sont nos invités. Vous devez descendre. Saint-Sébastien, tout particulièrement, veut faire votre connaissance. » Il désigna le déshabillé. « Mettez-le, madame. Je n'attendrai pas plus longtemps après vous. »

Elle secoua la tête. « Non. »

Il la regarda fixement, de l'autre bout de la pièce, les poings serrés, les bras le long du corps. Alors avec effort, il marcha vers elle. « Vous êtes ma femme. Vous ferez ce que je vous dis. »

Achille avait déjà effrayé Lucienne, auparavant, mais elle n'avait jamais ressenti une terreur telle que celle qui la parcourait à présent. Elle prit les oreillers et les lui jeta comme il s'approchait davantage, consciente de ce que son geste avait de futile en regard de la rage qu'il éprouvait. Un lourd flacon de parfum en verre était posé près de son lit et elle le lança également.

Achille trébucha au contact violent du flacon, alors qu'il lui effleurait l'arcade sourcilière. Il chancela un instant, bouche bée. Puis se précipita vers sa femme.

Sans la moindre hésitation, Madame de Cressie ouvrit grand la fenêtre qui était juste derrière elle. Le jardin se trouvait deux étages plus bas, elle le savait. Avant qu'Achille n'ait pu l'attraper, elle se jeta par la fenêtre. Tout en tombant, elle eut le temps de ressentir le contact de l'air froid de la nuit contre sa peau.

En entendant de nombreuses voix venant de la maison, elle comprit, maintenant que son esprit s'éclaircissait, qu'elle avait dû s'évanouir. Elle n'était pas morte. Elle essaya de bouger ses bras, mais découvrit que l'une de ses épaules était déboîtée. Elle n'avait pas ressenti la douleur avant de tenter un mouvement, mais celle-ci la transperça de part en part. Une pensée frivole lui vint à l'esprit : elle ne pourrait plus jouer au violoncelle avec une telle épaule. Elle devait recevoir de l'aide et des soins.

Elle entendit des voix se rapprocher et, dans la pénombre, une lanterne scintillante apparut. À présent, elle se maudissait d'avoir raté sa tentative de suicide. Elle savait que pour le salut de son âme, elle devrait se repentir. Elle avait conscience qu'elle devait remercier Dieu de l'avoir épargnée pour qu'elle pût ainsi expier ses péchés, pour le désir éprouvé par sa chair et pour sa tentative de suicide. Mais alors que le bruit des pas se faisait entendre plus fortement, de tout son cœur elle souhaita être morte.

« Nous l'avons trouvée », dit une voix qu'elle ne parvint pas à reconnaître. Elle leva les yeux et vit un homme grand et maigre qui pouvait avoir la soixantaine, habillé à la dernière mode. Ses yeux gris étaient voilés, presque reptiliens, et le sourire qu'il arborait était presque plus effrayant que ne l'aurait été l'expression de la colère.

Derrière lui, un autre homme plus âgé, que des vêtements excentriques désignaient comme le baron de Beauvrai, s'adressa à l'homme à ses côtés.

« Damnation, vous voilà bien chanceux, Clotaire ! Désormais, elle est à vous pour le sacrifice. »

Clotaire de Saint-Sébastien ricana, et la gorge de Lucienne s'assécha au seul son de ce rire.

« Elle peut m'être d'une certaine utilité, du moins, je le suppose. Nous devons nous assurer qu'elle est encore vierge. Qu'Achille et ses amis l'emportent dans la bibliothèque. »

Il s'agenouilla à côté de Lucienne et, passant outre ses protestations et son état, sa main se fraya un passage entre ses jambes.

« Non, non, non, murmura-t-elle en serrant les cuisses.

— Madame, dit froidement Saint-Sébastien, ne tentez pas de m'en empêcher. Je vous préviens que je ne saurais le tolérer. »

Elle essaya de parler et lutta contre ses mains sondeuses. Il soupira, et ses doigts la fouillèrent douloureusement, intimement. Sa tête tourna et ses jambes se refermèrent à nouveau involontairement. La douleur fulgurante qu'il lui infligea cette fois-ci surpassa la douleur sourde de sa chute.

Saint-Sébastien se redressa. « Bien, elle est intacte. Combien de membres du cercle vont-ils la prendre ? » S'il vit l'horreur se peindre sur le visage de Lucienne de Cressie, il n'y prêta aucune attention.

Beauvrai regarda avec avidité la femme sur le sol.

« Belle pièce de chair. C'est dommage de la gâcher avec quelqu'un comme Achille. »

Saint-Sébastien le reprit. « Elle ne sera pas gâchée. Eu égard à nos desseins, nous devrions nous réjouir qu'Achille préfère les hommes.

— Non, s'écria Lucienne, non, non, non, non, non, non ! »

D'autres hommes les avaient rejoints à présent, et parmi eux Achille de Cressie. Lucienne vit qu'il avait une marque rouge sur le front et elle ressentit quelque satisfaction de savoir que le flacon en verre l'avait blessé.

« Dans la bibliothèque. Immédiatement ! Nous avons moins d'une heure pour accomplir la cérémonie. Il se passera trois mois avant que nous ne puissions obtenir les mêmes conjonctions pour une messe galante. »

Ils se précipitaient déjà vers la grande porte vitrée menant à la maison.

Les hommes accompagnant Achille étaient ravis d'obéir. Alors qu'Achille attrapait ses jambes, de Vandonne saisit ses bras, ignorant ses gémissements car son épaule la faisait souffrir à nouveau. Alors qu'ils la soulevaient, elle perdit connaissance une nouvelle fois.

Lorsqu'elle rouvrit les yeux, cette fois, elle crut un instant que ses craintes étaient infondées et qu'elle avait été emmenée chez le médecin afin que celui-ci lui portât secours. Elle était allongée sur le dos sur une table et un crucifix était suspendu au-dessus de sa tête. Des silhouettes encapuchonnées l'entouraient. Elle était sur le point de parler, d'exprimer sa gratitude lorsqu'elle s'aperçut qu'elle était toujours dévêtue et que le crucifix était accroché à l'envers. Alors même qu'elle constatait ce blasphème, elle regarda le corps du Christ avec un peu plus d'attention et vit avec quelle obscénité ils avaient traité le *Corpus Christi*. Le phallus en érection était aussi long que le torse de la silhouette et un pentacle était gravé sur son front. Elle se détourna, et alors pleura ouvertement réalisant qu'elle ne s'était tirée en aucune manière de ce mauvais pas.

« Excellent, excellent, dit Saint-Sébastien, à portée de main. Elle est consciente. Ce n'en est que mieux. » Il s'adressa aux hommes encapuchonnés qui l'entouraient. « Vous pouvez disposer d'elle comme vous le souhaitez jusqu'à trois heures, une fois que j'en aurai fini avec elle. Je m'emparerai de sa virginité et disposerai de son corps à nouveau quand l'heure viendra. Gardez cela à l'esprit. Au début et à la fin de la cérémonie, elle m'appartient. Exercez vos vices sur elle et entre vous mais sa virginité m'appartient. »

De Vandonne prit la parole, la voix tremblant d'excitation. « Se soumettra-t-elle, quoi que nous fassions ?

— Elle se soumettra », dit Saint-Sébastien avec une certitude si absolue qu'elle fit perdre tout espoir à Lucienne. « Si elle ne se soumet pas, venez vous plaindre à moi et j'y mettrai bon ordre. » Il fit un signe de tête aux hommes encapuchonnés. « Je pense que vous auriez peut-être mieux fait de la ligoter. Les cordes se trouvent sur l'autel. Placez le Membre du Diable à portée de main. J'en aurai besoin à trois heures du matin. Assurez-vous qu'il soit suffisamment chaud.

— Quand vous en aurez fini, qui la goûtera le premier ? demanda l'un des hommes d'une voix grossière qu'elle ne connaissait pas.

— Vous devez le demander à votre hôte. Il revient à son mari de disposer d'elle. S'il ne veut pas la posséder en personne. »

Cette dernière phrase fut prononcée avec un rire déplaisant.

Achille sourit largement avec un amusement sincère dans le ton de sa voix comme il disait, « Le Grâce est si impatient, et nous autres, aristocrates, avons si rarement la chance de pouvoir faire quelque chose pour nos inférieurs…

— Achille ! » cria Lucienne de toute son âme.

Les paroles de son mari arrêtèrent son cri. « Faites-la taire, Le Grâce. »

Elle sentit une main rugueuse se plaquer contre sa bouche et une horreur indicible la gagna lorsqu'on lui ligota les jambes et les bras. Elle entendit la voix haineuse de Saint-Sébastien au-dessus d'elle. « Seigneur des Ténèbres, ceci est pour le Pouvoir. »

Dès le premier contact avec la chair importune, elle hurla, se tordant dans ses liens. Où était passé son rêve à présent, les mains douces, le plaisir intense que procuraient les baisers qui étaient pareils au souffle de la vie ? Des regards cruels et haineux se posaient sur son visage, la toisant, pendant que Saint-Sébastien la violait. Elle se mordit la lèvre pour stopper net l'horrible cri dans sa gorge ; elle voulait épargner cette satisfaction à ses violeurs.

Plus tard, ils lui arrachèrent d'autres sons et disposèrent d'elle suivant leurs penchants cruels. Lorsque Saint-Sébastien offrit le Membre du Diable, Lucienne de Cressie était seulement à demi consciente, de sorte que cette invasion monstrueuse ne lui soutira qu'un soupir comme elle s'évanouissait une nouvelle fois. Certains membres du cercle observèrent cet instant avec jubilation mais Achille de Cressie ne se trouvait pas parmi eux. Il était délicieusement et doublement empalé et ne montrait pas le moindre intérêt à ce qui était en train d'arriver à sa femme.

*

Texte d'une missive du valet Roger à son maître, le comte de Saint-Germain, écrite en latin mais non datée :

À mon Maître,

J'ai continué ma surveillance de Saint-Sébastien, comme vous m'avez commandé de le faire. C'est bien ce que vous craigniez : il rassemble un nouveau cercle autour de lui. Ils se sont déjà réunis dans la maison d'Achille de Cressie qui leur a offert sa femme. Elle était en vie quand je suis parti à l'aube, mais je crains qu'elle ne soit devenue folle à cause de ce qu'ils lui ont fait. Saint-Sébastien l'a déflorée, puis quand les autres en eurent fini avec elle, il l'a prise de façon satanique.

Vous vouliez savoir qui j'ai pu reconnaître parmi les membres du cercle. En voici la liste :

De Vandonne
Châteaurose
Neuville
De La Sept-Nuit
Le Grâce

Si vous le souhaitez, mon Maître, je continuerai à suivre Saint-Sébastien. Il est maléfique, Maître. Je vous supplie de le détruire.

J'ai pris la liberté de mander un prêtre pour Mme de Cressie, mais la domesticité a refusé de l'admettre. Peut-être réussirez-vous là où j'ai échoué.

Par postier spécial, aux matines. De par ma propre main.

Roger

7

L'hôtel de Transylvanie étincelait telle une boîte à bijoux d'une déesse colossale. Chaque passage était éclairé par de fines chandelles en cire d'abeille, chaque chandelier brillait si vivement qu'il semblait animé. Le grand hall avait été agrandi à la dernière mode et une galerie avait été rajoutée à l'usage de ceux qui souhaitaient se promener. La seule chose qui manquait et qui aurait fait de l'hôtel un succès complet était un mur recouvert de miroirs dans le hall principal. Depuis la création de Versailles, tout grand bâtiment se devait de posséder une galerie des glaces. Mais à l'hôtel de Transylvanie, les glaces avaient été remplacées par de très grandes peintures d'une rare beauté. Deux d'entre elles étaient allégoriques et montraient Zeus dans divers exploits ; l'un des tableaux, une peinture sombre montrant la mort de Socrate, était un authentique Vélasquez. Des tableaux plus petits ornaient le mur et tous provoquaient des exclamations et forçaient l'admiration de la foule prestigieuse qui se pressait là.

Les salles de jeu avaient été remises de côté dans l'aile nord du gigantesque bâtiment à trois étages et l'accès à ces pièces était gardé par un nouveau majordome taciturne qui était assis derrière un bureau situé dans une alcôve discrète. C'était un homme grand, avec une large carrure, un torse puissant et des bras forts. Il répondait au nom d'Hercule.

Dans le restant de l'hôtel de Transylvanie, le temps était consacré à la fête. Plusieurs bacs contenant des orangers adultes avaient été disposés le long d'un des murs de la grande salle de bal et l'archet des musiciens était décoré de fleurs. Chacun faisait des remarques sur l'extravagance des lieux et enviait en secret les richesses étalées par ces fleurs périssables, car au mois d'octobre à Paris ces fleurs étaient très difficiles à trouver et elles valaient des sommes astronomiques.

Laquais et serviteurs en livrée saumon se déplaçaient au travers de ce remue-ménage, exécutant leur service rapidement et discrètement. Toute personne employée par l'hôtel était bien éduquée, parlait un bon français et se conduisait avec les habitués de l'hôtel avec la plus grande des déférences. On servait le vin dans le meilleur cristal, le cognac était des plus fins, la porcelaine de Chine, merveilleusement translucide, était disponible dans les trois somptueux buffets ; le service était un magnifique exemple de l'argenterie italienne. Enfin, le repas hautement gastronomique avait été préparé par une petite armée de chefs et de maîtres queux dans la cuisine caverneuse située derrière l'hôtel.

La comtesse d'Argenlac se retourna vers son compagnon et sourit. « Ah ! cher Marquis, si parmi toute cette splendeur vous avez pu remarquer ma nièce, elle doit être félicitée le plus gracieusement du monde. Car je proteste énergiquement, je n'ai jamais rien vu qui pût rivaliser avec tout cela. Rien que de la haute qualité, sans regarder à la dépense et du meilleur goût. »

Le marquis de Châteaurose s'inclina légèrement. « Mais tout cela est outrageusement ostentatoire et du plus mauvais goût. Comment peut-on espérer retenir mon attention alors qu'il y a ici une jeune femme aussi splendide que Mademoiselle de Montalia pour attirer mon regard ? Tout pâlit comparé à elle.

— Assurément », répondit la tante de Madeleine, et ses yeux se plissèrent légèrement. Elle avait espéré en ce jeune noble un beau parti pour Madeleine, mais voilà, elle trouvait ses expressions par trop emphatiques. Il lui sembla que tout cela n'était que théâtre, et non ses véritables sentiments. Elle savait fort bien que trop souvent, les hommes d'un certain rang recherchaient pour épouse des femmes dont ils pourraient être fiers comme hôtesses, ou de simples ornements à leur noblesse, il en avait été ainsi avec elle et son mari, et elle savait qu'en fin de compte on ne trouvait que du vide dans de telles relations. Elle acquiesça. « Je serais flatté de vous la présenter », dit-elle machinalement, alors qu'elle l'emmenait à travers la cohue sur la piste de danse à l'endroit où se tenait sa nièce, près du saladier à punch, engagée dans une discussion très animée avec le comte de Saint-Germain.

« Ma chère », Claudia interpella sa nièce, alors qu'elle se rapprochait. « Je vous présente le Marquis de Châteaurose. Il vous a admirée de loin et cherche à mieux vous connaître. »

Le marquis fit une profonde révérence et se redressa d'un geste élégant qui mit en valeur ses vêtements somptueux et sa silhouette parfaite. Il foudroya Saint-Germain du regard et s'adressa à Madeleine en baisant la main qu'elle lui présentait. « J'ai attendu impatiemment ce moment depuis que je vous ai vue pour la première fois alors que vous chevauchiez en direction du Bois-Vert. J'ai mis plusieurs jours à trouver suffisamment de courage pour vous approcher. »

Ordinairement ce discours provoquait un rougissement et un sourire affecté chez les femmes auxquelles il le prodiguait, mais Madeleine dit : « Si vous avez besoin de courage pour vous adresser à moi, puisse le ciel venir en aide à la France sur le champ de bataille. »

Châteaurose resta interdit. La comtesse s'inquiéta non seulement des manières de Châteaurose mais aussi de l'insolence de Madeleine. Ce fut Saint-Germain qui brisa la glace, disant avec un sourire : « Je crains que vous n'ayez sous-estimé les fortifications, Marquis. »

Mais le marquis de Châteaurose avait retrouvé contenance. « Vous n'avez pas idée, dit-il à Madeleine, faisant semblant de ne pas avoir entendu Saint-Germain, comme il est agréable de trouver une jeune fille qui dise ce qu'elle pense. S'il vous plaît, parlez librement en ma présence. Je trouve charmants ces propos ingénus. »

Saint-Germain recula et adressa un geste à peine perceptible à la comtesse. « Pourquoi l'avez-vous présenté à Madeleine ? » demanda-t-il, *sotto voce*, quand elle se trouva à côté de lui.

« Il me l'a demandé, lui répondit-elle, également à voix basse. Il est d'excellente famille et je n'ai rien entendu qui puisse être porté à son discrédit.

— Si vous l'aviez entendu s'exprimer, vous sauriez qu'il y a des choses à lui reprocher. Il n'espère quand même pas que Madeleine va croire les balivernes qu'il lui inflige ! »

La comtesse hocha la tête : « Y a-t-il autre chose que je devrais savoir ? Vous paraissez inquiet, monsieur. Avez-vous connaissance de quoi que ce soit qui l'accusât ? » Elle s'inquiétait à présent car elle avait compris, et il y a des semaines de cela, que Saint-Germain était au fait à lui tout seul, bien plus que ses trois amis réunis, de tout ce qui se passait à Paris.

Saint-Germain ne répondit pas directement, mais resta à regarder le mur d'en face d'une manière un peu distraite. « J'avais cru comprendre que vous souhaitiez lui éviter la fréquentation de la coterie de Beauvrai, dit-il enfin.

— À tout prix. »

Il acquiesça. « Très bien. Je vous affirme maintenant que Châteaurose a été vu en compagnie de Saint-Sébastien. Je ne saurais dire avec certitude s'il est impliqué dans cette coterie mais il ne fait aucun effort pour les éviter. Voilà ce que je puis vous dire. Peut-être voudriez-vous que j'en informe Madeleine ? C'est une jeune femme charmante, il serait dommage qu'elle fût trompée. »

La comtesse jeta un regard sur la pièce bondée et remarqua pour la première fois que des Radeux et de Beauvrai étaient présents. « Je vous en prie, Comte, prévenez-la. Les craintes qu'entretient mon frère la concernant sont peut-être sans fondement, mais je confesse que Saint-Sébastien m'inquiète. Je ne puis oublier que Madame de Cressie n'a reçu aucune visite ces quatre derniers jours et qu'Achille est souvent en compagnie de Saint-Sébastien.

— Pauvre Claudia », murmura Saint-Germain en embrassant affectueusement sa main. Il se tourna pour lui verser une coupe de punch.

Elle prit la coupe et la porta à ses lèvres puis demanda avec un embarras inhabituel : « Je ne sais pas si vous en aviez l'intention, mais j'apprécierais que vous parliez à Madeleine en privé. Elle pourrait avoir des questions à poser, des questions importantes auxquelles on ne peut répondre ici (elle montra d'un signe de la main la pièce tout illuminée) mais en privé… »

Tout au bout de la pièce, les musiciens de chambre achevèrent de jouer le concerto et des applaudissements s'élevèrent de la foule. Les musiciens se levèrent, saluèrent et se préparèrent à jouer à nouveau un air de danse.

« Certainement. Je vais réserver l'un des petits boudoirs, si vous le désirez. Souhaitez-vous nous y accompagner ? » Ses yeux irrésistibles plongèrent dans les siens, et ce fut comme s'il pouvait voir son âme.

La comtesse se sentait indécise. Elle savait qu'en tant que chaperon de sa nièce, elle se devait de l'accompagner mais elle savait aussi que Saint-Germain était un homme honorable, qui avait passé l'âge de la bagatelle et qui plus est discret. On n'entendait pas un scandale qui le concernât ; aucun hochement de tête entendu, ni d'allusions voilées sur lui ne circulaient. Elle rencontra son regard et prit une décision. Cela attirerait moins l'attention et susciterait moins de commentaires si Madeleine, seule, s'absentait de la salle de bal ou de la salle à manger. Si elle était vue en compagnie de Saint-Germain, celui-ci serait considéré seulement comme son escorte. Mais si elle était vue avec sa nièce et Saint-Germain, surtout alors qu'ils se retiraient, cela alimenterait les ragots et pourrait alerter Beauvrai qui, à son tour, pourrait mettre Madeleine en danger.

« C'est fort prudent de votre part », reprit Saint-Germain, ce qui intrigua la comtesse parce qu'elle ne se rappelait pas avoir prononcé une quelconque parole. « Je vais me retirer avec Madeleine dans un instant. Peut-être que si vous vous rendiez dans la salle à manger, votre départ ne serait pas remarqué ou s'il l'est, je prétendrai que je vous la ramène. »

Elle acquiesça, légèrement distraite. Elle jeta un coup d'œil, à nouveau, dans la direction de Madeleine et la vit toujours en grande conversation avec Châteaurose. « Mon Dieu », se dit-elle alors qu'elle observait sa nièce et le superbe marquis.

« Ne soyez pas inquiète », lui dit Saint-Germain et il poursuivit avec douceur : « Vous êtes aussi bonne qu'une mère pour elle et il n'est pas surprenant que vous vous fassiez du souci pour sa sécurité. Cependant, je vous promets qu'elle est, à présent, à l'abri de tout danger provenant de Saint-Sébastien et je ferai tout mon possible, je vous le promets, pour m'assurer qu'elle le demeurera. »

La comtesse se tourna vers lui impulsivement. « Vous êtes si aimable, Comte. Je ne peux m'empêcher de me demander pourquoi vous faites cela. »

À ces mots, Saint-Germain éclata de rire. « Point n'est besoin de vous dire que ce n'est pas parce que j'ai jeté mon dévolu sur l'honneur de Madeleine. Disons simplement que Saint-Sébastien et sa coterie me sont aussi peu sympathiques qu'à vous. »

La comtesse comprit qu'elle pouvait être satisfaite de cette réponse, aussi peu suffisante qu'elle fût et elle était secrètement ravie que Saint-Germain lui eût dit qu'il détestait Saint-Sébastien. L'ombre du doute qui s'était éveillé dans son esprit s'évanouit et ce fut avec l'âme bien tranquille qu'elle s'excusa et retourna vers la salle à manger.

Quelques instants plus tard, Saint-Germain offrit son bras à Madeleine. « Mille pardons, Châteaurose, mais la comtesse m'a chargé de l'agréable tâche d'escorter sa nièce et de la rejoindre au dîner. »

Châteaurose ne fut pas le moins du monde troublé. « Si vous pouviez me nommer comme suppléant, Saint-Germain, vous ne seriez pas importuné et j'aurais le plaisir de profiter plus longtemps de la présence radieuse de Madeleine.

— Cela n'est pas plus ennuyeux pour moi que cela ne l'est pour vous, fit remarquer Saint-Germain qui tenait son bras prêt à recevoir celui de Madeleine. Vous avez dansé avec elle et avez été à ses côtés une demi-heure, Châteaurose. Vous avez donc un avantage sur moi, en ce que je ne danse pas. Ne m'enviez pas les quelques minutes que je passe à la mener d'ici jusqu'à la salle à manger.

— Ce sera comme une longue nuit pour moi jusqu'à son retour », répondit durement Châteaurose, comme s'il accusait Saint-Germain de conduire quelque perfide tractation.

Saint-Germain ne lui prêtant plus la moindre attention dit : « Venez, mon enfant. Votre tante nous attend. » Il sourit plutôt méchamment à Châteaurose. « Vous devriez trouver une meilleure méthode en mon absence. Celle-ci a rencontré l'échec le plus complet. »

La musique se fit plus forte alors que les musiciens du petit orchestre interprétaient un ensemble de variations sur deux arias de Händel, très goûtées du public. Saint-Germain n'entendit pas la remarque que fit Madeleine. Les bavardages confus et la soudaine intensité de la musique couvrirent sa voix. Il leva la main pour la faire taire jusqu'à ce qu'ils fussent sortis de la pièce.

Lorsqu'ils eurent franchi les doubles portes d'un air majestueux et furent passés dans un long corridor, Madeleine répéta ses propos. « Je vous suis reconnaissante de m'avoir prêté secours au bon moment. »

Les yeux de Saint-Germain faillirent pétiller. « Vous ennuyait-il donc ?

— Pire », dit-elle, sans protester ni poser de questions lorsque Saint-Germain la conduisit le long d'un couloir hors de la salle à manger. « C'est tout à fait charmant de s'entendre dire que l'on est séduisante, cependant je sais que je ne suis pas la plus jolie femme ici présente. Madame de Chardonnay et la duchesse de Quainord sont bien plus belles que moi. Et, continua-t-elle, s'échauffant quelque peu sur le sujet de la conversation, je n'apprécie pas que l'on s'adresse à moi comme si je venais juste de sortir d'une salle de classe.

— Pourtant, ce n'est là que la stricte vérité », intervint Saint-Germain quelque peu badin, alors qu'il ouvrait une porte conduisant à un boudoir.

Madeleine n'y prêta pas attention. « Et en outre, il ne comprenait qu'un mot sur cinq ! » C'est seulement à ce moment précis qu'elle comprit où elle se trouvait et qu'elle regarda autour d'elle, surprise.

La pièce n'était pas grande et meublée dans un style très élégant. Deux sofas encadraient l'âtre où couvait un petit feu sous un manteau de marbre sculpté. Sur le mur d'en face était accroché un nouveau Vélasquez au-dessus d'une table dorée et incrustée de bois de rose qui contenait quelques livres reliés en maroquin, un télescope et un astrolabe. Sur le mur à l'opposé de la cheminée, de magnifiques draperies de soie de Chine brochées cachaient l'entrée d'une alcôve où un lit étroit, dur et monacal se dissimulait derrière toute cette magnificence.

Saint-Germain fit asseoir Madeleine sur le plus proche des deux sofas tapissés de damas persan. « Je vous en prie, asseyez-vous », dit-il doucement. Il traversa la pièce vers la table où se trouvaient le télescope et l'astrolabe. « J'ai à m'entretenir avec vous. »

Finalement, Madeleine comprit où elle se trouvait, son éducation fut plus forte que la confiance instinctive qu'elle lui portait. « Où sommes-nous ? demanda-t-elle, en essayant de ne pas trop montrer son appréhension.

— Nous sommes dans l'une des chambres privées. Il jouait avec le télescope, sans la regarder.

— Et ma tante… ?

— … Elle est au souper, comme je vous l'ai dit. Nous la rejoindrons un peu plus tard. »

Il y avait une pointe d'acier dans le ton de sa voix, quand elle dit, le testant.

« Et si je voulais aller la rejoindre maintenant ?

— Alors, je vous escorterais, cela va de soi. » Il prit dans ses mains le télescope et caressa son enveloppe de laiton. « Un magnifique instrument que le télescope. Mais Galilée fut forcé de refuser l'évidence. Quel dommage. »

Madeleine jeta un coup d'œil à la porte, et vit qu'elle n'était pas fermée. La clef était visible, et l'une des poignées de porte était abaissée. Sa curiosité fut éveillée et elle se cala plus confortablement dans le sofa. Elle savait que si elle était découverte en sa compagnie, seule, ce serait alors terriblement compromettant, mais une voix intérieure la rassura. « Un homme dissertant sur Galilée n'est pas très amusant », dit-elle.

« Non. » Saint-Germain reposa le télescope sur la table. « Ce que j'ai à vous dire n'est pas très amusant. Il est de votre intérêt que vous m'écoutiez. »

Elle rajusta sa robe extravagante, faite de taffetas, avec une étonnante dextérité. « Très bien, Comte. Je vous écoute. » Elle sourit malgré elle et vit un éclair d'acquiescement dans ses yeux noirs.

Il y eut un moment de silence alors que Saint-Germain s'appuyait contre la table, ses mains profondément enfoncées dans les poches latérales de son ample justaucorps.

« Que savez-vous de Satan ? » lui demanda-t-il de sa manière la plus pénétrante.

« Satan est l'Ennemi de Dieu et des hommes, l'ange déchu, qui aspire à devenir Dieu lui-même... » Elle hésita, puis poursuivit. « Il fut envoyé sur Terre pour nous tourmenter de ses tentations et maléfices... »

Il secoua sa tête fatiguée. « Je vous en prie, pas les réponses toutes faites des religieuses. Que savez de la puissance que l'on nomme Satan ? »

Elle le regarda perplexe. « Mais je viens de vous le dire.

— Alors, il va falloir désapprendre », dit-il dans un soupir. Il renversa la tête en arrière, puis la baissa à nouveau, comme s'il cherchait le moment juste pour commencer. « Il existe un pouvoir, qui n'est que ce qu'il est. Il est pareil aux flots, qui nous nourrissent et peuvent nous détruire. Que nous soyons abreuvés ou submergés par les flots, une rivière reste une rivière. Il en est de même avec ce pouvoir. Et quand il nous élève et tourne nos regards vers le bien et les merveilles pour que nous soyons anoblis et inspirés vers la bonté et l'excellence, nous le nommons Dieu. Mais quand il est utilisé à des fins de torture, de souffrance et de dégradation, alors nous le nommons Satan. Le pouvoir est double. C'est uniquement son utilisation qui en fait ce qu'il est, l'un ou l'autre.

— C'est de l'hérésie…, commença-t-elle sans conviction.

— C'est la vérité. » Il l'observait et vit que l'enseignement prodigué durant des années par les sœurs luttait contre son bon sens. Finalement, il fut certain qu'elle n'était plus aussi sûre. « Accordez-moi alors ce point comme argument. Il y a ceux qui utilisent le pouvoir sataniquement et il en résulte moult peines.

— Et ils passeront l'éternité en Enfer, rétorqua promptement Madeleine avec une certaine satisfaction.

— Vous ne savez rien de l'éternité », dit-il abruptement, mais la compassion de son regard noir tempéra la pique de ses propos. « Il y a des personnes qui, à Paris, poursuivit-il sur un autre ton, s'assemblent pour invoquer le pouvoir sous la forme de Satan. Ils se préparent pour deux des cérémonies qu'ils organisent : l'une à la Toussaint et l'autre au solstice d'hiver. Pendant la première, il y a simplement un sacrifice et ils ont déjà choisi leur victime. Mais durant la seconde, leur règle exige qu'ils sacrifient une vierge dans sa chair et dans son sang. »

Madeleine aurait donné cher pour trouver une repartie ironique qui détournât cette mise en garde, mais tout ce qu'elle pouvait faire, c'était le regarder avec les yeux écarquillés, le cœur battant la chamade.

« Votre tante m'a dit que votre père avait eu affaire autrefois au Cercle de Saint-Sébastien. C'est Saint-Sébastien qui cherche à faire ce sacrifice, avec l'aide de Beauvrai et d'autres. Il a déjà accompli un sacrifice *mineur* — du moins, le pense-t-il — et il en est sorti grandi. Il n'est pas dans mon intention de vous effrayer, Madeleine, mais vous ne devez absolument pas vous approcher du Cercle de Saint-Sébastien. Ce qui inclut le jeune Châteaurose.

— Châteaurose ? Il n'est rien d'autre qu'un pédant excentrique. Elle fit un signe de tête pour bien ponctuer ce qu'elle venait de dire.

— Ce n'est là que votre nouvelle façon de parler un peu sophistiquée et non le tréfonds de votre âme. Et votre âme prévaudra toujours sur cette autre face de vous-même. »

Elle le fixa, stupéfaite.

« Votre âme est comme une épée, brillante, scintillante, elle saura toujours percer à jour le mensonge. Ne doutez jamais de ce qu'elle vous dit, jamais, Madeleine.

— Je sais ce qu'elle me dit en ce moment, soupira-t-elle mais il ne parut pas l'entendre.

— Dites-moi, dit-il alors qu'il regardait l'âtre sans le voir, quand Châteaurose vous parle, que ressentez-vous ? »

Elle frissonna, se surprenant elle-même à éprouver une si profonde répulsion.

« Je me sens comme une fleur quand elle sent une chenille lui grimper dessus.

— Oui, dit-il dans un souffle.

— Mais, objecta-t-elle, choquée par ses propres paroles, il n'est rien. Il n'a rien fait…

— Ne sous-estimez aucun d'entre eux, mon enfant, une telle attitude scellerait votre perte. »

Elle étudia ses mains. « Et vous ? Pourquoi vous intéressez-vous tant à mon sort ? Pourquoi me prévenez-vous ? » Il se détourna, n'osant pas regarder son visage radieux et cette lueur de compréhension dans ses yeux.

« Cela est sans importance.

— Si vous ne me le dites pas, alors peut-être le découvrirai-je par moi-même. »

Tout à coup, ses yeux remplis d'émotion à présent trouvèrent les siens. Il fit un pas brusque vers elle. « Votre vie est si douce, mais si effroyablement brève. Je ne pense pas que je pourrai supporter d'en perdre une heure pour eux. »

Elle s'était levée, les joues pâles. « Saint-Germain ! »

Il se mit à rire doucement en s'appuyant contre la table, l'autodérision déformait sa bouche, et dans un sourire douloureux, il poursuivit : « Vous ne devez pas me craindre. Je ne vous ferai aucun mal. Je ne trouve aucun plaisir au viol et à la peur qu'il inspire. Je n'ai pas pris de force une femme depuis plus de cinq cents ans. Et certainement pas dans le sens où vous l'entendez. »

Tout était très calme dans le petit boudoir. Trois chandeliers aux sept chandelles luisaient, baignant la pièce d'une douce lumière ambrée.

« Cinq cents ans ? » Elle tenta de se moquer, mais les sonorités restèrent bloquées dans sa gorge. « Quel âge avez-vous donc ?

— Je ne m'en souviens pas vraiment, dit-il, se détournant une nouvelle fois. J'étais déjà vieux quand César dirigeait Rome. J'ai écouté Aristote enseigner. Akhenaton fit l'éloge de la ressemblance du buste de sa bien-aimée Néfertiti dont j'avais fait la commande à Amarra. Personne n'a encore découvert ses ruines, cependant j'y ai marché alors que la ville venait juste d'être construite.

— Vous n'êtes jamais mort ? Elle sentit ses mains se glacer alors qu'elle posait la question.

— Je pense qu'il se peut que je sois mort, une fois, il y a longtemps de cela. Je ne m'en souviens pas. Assurément, je connais suffisamment la Mort pour savoir combien fragile et précieuse est la Vie. »

Elle sentit les larmes lui monter aux yeux parce qu'il y avait tant de solitude dans ses mots qu'ils lui serraient le cœur.

« Oh ! ne me plaignez pas. J'ai eu plus que ma part de mort. Je crois que j'ai été même fou par moments. J'ai baigné dans le sang. Je recherchais la cruauté et les guerres. Je me souviens des jeux du cirque à Rome et je me dégoûte moi-même aujourd'hui. Plus récemment, quand je suis retourné dans ma patrie, j'ai usé du patriotisme comme excuse pour prendre des vies et m'en réjouir. » Il la regarda à nouveau. « Ainsi, voyez-vous, le respect que j'éprouve, à présent, pour vous et votre vie éphémère est chèrement payé.

— Saint-Germain, êtes-vous si malheureux ? murmura-t-elle. »

Mais il continuait à parler. « Je bois l'Élixir de Vie et ne meurs point. Je ne peux mourir. » Il porta la main à son col en dentelle et toucha le rubis qui s'y trouvait.

« Après tous ces siècles, vous parvenez encore à vous soucier de quelqu'un comme moi ? » Il y avait de l'étonnement dans sa voix alors qu'elle sentait sa peur s'apaiser :

« Bien sûr. » À ses douces paroles, elle le regarda, reconnaissant dans son beau visage lisse quelque chose qu'elle avait vu quelques fois dans du papier fin, une sorte de translucidité, de transparence diaphane qui lui parlait plus de son âge que des rides ne pouvaient le faire. « Quand j'étais jeune, dit-il alors qu'il la regardait attentivement, j'étais considéré comme un homme grand. À présent, ma taille est inférieure à la moyenne. D'ici quatre ou cinq cents ans, on pensera que je suis un nain. » Il s'approcha et, quand il fut à une longueur de bras, il tendit la main et lui toucha doucement le visage de ses mains menues.

« Saint-Germain, dit-elle doucement en s'étendant pour emprisonner ses mains.

— Ne me tentez pas, Madeleine. Vous ignorez ce que je désire… » Il s'interrompit, se maîtrisant. « Venez, je vais vous conduire à votre tante. » Ses manières à présent étaient brusques ; il retira ses mains et recula, la repoussant. « Souvenez-vous de ce que je vous ai dit à propos de Saint-Sébastien et soyez prudente. Je veillerai sur vous, mais votre jugement est votre meilleure protection. Faites-en bon usage. Et ne soyez pas trop fière pour demander de l'aide. »

Elle prit sa main à nouveau. « Cet Élixir de Vie, dit-elle, les yeux rivés sur les siens, comment l'obtenez-vous ? »

Il garda ses distances, admirant son courage, sachant qu'il faudrait bien peu de chose pour la posséder. Il pensait aux conséquences éventuelles et chercha à étouffer son désir ardent. « Je le bois, dit-il âprement. Demandez donc à Lucienne de Cressie. »

Madeleine hocha la tête. « Je le savais ! Est-ce donc vous qui l'avez rendue malade ?

— Non ! » Sa voix était ténue mais remplie d'émotion. Il libéra sa main. « Elle m'a accepté parce qu'il n'y avait personne d'autre. S'il y avait eu quelqu'un d'autre, je ne l'aurais jamais approchée.

— Sait-elle qu'il s'agit de vous ? »

Il rit. « Elle fait des rêves, ma chère. De doux et gentils rêves. Pendant un moment, elle s'épanouit. Puis vient le matin et tout est comme avant. » Il s'arrêta à nouveau.

« Les Sœurs nous ont parlé des horreurs de la nuit, de ces êtres damnés revenant d'entre les morts pour boire le sang des bons chrétiens, et voler leurs âmes en des étreintes maléfiques. Mais vous affirmez donc que Madame Cressie est heureuse ? »

Il s'en voulait d'éprouver de la tendresse pour Madeleine.

« Apparemment », dit-il sèchement.

Un timide sourire entendu éclaira son visage. « Saint-Germain, mon collier de grenats s'est cassé à nouveau, dit-elle, portant la main à son cou. J'ai une entaille au cou. Je saigne. »

Involontairement, son regard se porta vers sa gorge et s'assombrit en y voyant du sang. « Vous ne m'offrez pas un mouton ou un cheval ? » Ces paroles, qu'il avait voulues désinvoltes, étaient presque une supplique.

« Seulement si vous en avez plus besoin que moi. »

Saint-Germain éclata de rire à nouveau et cette fois avec un véritable entrain.

« Je n'ai pas besoin de plus que ce que peut contenir un verre à vin. » Il s'interrompit et regarda son visage. « Mais ce n'est pas sans risques, ajouta-t-il rapidement.

— Quels risques ? ses yeux violets étaient animés et elle souriait.

— Si je bois trop… » Il vint vers elle et toucha ses épaules. Quand il reprit la parole, sa voix était plus grave. « Si je bois trop ou trop souvent, vous deviendrez ce que je suis à votre mort. Et vous serez considérée comme impure et profane. Vous serez pourchassée par des illuminés et méprisée par le monde.

— Vous n'êtes nullement méprisé, remarqua-t-elle.

— Je l'ai été. Mais j'ai appris.

— Mais vous pouvez sûrement boire une fois sans que cela me nuise, insista-t-elle, le visage animé d'impatience, sur un ton joyeux et léger. Saint-Germain, s'il vous plaît…

— Je peux encore vous mener jusqu'à votre tante.

— Non, Comte. » Elle s'éloigna de lui, se déplaçant prestement pour se poster devant la porte. « Je ne comprenais pas comment une femme pouvait conserver facilement son honneur quand elle est confrontée à l'amour. Mais j'ai vu comment tourne le monde. J'ai étudié ceux qui m'entourent. Si je dois vivre comme le fait ma tante, comme tout le monde le fait, alors je saurai au moins une fois ce que c'est que d'être aimée. »

Cette fois, le sourire qui illuminait son visage était différent et elle sentit son pouls s'accélérer alors qu'il marchait lentement vers elle. Il leva la main et défit le fermoir de son collier de grenats qui tomba par terre négligemment.

« Eh bien, en êtes-vous certaine ? »

À présent ses mains étaient posées sur elle, l'échauffant par de douces et délicieuses caresses. Sûrement, doucement, délicatement, il soupesa ses seins, les soulevant respectueusement hors des contraintes de son corset, les malaxant alors qu'il les sentait s'épanouir dans ses mains. Il s'approcha d'elle encore d'un pas et la serra dans ses bras, embrassant ses paupières, sa bouche. Puis presque étourdi d'extase, il déposa ses lèvres à son cou. Elle poussa un petit cri de triomphe tout en l'enlaçant plus fortement, stimulant son ivresse par la violente passion de ses baisers.

*

Extrait d'une lettre de la comtesse d'Argenlac à son mari, le comte d'Argenlac, en date du 14 octobre 1743 :

[...] *Ainsi mon cher mari, je suis persuadée que vous voudrez bien m'assister dans les arrangements au sujet desquels je viens de vous entretenir. Le mois de novembre risque fort bien d'être horrible, et tout le monde sera heureux de participer à la fête que je compte organiser.*

Je sais à quel point vos serres de forçage vous sont chères, mais je vous serais éternellement reconnaissante, et je compterais cela comme une preuve de votre affection, si vous vouliez bien faire profiter tous mes invités de vos fruits frais. Et tout particulièrement vos abricots qui sont si appréciés.

J'ai engagé pour la soirée les danseurs de la Reine, et M. de Saint-Germain a promis de composer de nouveaux airs de chants pour Madeleine. Puisque Mme de Cressie est toujours souffrante, il a affirmé qu'il allait réfléchir s'il ne pouvait pas l'accompagner au clavier ou à la guitare. Madeleine est ravie, naturellement, et je sais que cela apportera un divertissement supplémentaire à la soirée.

Votre soudain départ pour la campagne m'a contrariée, et je me suis grandement inquiétée pour votre sécurité jusqu'à ce que votre mot me parvienne. Je suis marrie que vous soyez rendu à de telles extrémités. Si vous m'aviez informée de vos infortunes, ces désagréments eussent pu être évités. J'ai autorisé qu'une somme fût versée à M. de Neuville sur votre dette de jeu, cela devrait améliorer votre situation, du moins pour un temps. Puissiez-vous m'entendre et renoncer définitivement à votre vice du jeu, qui n'a fait que ternir votre bon nom et votre réputation. Votre intendant m'a informée que vous ne pouviez plus assurer les hypothèques de vos domaines. Jusqu'à notre conversation d'hier, je n'avais nullement connaissance de ces hypothèques. Ayez, je vous prie, l'amabilité de me révéler la totalité de vos dettes, je m'arrangerai avec mon frère et mon intendant pour lever les plus pressantes d'entre elles. Dans le cas contraire, je crains fortement que vous ne soyez sur le point de vous retrouver en procès pour défaut de payement.

J'attends avec ferveur de vous revoir, mon très cher mari, et en attendant votre retour, veuillez croire que je demeure votre très obéissante et très affectionnée épouse.

Claudia de Montalia
Comtesse d'Argenlac

8

« Espèce d'imbécile », dit doucement Saint-Sébastien en jetant un regard méprisant à Jacques-Eugène de Châteaurose. « Vous saviez qu'elle n'appréciait aucunement la frivolité et les compliments creux.

— Mais comment aurais-je pu le deviner ? Elle n'a pas encore vingt ans, elle a grandi à la campagne et a étudié chez les nonnes. Mes manières auraient dû la subjuguer. Vous savez comment je me suis acquitté de ma tâche avec succès par le passé. » Châteaurose ramassa l'un des livres qui était posé, grand ouvert, sur le bureau et commença à le feuilleter.

« Reposez cela », ordonna Saint Sébastien attendant que Châteaurose obéisse pour poursuivre. « Je ne veux pas entendre vos excuses, Châteaurose. Je ne suis nullement engagé à accepter un échec venant de vous, et particulièrement dans ces circonstances. Vous comprenez parfaitement que nous devons posséder cette fille au solstice hivernal, n'est ce pas ? »

Châteaurose était visiblement pâle. « Vous me l'avez dit et je vous crois, Saint-Sébastien, mais ce fut plus difficile que je ne le pensais. Elle n'est pas telle que je me l'imaginais…

— Je vous ai demandé de ne pas me faire d'excuses ! Si vous continuez de la sorte, vous allez finir par me contrarier. » Il se leva, sa robe de chambre cramoisie balaya le sol alors qu'il traversait à grands pas la bibliothèque. Il s'arrêta un moment pour contempler une étagère consacrée aux œuvres des philosophes grecs et aux poètes latins.

« J'essaierai à nouveau, si vous le souhaitez. Je l'approcherai de manière différente, dit Châteaurose avec avidité, en allant vers Saint-Sébastien.

— Je ne vous ai pas dit de vous joindre à moi, lui rappela doucement Saint-Sébastien. Vous devez apprendre que l'une des règles à laquelle nous obéissons au sein de ce Cercle est la règle de l'Ordre. Si vous n'êtes pas capable d'apprendre cela, alors vous serez expulsé de la manière décrite dans le contrat que vous avez signé quand vous vous êtes joint à nous. »

Malgré lui, Châteaurose devint écarlate. Il bégaya : « Je... je ne vois pas... ce que vous voulez dire.

— Un mensonge maladroit, Jacques-Eugène, l'avertit Saint-Sébastien. Néanmoins, je vais vous la rappeler. Si vous brisez la règle de l'Ordre, vous serez maudit par le Cercle et banni de nos rangs. Afin que vous ne puissiez point dire de mal de nous, votre langue sera coupée. Afin que vous ne puissiez point témoigner à notre détriment, vos mains seront broyées. Afin que vous soyez incapable de nous identifier, vos yeux seront brûlés. Enfin, vous serez à la merci du Cercle pendant une nuit, après quoi vous serez abandonné nu sur la route pour y vivre ou pour y mourir, si tel est votre destin. » Pendant cette récitation, Saint-Sébastien était resté calme et immobile, les extrémités de ses doigts jointes au-dessous du menton, comme en prière. Alors qu'il concluait, il se tourna vers Châteaurose. « J'espère que vous vous souvenez de vos obligations ? »

Châteaurose tenta d'exécuter un sourire engageant. « Je ne sous-entendais rien par là, Saint-Sébastien. Ce n'est uniquement que ma frustration qui s'exprime. Je ne voulais pas échouer avec la fille. » L'inspiration lui vint. « C'était si embarrassant que Saint-Germain fût là.

— Quel fat ! » reprit Saint-Sébastien d'un ton cassant, en se retournant brusquement. « S'entourer de mystère, prétendre de temps en temps être immortel ! » Il plongea son regard dans le feu qui flambait au foyer, répandant, dans la bibliothèque, sa lueur rougeoyante. « Il me contrarie, pour sa mine ! »

Tout à coup Châteaurose fut effrayé par cet homme maigre, qui le toisait de ses yeux froids et accusateurs. « Que vais-je faire de lui ? Voulez-vous que je vous débarrasse de lui ? »

Il y eut un bref éclair immensément inquiétant dans le regard de Saint-Sébastien, qui disparut avant que Châteaurose ne soit certain de l'avoir vu. « Oui, dit-il, faisant sortir péniblement le vocable. Oui, vous pouvez m'en débarrasser. Je veux qu'il disparaisse. Mais je ne veux pas que le Cercle y soit mêlé de quelque manière que ce soit. Me comprenez-vous bien ? Vous pouvez trouver un prétexte pour l'inculper, vous pouvez engager des hommes de main pour l'assassiner, vous pouvez trouver un moyen pour le discréditer, mais à aucun moment, à aucun moment — me comprenez-vous bien — il ne doit y avoir ne serait-ce qu'un seul murmure sur une éventuelle implication du Cercle. »

Châteaurose déglutit nerveusement. « Fort bien. »

Saint-Sébastien effectua un demi-cercle dans la pièce, entièrement absorbé par ses pensées. Ses mains étaient croisées derrière son dos, mais le bruissement sur le sol de sa robe de chambre cramoisie embrouillait quelque peu ses divagations. Enfin, il s'arrêta près des hautes fenêtres qui ouvraient sur une belle vue, au-delà des vastes étendues de ses jardins à la française. Cette vue, d'habitude impressionnante, était contrariée par la première véritable pluie d'octobre ; les nuages bas et mornes recouvraient tout Paris d'un voile de plomb.

Si toutes ces contrariétés dans ses plans dérangeaient Saint-Sébastien, il ne le montrait aucunement sur son visage ou dans ses manières. Puis un léger sourire de satisfaction apparut sur ses lèvres. Il se détourna de la fenêtre pour faire face à Châteaurose.

« Le comte d'Argenlac est un joueur, si j'ai bien compris ?

— Oui, répondit Châteaurose, étonné.

— Il a des dettes importantes, n'est-ce pas ?

— Oui. Et ses possessions sont hypothéquées. Il ne veut pas l'admettre, mais il est entièrement à la merci de sa femme. »

Saint-Sébastien laissa échapper un soupir de satisfaction. « Bien. Excellent. À qui doit-il de l'argent ?

— À tout le monde, dit Châteaurose d'un air dégoûté. Il est pire qu'un ivrogne quand il s'agit de cartes, du trente-et-quarante. Je l'ai vu perdre vingt mille livres en une heure.

— Une somme considérable. Pas étonnant qu'il ait tant de problèmes. Connaissez-vous ses sentiments à l'égard de cet état de fait ? Est-il satisfait de dépendre de sa femme ?

— Non. Il déteste cette situation. Parfois, je crois, poursuivit Châteaurose avec une perspicacité peu coutumière, qu'il se ruine lui-même uniquement pour la ruiner.

— Alors, peut-être, sera-t-il enclin à monnayer quelques-unes de ses difficultés contre une chance d'obtenir une revanche sur sa femme à travers sa protégée. » Il devint songeur, et son sourire se fit plus sinistre.

« Vous voulez faire jouer Montalia contre sa femme,

en votre faveur ? » dit Châteaurose incrédule de prime abord, mais alors même qu'il prononçait ces paroles, il vit un certain mérite dans ce plan. S'il devait y avoir des répercussions, elles retomberaient sur le comte d'Argenlac. Il hocha la tête tout en soupesant cette pensée. « Il se pourrait qu'il le fît, si nous l'approchons correctement. »

Saint-Sébastien s'assit profondément dans une chaise basse turque. « Auquel d'entre vous doit-il le plus ? »

Châteaurose aurait aimé s'asseoir, mais il n'osait pas. Il fit un compromis en appuyant son bras sur le manteau de la cheminée, et croisa l'une de ses jambes bottées contre l'autre. Il était habillé pour la monte, les deux basques de sa redingote étaient rabattues et boutonnées à hauteur des hanches, ce qui non seulement facilitait la monte, mais faisait ressortir la doublure de serge or et noir contre la laine anglaise ocre de sa redingote ainsi que ses jolies culottes de cheval. Sa cravate était en mousseline bordée de dentelle belge, et hormis cette expression contrariée qu'il arborait, il était le parangon du parfait aristocrate.

Les doigts de Saint-Sébastien tapotaient pathétiquement sur les bras de la chaise. « Le savez-vous, ou allez-vous devoir le découvrir ? Si tel est le cas, vous avez jusqu'à la tombée de la nuit pour l'apprendre et m'en informer.

— Non, non, il ne s'agit pas de cela, répondit avec empressement Châteaurose. Vous m'avez pris par surprise, voilà tout. Je pense que c'est à Neuville que d'Argenlac doit le plus. Sa femme a réglé quelques-unes de ses dettes, mais pas toutes, je pense. La somme était plus importante que d'Argenlac a bien voulu l'admettre. » Il réfléchit plus longuement. « Je crois qu'il était question de terres en Anjou. Je n'en suis pas certain cependant, mais je crois que Neuville détient une reconnaissance de dette à ce sujet, et autant que je sache, d'Argenlac n'a pas fait un seul geste qui indiquerait qu'il pût l'honorer.

— Le voudra-t-il seulement ? » Saint-Sébastien avait croisé les jambes, et la satisfaction se peignait à nouveau sur son visage.

« Oh oui ! de cela, je suis persuadé. » Il évita la férocité du regard glacé de Saint-Sébastien. « En ses terres d'Anjou, il a ses serres de forçage. Je pense que cela le tuerait s'il devait s'en séparer.

— Bien, dit Saint-Sébastien sur un ton rêveur.

— Et il y a tout ce qu'il doit à Vandonne, qui est bien peu par rapport à ce qu'il doit à Neuville, mais non le moins conséquent. Autant que je m'en souvienne, des joyaux étaient concernés. Je ne sais pas où en est l'affaire aujourd'hui. Je ne sais dire quand Vandonne exagère ou quand il rapporte la stricte vérité. »

Saint-Sébastien haussa les épaules. « Cela n'a aucune importance. Nous allons nous en charger par l'intermédiaire de Neuville, et si nous n'obtenons pas satisfaction ainsi, alors j'en discuterai avec Vandonne. »

Quelqu'un frappa à la porte, et sur un ordre de Saint-Sébastien, elle s'ouvrit. Tite, le valet de chambre de Saint-Sébastien, entra.

« Qu'y a-t-il, Tite ?

— Le Grâce est ici, Monsieur le baron. Il désire s'entretenir avec vous. Il dit que c'est urgent. »

Saint-Sébastien jaugea son taciturne serviteur. « Je ne suis nullement accoutumé à recevoir des visiteurs tels que Le Grâce. Je présume que tu ne l'as pas laissé entrer.

— Si, je l'ai fait. J'étais persuadé que vous voudriez le recevoir. » Tite s'avança dans la pièce et attendit.

« Comment cela ? » demanda Saint-Sébastien, en faisant signe à Châteaurose de s'éloigner un peu.

Tite s'approcha de Saint-Sébastien et avança la main. Quand il l'ouvrit, on put y voir briller un diamant brut avec des reflets bleutés, légèrement plus gros qu'un œuf de poularde.

Saint-Sébastien se rassit brusquement, et Châteaurose jura.

« Il prétend que la Confrérie des Sorciers a reçu d'un homme singulier le secret des gemmes. Il se nommerait Prince Ragoczy de Transylvanie.

— Est-elle véritable ? demanda Châteaurose, impressionné par les dimensions de la pierre.

— Monsieur Le Grâce a dit que les pierres sont fabriquées dans un four alchimique, un *athanor*. Apparemment, et qui que soit cet homme, il détient là un fabuleux secret, quand bien même la pierre ne fût point véritable. » Tite observa son maître d'un œil envieux, et attendit alors que Saint-Sébastien fixait les flammes, l'air absent.

Finalement, il annonça : « Tite, fais-le attendre dans le salon bleu et dis-lui que je le rejoindrai directement. Je veux en savoir plus sur ces pierres. »

Tite s'inclina et sortit ; alors qu'il fermait la porte, on put lire sur son visage une grimace cynique qui déformait ses traits.

« Eh bien ? demanda impétueusement Châteaurose, dès qu'ils furent à nouveau seuls.

— Prince Ragoczy. Prince *Ragoczy*. Où ai-je donc entendu ce nom ? » Saint-Sébastien dirigea son regard vers les fenêtres pailletées de gouttelettes de pluie. « Je devrais connaître ce nom…

— Et les gemmes ? » dit Châteaurose, l'interrompant. « Ce Le Grâce nous donnera-t-il le secret ?

— Certainement. »

Le ton détaché de Saint-Sébastien rendait ce mot terrifiant. « D'une manière ou d'une autre, nous apprendrons le secret. » Il se leva de sa chaise et arpenta la bibliothèque. « Je veux que vous vous acquittiez de cette tâche avec Neuville et Argenlac. La fille est mienne. Elle m'était promise avant même sa naissance, et je ne la laisserai pas m'échapper. Je vous charge d'une tâche, et je vous rappelle que je ne tolérerai pas un échec. Débarrassez Saint-Germain de notre chemin et distrayez sa tante. Alors, elle nous sera servie sur un plateau par son oncle. »

Châteaurose effectua une profonde révérence. « Comme il vous plaira. »

Saint-Sébastien était presque arrivé à la porte quand il se retourna et dit doucement : « Si vous échouez, Châteaurose, vous le regretterez bien plus que vous ne pouvez l'imaginer. » Puis il disparut derrière la porte, laissant Châteaurose seul et glacé, bien qu'il se tînt juste face aux flammes.

*

Texte d'un document écrit en latin sur un parchemin, scellé et déposé dans le coffre de la bibliothèque du baron de Saint-Sébastien, daté du 19 août 1722 :

Par les noms d'Asmodée, de Bélial et d'Astoreth, par la Foi du Cercle et le Serment du Sang, par la Règle et par le Signe :

Moi, Robert Marcel Yves Étienne Pascal, Marquis de Montalia, promet au Cercle et à son maître, Clotaire Pieux, Baron de Saint-Sébastien, qu'au moment de la naissance de mon premier enfant légitime, je mettrai cet enfant au service du Cercle et ce de la manière qu'il jugera utile.

Je confirme par la présente que je ne suis pas marié,

mais que je suis fiancé à Mademoiselle Marguerite Denise Angélique de Ragnac, que tout enfant né de cette union sera reconnu comme mon enfant légitime, qu'il sera mon héritier si c'est un garçon.

Dussé-je faillir à mon serment de quelque manière que ce soit, que les avantages que j'aurai acquis me soient pour toujours retirés ; ni la mer, ni la terre, ni le ciel ne suffiront à me soustraire à la colère et à la vengeance du Cercle et au Pouvoir de Satan, qui vivra de toute éternité. Signé en présence de témoins ce jour, valable durant toute ma vie sans restriction ou jusqu'à ce que mon enfant aîné atteigne l'âge de vingt-deux ans sans qu'il soit pris au service du Cercle.

Juré de par les mortifications de la Chair et les rites du Sang.

Robert Marcel Yves Étienne Pascal
Marquis de Montalia

DEUXIÈME PARTIE

MADELEINE ROXANNE BERTRANDE DE MONTALIA

Extraits d'une lettre de l'abbé de Pontneuf à son cousin, le marquis de Montalia, en date du 16 octobre 1743 :

[...] *J'ai eu l'immense plaisir d'entendre votre fille chanter accompagnée à la guitare par M. de Saint-Germain. Ils s'exerçaient pour la fête de votre sœur, et Mlle Madeleine fut assez bonne pour m'inviter à les écouter. Je dois vous avouer que je n'aime pas particulièrement la guitare — il lui manque les subtiles sonorités du luth et elle ne possède aucunement le son céleste de la harpe. Je vous concède volontiers que M. de Saint-Germain joue admirablement et que la musique qu'il a composée met en valeur la voix de Mlle Madeleine. J'ai été satisfait de la lecture du texte des arias, les sentiments qui y sont exprimés me paraissent tout à fait convenables, et je suis persuadé qu'ils le seraient également pour vous. On doit mettre au crédit de Saint-Germain qu'il ne suit nullement les inclinations modernes des accords dissonants et des mélodies discordantes. Bien au contraire, sa musique s'attache souvent aux anciennes formes, parfois même aux harmonies modales des siècles passés.*

Occasionnellement, Mlle Madeleine se voit confrontée en société à Beauvrai ou à Saint-Sébastien, ce qui est déplorable, je le concède, mais ne peut être évité sans un sérieux affront ; ce qui conduirait au scandale et à des rumeurs qui réduiraient considérablement les chances de Mlle Madeleine de trouver un parti honorable. J'ai pris la liberté de l'avertir au sujet de Beauvrai et de Saint-Sébastien. Je lui ai dit que leur réputation était telle que son nom serait souillé si on la voyait en leur compagnie. Il n y a aucune mauvaise intention de ma part, car il est certain qu'elle pâtirait énormément d'être vue en leur compagnie. Je pense qu'il ne serait pas sage de ma part de lui révéler toute la vérité les concernant : de telles révélations ne pourraient que ternir la douce innocence qui la rend si admirable.

[...] *Au sujet de vos interrogations, en date du huit, concernant la dévotion religieuse de Mlle Madeleine : je suis heureux de vous informer que vous n'avez aucune raison de craindre pour le salut de son âme, de quelque manière que ce soit. Elle est bonne, chaste et dévouée. Elle va à la messe le Jour du Seigneur et tous les jeudis, elle se confesse le mercredi ou le samedi. Sa dévotion est réelle et sa foi sincère, ainsi que vous me l'aviez dit.*

Vos inquiétudes concernant M. de Saint-Germain sont, semble-t-il, sans fondement. Quand j'ai questionné Mlle Madeleine à son sujet, elle a affirmé trouver ses attentions flatteuses, et très probablement sont-elles un atout pour Madeleine socialement. Mais une alliance avec un homme de son âge et de sa carrière, il n'en est nullement question. Pour en être entièrement sûr, j'ai parlé à M. de Saint-Germain. Il s'est montré très généreux envers Mlle Madeleine, la complimentant sur sa belle voix et son bel esprit. Mais il n y a rien qui puisse faire croire à une histoire d'amour. Il ne m'a pas semblé entrevoir une attitude qui fût plus importante, vu celle qu'il montre envers d'autres dames, sauf dans le domaine de la musique, ce qui est aisément compréhensible. Il était aussi très concerné par tout ce qui touche Mme de Cressie, jusqu'à ce qu'elle tombât malade, il y a quelque temps. Soyez assuré, mon très cher cousin, que votre fille n'est pas sur le point de perdre la tête en faveur de Saint-Germain, pas plus qu'il n'est amoureux d'elle. Votre fille possède un sens commun très développé, et vous ne devez nullement craindre qu'elle ne donne son cœur contre les vœux de sa famille. Au cours de nos conversations, quand je lui enseignais les us et coutumes du monde, elle me fit bien comprendre qu'elle connaissait ses devoirs et qu'elle n'avait nulle intention de s'y dérober. Il est entendu que vous voudriez avoir un certain respect pour l'homme qui serait son époux et de le porter dans votre affection. Madeleine a suffisamment de présence d'esprit pour en être pleinement consciente et elle m'a assuré qu'elle fera son choix de manière très réfléchie.

Permettez-moi, mon cher Robert, de rechercher pour vous, à nouveau, la paix avec Dieu et l'Église, car le temps des hommes est compté et votre vie est courte et pleine de tristesse. Vos errements sont loin derrière vous, et votre repentir est grand. Ne désespérez pas de l'infinie Miséricorde divine et de notre Sainte Mère l'Église. Plus cher à Dieu est celui qui a péché et qui s'est repenti, qui a perdu la voie et qui l'a retrouvée avec un cœur sincère, que celui qui a vécu sans erreur tout le long de sa vie. Confessez-vous, mon cousin, et accomplissez aussi un acte de contrition, pour que vous puissiez communier à nouveau et être avec ceux qui goûtent le Corps et le Sang du Christ. Priez pour l'intercession de la Vierge. Vous m'avez dit que votre péché est grand, vous avez renié le Seigneur. Mais Pierre a fait de même, et il connaît la gloire des Cieux. Ce que Dieu a par-

donné à Pierre, son ami, il vous le pardonnera. Promettez-moi que vous irez enfin vous confesser.

[…]

Vous pouvez être certain que je surveille votre fille, et que je serais prompt à la châtier pour tous ses égarements, si elle succombait à la tentation. Elle aura toujours les vies des saints et des martyrs pour la guider, et mes exhortations.

Au nom de notre Seigneur (et à ses yeux, tous les hommes sont ses enfants et frères), je vous envoie ma bénédiction et l'assurance que vous serez toujours présent dans mes prières. Car le Rédempteur vint pour nous tous, mon cousin, et, en son nom, j'ai l'honneur de demeurer, etc.

Alphonse Regnard
Abbé de Pontneuf, S. J.

1

Quand la plume cracha pour la troisième fois, Madeleine la jeta, dégoûtée. « Que se passe-t-il, ma chère ? » demanda sa tante assise dans un fauteuil près de la fenêtre. Elles se trouvaient dans la plus grande salle de séjour, un spacieux salon chargé d'une décoration un peu surannée, où six grandes fenêtres placées au nord et à l'ouest offraient le plus souvent une vue agréable. Mais aujourd'hui, cette vue était gâchée par une ondée qui, non seulement, n'avait rien de cette terrible grandeur des orages authentiques, mais qui, en même temps, en avait tous les désavantages.

La comtesse s'était approchée le plus possible de la fenêtre avec son métier à broder pour profiter au maximum de la lumière du jour déclinant. Elle leva les yeux, tirant négligemment sur un fil de laine. « Qu'est-ce qui vous impatiente donc, ma chère ?

— Cette plume ! » Madeleine hocha la tête violemment. « Je ne parviendrai jamais à écrire toutes ces adresses, jamais. » Elle examina la pile de lettres cachetées en beau papier crème. « Cela ne fait que cinquante-sept. Il en reste encore trois cents.

— Eh bien, répondit Claudia lucidement, alors

qu'elle cousait un autre petit point, vous pourriez appeler Milane et lui confier la tâche. C'est vous-même, fit-elle remarquer, qui aviez demandé à apporter votre aide pour la fête.

— Je devais être folle. » Elle se poussa de la petite table où elle travaillait. « Oh ! ma tante, cela ne fait rien. J'ai mal à la tête. Cette visite du général, ce matin, m'a mise de bien mauvaise humeur. Qui peut donc bien se soucier de la succession autrichienne ? Que cela peut-il bien faire si c'est l'Électeur de Bavière ou Frédéric qui est sur le trône ?

— Eh bien, expliqua sa tante alors qu'elle se remettait à travailler sur sa tapisserie, vois-tu, ma Madeleine, tant que le cardinal de Fleury était avec nous, nous avions des années et des années de paix, ce que le général haïssait. » Elle se remit un moment à travailler avec les filés, puis poursuivit. « Maintenant que le cardinal de Fleury n'est plus et que la favorite du Roi désire la guerre — très stupide de sa part, je présume —, cela lui coûtera l'affection de sa Majesté un jour, souvenez-vous-en. Nous avons tous appris à détester Marie-Thérèse d'Autriche, et maintenant que les Anglais lui apportent leur soutien, il est évident qu'il y aura la guerre.

— C'est stupide. C'est stupide et inutile. » Madeleine s'était approchée de la fenêtre, elle se tint là à observer au-dehors. Elle était très jolie dans cette lumière mourante, ses cheveux noirs rehaussaient la belle couleur chaude de sa peau lisse à la perfection. Elle était habillée simplement : un taffetas fleuri sur un simple jupon de lin. Son panier était très modéré, même pour cette soirée à la maison. Une large ceinture à nœuds en satin rose entourait sa taille fine et, comme il faisait froid dans cette grande maison, elle avait mis un châle espagnol à franges autour de ses épaules et l'avait attaché au-dessous de son corsage. Un ruban du même satin rose que sa ceinture était posé dans ses cheveux, relevant les longues boucles en un très habile ensemble.

« Le Roi veut que le monde entier sache désormais qu'il gouverne seul, comme son aïeul. Oh ! mais, ce n'est pas sage, car il a, autour de lui, des hommes capables qui excellent à ces tâches, mais lui, pauvre homme, il ne se plaît pas véritablement dans le cénacle du gouvernement. Pauvre de moi, ajouta-t-elle, s'interrompant soudain. Je ne voulais pas paraître irrespectueuse envers notre Roi, qui, naturellement, est un glorieux monarque. » Elle tourna à nouveau son attention sur son travail de broderie durant plusieurs minutes, puis ajouta, d'une voix bien calme. « Ne vous inquiétez pas, Madeleine. La fête sera un succès. Vous serez vraiment couverte de compliments et d'attention, et vous passerez certainement la journée suivante alitée, pour vous reposer de toute cette gaieté.

— Oh, ma tante ! ce n'est pas ce que je sous-entendais. Je ne suis plus moi-même, ces derniers temps. Je crois que c'est le temps. On m'avait invitée pour une promenade à cheval ce matin, mais avec cette pluie… » Elle se détourna brusquement de la fenêtre et revint vers sa table.

« Il est bien difficile de rester à la maison quand on est si bien dehors. » Claudia s'autorisa une pause pendant qu'elle sélectionnait avec attention une nouvelle longueur de fil, la plaçant contre sa broderie. « Comme c'est irritant, dit-elle finalement d'une voix différente. Ils peuvent dire ce qu'ils veulent, mais ces pelotes viennent de deux différents lots de teinture. Bien, je suppose que je vais devoir travailler sur le fond jusqu'à ce que j'aie le temps de questionner le teinturier. » Elle soupira et tira sur un long filé torsadé bleu clair de sa boîte de couture.

Madeleine était occupée à tailler une nouvelle plume

et n'entendit pas la majeure partie de ce qui venait d'être dit. Elle regarda méchamment l'encre dans l'encrier, et y versa quelques gouttes d'eau. « Il se pourrait que ce fût là la cause, dit-elle en l'air. L'encre s'est terriblement épaissie. »

La pile contenait six nouvelles invitations quand la porte s'ouvrit et le comte d'Argenlac entra dans la pièce. Ses vêtements à la mode montraient qu'il venait manifestement d'arriver il y a quelque temps déjà, il s'était débarrassé de sa redingote. C'était un bel homme dans sa trente-neuvième année, mais en présence de sa femme, il affichait les manières d'un garçon d'écurie.

« Gervaise », dit sa femme en se levant chaleureusement.

Il baisa sa main par pure formalité, sans y porter le moindre intérêt. « Bonsoir, Claudia. Je vois que vous allez bien. » Il se tourna vers Madeleine. « Je vois que vous êtes toutes deux occupées. J'espère que vous appréciez toujours notre capitale, Mademoiselle. » Le ton de sa voix montrait ostensiblement qu'il souhaitait rien de moins que de la voir partir.

« Je trouve Paris délicieux. Mais la pluie ne me sied pas très bien. » Madeleine accomplit une révérence comme l'exigeaient les bonnes manières, mais se trouva quelque peu offusquée en voyant qu'il ne lui retournait pas la politesse, ne serait-ce que d'un mouvement de tête.

« Gervaise, mon cher époux, ce ne sont pas là des manières. C'est ma nièce qui vous a très civilement salué, et vous vous conduisez comme si elle n'était qu'un vulgaire courant d'air. » Claudia souriait tout en disant ces paroles, mais Madeleine remarqua que le comte serrait les mâchoires.

« Je vous prie d'excuser ma lamentable conduite »,

dit-il en accomplissant un salut qui eût été plus approprié à une duchesse.

« Comte, dit la comtesse avec une naïveté désarmante, ce n'est point Madeleine qui vous fâche, mais moi. J'aimerais que nous allions discuter en privé. Et si vous voulez vous décharger de votre manque de sommeil, faites-le sur moi quand nous serons seuls, mon cher. Mêler ma nièce à nos petites querelles ne fait qu'empirer les choses. »

Madeleine était déjà près de la porte. « Excusez-moi, ma tante. Je vois que vous et votre époux avez des choses à vous dire, je vais vous laisser seuls pour quelques instants. Vous pourrez me faire quérir à la bibliothèque quand vous souhaiterez me voir. »

Sa tante lui fit un sourire amer et dit : « Oui. Très bien. C'est malheureux, mais vous avez raison, ma chère. Je dois parler à mon mari, seule, un moment. Je sais que vous aimez la lecture, je ne m'excuse donc pas de vous obliger à vous isoler de cette manière. » Elle avait posé sa main sur la poignée et, aussitôt que la robe de Madeleine eut franchi le pas de la porte en froufroutant, elle la ferma fermement et se tourna, le cœur gros, pour faire face à son mari.

« Mes compliments, madame, dit le comte, et sa figure presque blême rougit. Vous ne pouvez même pas me saluer sans me couvrir de honte. »

Claudia, à contrecœur, traversa la pièce vers lui. « Ce n'est pas moi qui ai insulté Madeleine. Mais laissons cela. Ce n'est pas ce qui me tracasse. » Malgré elle, elle tendit les bras vers lui. « Ah ! Gervaise, pourquoi ne me crûtes-vous pas ? Pourquoi ne m'avez-vous pas fait part, il y a longtemps, de votre situation ?

— Pour que vous vous moquiez, ou que vous vous réjouissiez avec malveillance ? Non, certainement pas, Claudia. Accordez-moi plus de crédit pour avoir un peu plus de fierté que cela. » Il prit une des vieilles chaises près du feu et s'y affala.

« Certes, vous êtes orgueilleux, dit sa femme sur un ton légèrement exaspéré. Et cela doit être bien douloureux pour vous, qui n'avez jamais eu besoin de compter vos économies, d'être obligé soudain de le faire. Mais vous devez comprendre que vous êtes terriblement dans l'embarras.

— Non, plus désormais. » Il leva sa main. « La manière dont je gère mes affaires ne vous concerne en rien. »

Elle s'approcha de lui à nouveau, et tomba à genoux, le regardant avec tristesse de ses beaux yeux noisette. « Mais cela me concerne, mon Gervaise. Si vous ne pouvez pas vous acquitter de vos dettes et si votre fortune n'y suffit plus, alors le Roi requerra que ce soit ma fortune qui les paye. »

Le comte hocha la tête sauvagement. « Nous y sommes. Çà, nous y sommes. Votre précieuse fortune pourrait être utilisée ! Tout ceci ne vous concerne en rien, à moins que votre fortune ne soit en jeu. » Il repoussa ses mains.

« Ce n'est pas vrai, dit-elle d'une petite voix, elle se sentait dangereusement sur le point de pleurer. Gervaise, je vous en prie. Vous ne pouvez désirer notre ruine à tous. Considérez seulement de quoi il s'agit. Ce ne sont pas seulement vos terres et cette maison que nous pourrions perdre…

— Vous seriez contente si nous perdions mes terres, n'est ce pas ? » Il retira ses mains. « Vous avez toujours escompté ma ruine. De la sorte, vous m'obligeriez à devenir casanier, à être sur votre dos et à me faire appeler, comme un vulgaire petit chien. » Il se leva de sa chaise. « Il suffit de vos larmes, madame.

— Très bien, dit Claudia alors qu'elle se levait lentement. Voilà, vous n'êtes dans l'hôtel que depuis moins d'une heure (moins d'une heure, n'est-ce pas) et déjà nous nous querellons sur des sujets vraiment triviaux. » Elle pressa ses mains ensemble et s'efforça de ne plus trembler. « Savez-vous donc ce que ce serait d'être pauvre, Gervaise ? dit-elle dans un souffle. Avez-vous la moindre idée de ce que ce serait que de vivre ainsi ? Dans quelle situation nous nous retrouverions ? Non ?

— Vous devenez bien mélodramatique, Claudia, dit-il avec brusquerie, mais sans grande conviction.

— J'ai vu Lorraine de Bressin, le printemps dernier, dit-elle, plutôt distante. J'ai vu où elle vit. Ce n'était pas assez que Bressin se fût ruiné alors. Quand il se suicida, il s'assura que sa famille n'eût plus aucune relation avec Lorraine. Elle et moi avons le même âge et elle paraît avoir cinquante ans. Ses cheveux sont grisonnants, elle s'habille d'une vêture pire que celle de ma femme de chambre. Ses deux filles, vous en souvenez-vous ? Elles n'ont aucun talent, mais grâce à leurs jolis minois et à leur belle parlure, elles ont été engagées par une tenancière de bordel. Les filles du vicomte de Bressin sont devenues de vulgaires prostituées, Gervaise, dit-elle dans un sanglot étouffé.

— Eh bien alors, vous ne devriez pas vous inquiéter à mon propos, madame. Nous n'avons pas de fille, ni de fils qui pourraient être vendus à un bordel. Donc si nous perdions ma fortune et la vôtre, alors ne ferions-nous du mal qu'à nous-mêmes. » Il se dirigea vers la sortie. « Contrôlez vos pleurs, Claudia. Il est déjà pénible que vous m'ayez secouru. Mais vous voir pleurer, c'est plus que je ne peux supporter. » Il ouvrit la porte et se tint là, un moment, observant Claudia. « Je suppose qu'on devrait vous remercier d'avoir payé mes dettes. Mais je vous serais reconnaissant si, à l'avenir, vous me laissiez m'occuper seul de mes affaires ! »

Elle fit oui de la tête, se tenant droite comme un i. « Comme il vous plaira, Gervaise », dit-elle d'une voix étranglée.

« Je sors. Ne comptez pas sur moi pour le souper. » Il eut la satisfaction de voir son visage se décomposer. Claudia cacha son visage dans ses mains et se mit à pleurer. « Au revoir, madame. »

Une fois sorti de la salle de séjour, Gervaise marcha rapidement le long du couloir pour se rendre à l'écurie. Il avait tiré une grande satisfaction de cet entretien avec sa femme, mais à présent, il éprouvait quelques doutes. En définitive, il ne savait pas comment il allait faire pour ne pas perdre définitivement les misérables débris de sa fortune. Il avait reçu quelques lettres extrêmement déplaisantes de son intendant, mais il refusait obstinément d'admettre que Claudia avait peut-être eu raison de régler ce qu'elle avait pu de ses dettes.

« Qu'y a-t-il, Scirrazino ? » demanda-t-il impatiemment à son serviteur qui venait à sa rencontre.

Scirrazino s'inclina et dit : « Il y a une personne qui désire vous voir, monsieur. »

Gervaise tressaillit, peut-être venait-on au sujet de ses dettes. Son intendant l'avait prévenu de cette éventualité. « A-t-il donné son nom ? » demanda-t-il. Mais les mots sortirent bien plus fortement qu'il ne l'escomptait, révélant son état de nervosité. Il jeta un coup d'œil derrière l'épaule de Scirrazino. « Où est-il ? » À nouveau sa voix était trop forte, et il fit une grimace. Observant la porte de la bibliothèque, il réalisa soudain qu'elle était ouverte. Il se précipita pour l'ouvrir en grand et pénétra sans bruit dans la pièce.

Madeleine était assise à une table près de la cheminée, un chandelier éclairait le vieux livre relié de cuir qu'elle lisait. Elle était appuyée sur son coude, la main contre son cou, grattouillant négligemment sa peau. Il y avait un sourire secret dans ses yeux violets.

« Mademoiselle », dit Gervaise tout d'un coup.

Madeleine leva la tête brusquement, quelque peu confuse, et se leva, mimant un semblant de révérence à son hôte. « Que se passe-t-il ? » demanda-t-elle, voyant la lumière pitoyable de son regard.

« Rien. Rien. » Il regarda tout autour de la bibliothèque comme s'il la voyait pour la première fois, puis se retourna. « Que lisez-vous ? »

Madeleine regarda son livre. « De la poésie latine. Là, laissez-moi vous en lire un morceau. » Elle prit l'ouvrage et se positionna de manière à ce que son ombre ne tombât pas sur la page.

Jucundum, mea vita, mihi proponis amorem
Hunc nostrum inter nos perpetuumque fore.
Di magni facite ut vere promittere possit
Atque id sincere dicta et ex animo
Ut liceat nobis tota perducere vita
Æternum id sincere dicta et ex animo
Ut liceat nobis tota perducere vita
Æternum hos sanctus fœdus amicitiae.

« N'est-ce pas magnifique ? Promettre un amour et une amitié éternels. »

Les événements prenaient une tournure que Gervaise n'avait absolument pas envisagée. Il ne savait plus que faire.

Ses propres connaissances en la matière étaient médiocres, et tout ce qui touchait de près ou de loin la langue latine l'affolait littéralement. Mais être de plus là, dans sa propre bibliothèque, en face de la nièce de sa femme, et se faire réciter de la poésie latine, c'en était décidément trop. « Très joli », dit-il en se retournant vers la sortie, prêt à faire ses excuses et à s'éclipser.

Malheureusement, son laquais Scirrazino fit son entrée dans la bibliothèque et, cette fois, il était suivi d'un autre laquais. Celui-ci portait une livrée bleu foncé avec des galons rouges. « J'ai un message pour vous, monsieur. Pour vos oreilles uniquement. »

« Oui, oui, bien sûr », acquiesça promptement Gervaise, heureux d'échapper à Madeleine. Il fit un salut dans sa direction et dit : « Ne vous laissez pas interrompre, Mademoiselle. La bibliothèque est à vous entièrement, si vous le souhaitez. » En arrivant à la porte, il tourna toute son attention vers le laquais.

« Mon maître vous envoie ses salutations », dit le trottin. Madeleine écoutait distraitement. Elle entendit mentionner le nom de Neuville, mais comme elle n'en était pas sûre, elle reporta rapidement son attention sur Catulle. Elle songeait que les Sœurs de Sainte-Ursule qui l'avaient élevée seraient choquées d'apprendre à quel usage profane elle appliquait ses connaissances du latin. Délicatement, elle lut les mots : « *Da mi basia mille, deinde centum, dein mille altera, dein secunda centum, deinde usque altera mile, deinde centum...* » Recevoir des milliers de baisers, des centaines, jusqu'à ce qu'on ne puisse plus les compter. Elle ferma les yeux et se remémora les caresses et les baisers de Saint-Germain.

Mais quelques minutes plus tard, elle fut brutalement extirpée de sa rêverie par une sonnette (Gervaise d'Argenlac appelait sa voiture) et par le soudain branle-bas provoqué par cet ordre. Elle réalisa que la bibliothèque était froide et se sentit bien coupable d'être restée éloignée de sa tante plus longtemps qu'elle ne l'avait escompté.

Avec un soupir, elle referma l'ouvrage de Catulle et quitta la pièce.

*

Texte d'une missive du sorcier Beverly Sattin au prince Ragoczy, écrite en anglais, et datée du 17 octobre 1743 :

À Monseigneur Franz Josef Ragoczy, Prinz de Transylvanie,

B. Sattin envoie ses plus Urgentes Salutations.

L'Œuf et le Nid du Phénix noir ont disparu. Ciel bleu a été Bastonné, et risque de nous quitter définitivement. Oulen a disparu avec le Trésor susmentionné. Nous avons fouillé partout, mais n'en avons trouvé nulle trace. Je Supplie votre Altesse de prêter son Assistance à la Confrérie en cette heure Terrible. Si Possible, venez au Lieu où nous nous sommes rencontrés précédemment au plus tôt, à la Convenance de Monseigneur. Je demeure votre serviteur, etc.

En toute hâte.
B. Sattin

2

« Eh bien ? » s'exclama Saint-Germain, sans autre forme de cérémonie, en pénétrant dans la grand-salle de l'auberge du Loup rouge. Les faibles rayons rougeâtres du soleil couchant filtraient à travers des fenêtres souillées par des années de crasse. Ils donnaient une apparence lugubre et plus blême à la pièce qu'elle n'en avait en réalité. Le sol était jonché des reliefs des repas et, çà et là, des taches de vin dégageaient une odeur aigre.

L'unique occupant de la grand-salle, Beverly Sattin, se leva vivement en voyant entrer Saint-Germain. « Monseigneur — il accomplit une profonde révérence —, vous devez m'excuser pour cette convocation inopinée… » commença-t-il en anglais.

Saint-Germain lui répondit dans cette langue. « Il suffit alors de ces civilités. » Il se défit de sa cape noire, révélant un étonnant habillement de soie noire. « Je n'ai pas beaucoup de temps à vous consacrer, et il y a de nombreuses questions auxquelles vous allez devoir répondre. Je suis venu aussitôt après avoir reçu votre missive, Sattin. Vous allez me faire le plaisir d'être aussi précis que possible. »

Sattin se trémoussa un moment, l'air aussi gêné qu'un écolier à qui l'on demande de réciter une leçon qu'il n'a pas apprise. « Le Grâce a disparu, dit-il.

— Je sais. Je vous avais pourtant demandé de le garder sous clef et de bien le surveiller. » Il y avait des pointes d'acier dans le ton de sa voix. « Pourquoi ne m'a-t-on pas obéi ? » Durant toutes ces années, il avait appris qu'une dose de sévérité pouvait servir, à défaut de bon sens. Il sentit la panique monter chez Sattin, il porta alors son argument massue. « Je ne suis pas un homme patient. »

À présent, Sattin se sentait encore plus mal, mais rassemblant ses esprits, il dit : « Il était surveillé. Dans la mansarde au troisième étage. Mais nous n'avions pas barré la fenêtre. C'est une chute mortelle jusqu'à la rue. Nous ne pensions pas qu'il pût s'échapper par là.

— Vous vous êtes trompés, ce me semble. »

Satin ouvrit ses mains en signe d'impuissance.

« Nous nous sommes trompés. Je sais que ce n'est pas une excuse, Monseigneur. Mais nous croyions qu'il était bien gardé. Domingo y Roxas fut chargé de le surveiller la première nuit ; le jour suivant, ce fut au tour de Cielbleu. Nous avions décidé de faire la garde à tour de rôle, nous assurant que Le Grâce eût de quoi manger et pût faire un peu d'exercice. La chambre est toute petite, Monseigneur. Et quand il a demandé plus de couvertures, on les lui a données. Il fait froid dans cette pièce, et le temps avait changé. Il a déchiré les couvertures et en a fait une corde, puis s'est laissé glisser par la fenêtre jusqu'à la rue. Nous ne savions pas que Le Grâce s'était enfui jusqu'à ce qu'Oulen lui apportât le petit déjeuner le lendemain matin…

— Et vous ne vous êtes pas préoccupés de m'en informer ? Saint-Germain frappa ses petites mains sur le dossier de l'une des chaises grossières.

— J'ai cru bien faire. Il doit avoir quitté Paris. Nous n'avions aucune raison de nous mettre à sa recherche. Il pourrait fort bien être en route pour les Amériques à l'heure qu'il est.

— Il n'a pas quitté Paris. Mais poursuivez. » Les yeux de Saint-Germain perforèrent littéralement Sattin et l'Anglais prit peur.

« Nous... nous avons informé les autres, dans la ville, que Le Grâce s'était enfui, et qu'il n'était plus accepté comme sorcier et qu'il était en danger d'être appréhendé par la loi. Tout ce qu'on avait à faire, dans ce cas, c'était de mentionner la loi et alors on aurait traité le misérable frère comme s'il était un pestiféré. »

Saint-Germain acquiesça. « Après que vous en avez informé les autres sorciers et magiciens, que s'est-il passé ?

— Rien. Pour autant que nous le sachions. Le Grâce a simplement disparu. » Il hésita. « Mais vous dites qu'il est toujours à Paris ?

— Il l'est. L'un de mes serviteurs l'a vu. » Il regarda autour de la grand-salle. « Est-ce ici, que vous étudiez l'alchimie ? »

Sattin secoua la tête très vivement. « Non. Notre cabinet de physique se trouve dans un immeuble adjacent. En ce moment, Domingo et Roxas et sa sœur courent après le lion vert. »

Ainsi c'était donc des alchimistes de l'école moderne, se dit Saint-Germain. Il y avait des femmes pour accomplir les procédures qu'on considérait femelles, et des hommes pour celles qui étaient mâles. Et pour les procédures hermaphrodites, sorcières et sorciers pouvaient travailler de concert. « Quand pourrions-nous les interrompre ? dit-il, avec un sourire désabusé.

— Après le coucher du soleil. Une fois disparu, il est inutile de poursuivre, répondit Sattin automatiquement.

Mais il pensa qu'il était étrange qu'un aussi grand homme que le prince Ragoczy ne le sût pas.

— Voyez-vous, dit Saint-Germain, en anticipant sa question. J'ai étudié dans d'autres écoles. Dans les écoles perses et mahométanes, les femmes ne sont pas admises. En Chine, seuls les eunuques sont autorisés à accomplir certaines des tâches. Vous ne devriez nullement vous étonner de ma question, Sattin. »

L'expression du visage de Sattin devint celui d'un dominicain confronté à l'hérésie. « Il n'est nullement possible d'accomplir le Grand Œuvre d'une quelconque autre manière.

— Bien sûr, admit Saint-Germain las. Dites-moi, comment avez-vous pu égarer l'athanor et le creuset ?

— Je ne sais pas. » Sattin se détourna et contempla le vide dans la gueule noire de l'âtre. « Cielbleu ne fait que délirer, et on n'arrive pas à le faire parler. Oulen a disparu, comme évaporé. Personne ne l'a vu. Personne. » Il se retourna vivement vers Saint-Germain. « Vous devez me croire, Monseigneur. Nous n'imaginions pas que cela pourrait arriver. L'athanor était chaud quand il fut emmené. Le processus était entamé.

— Quelle nouvelle ! » Il considéra un moment les alternatives. « Eh bien, Sattin, soit l'un des vos propres frères de guilde travaille avec les voleurs, soit quelqu'un a découvert votre secret. Que ce soit l'un ou l'autre, votre Confrérie est en grave danger d'être découverte. Si j'étais vous, je ne demeurerais pas plus longtemps dans les environs. Si la loi ne vous retrouve pas, celui qui a pris l'athanor le fera. » Il jeta un œil sur les fenêtres, qui étaient devenues sombres. La grand-salle était perdue dans une lumière ombragée, avec seulement deux fines chandelles pour repousser les ténèbres. « Allons dans votre laboratoire. Il fait suffisamment noir pour que Domingo y Roxas ne poursuive plus la chasse au lion vert aujourd'hui. »

À contrecœur, Sattin se leva. « Suivez-moi », dit-il, ressentant un vide en son âme qui le laissait abattu.

Saint-Germain remit sa cape, et tout en l'attachant, il caressa le rubis sur le jabot à son col. « Je me demande, dit-il à Sattin, si Le Grâce ne serait pas mêlé au vol.

— C'est impossible.

— Impossible ? Saint-Germain leva ses sourcils. Ne dites jamais impossible, Sattin. Cela pourrait vous mener au cachot. » Arrivé à la porte, il s'arrêta, attendant Sattin. Il vit alors se peindre sur le visage du sorcier anglais une étrange expression. « Qu'y a-t-il ? » demanda Saint-Germain.

Sattin hésita, puis plongea tête baissée imprudemment. « Je viens de me rappeler quelque chose que j'ai lu. Autrefois, un homme avait rendu visite à Helvétius, il y a presque un siècle.

— Oui ? dit Saint-Germain amusé.

— Il lui donna un élément de la Pierre philosophale.

— Bienheureux Helvétius.

— Dans son livre, il a décrit cet homme. Il dit qu'il était de taille moyenne, avec des yeux noirs et des cheveux noirs également, de petites mains et de petits pieds. Cet étranger parlait un hollandais impeccable, mais avec un léger accent qui aurait pu être du Nord. Il élevait rarement la voix, mais il avait une forte présence et de l'autorité. »

Saint-Germain acquiesça, l'air énigmatique. « Pour quelle raison me dites-vous cela, monsieur Sattin ?

— Je n'avais pas saisi jusqu'à cet instant, dit Sattin d'une voix presque rêveuse, la ressemblance qu'il y avait entre vous et cet homme.

— Quel âge avait le visiteur du vieux Helvétius ? A-t-il eu la bonne idée de l'indiquer ?

— Il dit qu'il était peut-être âgé de quarante-deux ans. » Sattin se sentait intrigué à présent, et il se tenait là, près de la table, au centre de la grand-salle.

« Et quel âge croyez-vous donc que j'ai ?

— Pas plus de quarante-cinq ans. »

Saint-Germain tenait la porte ouverte de manière insistante. « Vous avez votre réponse, Sattin. Ne perdons donc plus de temps. »

Alors qu'il l'emmenait dans la sombre ruelle, vers une bâtisse non loin de l'auberge du Loup rouge, Sattin dévisagea Saint-Germain, tout en cachant ses préoccupations. Tout autour, la jeune nuit résonnait des derniers bruits de la journée. Ici et là, on entendait des bruits provenant de portes fermées, certains curieux, d'autres plus sinistres. Au-dessus de la puanteur des détritus, surnageait une odeur de graillon et de nourriture bon marché. Des chats décharnés les observaient des ténèbres et s'y réfugiaient au passage de Sattin et de Saint-Germain.

« Ici, Monseigneur », dit Sattin respectueusement en ouvrant l'un des battants de la porte d'un immeuble qui paraissait être le plus vieux de la ruelle. « Nous ne possédons que peu de biens, mais nous suivons notre appel aussi bien que nous le pouvons. »

Saint-Germain avait visité des cabinets alchimiques dans le pays de Khêm, qui avait donné son nom à cette science et que l'on nommait depuis longtemps Égypte, et leurs développements dans bien des contrées et en bien des âges. Il se doutait que celui-ci serait chaud et nauséeux, il ne fut pas déçu.

« Prince Ragoczy », s'exclama Domingo y Roxas, se tournant vers la porte entrouverte. « Je désespérais de votre venue. La disgrâce est sur nous à cause de Le Grâce. » Il sourit à son mauvais jeu de mots.

« Cela n'a aucune importance. Je sais où il se trouve et je ferai de mon mieux pour découvrir s'il sait où est caché l'athanor. » Il se retourna pour saluer une femme plus âgée au visage sévère et dévoué. « Madame ? » s'enquit-il.

Elle inclina légèrement la tête en direction de Saint-Germain, tout en s'essuyant les mains sur le napperon taché qui recouvrait ses habits simples. « Bonsoir, votre Altesse », dit-elle de sa suave voix grave.

Domingo y Roxas lui décocha un rapide coup d'œil, puis s'inclina. « Madame est Iphigénie Ancelot Lairrez, dit-il. Elle est ma sœur. Elle est hautement versée dans la discipline. Elle nous vient de la guilde de Marseille.

— Enchanté », répondit Saint-Germain, considérant le regard perçant de la femme et sa calme assurance. Il comprit soudainement qu'elle lui rappelait Olivia, morte de sa vrai mort voilà plus d'un siècle. « Ainsi donc, vous et Domingo y Roxas avez chassé le lion vert aujourd'hui. La fortune vous a-t-elle souri ?

— Nous avons extrait le lion, mais il n'a pas dévoré le soleil, dit-elle, prononçant à contrecœur chaque mot.

— Mes félicitations. » Il s'avança dans la pièce, jetant un regard aux cornues, bassins, fioles, jarres, soufflets, creusets et autres appareillages de l'art alchimique. Tout au fond de la pièce, il y avait une installation en briques crues qui ressemblait étonnamment à une grande ruche. « Je vois que vous possédez toujours un athanor pour vos expériences personnelles, fit-il remarquer.

— Nous l'avons déjà depuis un certain temps, s'empressa d'expliquer Sattin. Nous avons découvert qu'il fallait apporter des modifications au nouvel athanor. Le nouveau mécanisme de platine ne pouvait pas être fixé dans l'ancien.

— Cela va de soi. » Il étudia le petit four à usage spécial. Cela aurait pu être pire : sa conception n'avait qu'une centaine d'années de retard. Il en avait vu de bien plus anciens en fonctionnement en de nombreux endroits. « Ce qui implique, poursuivit Saint-Germain, que celui qui a pris l'athanor savait fort bien ce qu'il voulait et où le trouver.

— C'est ce que nous craignons, prince », admit Sattin. Puis il ajouta d'un ton hésitant : « Ce ne peut pas être Le Grâce, car il ne savait pas qu'on en avait un neuf.

— En êtes-vous bien certain ? demanda Saint-Germain, il observa les trois alchimistes plongés dans le silence. Vous ne lui aviez rien dit, mais d'autres de la guilde ont pu très bien le faire. Où est Oulen ? Vous affirmez que Cielbleu ne peut vous dire qui l'a bastonné. Ne se pourrait-il pas que ce soit l'un de vos frères ? Et comment êtes-vous certains que ce ne soit pas le cas ? »

Domingo y Roxas jeta un regard acerbe à Saint-Germain. « Prince Ragoczy, ce que vous suggérez est impensable. Si tel était le cas, alors nous serions tous trahis. »

Le regard de Saint-Germain s'attarda sur le petit Espagnol. « C'est vous qui me dites cela, alors que vous avez échappé à l'Inquisition ? Ne vous ont-ils pas arrêté alors que vous étiez protégé, Ambrosio ? »

Madame Lairrez acquiesça brusquement, disant : « C'est peut-être impensable, mais vous avez raison, mon prince. C'est arrivé, et d'une manière ou d'une autre, nous sommes découverts. » Elle venait d'enlever son napperon tout en parlant. « Nous allons être obligés de déménager, c'est certain.

— C'est la voie de la sagesse, madame, admit Saint-Germain.

— Mais on ne peut pas ! s'écria Sattin en anglais. Il n'y a pas d'endroit où aller. Pas en tout cas avec Le Grâce dans la nature et la guilde exposée à ses ennemis. »

Domingo, bien que ne comprenant pas un traître mot,

hocha la tête en signe d'approbation et dit : « Nous n'avons personne vers qui nous tourner, Monseigneur. Nous sommes à la merci des autorités à moins que nous ne trouvions un endroit pour nous réfugier. Nous nous étions préparés à ce jour, mais maintenant tout cela a été accompli en vain.

— À moins de trouver un lieu sûr, il nous faudra quitter Paris rapidement », dit Mme Lairrez avec une grande détermination.

La bonne opinion de Saint-Germain à son égard augmenta. Elle était manifestement la personne la plus pratique du groupe, et possédait un solide bon sens qui manquait pitoyablement chez la plupart des sorciers. Elle fixa Saint-Germain avec ses francs yeux gris et dit avec une naïve expression de désarroi. « Nous sommes en grand danger, mon prince. Nous n'avons aucun ami.

— Et si Le Grâce se trouve toujours à Paris... comme vous le dites..., bégaya Sattin, il se mordit la lèvre inférieure. Cielbleu est en haut. On n'a pas osé le bouger de là. »

Saint-Germain se maudit intérieurement de n'être qu'un imbécile, mais il déclara : « Vous avez négligé une autre possibilité. »

Les trois alchimistes se tournèrent vers lui, on lisait sur leur visage à la fois de la suspicion et de l'espoir. « Il existe un endroit sûr où vous pourriez vous rendre. » Il détestait s'exposer ainsi. Il avait survécu aussi longtemps en raison de son savoir et de précautions. Mais il ne pouvait pas laisser la confrérie être arrêtée, car cela l'exposerait lui aussi à court terme. Et il était hors de question que Saint-Sébastien pût le retrouver à cause de Le Grâce, car le danger était bien plus grand du côté du Cercle que des pesantes forces de la police parisienne.

« Mais quel endroit ? » s'enquit Sattin, trouvant l'hésitation imprévue du prince déstabilisante. Il étudia Saint-

Germain, qui tordait désespérément ses traits dans une parodie de sourire.

Et avec une grimace, Saint-Germain annonça : « Vous pourriez vous loger dans les caves de l'hôtel de Transylvanie. »

*

Texte de la lettre de Mlle Madeleine de Montalia à son père, le marquis de Montalia, datée du 19 octobre 1743 :

À mon très noble et très cher père, le marquis de Montalia,

Il ne me semble pas que je sois partie de la maison depuis tant de temps, et pourtant, mon très cher père, vous occupez toujours mes pensées et mes prières. Il n y a rien à Paris, belle ville il va de soi, qui puisse se comparer à la beauté de notre pays. J'ai souvent marché à la tombée du jour, et je me languis de la vision de notre parc qui s'étend comme un tapis de verdure avec ce beau frisson des bois, là où il y a nos garennes. Même le Bois-Vert n'a rien de comparable, car je vois bien que la grand-ville n'est jamais à plus d'une heure de cheval.

Comme ma tante a dû vous en informer, nous allons organiser une fête, le trois novembre, et nous sommes toutes très affairées par les préparatifs. Rien ne peut surpasser la bonté de votre sœur pour moi, ni sa chaleur de cœur, ni son généreux intérêt qui me la fait aimer autant pour ce qu'elle est que par obligation de l'amour du sang. Et je ne suis pas la seule à l'estimer. Chaque jour, je vois des preuves de sa valeur et l'affection en laquelle tout le monde la porte. Vous m'aviez dit que vous nourrissiez quelques réserves en m'envoyant chez elle, mais il n'y avait vraiment nulle raison à cela. Il est vrai qu'elle mène grande vie et fréquente la société. Mais cela n'a nullement entaché ses vertus, ni ses dispositions d'esprit. C'est une femme excellente, et vous devriez lui être reconnaissant de me présenter au monde, car j'en connais d'autres qui eussent abusé sans vergogne de cette confiance.

L'abbé de Pontneuf m'a fait l'honneur d'assister, une heure durant, aux répétitions que j'avais avec M. de Saint-Germain, la semaine dernière. C'est un homme bon, et de bon conseil, parfaitement au courant des pièges du monde. Il est vrai que, parfois, il désire me protéger un peu trop des dangers de la bonne société, et bien que je fasse ce que je peux, je n'arrive pas à le convaincre, que quelles que soient les craintes qu'il nourrit, il devrait me les dire pour que je puisse me protéger contre ces dangers.

À part cette séance de répétition, j'ai eu l'occasion de fréquenter assez peu M. de Saint-Germain. Il m'a apporté quelques livres à lire, des philosophes romains. Il m'a aussi donné quelques-unes des Vies de Saints, *pour je sois plus au fait des sacrifices qu'exige de nous cette vie. Ses connaissances sont vastes, d'une nature élevée, et je suis certaine que vous trouveriez dans sa compagnie un changement rafraîchissant aux horribles discussions qui, si souvent, passent pour de la conversation dans la bonne société.*

La nuit prochaine, nous irons à l'hôtel de Transylvanie pour un concert et un souper froid. Il y aura des jeux, bien entendu, mais cela se passera dans une autre aile de l'hôtel, et il sera facile de les ignorer.

Je pense souvent, cher père, aux avertissements que vous m'avez donnés concernant le vide de la vie à la cour, et c'est en étant ici que je me rends compte combien votre sagesse était grande. La plupart des gens sont si superficiels, inconscients du monde qui les entoure, ne voulant pas ou ne pouvant pas s'élever au-dessus de leur condition et voir les variétés des gens. M. de La Sept-Nuit, au sujet duquel ma tante affirme qu'il pourrait être un parti convenable, et qui n'est pas un mauvais homme, je crois, est sans esprit et par conséquent cruel. Il ne s'intéresse à nul autre que lui, il ne s'est jamais préoccupé des sentiments d'autrui, mais uniquement des siens propres. Et il est flagrant que la vie parisienne ne fait qu'aggraver les choses. Il est fortuné, certes, possède une certaine forme d'éducation, a avenante figure et paraît de toute première classe, mais il passerait à cheval devant un enfant mourant de faim sans jamais entendre ses cris de détresse ou remarquer sa figure émaciée. Je comprends maintenant pourquoi vous évitiez ces personnages autrefois.

Mais considérez ceci : vous êtes aussi un exemple pour eux, bien que vous vous cachiez toujours en Provence. Alors, que peuvent-ils apprendre sur vous ? Que vous êtes un ermite avec la tête dans les nuages ? Je vous envoie une invitation pour ma fête de novembre, et vous supplie de venir. Cela me comblerait de vous avoir près de moi, ainsi vous verriez comment je me comporte dans ce vaste océan de la société.

Au cours de mon séjour ici, j'ai eu l'occasion de voir bien des choses que je ne comprenais pas avant. Une réflexion sur les enseignements des Sœurs a apporté un sens nouveau à ma foi et une profondeur que je n'avais pas imaginée auparavant. Nous ne sommes pas seulement dans un mode de vie et de mort, mon père. Il y a la compassion qui transcende la brièveté de la vie et qui nous fait supporter notre pitoyable mortalité.

Si ma mère est revenue du domaine de son frère, j'espère que vous lui transmettrez mes devoirs et me recommanderez à elle. Quant à vous, vous avez mon respect très filial et ma dévotion et ma soumission à vos ordres affectueux. Dans cette éternelle assurance, je serai pour toujours votre fille très dévouée.

Madeleine Roxanne
Bertrande de Montalia

3

Le laquais dans sa livrée bleu foncé et galons rouges s'inclina en ouvrant la porte du petit salon, puis annonça : « Le comte d'Argenlac, Monsieur le baron de Saint-Sébastien. »

Saint-Sébastien leva le regard de sa lecture et fit un salut courtois de la tête à Gervaise d'Argenlac qui entrait tout hésitant dans la pièce. « Monsieur de Saint-Sébastien ? dit-il, perplexe. Vous avez souhaité me voir ?

— Oui, Monsieur d'Argenlac, c'est exact. » Il se leva de sa profonde chaise et dévisagea son hôte avec des yeux mi-clos. « Je suis, comme vous le savez peut-être, un ami de Monsieur de Neuville. »

Gervaise eut presque un mouvement de recul en entendant le nom de Neuville, et Saint-Sébastien sentit une montée de satisfaction intérieure. Manifestement, la conversation d'il y a deux jours avait passablement effrayé d'Argenlac.

« Vous n'avez pas à vous inquiéter, monsieur », dit délicatement Saint-Sébastien, déposant son livre sur une petite table en bois de rose. Le salon comportait trois de ces tables, les hauts plafonds étaient décorés avec des panneaux montrant avec un exceptionnel réalisme

L'Enlèvement des Sabines. Tout au fond de la pièce brûlait un petit feu, bien que la pluie eût cessé, il y avait dans l'air une fraîcheur mordante qui glaçait le beau soleil se déversant des hautes fenêtres.

« Je ne m'inquiète pas, monsieur », mentit Gervaise. Il tenait toujours son tricorne et sa canne à la main, et il paraissait ne pas savoir qu'en faire. « Mais je confesse, dit-il, se détournant du regard méprisant de Saint-Sébastien, que je ne sais quelles raisons vous font vouloir me parler.

— Vous pourriez l'appeler un caprice, monsieur. Mais peut-être aimeriez-vous vous asseoir. »

Il désigna une chaise et attendit que Gervaise prît place, son tricorne posé sur ses genoux.

Saint-Sébastien se dirigea vers les fenêtres et fit encore patienter Gervaise.

« Je… je trouve pour le moins curieux, Monsieur le baron, dit enfin Gervaise, d'une voix peu naturelle et haut perchée, que l'un de vos laquais m'apporte un mot de Monsieur de Neuville.

— Vous trouvez ? » Il se tourna lentement et fut satisfait de remarquer que le comte d'Argenlac gigotait comme un vulgaire collégien. « Alors que je croyais que vous aviez saisi.

— Mais pourquoi moi ? Quel intérêt pourrais-je avoir pour vous ? »

À présent, il s'en voulait de n'avoir pas eu la présence d'esprit de s'habiller de manière plus élégante ; il aurait dû porter un ensemble complet de cérémonie écarlate en satin avec des broderies rose et or sur les parements au lieu de ce simple habit de voyage bleu clair en laine surfine anglaise. Il se sentait comme un paysan à coté de la luxueuse robe d'intérieur que portait Saint-Sébastien. Une pensée désagréable traversa son esprit. « Je ne vous dois pas de l'argent au moins ? »

Son hôte laissa échapper un long soupir de satisfaction. « Si vous entendez par là que vous avez perdu de l'argent à moi, non, monsieur, il n'en est rien. Mais même si cela paraît étonnant, vous êtes mon débiteur. Vandonne a eu un urgent besoin d'argent dernièrement, et je fus assez bon pour lui acheter certaines de vos reconnaissances de dettes. » Il se dirigea vers l'une des petites tables et ouvrit un profond tiroir. Il en sortit une liasse de papiers. « Cher Monsieur le comte, jouez-vous toujours des sommes si importantes ? Je crois savoir que, dans votre position, vous ne devriez pas être si prodigue. »

Gervaise sentit les couleurs lui monter au front. « Vous vous trompez, Monsieur le baron. Je ne joue pas pour perdre.

— Non pas ? » La voix de Saint-Sébastien était empreinte d'une incrédulité polie. « Je ne l'aurais jamais deviné. » Il mit les papiers sur la table.

« Eh bien ? dit Gervaise après quelques instants de silence.

— Oh ! Eh bien, je me demandais quand trouveriez-vous le moment le plus commode de vous en acquitter. »

Cette fois-ci, le silence fut notablement plus long, et quand Gervaise parla, ce fut avec une grande difficulté. « Je n'ai pas... une grosse somme de... d'argent sur moi... actuellement. » Il tâta son col, qui était soudainement devenu beaucoup trop serré. « Mon administrateur... devrait arranger... les choses. Cela pourrait prendre quelques jours.

— Je croyais qu'il vous serait impossible de vous en acquitter, dit Saint-Sébastien en plaisantant. J'avais l'impression que toutes vos possessions étaient hypothéquées dans leur totalité. Peut-être que je me trompe, mais c'est ce que Neuville m'a laissé croire. »

Il jouait avec sa belle boîte à priser tout en parlant. Mais il ne l'ouvrit pas pour en offrir à son misérable hôte.

« Oui, elles sont hypothéquées, admit enfin Gervaise. Mais je suis persuadé que je pourrais rassembler une somme suffisante pour rembourser celles-là, dit-il en désignant les notes posées sur la table.

— Vous voulez dire que vous pouvez forcer votre femme à les payer pour vous », déclara Saint-Sébastien avec un dédain affiché.

L'expression de chagrin et de dégoût sur le visage de Gervaise en disait bien plus à Saint-Sébastien qu'il ne l'imaginait. « Oui, c'est ce que je voulais dire. Et elle les paiera. N'ayez nulle crainte. »

Saint-Sébastien effectua un lent et large demi-tour dans la pièce, une expression insaisissable sur le visage. « Je vois que vous n'aimez pas profiter de la fortune de votre femme », dit-il, alors qu'il s'arrêtait près du foyer.

Gervaise haussa les épaules.

« Si c'était possible, poursuivit Saint-Sébastien, regardant les flammes, s'il existait un moyen pour vous de régler vos dettes sans l'aide votre femme, seriez-vous prêt à accepter ?

— Il n'existe pas de tels moyens. »

Le pessimisme de ces mots amena un sourire dans les yeux de Saint-Sébastien, mais Gervaise ne le remarqua pas.

« Dites-moi, dit doucement et sur un ton rêveur Saint-Sébastien, la nièce de votre femme, Mademoiselle de Montalia…

— C'est une enfant effrontée, coupa Gervaise sur un ton cassant.

— C'est très possible. La lignée des Montalia est véritablement imprévisible. Mais j'ai cru comprendre que votre femme donne une fête en son honneur ?

— Oui, le 3 novembre. » Il était un peu intrigué. « Voulez-vous vous joindre à nous ?

— Moi ? Certainement pas. Il faisait face à Gervaise maintenant, avec ce regard presque sans expression.

— J'ai seulement pensé que vous auriez pu me rendre une petite faveur en ce qui concerne…

— Madeleine ? interrompit Gervaise, très intrigué maintenant.

— Oui, Madeleine. La seule et la première enfant de Robert.

— Que lui voulez-vous ? » Gervaise ressentit un flot d'appréhension, mais il l'ignora crânement. Il n'éprouvait aucun favoritisme particulier envers Madeleine ; en fait, il la trouvait bien trop brillante et avec trop d'aplomb pour son propre bien.

« Je voudrais me décharger sur elle d'une obligation de son père. Je pense qu'elle sera dans la possibilité de le faire.

— De faire quoi ? »

Il n'aimait pas l'expression du visage de Saint-Sébastien, cette expression reptilienne de ses yeux et la forme désagréable de son sourire. Il s'assit plus en avant sur sa chaise. « Le marquis de Montalia a été invité à la fête. Vous pourriez vous assurer qu'il s'acquitte lui-même envers vous.

— Croyez-vous ? » Saint-Sébastien fit claquer sa langue, et se dirigea à nouveau vers les fenêtres. « Robert vient à Paris, après toutes ses années. Qui l'eût cru ?

— Je ne vous suis pas, fit remarquer Gervaise.

— Cela ne vous concerne nullement. » Saint-Sébastien revint vers le feu, avec une lumière étrange sur le visage.

« C'est une très ancienne affaire, Monsieur le comte, et qui m'est très personnelle. » Sa main tapota le manteau de la cheminée, puis il murmura. « Il nous reste donc bien moins de temps. Nous allons devoir nous en charger d'une manière un peu différente. » Il se retourna vers Gervaise et parla brusquement. « Vos dettes : voudriez-vous vous en acquitter dans leur intégralité ? »

Gervaise fit un geste de désespoir, puis dit : « Mais c'est impossible, Baron. Je ne possède pas les ressources pour ce faire. »

Saint-Sébastien s'empara de cet argument. « Supposons que cela soit possible. Supposons que je puisse le faire. Me rendriez-vous un petit service en contrepartie ? »

Soudainement, Gervaise se sentit tout alarmé, ses mains devinrent moites. Il s'aperçut qu'il lui était impossible d'affronter la sévérité du regard de Saint-Sébastien. « Quel service ?

— Un petit service, Comte. Tout petit. » Il se domina. « Vous possédez un domaine non loin de la capitale. Il se nomme *Sans-Souci* — quel petit nom charmant. Si vous m'autorisez à faire cette petite chose pour moi, Comte, vous serez sans souci aussi longtemps que vous serez sage au cours des jeux d'argent. » Il toisa Gervaise cyniquement, sachant que, pour lui, jouer était comme une maladie. Il était possédé et avant peu il serait à nouveau sans le sou, forcé de se tourner, honteusement, vers sa femme.

« Que devrai-je faire ? Que m'offrez-vous ? » Il souhaita que ses besoins eussent été moins importants, car il lui semblait qu'il aurait pu obtenir bien plus de Saint-Sébastien s'il avait eu le temps de marchander.

« Sans-Souci est entouré d'un vaste parc, je crois, et il partage des chasses avec deux autres propriétés proches ? » Il vit le plan s'échafauder en un ensemble cohérent dans son esprit. Il pensa que cela allait bien marcher, et que cela amènerait Madeleine de Montalia entre ses mains avant la venue de son père à Paris.

« Oui-da. Le duc du Ruisseau-Royal est au nord, et à l'est il y a le baron de Chaisseurdor. Nos familles chassent sur ces terres depuis plus de six cents ans. » Il mit ses mains devant lui et fut abasourdi de voir qu'elles tremblaient. Rapidement, il les enfouit dans ses poches.

« Mais je ne chasse pas beaucoup moi-même. Je n'ai pas le goût à ce genre de sport.

— Mais Mademoiselle de Montalia l'a. J'ai ouï dire qu'elle était une cavalière chevronnée et qu'on l'a entendue se plaindre de ne pas pouvoir chevaucher au grand galop comme elle le faisait chez elle. Et comme elle a les devoirs de la fête devant elle, il se pourrait bien qu'elle trouvât agréable une petit pause à la campagne. Vous pouvez composer la liste des invités, Comte. Vous choisirez, et le mieux du monde. Vous pourrez autoriser la comtesse à établir cette liste, tant que Monsieur de La Sept-Nuit y figure. Il a exprimé une grande admiration pour cette jeune fille, et je veux lui offrir l'opportunité de mieux la connaître.

— Je vois », répondit Gervaise avec empressement, il fallait qu'il sache au plus vite ce qu'il pouvait faire sans pour autant être tenu en faute.

« Bien entendu, il y aura une partie de chasse. Non pas la plus ardente des chasses, car nous ne voulons pas voir cette jeune fille se fatiguer avant son triomphe. Quelques promenades dans l'après-midi, et de plaisantes soirées hors des sollicitations de la capitale — il est certain qu'elle trouvera tout cela fort agréable. Et la comtesse vous approuvera, soyez-en assuré. »

Gervaise repensait à tout ce qui venait d'être dit, et vit qu'il serait bien venu d'avoir de bonnes relations avec Claudia.

Mais un doute le rongeait. « Comment tout ceci va-t-il vous être profitable, Baron ? Et pourquoi voulez-vous rétribuer mes grâces et mon hospitalité envers cette jeune fille ?

— Ah ! mais cela est mon affaire. Assurez-vous seulement que Monsieur de La Sept-Nuit soit présent, et qu'ensemble ils chassent. Voilà qui me comblera amplement. »

De mauvaises pensées lui vinrent. « Je ne veux pas qu'elle soit compromise sous mon toit. Si Monsieur de La Sept-Nuit veut la séduire, qu'il le fasse, mais ici, à Paris. »

Saint-Sébastien parvint à émettre un petit rire espiègle. « Que nenni, ce n'est point ce que veut Monsieur de La Sept-Nuit. Je peux vous promettre qu'il ne va pas la séduire. » Il n'y avait rien de rassurant dans le sourire mielleux dont il gratifia Gervaise. « Qu'elle puisse simplement chasser avec lui dans les bois, Comte, et vous serez amplement récompensé.

— Mais pourquoi ? » Il savait qu'il devait poser cette question, et il se leva tout en le faisant.

« J'ai pourtant été bien clair. Monsieur de La Sept-Nuit veut la connaître un peu mieux, et j'ai promis de l'aider si j'en avais le pouvoir. » Saint-Sébastien fouilla dans sa poche, puis enfin il en sortit ce qu'il cherchait. « Voici, la preuve de ma bonne foi.

— Qu'est-ce donc ? » Gervaise recula et regarda, suspicieux, la main fermée de Saint-Sébastien, tendue en avant.

« Une partie de mon payement. Venez, Comte, prenez-le. Vous le trouverez fort agréable, croyez-moi. »

Gervaise accomplit quelques pas réticents et tendit la main, redoutant à moitié d'y voir tomber quelque objet répugnant.

« Voilà. Sachez que Guillaume le Hollandais sera fort capable de le tailler pour vous. » Il laissa tomber le diamant brut dans la main de Gervaise, et sourit légèrement en apercevant la joie qui se peignit sur son visage, mais qui fut rapidement suivie d'un froncement de sourcils. « Il est véritable, Comte. Je présume qu'il vous rapportera une somme rondelette. »

La main de Gervaise se referma dans un spasme sur la pierre précieuse. « Je ne comprends pas, murmura-t-il.

— Il y en aura quatre de plus et d'une taille au moins égale pour vous embarrasser davantage encore, après ce séjour à Sans-Souci. Il me sera aussi agréable de vous confier vos notes de crédit, pour que vous les brûliez. » Saint-Sébastien se dirigea vers la porte et sonna. « J'espère que votre séjour à la campagne sera agréable, Monsieur le comte. Et qu'il conclura agréablement notre collaboration.

— Certainement, certainement », répondit Gervaise un peu confus, alors qu'il attrapait sa canne et son tricorne. La joie le rendait soûl, mais la peur l'aiguillonnait et le poussait à quitter ces lieux. Il acquiesça au laquais, qui entrait, avec contentement, et s'inclina en sortant de la pièce.

Quand il fut parti, Saint-Sébastien sonna à nouveau un laquais et, cette fois, demanda d'avoir le plaisir de s'entretenir avec Le Grâce.

Il se passa peu de temps avant que le sorcier ne remontât des caves. Il s'excusa, alors qu'il entrait dans le petit salon, de se présenter ainsi avec un tablier taché.

« Cela ne fait rien, dit d'un ton sec Saint-Sébastien. Dites-moi, combien de ces pierres pouvez-vous produire dans les dix jours ? »

Le Grâce se gratta la nuque. « Je ne sais pas vraiment. Je n'en obtiens qu'une ou deux par jour actuellement. Aussi longtemps que la cendre est sous forme liquide et que le mécanisme résiste à la vapeur azotée. Il devrait y avoir des pierres précieuses pour quelques semaines encore. Au-delà je ne saurai le dire, pas sans avoir pu parler avec Ragoczy encore une fois. C'est lui qui connaît le secret.

— Ragoczy, toujours Ragoczy ! » Saint-Sébastien traversa la pièce à petits pas rapides, sa robe d'intérieur en soie piquée ondulait derrière lui comme un sillage. « Je dois retrouver ce Ragoczy. S'il connaît le secret des pierres précieuses, il se peut qu'il en connaisse d'autres aussi. Je veux ce savoir, Le Grâce. Je veux que vous retrouviez pour moi cet homme. »

Le Grâce pâlit. « Monsieur le baron ! J'ai été chassé de la guilde, et je risquerais ma vie si je…

— Vous risquerez votre vie si vous ne me convenez plus, Le Grâce. Souvenez-vous-en. Et souvenez-vous aussi que je peux vous récompenser bien au-delà de ce que n'importe quel membre de la guilde pourrait faire. » Il se tourna vers le sorcier. « Vous m'êtes utile aussi longtemps que vous pouvez fabriquer des pierres et des joyaux. Dans le cas contraire, à moins que vous n'ayez quelque autre utilité… Il haussa les épaules et revint près du feu.

— Mais je n'ose me mettre à sa recherche, confessa Le Grâce.

— Mais vous osez me désobéir », le corrigea Saint-Sébastien. Il prit un beau tisonnier doré près de la cheminée et attisa le feu qui s'y consumait, riant cruellement quand des escarbilles se déversèrent sur le sol ciré. « Vous souvenez-vous de Madame de Cressie, Le Grâce ? Vous la prîtes en premier quand j'eus fini avec elle. Vous rappelez-vous à quoi elle ressemblait ? Vous souvenez-vous comment elle se débattait ? Pourtant, ce n'était là qu'un menu viol, Le Grâce. Ce n'était pas de la torture ou une messe de sang. Repensez-y avant de chercher à me résister. »

La gorge de Le Grâce devint sèche, mais il parvint à croasser quelques mots.

« J'essayerai, Monsieur le baron. »

Saint-Sébastien ne le regardait pas. « Bien.

— J'irai cette nuit. »

Le Grâce était presque sorti quand les paroles de Saint-Sébastien l'arrêtèrent. « Ne songez point à m'échapper, Le Grâce. Si vous tentez de m'échapper, je vous retrouverai et je vous ramènerai. Et je n'aurais alors aucune pitié, Le Grâce.

— Je n'y avais nullement songé, Monsieur le baron. » Le Grâce s'inclina, Saint-Sébastien ne se retourna aucunement pour le constater.

« N'essayez pas plus de me mentir, Le Grâce. Retrouvez-moi ce prince de Ragoczy et vous serez récompensé. Trahissez-moi, et vous serez puni. » Et il s'acharna vicieusement sur les bûches avec le tisonnier.

Le Grâce ouvrit la bouche dans une ultime grimace de désespoir. Il aurait voulu crier, tout comme il aurait voulu être de retour dans la grand-salle de la taverne du Loup rouge avec Oulen, toujours en vie, qui l'attendait dehors. Il n'aurait pas dû tuer Oulen, il le comprenait à présent. Il avait définitivement ruiné toute chance d'être à nouveau admis dans la Confrérie. Il avait poignardé Oulen après l'avoir forcé à l'aider à transporter l'athanor sur la carriole spécialement aménagée qui l'avait amené jusqu'à l'hôtel particulier de Saint-Sébastien. Et il avait battu Cielbleu, ce qui ne faisait qu'aggraver son cas. Il se maîtrisa suffisamment pour parvenir à émettre un « Je retrouverai Ragoczy » à l'adresse de Saint-Sébastien avant de se retirer du petit salon.

Après avoir entendu la porte se refermer, Saint-Sébastien pouffa de rire à cause de la course terrifiée de Le Grâce dans le couloir. Il se tint près du manteau de la cheminée, souriant aux figures qu'il voyait danser dans les flammes.

*

Extraits d'une lettre du marquis de Montalia à sa sœur Claudia, comtesse d'Argenlac, datée du 24 octobre 1743 :

[...] *J'ai été émerveillé de voir avec quelle célérité le postier m'a apporté la lettre de ma Madeleine. Seulement cinq jours, ma chère sœur. Dissertez comme bon vous semble sur la politique étrangère de Louis, mais sa politique intérieure est excellente. Je suis heureux d'avoir reçu des nouvelles de ma fille si promptement, de même que votre si chaleureuse invitation. Tout cela remplit mon cœur de gratitude envers vous et envers son confesseur, l'abbé de Pontneuf, qui m'a aussi écrit il y a quelque temps. Madeleine me dit qu'elle a appris à aimer les valeurs qui perdurent et non point les plaisirs d'un soir. Voilà qui m'apporte un immense réconfort ! Comme si un poids insupportable avait été levé. J'ai toujours su qu'elle était une enfant honorable, et sa confiance en elle dans sa dernière lettre le confirme bien.*

Elle a écrit pour me demander si je pouvais venir à sa fête, ajoutant ses suppliques aux vôtres. Si les femmes qui me sont les plus chères en cette vie se liguent contre moi de la sorte, que puis-je faire d'autre que d'accepter ? Vous me dites dans votre lettre qu'il me serait bon de revoir Paris et de renouer les fraternités de ma jeunesse. Certaines, il vaudrait mieux que je les oubliasse, mais d'autres, il est vrai, je vous le confesse volontiers, s'accrochent à mon cœur et m'engagent à venir chez vous pour votre petite fête. Bien que cela ne soit pas sage, je ne peux repousser l'appel de mon cœur. Je vais partir après-demain et je serai à Paris le premier ou le deuxième jour du mois de novembre. Je présume que je pourrai loger chez vous et M. le Comte durant quelques jours. Je vais aussi écrire à l'abbé de Pontneuf pour que nous puissions nous entretenir durant quelques heures ensemble, car je compte bien avoir le bénéfice de sa doctrine et de sa piété sincère. Il m'a presque persuadé qu'il y a avait un espoir pour moi et que je pourrais peut-être trouver la paix qui m'a été jusqu'ici refusée en ce monde.

Ma femme est encore sur les terres de son frère, et ne se joindra pas à moi. J'ai reçu son mot ce matin, et j'ai envoyé l'un de mes serviteurs avec une note détaillant mes intentions et le lieu où son courrier pourra me parvenir. Son frère s'est marié à nouveau, et comme vous l'avez peut-être ouï, sa nouvelle femme attend un heureux événement. Marguerite, à cause de l'affection qu'elle lui porte, est allée s'occuper des enfants de son premier lit. Elle est très aimée de ses nièces et neveux et je ne veux point la priver du plaisant de voir un autre Ragnac venir au monde. Car tous deux, comme vous le savez, nous vivons retirés du monde, et je ne crois pas que je puisse lui en demander davantage ces temps-ci. Tout en étant son époux, j'ai le droit de la commander, mais elle est aussi très dévouée à son frère, et c'est un lien que je ne souhaite aucunement rompre, car s'il m'arrivait malheur, c'est à lui qu'incomberait la charge de pourvoir logis et protection pour elle.

Votre inquiétude concernant Mme Lucienne de Cressie me trouble profondément. Il est impensable que son mari soit tombé dans le faux comme vous le suggérez. Je comprends que, puisqu'il a succombé au péché de chair, comme vous le dites, il doit être très difficile pour elle de se soumettre à ses volontés. Mais il ne m'appartient pas, ni à vous ni à moi, de contester les droits d'éducation que le mari a envers sa femme. Il est possible qu'elle doive en supporter beaucoup, mais en tant qu'épouse, c'est son devoir et certainement un privilège d'avoir à exécuter les volontés de son mari. La religion et la loi soutiennent cette vision des choses, et parfois nous en constatons la sagesse. Les exemples des Saints nous enseignent la vertu de l'obéissance, et la bénédiction du mariage est telle que n'importe quelle femme doit admettre que le règne sévère de son mari représente une bonne protection contre l'oisiveté et la folie. Si Mme Lucienne de Cressie ne peut porter les fruits de cette union et les joies de la maternité, alors elle est certainement sur le meilleur des chemins pour trouver la grâce, libre des pollutions de son corps. Ne faisons pas cas de l'inquiétude et de l'ostentatoire attitude qu'elle affiche, cela vous amènerait à interférer dans sa vie. En revanche, conseillez-lui d'accepter humblement le rôle que le Ciel lui a réservé, et de se soumettre au bon plaisir de son époux. Sa docilité et sa gentillesse exemplaires pourraient bien détourner son mari de ses penchants et le ramener sur le chemin d'une conduite honorable d'époux.

[...] *Il m'est apparu que l'habit convenant à une telle occasion doit avoir changé depuis mon passage à la cour. J'espère que votre Comte ou quelqu'un d'autre pourra me dire ce que je dois faire et comment je dois me vêtir pour ne pas déconsidérer ma fille ou vous. Je doute qu'il me reste suffisamment de temps pour commander un complet, je vous ai donc envoyé une note contenant mes mensurations prises l'été dernier par mon habilleur, cela devrait convenir à un tailleur, et les précisions nécessaires pour réaliser au moins quelques vêtements et un justaucorps. Je suis plus que prêt à accepter l'offre qu'il vous transmettra pour accomplir un travail rapide. Mais je vous demande instamment, ma très chère sœur, sachant que la mode est aux couleurs vives, de ne pas accorder trop d'importance à votre fantaisie, pour mon bien. Je suis un homme simple, un justaucorps de soie rouge et aux manches brun violet me siérait amplement. Fi de vos lilas ou pêche, je vous en supplie ! Cela irait à l'encontre de ma nature. Si vous ne pouvez obtenir de la soie rouge, je laisse votre bon jugement y pourvoir. Mais penchez plutôt du côté de la sobriété, je vous en conjure. Je crois que je possède encore des chemises de soie crème, avec les dentelles assorties. Je vous remercie par avance pour l'aide que vous m'apporterez. La pensée de la fête doit remplir vos journées ; cependant j'espère que vous ou M. le Comte aurez la bonté de porter mes mensurations à un tailleur.*

Jusqu'à ce que je puisse vous saluer en personne, je vous remercie du plus profond de mon cœur pour la chaleureuse hospitalité que vous offrez à ma fille et toute la considération que vous m'avez montrée, autant que votre affection qui me parvint avec votre invitation. J'ai hâte de vous revoir toutes les deux bientôt et de profiter des lumières de Paris. En toute chose, j'ai l'honneur d'être votre très dévoué frère.

Robert Marcel Yves Étienne Pascal
Marquis de Montalia

4

« Saint-Germain, vous ne prêtez pas attention, s'exclama Neuville, tout en jetant un coup d'œil rapide à ses cartes. Pariez-vous sur cette main, oui ou non ?

— Comment ? répondit Saint-Germain, un peu distrait. Ah, le jeu ! Non, je pense que je ne vais pas jouer la main. » Il mit les cartes bien en évidence sur le tapis, montrant qu'il avait la main gagnante.

Les cinq hommes s'entre-regardèrent, hébétés, un long moment, puis Neuville fit remarquer : « Assurément, vos esprits vous ont quitté si vous vous retirez du jeu avec une telle main et surtout avec cinq mille livres sur la table. »

Saint-Germain lui décocha un sourire doux et hypocrite. « C'est pour cette raison que je me retire. Où donc est le challenge avec une telle main ? » Il s'était poussé de la table et se leva lentement. « Poursuivez votre amusement, messieurs. Je vais dans la salle à manger trouver un peu de réconfort. »

Neuville s'exclama à ces propos : « Allons, vous ne mangez jamais, Saint-Germain. » Il regarda les autres pour avoir confirmation, et fut accueilli avec de petits hochements de tête entendus.

« Exact, Monsieur de Neuville, je ne mange pas en public. Mais, au salon, on peut entretenir des conversations et trouver quelques esprits. Peut-être pourrais-je m'y consoler avec un ou deux membres de la bonne société qui ne seraient pas obnubilés par les breuvages alcoolisés ou les jeux de hasard », dit-il avec désinvolture. Cette remarque provoqua un fou rire généralisé, et nul n'aperçut la terrible fatigue qui se cachait derrière son regard. Il s'inclina, agita son mouchoir parfumé en dentelle et rappela à Neuville qu'il n'avait guère de chance ; sur cette dernière raillerie, il se dirigea vers le grand hall de l'hôtel de Transylvanie.

« Bonsoir, Hercule, dit-il au majordome en passant la porte ; il allait alors vers l'aile nord.

— Bonsoir, Monsieur le comte, répondit Hercule avec un visage parfaitement impassible.

— Qui est là ce soir ? » Il s'arrêta, décidément très élégant dans ses simples habits noirs, tirant un peu sur le violet avec des broderies d'argent, des manches de brocart et une veste qui mettait en valeur la fine dentelle d'argent qui apportait de chauds reflets au rubis à son cou.

« Tout le monde, Monsieur le comte. » Pas un seul tressaillement de respect ne trahit l'employé. « Vous trouverez Monsieur le comte d'Argenlac dans la salle de bal, je crois, à moins qu'il ne se soit rendu au souper.

— Je vois », les yeux de Saint-Germain restèrent fixés sur le Vélasquez accroché en face de lui dans le grand hall. Puis il dit d'une voix plus forte : « Pensez-vous que le propriétaire de l'hôtel pourrait être persuadé de se séparer de cette peinture ?

— Je ne le crois pas, répondit Hercule avec la plus parfaite courtoisie.

— Je payerais une somme coquette pour ce travail, poursuivit Saint-Germain, se souvenant qu'il l'avait fait effectivement. Je vous demande, alors, de bien vouloir vous enquérir auprès de votre maître, quel qu'il soit, car je suis tout particulièrement fervent de Vélasquez. »

De La Sept-Nuit, qui se trouvait passer par là par hasard, eut un sourire forcé. « Eh bien ! On essaye toujours d'acheter le tableau, Comte ? »

Saint-Germain, feignant la surprise, le dévisagea. « Oh ! mais je ne vous avais point vu, Donatien. Oui, j'essayais encore une fois, mais toujours sans succès.

— Si vous persistez dans vos demandes pressantes, nous n'allons pas tarder à engager des paris sur vos chances. » Il se retourna vers ses compagnons pour confirmation ; cependant le baron de Beauvrai ne prêta nullement l'attention à la conversation.

Beauvrai était extraordinairement habillé ce soir, même au vu de ses propres critères extravagants. Il portait sa perruque la plus sophistiquée, qui était teintée d'une poudre bleue délicate. Elle était attachée derrière sa nuque avec un large nœud de satin piqué d'étoiles dorées. Sa veste et ses culottes étaient de soie jonquille, on ne pouvait pas dire que les larges revers et manches de couleur claire le mettaient à son avantage. Un justaucorps couleur paille en peau de soie était brodé avec de la bourre turquoise, qui devait manifestement s'harmoniser avec ses bas en soie turquoise et ses chaussures dorées. Il avait complété cet ensemble avec de la dentelle bleu pâle à la gorge et aux poignets, et il s'était aspergé d'eau de violette.

Saint-Germain contempla Beauvrai en silence, puis poussa un bref soupir. « Comme toujours, Beauvrai, vous me laissez sans voix. »

Beauvrai lui lança un bref coup d'œil, observant le sombre habit de Saint-Germain. « Je préfère avoir l'air d'un homme que d'un homme d'Église, dit-il avec l'intention manifeste de faire une remarque blessante.

Mais d'après ce que j'ai pu entendre sur vous, vous n'avez pas plus de droit au titre d'homme qu'à celui de comte. »

Avec un sourire désarmant, Saint-Germain inclina la tête. « Mon cher Baron, si pour être un homme il eût fallut qu'on vous imitât, je dois vous dire qu'on serait grandement désappointé. » Après cette remarque, Saint-Germain était sur le point de tourner les talons, laissant Beauvrai écumer de rage, quand par hasard une remarque venant de La Sept-Nuit attira son attention et l'arrêta net.

« Quand vous serez chez Monsieur de Chaisseurdor, voudriez-vous venir passer une soirée avec nous à Sans-Souci ? » dit de La Sept-Nuit, tentant dans un ultime effort de détourner l'attention de Beauvrai de Saint-Germain.

« Quoi Chaisseurdor ? Ah, euh… oui. Je présume que je le pourrai. Je passe une semaine là-bas. Durant une soirée, je ne manquerai pas à Chaisseurdor. » Il ignora ouvertement Saint-Germain.

« Amenez-le avec vous, suggéra de La Sept-Nuit, prêt à conduire Beauvrai dans la salle de jeu.

— Mais il se trouve qu'il n'apprécie pas beaucoup le comte d'Argenlac. Il se sont querellés concernant leurs chasses voilà dix ans de cela, et il n'ont toujours pas trouvé un compromis depuis lors. Qu'ils soient damnés tous deux, si vous voulez mon avis. Ne vous inquiétez pas, Donatien, je prendrai bien le temps de visiter Sans-Souci. Je veux voir comment vous allez faire le beau avec Mademoiselle de Montalia.

— Je ferai bien, ne vous inquiétez pas. » Il tapota Beauvrai sur les épaules, et ils échangèrent des clins d'œil complices, puis ils se dirigèrent vers l'aile nord de l'hôtel.

Saint-Germain se tint dans le grand hall deux bonnes

minutes encore, avec une expression vide dans ses yeux noirs qui trahissait son état : les idées se bousculaient dans son esprit. Il promena son regard sur les belles perspectives du Vélasquez, s'arrêtant une seule fois pour opiner du chef à un groupe de convives arrivés tardivement. En observant ces anciens visages, Saint-Germain ressentit un vif sentiment de mélancolie. Il se souvenait comment il avait avidement observé cette toile alors que la peinture y était toute fraîche, et que l'artiste lui avait demandé si le visage de Socrate portait bien tout le poids de son tragique destin. Plusieurs fois, Saint-Germain s'était remémoré Socrate habillé comme il était : en guenilles. Ce Socrate détaché du monde et revendicateur, il ne se serait vraiment pas reconnu dans ce visage austère issu de l'imagination de Vélasquez, mais Saint-Germain s'était toujours abstenu de le dire au grand artiste.

Marchant plutôt lentement, Saint-Germain se dirigea vers la salle à manger. L'émoi qu'il avait ressenti en entendant la conversation entre Beauvrai et de La Sept-Nuit n'avait pas diminué. Il se souvenait de l'invitation que la comtesse d'Argenlac lui avait adressée pour le prier de se joindre à eux à Sans-Souci. Une invitation qu'il avait dû décliner, ne voulant pas tomber sous le charme de la douce et trop proche mais impossible Madeleine.

Son image se matérialisa dans son esprit, et il tenta de la repousser. Il ne pouvait pas se permettre de la désirer juste maintenant ou de s'en préoccuper, car cela aurait pu les trahir tous deux. Durant un fugitif instant, il imagina un pieu cruel s'enfonçant dans le corps exquis de Madeleine et il sut à quel point cette pensée lui était insupportable.

« Comte ? » dit une voix tout près de lui. Il leva la tête soudainement et vit Claudia d'Argenlac qui s'avançait vers lui au bras du duc de la Mer-Herbeux. Elle était habillée d'une grande toilette du vert le plus pâle avec des broderies de volubilis sur un jupon avec un ruché de soie autrichienne, et des nœuds en dentelle belge couleur rose anglaise.

Saint-Germain reprit ses esprits et s'inclina profondément devant la comtesse. « Je suis enchanté de vous voir, dit-il, sachant que c'était presque vrai. Je ne vous demanderai pas comment vous vous portez, car le sourire que vous arborez me l'indique amplement. Avec tous vos préparatifs, je n'eusse pas été outre mesure surpris de vous voir seule dans un recoin en train de rassembler vos forces pour la fête du 3 novembre. »

La comtesse rit joyeusement, l'éclat de ses yeux était presque aussi étincelant que la lumière de son collier d'émeraudes. « Ah ! que nenni, mon cher Comte. Mon époux s'est arrangé pour que nous nous rendissions à la campagne demain. Nous y resterons quelques jours, pendant ce temps l'hôtel sera préparé pour la fête. Si vous étiez venu nous voir un peu plus souvent ces derniers jours, vous l'eussiez su.

— J'ai bien reçu votre invitation, lui rappela-t-il, puis il porta son attention vers le duc. Je suis ravi de vous savoir à nouveau à Paris, monsieur. Je présume que votre séjour à Londres s'est bien déroulé ?

— Pas au mieux, Comte, admit de la Mer-Herbeux. Les Anglais se targuent d'être raisonnables, mais en ce qui concerne la question autrichienne, ils semblent particulièrement irrationnels. »

Saint-Germain sourit. « Vous devez leur pardonner, dit-il à de la Mer-Herbeux, si, de temps en temps, leurs désirs vont à l'encontre de ceux de la France. »

La comtesse leva les mains. « Messieurs, messieurs, je vous en supplie, ne parlons pas de politique. Je n'ai entendu que cela durant l'heure dernière et je ne puis en supporter davantage. » Elle sourit à Saint-Germain. « Comte, je sais que vous me suivrez sur ce point. Amenez-moi au souper et racontez-moi des histoires sur ce que vous voudrez, sauf de politique. »

Saint-Germain leva les sourcils à l'adresse du duc. « Puis-je avoir cet honneur ? »

De la Mer-Herbeux relâcha la main de la comtesse posée sur son bras. « Faites, faites, Monsieur de Saint-Germain. Si je ne dois plus parler de politique, je crains de ne pas pouvoir vous entretenir du tout. » Il s'inclina vers Saint-Germain et baisa la main de la comtesse, puis il s'éloigna à la recherche d'une compagnie possédant une disposition d'esprit plus politique.

« J'ai cru que je devrais passer toute la soirée à l'écouter, murmura la comtesse à Saint-Germain, manifestement soulagée. Je sais qu'il a rendu de grands services à la France, et je sais que le Roi est très impressionné par ses capacités de diplomate, et je sais qu'il est le plus doué des hommes d'État, mais je jure que j'allais mourir d'ennui.

— Je vais essayer de faire mon possible pour y remédier, dit Saint-Germain en la conduisant vers la salle à manger.

— Comte, dit-elle légèrement. J'ai voulu vous informer durant ces derniers jours de ces excellentes nouvelles, mais vous n'étiez là pour personne. »

Saint-Germain garda un ton neutre. « J'ai été épouvantablement occupé, ma chère. Ce n'était nullement dans mes intentions de vous éviter, croyez-moi. »

La comtesse rit à nouveau. « Madeleine m'avait confié qu'elle craignait que vous ne soyez fatigué de nous et que vous n'ayez oublié notre compagnie, mais j'avais imaginé que vous étiez occupé ailleurs. »

Intérieurement, Saint-Germain sentit une profonde sympathie pour Madeleine, si vulnérable face à lui, et il souhaita qu'elle ne lui fût pas si essentielle, ni tant aimable. « S'il doit y avoir de la musique à la fête, comme vous l'avez souhaité, Claudia, je me dois de prendre le temps de l'écrire, dit-il avec aisance. Quand les nouveaux travaux seront finis, vous pouvez être assurée que vous me verrez, probablement beaucoup trop. »

Elle se retourna sur lui alors qu'il l'escortait à travers les portes de la salle à manger. « Jamais de la vie, Comte. En fait, j'ai été moi-même désappointée que vous ne puissiez être des nôtres à Sans-Souci.

— Bien, je crains qu'on ne puisse rien y faire. » Il la mena, à travers les tables pleines de gens, vers l'une un peu à l'écart des autres, et lui tint la chaise alors qu'elle s'y asseyait en manœuvrant habilement son panier. « Dites-moi ce que je dois vous apporter, et quand je reviendrai, j'espère écouter ces bonnes nouvelles.

— Choisissez ce que vous voulez, mon cher Comte, mais il ne faut pas qu'il y ait du riz à l'espagnole. J'ai dîné dehors deux fois cette semaine, et chaque fois nous avons eu du riz à l'espagnole. Madeleine a dit que, si elle en avait encore une fois, elle pourrait jouer des castagnettes.

— Très bien, pas de riz à l'espagnole. » Il s'était retourné pour se diriger vers le buffet, mais n'y résistant plus il demanda. « Est-ce que Madeleine va nous rejoindre ? Si elle vient, je devrai retenir une autre chaise.

— Elle pourrait nous rejoindre un peu plus tard. Quand je l'ai quittée la dernière fois, elle dansait avec le marquis de la Colonne-Pur. Il est certainement captivé par elle, Comte.

— Je ne suis nullement surpris », murmura Saint-Germain et il se retourna pour aller au buffet.

Cela lui prit un peu plus de temps que d'habitude : il

trouvait ses pensées dans un tel dérèglement qu'il était obnubilé de les cacher à l'esprit terriblement aiguisé de Claudia. Quand, enfin, il revint à la table isolée, il lui apporta un canard à l'orange, une salade d'épinards avec des dés de courgettes italiennes, de petites crevettes et un verre de vin blanc doux. Il posa le tout devant elle et s'installa dans la chaise en face.

« Alors, dit-il tout en repoussant d'un geste les remerciements de la comtesse, de quelle magnifique nouvelle s'agit-il ? Vous êtes si radieuse, votre bonheur irradie comme une chandelle dans une pièce obscure. Vous voilà presque une tout autre femme, ma chère. »

La comtesse d'Argenlac but un peu de vin et fit à Saint-Germain un sourire espiègle. « Ah ! Comte, vous serez si heureux pour moi. » Mais c'était difficile pour elle de raconter tout depuis le début. Elle reposa son verre et étudia durant quelques instants son assiette avant de déclarer. « Comme vous l'aviez probablement remarqué, les relations entre mon mari et moi ont été plutôt déplorables…

— Oui, je l'avais remarqué », dit-il avec prévenance, à mi-voix.

Elle soupira, secoua la tête. « J'avais terriblement peur qu'il ne fût près de la ruine, car son intendant était très inquiet, et il préconisait des mesures radicales et si déplaisantes. Je… j'ai eu la possibilité d'acquitter les demandes les plus pressantes qu'on lui faisait, ce qui, je vous l'assure, rendit notre vie plus agréable pour un temps. »

Saint-Germain ne dit rien, se demandant quelle part de sa fortune personnelle avait été engloutie par son stupide mari.

« Mais alors que je croyais être rendue aux pires extrémités, Gervaise m'étonna prodigieusement. Il lui échut un héritage sous-seing privé de son père, ce dont il n'avait jamais parlé auparavant, car il n'en connaissait pas le montant.

— Un héritage sous-seing lui échut ? » dit Saint-Germain, et le ton montant de sa voix trahissait une certaine incrédulité. « De quoi, je vous prie, était constitué cet héritage sous-seing ? »

La comtesse tourna alors son visage si parfaitement radieux vers lui. « C'était véritablement une réponse à mes prières. Son père, à ce qu'il semble, était entré en possession d'un très, très gros diamant brut, que Gervaise a fait tailler. On dit que la pierre ne vaut maintenant pas moins de six mille louis. » Elle joignit ses mains et son regard montra de l'enchantement.

« Un diamant brut ? dit Saint-Germain lentement.

— Oui. Il me l'a apporté il y a quelques jours de cela. C'est extraordinaire comme une pierre brute peut paraître si anodine, n'est-ce pas ? » Elle porta son attention vers le dîner, et commença par la salade.

« Son père lui a laissé un diamant brut qu'il s'est enfin décidé à faire tailler ? » Il ne comptait pas recevoir une réponse. Ses yeux étaient tournés vers la fenêtre, et l'une de ses mains jouait avec le rubis à son cou.

Claudia, jeta un coup d'œil à la fenêtre et eut un petit sursaut. « Mais, Comte, comme c'est bizarre. Voyez. De là où je me trouve, on ne voit pas votre reflet. »

Saint-Germain leva subitement le regard, ses yeux perçants s'arrêtèrent sur la fenêtre noire de la nuit réfléchissant les images scintillantes des convives du souper. Il comprit qu'il avait été imprudent, préoccupé qu'il était par Madeleine. Il bougea sa chaise quelque peu.

« Voyez-vous, il s'agit d'une question de point de vue. Si vous étiez à ma place, alors c'est vous qui auriez disparu, ma chère.

— Vous m'avez quelque peu bouleversée », admit-elle aussitôt avec un rire forcé.

Saint-Germain se leva et alla défaire les embrasses qui retenaient les admirables tentures violettes. Le lourd tissu glissa le long de la fenêtre, cachant la nuit et les silhouettes dans la glace. « Là. Ainsi nous n'aurons pas besoin de nous épuiser à nous chercher l'un l'autre dans les reflets. » Il se rassit.

« Vous devriez me raconter à nouveau toute cette histoire à propos de cette incroyable affaire qui est arrivée à votre mari. Je présume que vous n'en saviez absolument rien auparavant ?

— Non, pas un mot. C'est pour cela que je me sens si satisfaite. Gervaise m'a dit qu'avant que son intendant ne le lui rappelât, rien ne lui était venu à l'esprit depuis plus de dix ans. »

— Eh bien, que cela est chanceux, plaisanta Saint-Germain. Je suis enchanté pour vous, comtesse. C'est un revirement inespéré.

— Oui, admit-elle. Maintenant, je peux être soulagée. C'est comme si un poids avait été enlevé de mes épaules. Je suis à nouveau en bons termes avec mon mari.

— Cela se voit, Claudia. Vous devez accepter mes félicitations. »

Il n'y avait rien de particulièrement heureux, que ce soit sur son visage ou dans sa voix, mais elle ne parut pas s'en apercevoir.

« Je vous en remercie, Saint-Germain, dit-elle. Vous avez été très bon envers moi, m'écoutant, me réconfortant par votre présence et votre cœur. Je dois admettre, dit-elle sans artifice, que quand Gervaise suggéra tout d'abord cette escapade à la campagne, j'eus terriblement peur que cela ne signifiât qu'il était totalement sur la paille et qu'il tentait d'échapper à ses créanciers, mais il ne s'agissait pas de cela heureusement. Assurément, poursuivit-elle plus gravement, alors qu'elle réfléchissait, je ne suis pas satisfaite que Monsieur de La Sept-Nuit fasse partie de notre sortie, mais en compagnie de sept autres personnes, il n'y aura guère de danger. Cependant, ce n'est pas ce que j'aurais souhaité, mais je ne désire pas m'opposer à mon mari, surtout maintenant que les choses vont beaucoup mieux entre nous finalement. » Saint-Germain approuva, étudiant les expressions de doute qui traversaient son visage. « Claudia, si vous ne vous sentez pas rassurée, vous pouvez compter sur mon amitié et sur ma fidélité. »

Elle se tourna vivement vers lui. « Oh ! dit-elle, comprenant qu'il avait fait mouche. Ce n'est rien, Comte. Vraiment, ce n'est rien. Mais vous êtes généreux. J'ai toujours dit que vous étiez généreux, même à votre arrivée à Paris alors que tant d'autres vous soupçonnaient… » Elle cacha son visage dans ses mains. « Pauvre de moi, ce n'est pas ce que j'aurais dû dire…

— Je sais ce qu'on disait de moi, Claudia. Je le sais encore. » Il sourit, un véritable amusement passa dans ses yeux. « Vous vous demandez tous ce que je suis ou ce que je pourrais être. Je connais la réponse, et je prends un malin plaisir à vous regarder vous interroger. » Il lui prit la main, posée sur la table, et l'amena à ses lèvres. « Ne vous en faites pas, Claudia », dit-il, voyant la lumière des larmes naissantes dans ses yeux, comprenant qu'elle était bien plus proche d'une crise d'hystérie qu'il ne l'avait cru tout d'abord.

« Il ne s'agit que de… » Elle s'interrompit un moment, essayant de rassembler ses esprits. « C'est horrible pour moi de le dire, Comte, mais j'ai eu peur tout d'abord qu'il me mentît, ou quelque chose d'approchant. Jusqu'à ce qu'il me montrât la pierre, je ne l'avais pas cru. » Elle était complètement perdue par sa confession.

« C'est compréhensible », fit-il froidement.

Mais elle s'empressa de poursuivre. « Même maintenant, je ne peux l'aider. J'ai peur que tout ceci ne soit qu'un rêve, et que je vais me réveiller et découvrir des huissiers à la porte et notre hôtel vendu malgré nous. » Elle passa sa main rapidement sur ses yeux.

« Que pensez vous de moi ?

— Rien qui vous offense, madame. » Il la fixa d'un regard compatissant, et quand elle fut totalement sous l'emprise de celui-ci, il dit : « Vous ne devriez plus avoir peur à présent, ma chère. Vous avez traversé une terrible épreuve, mais vous allez vous remettre. Si de nouveaux dangers se présentent, vous allez y faire face, parce que vous êtes très courageuse. Souvenez-vous-en. »

Claudia se toucha la joue, et son regard se troubla. « Je… ne sais pas… quoi dire. Je suis très lasse, je pense. La plus petite chose me bouleverse. » Elle baissa les yeux sur son assiette. « Je dois finir mon repas. »

Saint-Germain fronça légèrement les sourcils, comprenant que la sécurité de Madeleine ne tenait qu'à l'équilibre précaire de l'émotivité de sa tante.

Elle reprit sa fourchette énergiquement, et piqua bruyamment dans son assiette tout en mangeant. Elle affirma que le canard était excellent, et qu'elle n'avait jamais goûté une aussi bonne sauce à l'orange. Entre les bouchées, elle commenta abondamment la bonne cuisine que l'on servait toujours à l'hôtel de Transylvanie. Mais elle ne voulut plus reparler de ses problèmes.

Saint-Germain y revint en lui posant une nouvelle question : « J'ai entendu dire que vous vous étiez rendue à l'hôtel de Mme de Cressie. Que vous y a-t-on dit à son sujet ? »

Le flot de paroles sans importance de Claudia s'interrompit. Elle posa sa fourchette et dit : « La pauvre femme, je n'ai pas pu la voir. Achille lui a interdit de recevoir ses amis.

— C'est ce que j'ai appris », dit Saint-Germain avec une certaine froideur. « Je l'ai visitée moi-même une ou deux fois, mais je n'ai pas obtenu d'être reçu. » Il pensa à ses deux tentatives pour la voir seule dans sa chambre, lors de ses apparitions nocturnes. Mais il y avait toujours une domestique avec elle, Lucienne n'avait pas le droit de dormir seule.

« J'ai peur pour elle. J'ai écrit à mon frère, lui demandant ce que je devais faire. Je sais qu'il est néfaste en général d'interférer entre les époux, mais ce ne peut être ainsi dans ce cas. » Elle rougit, et le fantôme de la jeune fille qu'elle fut à vingt ans ressurgit brusquement.

« S'il eût été possible de prouver qu'elle eût été maltraitée, ses parents auraient pu arranger une séparation à son avantage. » Saint-Germain attendit que la comtesse réfléchît.

« Je ne sais pas, dit-elle lentement, ses parents sont morts, et son unique sœur est dans une abbaye. Elle a trois tantes, mais je ne suis pas certaine que leur mari serait prêt à la recueillir, à moins qu'il n'y eût une raison pour la croire en grand danger… » Elle détourna son regard de Saint-Germain, un masque de désolation sur son charmant visage. « Ô Ciel ! Je me sens tellement démunie. » Ces mots s'adressaient autant à elle-même qu'à Lucienne de Cressie.

« Allons, voyons, ma chère, dit Saint-Germain, posant une main calme sur son bras.

— Ah, ne faites pas attention ! Elle avait levé son bras comme si elle avait peur d'un coup. Puis, presque instantanément, son visage s'illumina, et son geste se transforma en signe de bienvenue : « Madeleine ! » s'écria-t-elle, en accueillant sa nièce qui venait d'entrer dans la salle à manger au bras du baron de la Tour-Bedigue.

De l'autre côté de la pièce, Madeleine entendit qu'on l'appelait et leva la tête, puis dit quelque chose à son compagnon.

L'élégant jeune homme habillé de satin mauve s'inclina à sa convenance et la conduisit à travers les tables avec un air de quelqu'un faisant place à un empereur romain.

« Ma chère tante ! » dit Madeleine aussitôt qu'elle fut assez proche pour se faire entendre par-dessus le brouhaha général. « J'avais l'espoir de vous rencontrer. Je suis tout simplement affamée après toutes ces danses. Monsieur de la Tour-Bedigue est déterminé à user mes souliers jusqu'à la corde. »

Saint-Germain s'était levé à l'approche de Madeleine. Il posa les mains sur la chaise libre, préparée précédemment, pour l'avancer. « Bonsoir, mademoiselle », dit-il, ne laissant pas son regard s'attarder trop longuement sur son visage.

Elle gratifia Saint-Germain d'un sourire crispé. « Bonsoir, Monsieur le comte. Je suppose que je dois vous remercier pour cette chaise. J'ai eu si peu l'occasion de vous voir qu'il me paraît raisonnable d'être en des termes cérémonieux avec vous, nous voilà à nouveau des étrangers. »

Saint-Germain ne prêta guère attention à ces paroles. « M'autoriserez-vous à vous apporter quelque chose, mademoiselle ? Il est manifeste que vous désirez converser avec votre tante… »

La Tour-Bedigue intervint, très heureux de faire plaisir. « Que nenni, pardonnez-moi, Comte, mais je serai honoré de servir mademoiselle Montalia. Vous avez déjà eu le plaisir de servir à manger à sa tante ; accordez-moi le privilège de servir la nièce. Il effectua un profond salut et partit avant que Saint-Germain ne pût émettre une objection.

« Qui est ce caniche ? » dit Saint-Germain, aussitôt que de la Tour-Bedigue eut quitté la table.

Madeleine se retourna vers lui, et ses paroles furent glacées. « C'est mon admirateur. Mon admirateur très dévoué.

— Oh, Madeleine ! dit sa tante, secouant la tête en signe de désapprobation.

— Non, dit Saint-Germain avec un sourire triste, je mérite votre sévérité, mademoiselle. Mais je redoute grandement la raillerie d'un homme de mon âge alors que vous êtes recherchée par tant de jeunes et bien plus acceptables gentilshommes. » Il décocha à Madeleine un bref regard parlant et vit le feu répondant dans ses yeux.

« Vous pouvez ne pas être aussi jeune que la plupart des admirateurs de Madeleine, fit observer Claudia d'Argenlac, mais vous avez vingt fois leur esprit.

— Au moins », acquiesça Saint-Germain avec un petit rire sardonique. Il posa encore une fois son regard sur Madeleine. « Je suis désolé que mes affaires ne m'autorisent pas à me joindre à vous à Sans-Souci, mais il se trouve que je dois m'éloigner de Paris pour quelques jours. » Il avait accompli un pas en arrière et avait presque achevé son salut aux deux femmes quand Madeleine l'arrêta.

« Oh ! Monsieur de Saint-Germain, je souhaitais tant que vous vinssiez. Je vais regretter nos soirées musicales.

— Soyez assurée, mademoiselle, que je travaille afin d'agrémenter convenablement votre petite fête. » Il regarda à travers la pièce. « Mademoiselle, voyez, voici votre dévoué et jeune baron qui s'en revient. Je dois vous quitter, mais il est sûr qu'il saura vous entretenir. »

Madeleine tourna vers lui ses yeux violets suppliants. « Mais j'escomptais vous voir tantôt. »

Il lui décocha un sourire énigmatique, et se laissa aller à sourire. « Cela se peut », ajouta-t-il à voix basse.

*

Texte de deux lettres du comte de Saint-Germain, l'une adressée à son serviteur, Roger, et l'autre à son majordome, Hercule, écrites simultanément avec la main gauche et la main droite, en date du 25 octobre 1743 :

Mon cher Roger/Hercule,

Il se trouve que je vais devoir m'absenter de Paris pour trois ou quatre jours. Il s'agit d'une affaire délicate, et je dois m'en occuper personnellement. Pour ce faire, je voyagerai seul sans aucun compagnon et sans escorte.

Devrait-on commenter mon absence, vous direz qu'il y a de bonnes raisons à cela, mais que vous ne pouvez pas les révéler de peur qu'il n'y ait de fâcheuses répercussions en de hautes sphères.

Si je ne reviens pas à Paris dans cinq jours et que vous n'ayez aucune nouvelle de moi, ou qu'une lettre vous parvienne sans mon sceau, je vous autorise à partir à ma recherche de la manière connue de Roger. Vous pourrez employer aussi Sattin et Domingo y Roxas, mais, sous aucun prétexte, vous ne demanderez de l'aide à une autre personne. La police aussi bien que le clergé devront être absolument évités.

Mes volontés et les instructions pour mon enterrement se trouvent à leur emplacement habituel. Vous pourrez les décacheter si mon absence se prolongeait au-delà de vingt et un jours.

Je vous charge de suivre mes ordres comme si votre salut en dépendait.

Saint-Germain
(son sceau, l'éclipse)

5

Même les nuages ombreux ne pouvaient gâcher la joie de cet après-midi de chasse. Le parc et les terres giboyeuses de Sans-Souci étaient pleins des trésors de l'automne. Les feuilles recouvraient le sol, bruissant sous les sabots des chevaux tandis que Gervaise entraînait ses amis sur la piste d'un hère, mais il leur était bien égal de le tuer.

Madeleine accomplit son troisième saut, devant tout le monde, sa tenue d'amazone en velours lie-de-vin flottait au vent, et ses yeux étaient remplis de joie. Elle montait un beau cheval de chasse anglais efflanqué qui avalait les distances à une vitesse extraordinaire. Elle le ralentit pour le mettre au galop allongé et pour pouvoir sauter la prochaine haie ; elle sentit son cœur s'envoler. Cela lui faisait du bien de n'être plus tenaillée par la solitude qu'elle avait éprouvée ces trois derniers jours, depuis qu'elle avait quitté Paris. Elle s'avoua que c'était la grande ville qui lui manquait, et non pas Saint-Germain.

Derrière elle, les autres avaient tous accompli leur saut, sauf le cousin de Gervaise, le chevalier de Sommenault, qui était passé par-dessus : son cheval avait refusé de sauter l'obstacle. Il atterrit en roulé-boulé sur un matelas de feuilles de bouleau.

« Ohé ! » cria de La Sept-Nuit alors qu'il éperonnait son grand hanovrien bai à côté de la monture de Madeleine, qui revenait au niveau des chasseurs. « Vous nous éblouissez tous par tant de grâce. Quel style ! Quel courage ! »

Elle dirigeait son cheval avec assurance, ses mains gantées tenaient fermement les rênes. « Je vous prie de ne pas me gêner, Chevalier. La sente est très étroite.

— Vous gêner ? Il faudrait que je pusse vous rattraper pour ce faire. » Il lui décocha le plus beau des sourires qu'il lui était possible.

« Vous êtes une cavalière émérite.

— Vous devriez complimenter mon père, c'est lui qui m'a tout appris. »

Elle n'appréciait pas de La Sept-Nuit et trouvait sa présence si proche désagréable. Elle voulait s'en débarrasser, mais à moins qu'il fût désarçonné dans un saut, il n'y avait pas de solution.

De La Sept-Nuit sourit à belles dents. « Ne soyez pas si modeste, mademoiselle. Vous méritez ces louanges. » Il amena son cheval un peu en arrière alors que les arbres se rapprochaient, la laissant repasser en tête.

Madeleine grinça des dents. Elle avait compris, au cours des trois jours passés en compagnie de La Sept-Nuit, qu'elle ne voulait plus rien avoir à faire avec lui, ni avec sa courtoisie insistante, ni avec sa face mesquine. Le seul souvenir des compliments dithyrambiques qu'il avait faits à sa tante la rendait malade.

Gervaise passa en trombe à côté d'eux, dangereusement près de leurs chevaux. Son étalon alezan secouait la tête à la violente allure où son cavalier le menait. Le comte d'Argenlac était un cavalier imprudent, et seule sa grande expérience l'empêcha de se tuer sur place. Il cria quelque chose d'incompréhensible à de La Sept-Nuit, gesticulant, et poussa son cheval en avant.

Loin devant, au-delà des arbres, le hère passa une barrière et bondit par-dessus la rivière dans les chasses du duc de Ruisseau-Royal, se dirigeant vers les épaisses forêts qui s'étendaient loin au nord.

« Cela nous servira de leçon. » De La Sept-Nuit rit, poussant sa voix suffisamment pour être entendu de Madeleine. « Votre monture en est-elle capable ? Faites attention ou il va vous arriver malheur !

— Je pense qu'elle sait ce qu'elle fait », dit Madeleine à travers ses mâchoires serrées, mais pas assez fort pour que son indésirable compagnon pût l'entendre. Elle était satisfaite maintenant de n'avoir pas insisté pour monter sa jument espagnole, car ce rythme effréné l'aurait achevée.

Ils étaient sortis des arbres maintenant, traversant la clairière jusqu'à la barrière qui marquait la fin des terres de Gervaise. Mais, déjà, le propriétaire en personne avait passé ces limites, et traversait habilement la rivière, conduisant son cheval fumant sur l'autre rive, droit en face.

Maintenant, Madeleine sentit son cheval de chasse anglais se ramasser sous elle, et elle serra ses deux jambes contre la fourche de la selle amazone. Le cheval bondit, et Madeleine se pencha en avant sur l'encolure, puis comme il accomplissait son saut, elle se pencha en arrière, sur sa selle, sa tête touchant presque la croupe. Immédiatement après, il atterrit, les quatre fers sur le sol, et elle se redressa bien droite, raccourcit les rennes, puis poussa sa monture vers la rivière.

L'hanovrien de La Sept-Nuit était juste sur ses talons, et le chevalier cria en direction de Madeleine, son enthousiasme l'avait tellement emporté que son hanovrien faillit trébucher, et de La Sept-Nuit dut retenir sa monture pour qu'elle ne tombât pas à genoux.

Gervaise était maintenant totalement hors de vue dans les bois, et les autres traînaient derrière. Une brise fraîche s'était levée, les feuilles bruissaient autour d'eux, et les gros nuages dans le ciel passaient rapidement.

Madeleine jeta rapidement un regard tout autour, elle sentit une appréhension, craignant de se retrouver seule avec de La Sept-Nuit. Son cheval marchait maintenant dans la rivière, elle le dirigea vers la rive opposée. Elle voulait le faire rentrer rapidement dans la forêt, pour mettre une plus grande distance entre elle et le gentilhomme qui n'était qu'à deux longueurs derrière. Il y eut un bruit retentissant à la barrière, et deux cavaliers supplémentaires démontèrent. Madeleine sentit dans sa gorge se cristalliser une boule de peur.

Parvenue de l'autre côté, elle se dirigea fermement dans les bois. Mais elle savait que Donatien de La Sept-Nuit appréciait pleinement cette poursuite, jouant avec elle comme le chat avec la souris. Elle se dit alors qu'elle pourrait lutter avec lui, et lui demander ce qu'il voulait d'elle, mais rejeta cette pensée aussi vite qu'elle lui était venue. Elle ne voulait pas se trouver dans cette situation, car il serait très simple pour de La Sept-Nuit d'en profiter, et alors elle serait obligée de l'épouser.

Les arbres commençaient à l'entourer, elle éperonna fermement son cheval et eut la satisfaction de s'éloigner davantage de La Sept-Nuit. Une fois dans les bois, elle aurait plus de chance de mettre de la distance entre eux. Dans cette lumière déclinante, elle devait baisser la tête pour éviter les nombreuses branches qui barraient son passage.

Il faisait froid dans la forêt, elle fut obligée de ramener son cheval au petit galop. Le sol se faisait plus dur, plus inégal, et son cheval commençait à se fatiguer à ce rythme. Madeleine reprit fermement les rênes, décidée à rester devant. Elle savait que Gervaise était en tête, et elle se disait que le mari de sa tante ne lui refuserait pas la protection dont elle avait besoin.

Un bref regard jeté derrière elle lui confirma qu'elle était bien en avance sur de La Sept-Nuit. Elle pouvait entendre le martèlement des sabots de son cheval, mais il était suffisamment loin pour qu'elle commençât à espérer que ce chemin lui permettrait de se débarrasser de lui. Elle regarda autour d'elle, prête à saisir les opportunités que les bois pourraient lui offrir.

Le chemin s'enfonçait de plus en plus profondément dans les bois, et il commençait à être moins perceptible. De grands pins et d'anciens chênes obscurcissaient la vue, dominant le crépuscule. Là, le chemin devenait plus tortueux, zigzaguant autours de grands arbres séculaires.

En avant, le chemin se séparait en deux routes, l'une montait et allait loin du chemin battu. L'autre embranchement allait tout droit en bas, un peu plus large que l'autre, clairement délimité et sans rochers. Sur le second chemin, on voyait la trace de nombreux cavaliers qui l'avaient emprunté, peu de temps auparavant.

Madeleine n'hésita pas. Elle tira fortement sur les rênes, poussant son cheval vers le chemin montant. Le grand cheval anglais peina, puis s'engagea rapidement sur le chemin le plus étroit, de l'écume de transpiration coulait sur son cou alors qu'il bondissait entre les rochers épars.

Tout en haut de la montée, un écran d'arbres la séparait du chemin le plus large, Madeleine stoppa, retenant sa fougueuse monture hors d'haleine pendant qu'elle écoutait le passage du chevalier de La Sept-Nuit. Elle voulut presque le suivre, mais elle se souvint des nombreuses traces de sabot sur le chemin en bas.

C'est en vain qu'elle se dit qu'il ne pouvait s'agir que d'une autre partie de chasse et qu'elle se laissait avoir peur ; le mari de sa tante devait l'attendre, préoccupé de son sort.

Fatiguée et inquiète, loin de Sans-Souci, Madeleine essaya de se reprendre. Elle savait qu'elle pouvait retourner sur le premier chemin pour rejoindre Gervaise et de La Sept-Nuit, mais quelque chose l'empêchait de le faire. Après un moment, elle glissa de la selle, passa les rênes par-dessus la tête du cheval et se décida à poursuivre le long du petit chemin, se demandant bien où il pourrait la mener. Elle savait qu'elle devait marcher bien devant, car son cheval était très effrayé, sa robe gris pommelé était ternie de sueur, et sa respiration sortait en larges et pesantes bouffées. Elle tira sur les rênes, et commença à avancer.

C'était un chemin difficile, car la longue traîne de sa robe se prenait dans les broussailles, et son cheval était rétif. Elle commença à se demander si elle allait trouver un abri, ou si elle devrait passer cette nuit dans les bois. Le vent aussi avait forci, et les arbres gémissaient, frappant leurs membres comme s'ils étaient des pénitents se repentant. Là où on voyait le ciel entre les branches, des nuages menaçants passaient, assombrissant cet après-midi déjà bien avancé.

Elle avait peut-être fait cinq cents mètres quand elle entendit le bruit de sabots non loin derrière elle. Elle s'arrêta et mit sa main sur les naseaux de son cheval pour qu'il ne hennît pas. Cela lui sembla une précaution ridicule, car précédemment, elle avait eu le désir qu'on la découvrît, mais à présent, un frisson la parcourait tout entière, et son cœur battait la chamade.

Écoutant plus attentivement, Madeleine fut sûre d'entendre quatre ou cinq chevaux. En comptant les trois personnes désarçonnées, il ne pouvait s'agir que de la partie de chasse, et non pas de ceux qui la poursuivaient.

Instinctivement, elle tira son cheval hors de la piste pour se mettre à couvert derrière des buissons loin du chemin. Elle se tint là, dans la lumière déclinante, n'osant pas bouger. Elle remercia les feuilles tombées, car son cheval ne laissait pas de traces révélatrices derrière lui qui auraient pu mener vers sa cachette.

Le bruit de la chevauchée s'amplifia, et puis six cavaliers surgirent, leurs visages fermés et leurs montures fumantes. Madeleine se sentit glacée, car le cavalier de tête n'était autre que Clotaire de Saint-Sébastien, et à côté de La Sept-Nuit, il y avait Beauvrai.

Les yeux de Madeleine s'agrandirent et elle pâlit. Elle porta une main à sa gorge, et souhaita ne pas trembler. Saint-Sébastien ! La peur ramollissait ses jambes et elle se sentit défaillir contre le flanc de son cheval. Elle savait désormais qu'elle devait s'enfuir. Elle ne devait pas tomber entre les mains de ces hommes prêts à tout.

Voilà, ils étaient passés maintenant, et seul le bruit de leurs montures caracolant lui rappelait le grand danger auquel elle venait d'échapper. Elle se dit qu'elle devait réfléchir, distancier sa peur pour avoir l'esprit clair. Les galops devenaient plus lointains, et alors qu'ils faiblissaient, elle se sentit reprendre courage. Elle attacha solidement les rênes de son cheval à une branche pour qu'il ne se sauvât pas et entreprit de soulever sa volumineuse jupe de velours, puis commença de défaire ses quatre jupons. Les uns après les autres, elle les tira jusqu'à ses chevilles et s'en extirpa jusqu'à ce qu'il y eût un amas de tissus froissés à ses pieds. Elle avait froid maintenant, mais ses mouvements étaient plus libres. S'inclinant, elle sortit de son fourreau un petit couteau, attaché en haut de ses bottes. Son père lui avait offert ce couteau pour qu'elle pût se détacher de ses étriers en cas de chute. À présent, elle lui trouvait un autre usage : elle coupa de longues bandes dans ses jupons, les disposant autour d'elle en couches.

C'était un travail harassant, et elle se sentit fatiguée avant d'avoir terminé la tâche. Mais, finalement, il y eut suffisamment de bandes de tissu pour qu'elle pût envelopper de chaussons les sabots de son cheval, et elle s'attela à ce travail. Elle était persuadée que Saint-Sébastien était toujours à sa recherche, et elle ne voulait surtout pas être entendue ni découverte par lui.

Il faisait presque nuit quand elle acheva d'emmailloter et d'attacher les sabots ; elle était glacée à présent. Cela allait être une dure nuit. Elle devrait chevaucher tout le temps si elle voulait échapper à ses poursuivants. Madeleine était sur le point de remonter en selle quand elle comprit qu'ils chercheraient quelqu'un qui montait en amazone. Elle s'approuva, défit les sangles de sa selle amazone et la fit basculer du dos de son cheval de chasse. Elle fit cela avec quelques regrets. C'était une bonne selle qui avait été faite spécialement pour elle. S'il pleuvait cette nuit — et un regard sur le ciel confirma ses doutes —, la selle serait fichue. Alors elle la mit sous les épaisses branches basses d'un large pin et se dit qu'ainsi elle ne serait pas trop abîmée.

Avec à peine un soupir, elle coupa dans le velours épais de sa jupe, devant et derrière, puis se pencha une dernière fois pour attacher les deux pans flottants en culottes étonnamment pratiques.

Enfin, elle était prête. Elle détacha les rênes de la branche, saisit une pleine poignée de crins, puis sauta quelque peu maladroitement sur le dos de son cheval. Il lui fallut un moment pour s'habituer à monter sur son cheval de chasse à califourchon et à cru, mais elle avait été excellemment entraînée, cela ne lui prit pas longtemps pour prendre le rythme et ajuster son assiette à sa course.

Son cheval s'était suffisamment reposé et il ne refusa pas de courir un peu dans les bois épais. Elle tenta de jeter un coup d'œil rapide sur la piste, mais elle était recouverte d'une poussière épaisse et sa trace se perdait dans les ombres.

Plus de vingt minutes passèrent quand à nouveau elle perçut le bruit d'une poursuite. Elle ralentit son cheval et écouta attentivement en essayant de découvrir d'où venaient les galops. Elle crut un moment qu'elle s'était trompée, et que ce n'était que le bruit des branches dans le vent, mais ce n'était pas vrai. Le vent qui arrivait lui apporta un bruit plus fort. Elle comprit, en écoutant mieux, que la chasse s'était déployée en éventail et était en train de traverser les bois. Elle rejeta sa tête en arrière pour étouffer un sanglot, et sentit l'angoisse grandir en elle comme une étrange maladie. Sa fuite lui parut si inutile, si insensée. Mais le souvenir du cruel sourire de Saint-Sébastien la poussa à agir. Prudemment, elle poussa sa monture en avant, osant à peine aller plus vite qu'un homme à pied.

La nuit était véritablement tombée, et les ténèbres ralentissaient sa course encore plus. Pour la troisième fois elle faillit tomber de cheval, elle était au bord des larmes. Seul le continuel martèlement de la chasse l'empêchait de pleurer bruyamment.

Il y avait à présent des égratignures sur son visage et ses bras, et ses cheveux étaient épars, alors que son chapeau était tombé. Même l'un des ses gants en peau de daim était déchiré et elle sentait sa main se glacer au contact du vent. Elle était agressée par les branches des arbres se tordant sous d'invisibles puissances.

Soudain, Madeleine perçut un mouvement rapide sur sa gauche ; son cheval partit de côté et s'ébroua.

Il y avait un doux soupir dans la forêt, et les arbres s'enlaçaient sous la charge du vent.

Madeleine se pencha pour atteindre sa botte et attraper le couteau qui s'y trouvait, pensant que si elle était capturée par les hommes de Saint-Sébastien, elle pourrait au moins se battre avant d'être vaincue. Elle pourrait peut-être même être capable d'en tuer un ou deux avant d'être violée.

Une forme dans les buissons s'approcha, et son cheval fit presque une embardée.

Elle se mit bien droite, tenant fermement son cheval effrayé qui dérapait. Elle scruta la forêt et aperçut dans les ténèbres une forme basse, grise se cachant dans le sous-bois. Ses yeux se plissèrent alors qu'elle tentait de mieux voir ; elle se mit à trembler violemment, le vit entièrement et comprit que c'était un loup.

Inconsciemment, elle regarda rapidement autour d'elle pour voir s'il n'y avait pas d'autres sinistres apparitions, mais elle n'en vit aucune. Son pouls battait aussi fort que le vent à ses oreilles, mais elle contint sa peur aussi fermement que son cheval.

Les galops derrière elle se rapprochaient et elle put entendre les cris de Saint-Sébastien et de ses hommes qui s'interpellaient dans la nuit. Portés par le vent ces mots avaient des échos sinistres, comme si l'atmosphère elle-même était empreinte de leur cruauté.

À présent, le loup faisait des cercles autour d'elle, se tenant à bonne distance du cheval terrifié. Il fit monter une plainte, jappa, puis retourna dans les ombres, revenant encore en faisant des cercles autour de Madeleine sans jamais s'approcher trop près pour paniquer son cheval.

Madeleine hésitait, étudiant l'étrange comportement du loup. Elle se rassura en pensant qu'il était seul, qu'il n'y avait pas de meute avec lui, quand il commença à hurler. C'était un son étrange, différent de l'aboiement sympathique des chiens. Celui-ci était lugubre, antique, aussi désolé que les déserts des montagnes, aussi primaire que les arbres séculaires qui l'entouraient. Quelque chose dans ce cri sauvage et solitaire s'insinua dans son cœur, et dans un instant de folie elle aurait voulu être capable de s'enfuir sur quatre pattes, échapper à cette terreur derrière elle.

La chasse s'approchait, mais Madeleine terrassa la panique qui montait en elle. Elle se força à observer le loup, guettant le moment où elle pourrait s'en aller sans pour autant effrayer son cheval. En pensant aux hommes qui la poursuivaient, elle les compara à la gueule du loup. Elle pensa qu'elle préférait tenter sa chance avec le loup. Ce serait en fin de compte une mort propre. Ou peut-être parviendrait-elle à le tuer. Alors que son cheval se cabrait, elle se demanda si elle ne pourrait pas le forcer à approcher plus près pour le piétiner.

Dans une sorte de bravade désespérée, elle porta l'une de ses mains à ses cheveux, enleva son peigne et laissa ses tresses noires flotter derrière elle dans le vent. Elle retint fortement son cheval avec ses genoux, qui piquait du nez, patientant.

À nouveau, le loup se mit à faire des cercles autour d'elle et hurla toujours plus fort, sortant de la nuit de la forêt, puis repartant là où elle pouvait le voir.

Tout à coup, elle se souvint d'une chose que Saint-Germain lui avait dite dans cet élégant boudoir à l'hôtel de Transylvanie. Les mots résonnaient dans sa tête aussi clairement que s'il lui avait dit à l'oreille : « Votre âme est comme une épée, brillante, scintillante, elle saura toujours percer à jour le mensonge. Ne doutez jamais de ce qu'elle vous dit, jamais, Madeleine. »

Elle décocha un regard par-dessus son épaule, puis éperonna les flancs de son cheval, s'éloignant de la chasse dans la nuit, suivant la silhouette fluide et grise du loup.

Il lui sembla qu'elle avait suivi le loup durant la moitié de la nuit, toujours plus loin et plus discrètement dans la forêt quand elle vit enfin devant elle s'élever les formes imposantes d'une construction. Elle ralentit sa monture et approcha prudemment de la bâtisse, silencieusement, ne faisant pas de bruit pour ne pas alerter les habitants de sa présence.

La pluie commençait à tomber, et Madeleine était éreintée. Elle fit le tour de la bâtisse une fois et fut très étonnée de découvrir qu'il s'agissait en fait d'une église abandonnée, mais intacte, ses lourdes arches et ses épais piliers indiquaient son grand âge.

Reconnaissante, elle se laissa glisser de son cheval et, après avoir jeté un dernier regard nerveux derrière son épaule, elle poussa la lourde porte de chêne de l'église.

En l'ouvrant, du vieux métal grinça, mais les antiques gonds la laissèrent entrer. Elle scruta avec insistance les ténèbres du narthex, plus denses que la nuit noire et pluvieuse. Machinalement, elle se retourna et tira par saccades la bride, faisant entrer sa monture dans l'église. Les sabots emmaillotés du cheval ne firent qu'un léger bruit sur le sol en pierre, et il hennit une fois avant de s'arrêter dans le petit espace du narthex.

Madeleine assura l'une des rênes sur le verrou de la porte, puis retourna dans l'église. Elle remarqua que, malgré son apparente désaffection, l'autel était toujours en place et un léger parfum d'encens flottait dans l'atmosphère moisie. Elle remonta le long de l'aile et fit automatiquement une génuflexion devant le crucifix, murmurant une brève et inaudible prière de remerciement.

Quand elle se retourna, elle le vit.

« Madeleine », dit-il de sa voix la plus grave, en

tendant ses petites mains vers elle. Il était habillé d'un semblant d'uniforme militaire, avec d'un peu trop amples culottes de cheval et une tunique de couleur vert bouteille et noire avec de lourds brandebourgs.

Il portait de hautes bottes cavalières et un chapeau en fourrure, et le sourire dans ses yeux noirs fit battre son cœur.

« Saint-Germain ! s'écria-t-elle, et elle se jeta dans ses bras, pressant son visage dans son cou.

— Chut, chut, murmura-t-il, la tenant solidement dans ses bras. Vous ne devez pas avoir peur Madeleine, mon cœur. Vous êtes sauvée maintenant. Saint-Sébastien ne peut pas entrer dans les lieux sacrés. »

Elle comprit tout le sens de ces mots, et dit avec ardeur : « Si vous êtes ici, ces lieux ne peuvent être sacrés. Les Sœurs m'avaient dit… »

Saint-Germain se mit à rire. « Les Sœurs ne savent pas tout. Toutes les personnes de mon genre peuvent se trouver dans des lieux consacrés. La plupart y sont enterrées. » Il la sentit se crisper dans ses bras. « Allons. J'ai dit cela et vous êtes horrifiée. » Il la libéra de ses bras et se dirigea vers l'autel. « Ce n'est pas prudent d'avoir trop de lumière ici, car bien que les fenêtres soient petites et hautes, nous pourrions être découverts. » Il tira de sa manche du silex et un briquet. « Il y a quelques vieilles bougies dans le chœur », dit-il en forme d'explication, tout en grattant le briquet.

En un instant, une douce et légère lumière se diffusa dans le chœur, et Madeleine put le voir plus distinctement. Elle remarqua qu'il était plus émacié du visage qu'elle ne l'avait vu précédemment, et il se mouvait comme quelqu'un qui a couru un long chemin.

Derrière l'autel, on pouvait désormais apercevoir des fresques, peintes dans un style classique, montrant un Christ sévère avec ses mains offertes exhibant les traces des clous. Il était entouré d'un ensemble de petites figures de saints et de martyrs habillés de costumes élégants datant du XIe siècle. Sur un autre côté, il y avait une représentation de ce qu'était probablement saint Jérôme, car il tenait un antique stylet dans une main et, dans l'autre, un livre relié ouvert.

« Oh ! c'est étonnant, murmura Madeleine, en se tournant vers le mural. C'est vraiment beau, n'est-ce pas ? »

Saint-Germain la fixait. « Très. »

Elle se tourna vers lui.

« Comment se fait-il que vous soyez ici ?

— Je vous avais dit que je vous protégerais. » Il s'approcha d'elle et lui caressa gentiment le visage et les bras. « Vous avez tant besoin de protection. »

Elle rougit à ses mots. « Je ne me suis pas si mal débrouillée dans les bois. Je me suis sauvée et j'ai pu parvenir jusqu'ici. » Elle lui jeta un autre regard. « Le loup… ? »

Il fit oui de la tête d'un air piteux. « Je ne pouvais pas vous abandonner à Saint-Sébastien. Je sais que vous êtes courageuse, que vous avez de la ressource, mais je crains pour votre sécurité. »

Elle prit ses mains dans les siennes et les tint serrées. « Je vous suis reconnaissante, Saint-Germain. Je ne sais pas ce qui serait arrivé…

— Et vous vous sentez plus en sécurité avec moi, tout en sachant ce que je suis ? » Il la fixa des yeux, et il sentit sa volonté faiblir. Il s'éloigna d'elle.

Elle poussa un léger cri de supplication. « Saint-Germain, Saint-Germain, ne faites pas cela. Non. Non. Écoutez-moi, s'il vous plaît. » Le son de la voix de Madeleine rappela le regard de Saint-Germain à elle. « Pourquoi m'avez-vous sauvée, si vous m'abandonnez ? »

En répondant, les paroles de Saint-Germain parurent

quelque peu ironiques : « Vous devinez que ce que je veux faire ne vous sauverait pas. »

Elle s'agrippa à lui de nouveau. « Mais cela ne se peut, Saint-Germain. Vous foulez une terre sacrée. Vous n'êtes pas un damné si vous pouvez faire cela.

— Non, pas de la manière habituellement admise », acquiesça-t-il d'une voix neutre.

Elle étudia son visage dans la faible lumière, y voyant les ombres de l'angoisse.

Calmement, elle vint près de lui, et doucement elle lui tendit la main, ses doigts tracèrent la ligne de son menton et la courbure de ses lèvres.

« La communion participe du Corps et du Sang du Christ, n'est ce pas ?

— Vous savez cela mieux que moi, dit-il, essayant de repousser la tentation charnelle.

— Si le sang est un sacrement, alors ce que nous avons fait est un sacrement. » Elle était toute proche de lui, et son regard languissant était posé de lui.

« Oh ! mon Dieu, dit-il doucement dans son émoi. Vous êtes consentante, mais vous ne savez pas ce qui vous attend. Pouvez-vous comprendre que mon grand désir est un danger pour vous ? » Il l'avait attrapée par les bras et la secouait tendrement.

« Madeleine, je brûle pour vous. Mais je ne peux pas, je ne peux pas.

— Il fait frais ici, Saint-Germain. Si vous n'étiez pas près de moi, je mourrais. Et ce serait une mort qui durerait jusqu'aux trompettes du Jugement dernier. Vous ne voudriez pas cela.

— Non, dit-il, la prenant dans ses bras à nouveau.

— Pouvez-vous me tenir ainsi et ne pas m'aimer ? »

Pendant un moment il y eut un silence, rompu seulement par le doux bruit de la pluie qui avait recommencé à tomber lourdement. « Vous m'êtes très chère. Je pense que je vous ai attendue depuis toujours. »

Elle se tourna un peu dans la prise de ses bras. « Alors ne me refusez pas, murmura-t-elle en colère. Prenez-moi, oh, prenez-moi ! »

Ses mains étaient déjà sur elle, puis il la leva, la portant dans le fond du sanctuaire, l'allongea sur la vieille stalle du chœur. Alors, sous le regard des Saints et des martyrs, avec ses lèvres et ses mains, il l'adora.

*

Extraits d'une lettre écrite par l'abbé de Pontneuf à Madeleine de Montalia, adressée à Sans-Souci, sur les terres du mari de sa tante, datée du 28 octobre 1743 :

[...] *J'ai été grandement heureux d'apprendre la venue de votre père très estimé et j'espère goûter bientôt plusieurs belles heures en sa compagnie. Je sais que vous saurez apprécier ses bons soins et sa prévenance, car à n'en pas douter, c'est une sage enfant, celle qui sait apprécier la sagesse et la condescendance qui doit marquer l'amour de tout père.*

Votre petit séjour à la campagne est assurément un délice pour vous. Nul doute que vous passez de longs moments en plaisantes promenades et délicieuses chevauchées dans les alentours. Bien que je ne sois pas un familier de Sans-Souci, je sais que ses paysages sont grandement admirables. Vous devez certainement être reconnaissante au marquis d'Argenlac de vous avoir permis de refaire vos forces en prévision de la fête. Toutes les jeunes filles n'ont pas la chance d'avoir une famille qui soit prête à si bien prendre soin d'elle.

[...] *Votre père m'a chargé de l'agréable tâche de vous expliquer les devoirs d'une femme, puisqu'on espère qu'il y aura bientôt un heureux changement de votre état. Puis-je vous presser de vous pencher sur les Saintes Écritures et les vertus attribuées à la Mère de notre Seigneur, l'Immaculée, qui est toujours prête à nous aider, à nous sauver pour l'amour de son Fils. Pensez à la sainte chasteté de la Vierge, à sa dévotion, à son dévouement, à son humilité, sa générosité, sa charité, et sa douce soumission à la volonté du Saint-Esprit. Ce sont là les qualités qui devraient être le but de toute femme, bien que nul ne pût espérer atteindre une telle perfection. Ce sera une joie pour vous que de servir votre mari en toutes choses, heureuse d'accepter ses paroles en guise de loi et de vous soumettre à ses demandes, pour que vous puissiez en porter les fruits et être bénie d'une progéniture. Entraînez-vous à penser uniquement à ce qui est bon pour lui, à ses besoins et par quels moyens vous trouverez le réel bonheur.*

Vous avez assez la connaissance du monde pour savoir qu'il y a des femmes qui vivent en opposition avec leur mari, qui bafouent le serment de leur mariage et se vautrent dans la sensualité et les péchés de la chair. Quel sort horrible que le leur ! Elles sont méprisées par leur famille, dédaignées par leurs enfants, et quand finalement elles meurent — seules, sans amis, sans la tendre présence de leurs enfants —, alors elles voient les péchés et comprennent qu'elles commencent juste à goûter l'amère coupe qu'elles se sont préparée à elles-mêmes.

Pendant le séjour de votre père à Paris, j'espère que nous aurons l'occasion d'en discuter plus, que vous serez pleinement disposée à entendre les joies de la femme dans ses devoirs d'épouse. Il n'est décent pour un homme, et encore moins pour un homme d'Église, d'en dire davantage, mais votre père et certainement votre tante seront à même de vous décrire les us du mariage et les privilèges du lit conjugal. Je ne puis vous en dire plus, sauf vous assurer que l'homme qui trouvera faveur aux yeux de votre famille sera le plus à même de vous instruire de ce qu'il trouve le plus convenable.

Vous allez rentrer bientôt, à ce que j'ai cru comprendre, et commencer les derniers préparatifs de la fête. Il m'a été rapporté qu'il y aurait un opéra à cette occasion, par le comte de Saint-Germain. C'est un grand privilège pour vous, ma fille, et l'un de ceux auxquels vous êtes sensible, j'en suis certain. Pour un homme de son état, vouloir vous offrir un tel cadeau vous fera vous sentir redevable à son égard. Vous saurez, j'en suis certain, accepter cela avec l'humilité et la grâce qui vous distinguent.

Je vous charge de me rappeler au bon souvenir de votre tante et de son mari et de les assurer qu'ils sont dans mes prières comme vous l'êtes, ma fille.

Avec l'amour que le Christ recommande d'avoir les uns pour les autres et avec ma bénédiction et celle de votre père, j'ai l'honneur d'être votre très respectueux cousin.

Abbé A.R. de Pontneuf, S. J.

6

Ambrosio Maria Domingo y Roxas tenait bien en l'air la chose pour qu'Hercule pût mieux la voir dans la faible lumière de la cave. « Là. Ils ont été faits suivant les spécifications du prince Ragoczy : corne et bois pour les attelles, et une articulation en acier et bronze ouvragé. Les lanières sont en cuir, et elles se ferment ainsi. » Il montra comment les fermer, plaçant l'une de ces attaches sur son bras.

L'endroit de l'hôtel de Transylvanie où les sorciers avaient aménagé leur laboratoire alchimique se trouvait dans la partie la plus profonde des caves, presque directement sous l'aile nord, où se trouvaient les salles de jeu. Un cellier situé juste au-dessus empêchait tout bruit ou odeur suspecte de s'échapper, ainsi les activités de la guilde ne pouvaient déranger notre élégante assistance.

Hercule jeta un coup d'œil inquiet autour de lui. Il n'aimait pas ces hommes étranges, ni cette sombre femme entre deux âges qui travaillait avec eux. Et l'étrange appareillage que Domingo y Roxas lui montrait ressemblait plus à un instrument de torture qu'à n'importe quoi d'autre. « Qu'est-ce que c'est ? »

Beverly Sattin répondit à la question de sa place près

de l'athanor. « Ce sont des attelles. Elles sont pour vos jambes. » Il montra les béquilles qu'Hercule utilisait. « Son Altesse nous a fourni les indications pour les concevoir car il voulait que vous marchiez à nouveau. »

Hercule avança de manière bancale, il se haïssait d'être un infirme. Il comprit en un éclair qu'il était sur le point de pleurer. Il mit une main sur ses yeux, et tomba presque en perdant l'équilibre.

Le dur regard de la sorcière s'adoucit quelque peu. « Vous haïssez votre infirmité, n'est ce pas ? » demanda Iphigénie Lairrez de sa voix profonde et mélodieuse.

Durant un moment, l'amertume le submergea et il ne dit mot. Puis finalement, il sentit sur lui le regard de la sorcière, et il grommela : « Oui. »

« Bon, eh bien alors, pourquoi ne pas essayer ces attelles ? Le prince a dit qu'il voulait que vous ayez à nouveau l'usage de vos jambes, et il nous a assuré que ces objets seraient du plus grand succès. »

Hercule ne savait rien de ce prince dont ils parlaient constamment, mais il savait que son maître, le comte de Saint-Germain, avait une haute opinion de ces gens qui travaillaient dans cette cave. Il hésita, puis répondit : « Mais je ne peux pas marcher. On a déjà mandé un chirurgien. Il est venu deux fois. Il a dit que c'était impossible. Alors ? » Il se retint de tomber puis fit mouvoir sa jambe. « Elle se plie. Ce qui est déjà bien. Mais si je mets mon poids dessus, je tombe. » Dans un sursaut de dégoût qui le surprit lui-même autant que les sorciers, Hercule jeta ses béquilles à travers la pièce, et s'appuya lourdement sur la grande table de chêne à côté de lui.

Mme Lairrez mit les mains sur ses hanches. « C'est stupide de votre part. Quand on est diminué, alors il est sage d'accepter de l'aide, d'où qu'elle vienne. Y compris de ces béquilles. » Elle se baissa pour les ramasser, mais ne le rendit pas à Hercule.

Sattin se tourna à nouveau vers l'athanor, maugréant en anglais contre les ingrats.

« Très bien », dit l'orgueilleux Hercule alors qu'il scrutait autour de lui la sombre cave. Même avec quatre chandelles, les ténèbres de la pièce étaient oppressantes, et étaient plus pesantes encore à cause de l'odeur nauséabonde qui provenait de l'étrange four qu'ils nommaient athanor.

La femme s'approcha d'Hercule, ses yeux plein de compassion s'opposant à la sévérité de son visage. « J'ai vos béquilles, si c'est ce que vous voulez. Si ce n'est pas cela que vous voulez, eh bien, laissez-moi vous aider à mettre l'une de ces attelles. Nous avons une certaine obligation envers le prince Ragoczy. Vous pourriez nous aider à nous en acquitter en partie. » Tout en parlant, elle fit signe à Domingo y Roxas. « Une chaise, Ambrosio. Notre ami est sur le point de tomber. »

À ce moment précis, Hercule la détesta pour sa perspicacité. Il la regarda, furieux, et tous les autres, alors qu'il s'asseyait avec précaution sur l'une des vieilles chaises sans dossier qu'on apportait pour lui. Quand il s'installa aussi confortablement que possible, il attendit ce que les sorciers allaient faire.

Domingo y Roxas fit un hochement de tête, puis prit l'une des attelles et s'agenouilla au pied d'Hercule. « Je dois retirer votre botte, *señor*. Je le ferai avec précaution, vous n'aurez pas mal. » Il prit le talon de la botte d'Hercule dans sa main. « Peut-être, devriez-vous tenir les bras de votre chaise. Je ne sais pas si je ferai cela comme il faut. »

La large botte du cocher fut retirée, et Hercule dut admettre que le petit Espagnol s'y était pris convenablement et avec délicatesse.

« Voyez, dit-il en posant la botte de côté. Je dois maintenant défaire les lacets de vos culottes courtes.

Voilà. Et maintenant, je lève votre pied. » Il souleva la jambe d'Hercule. « Maintenant, vous voyez, c'est là que cela s'attache à votre jambe, contre le pied. C'est comme la semelle d'une chaussure, vous ne trouvez pas ? »

Hercule admit de mauvaise grâce que la pièce du mécanisme contre son pied était bien comme la semelle d'une chaussure.

« Et ceci, le voyez-vous ? » Il mit les deux barres parallèles en place, barres qui étaient faites de corne et de bois. « C'est ce qui fait que les attelles sont si résistantes. Ici, de chaque côté, c'est la jointure. Son Altesse nous a dit que cela fonctionne comme les genoux. L'acier au-dessus et le bronze en dessous. Vous voyez cette langue de laminé des deux côtés ? » Il montra les petites excroissances qui descendaient en face de chaque genou pour se joindre aux attelles. « Ceci vous empêchera de tordre vos genoux trop en arrière. Il ne bougera qu'en avant, tout comme vos jambes le font. »

Délicatement, Hercule se pencha et toucha du doigt les petites excroissances. « Mais sont-elles suffisamment solides ? »

Domingo y Roxas fronça les sourcils. « Je ne l'aurais pas cru, mais voyez-le par vous-même. » Il prit l'autre paire d'attelles, renforça la jointure, puis tenta de forcer l'ustensile à se tordre dans le mauvais sens. Quand il mit l'attelle par terre à nouveau, il était un peu essoufflé à cause de l'effort. « J'en suis le premier surpris. »

Hercule avait observé cette démonstration avec une stupéfaction de plus en plus grande. Il avait essayé de se convaincre qu'il devait se résigner à demeurer infirme, et venait de comprendre que cela ne serait pas. À présent il comprenait qu'il avait une chance, une opportunité qu'il n'avait jamais pensé avoir. Il déglutit difficilement et sentit sa gorge se serrer.

« Les lanières s'attachent ainsi. » Domingo y Roxas

les passa autour de la cuisse du majordome et ajusta la boucle. « Le cuir est tressé, ainsi il bougera avec vous, il est d'une épaisseur double pour une plus grande solidité. » Il se leva. « Voilà. Vous pouvez essayer. »

Quand Hercule leva les yeux, il s'aperçut que tous les sorciers l'observaient. Il se lécha les lèvres. « Je ne sais pas… »

Mme Lairrez vint vers lui et lui tendit la main. « Accrochez-vous à moi, mon bon. »

Sans enthousiasme, Hercule prit la main qui se présentait. « Merci, madame », dit-il sèchement, alors qu'il se mettait debout, usant de l'une des béquilles pour se maintenir droit. Il perdit son équilibre un instant, puis se retint, son poids porté sur la béquille et son autre main dans la poigne solide de Mme Lairrez.

« Allez », lui dit-elle, sa rigidité même était un encouragement.

Hercule fit oui de la tête brusquement, mais hésita alors qu'il se préparait. Avec précaution, il commença à faire basculer son poids, se préparant à tomber sur le sol à tout instant.

Mais les attelles tinrent bon. Il se tenait presque parfaitement droit, et se rendit compte que sa jambe tremblait, mais elle ne se plia pas. Les secondes devinrent des minutes, et doucement, lentement, Hercule osa respirer, disant d'un ton stupéfait : « Bon Dieu, de bon Dieu ! »

Cela fut comme un signal pour les autres. Sattin émit un curieux petit cri et tapa des mains. Domingo y Roxas se signa, il était au bord des larmes. Mme Lairrez lâcha la main d'Hercule et se recula, souriante. Le prince avait raison, se dit Sattin.

« Nous devons apprendre ce secret, dit doucement Domingo y Roxas. C'est un grand secret. »

Mais Mme Lairrez était plus réservée. « Nous aurons

le temps de l'apprendre quand cet homme pourra marcher », dit-elle avec circonspection alors qu'elle observait Hercule. Le visage d'Hercule, à ses mots, se convulsa d'une manière qui aurait été amusante s'il n'y avait pas eu toute son âme dans ses yeux angoissés.

« Mais je me tiens debout, dit-il.

— Ce n'est pas la même chose. » Elle lui tendit son autre béquille. « Vous devez essayer. »

Il se résigna, mais tenta alors de se défaire de la béquille.

« Ne soyez pas stupide, ragea Mme Lairrez. Vous n'avez pas marché depuis le moment de votre agression. Même si les attelles fonctionnent bien et que vous êtes capable de marcher, vous n'avez pas supporté votre poids sur vos jambes depuis de nombreux jours. Vous êtes faible. Et vous n'êtes pas habitué au fonctionnement des attelles. Ce ne serait pas une bonne chose que vous tombiez. »

Cette fois-ci, quand elle lui tendit les béquilles, il les prit, les calant sous ses bras l'air résigné.

« Eh bien, maintenant, dit Mme Lairrez, venez vers moi. »

Hercule s'agrippa aux béquilles et accomplit un premier pas incertain, laissant les attelles porter son poids durant un instant, avant que ses béquilles ne le portent. Son second pas fut semblable à ceux qu'il faisait depuis que Saint-Sébastien lui avait brisé les genoux, un pas traînant qui le contrariait plus qu'il ne le faisait souffrir. Il essaya encore une fois, mais avec plus de confiance. Les attelles résistaient toujours, il s'arrêta. « Donnez-moi l'autre, commanda-t-il.

— Certainement », dit Mme Lairrez, et elle approcha la chaise pour qu'il puisse s'asseoir.

Cette fois, la mise en place fut plus rapide, et comme Mme Lairrez ajustait les lanières, Sattin dit à Domingo y Roxas : « Peut-être que le prince Ragoczy a un remède pour Cielbleu. »

Domingo y Roxas pensa à leur frère couché dans la mansarde, le regard absent. « Non », dit-il tristement après y avoir songé. « Corne et bois, métal et bronze ne peuvent restaurer un esprit, mon ami. »

Après un moment, Sattin acquiesça. « C'était seulement un espoir, je ne pensais pas que cela serait possible. » Il éleva un peu la voix. « Majordome, êtes-vous prêt ? »

Hercule observait ce que faisait avec tant d'attention Mme Lairrez, sur chaque partie de son corps. « J'en aurai fini dans très peu de temps. »

Il venait de faire trois tours dans la cave, son assurance grandissant au fur et à mesure qu'il se familiarisait avec les attelles, quand la grosse porte en bois s'ouvrit d'un coup.

Tout le monde s'arrêta, regardant anxieusement vers le halo de lumière provenant du cellier au-dessus. Il y avait une silhouette sur le seuil ; elle n'avait pas de formes à cause de la cape de voyage qui tombait en amples pans de velours des épaules de l'intrus.

« Bonsoir », dit Saint-Germain en entrant dans la cave, repoussant la porte derrière lui.

Sattin fut le premier à parler : « Altesse, vous n'étiez pas attendu.

— Je ne le suis jamais », coupa court Saint-Germain.

Hercule se dirigea vers son maître. « Monsieur le comte, dit-il souriant enfin. Le prince de ces sorciers a fait ça pour moi. » Il savait pertinemment que s'adresser ainsi à son maître était très impoli, et il en fut un peu troublé, anticipant le blâme qui lui rappellerait leurs positions sociales différentes.

Il ne vint pas. « Je suis heureux de te voir ainsi, Hercule. Dans peu de temps, je pense t'employer comme cocher. » Pendant qu'il disait cela avec sincérité, il y avait une certaine préoccupation dans son sourire crispé.

« Nous avons fait les attelles suivant vos recommandations, Altesse, dit Sattin en anglais. Corne et bois liés ensemble en opposition, un concept très innovateur. »

Saint-Germain haussa les épaules. « Pas vraiment innovant. Les Scythes ont construit des arcs de cette sorte, il y a plus de mille ans. Adapter cette technique aux besoins d'Hercule fut une chose simple. » Il enleva son tricorne et fit glisser la cape de ses épaules, révélant des habits de voyage, un manteau fait d'une grosse toile noire de laine avec des bords en fourrure aux manches et au col, à la hongroise, par-dessus une chemise en batiste et une cravate du blanc le plus pur. Ses bottes étaient hautes à larges revers juste sous les genoux. Ses cheveux noirs étaient non poudrés et maintenus à la base du cou par un simple nœud noir d'une taille tout à fait modeste. À l'exception de son rubis en épingle, il ne portait pas de bijou. Il retira par petites saccades ses gants noirs en soie florentine de ses petites mains, faisant les gros yeux.

L'instant d'après, il semblait être redevenu lui-même.

« Je me suis absenté trois jours, Sattin, dit-il en anglais. Je suis heureusement surpris de voir tout ce que vous avez accompli. Cela vous fait honneur, à chacun de vous. Vous pouvez être assuré que ma gratitude se manifestera sur chacun d'une manière utile.

— Merci, votre Altesse, dit Sattin en s'inclinant, puis il hésita. Je me demandais, Altesse, si vous n'avez pas encore décidé comment vous exprimerez votre satisfaction, peut-être pourrais-je me permettre de vous faire une suggestion. »

Saint-Germain leva un sourcil en signe d'interrogation. « Allez-y.

— Il s'agit de l'athanor, Altesse. Pour faire des pierres

précieuses, nous devons en posséder un neuf, un qui soit plus résistant et qui puisse supporter un plus grand feu. Assurément, s'empressa-t-il d'ajouter, celui-ci est très bien, mais il n'est pas approprié pour la chose.

— Je sais, abrégea Saint-Germain. Très bien, Sieur Sattin, je vais considérer votre proposition. »

Il se détourna du longiligne sorcier et porta son regard vers Domingo y Roxas puis s'adressa à ce dernier en espagnol. « Ceci a été excellemment exécuté, et montre une belle précision de travail. Quelle part du travail avez-vous accomplie, mon ami ? »

Manifestement flatté par cette familiarité, le petit Espagnol s'embrouilla dans ses paroles : « Je… nous. Ma sœur et moi… Nous avons suivi vos ordres, votre Altesse. Nous avons prié à chaque étape de la chose, et avons calculé l'influence des astres sur la bonne marche du travail.

— Admirable ! le ton de Saint-Germain était moqueur. Vous, madame Lairrez et monsieur Sattin. Qui d'autre ? »

Domingo y Roxas s'inclina très profondément. « Nous sommes entièrement à votre service, prince Ragoczy.

— Je vois. Et Cielbleu ? demanda très poliment Saint-Germain.

— Il ne va pas mieux. Le chirurgien l'a vu, mais a dit qu'il n'y avait rien qu'il pût faire pour lui. » Il fit un geste mêlé de frustration et de désespoir. « Que peut savoir un chirurgien ? Il possède bien des scalpels pour découper le corps, mais quand son patient meurt, il avance une multitude de raisons pour expliquer que ce n'est pas lui qui en est responsable.

— C'est dommage, dit Saint-Germain en français avec son léger accent piémontais. Je suis disposé à ce que d'autres médecins l'examinent, si c'est là ce que vous désirez. Je doute qu'ils puissent l'aider davantage, quoi qu'il en soit. »

Mme Lairrez acquiesça. « C'est ce que je pense. Ce n'est pas son corps qui est atteint, mais son esprit. » Elle regarda ses mains. « Comme vous l'avez dit, votre Altesse, c'est dommage. »

Saint-Germain eut une joie sinistre dans la voix : « Je vois que nous nous comprenons l'un l'autre de manière satisfaisante, madame. »

Hercule, qui était resté en retrait, un étonnement sur son visage rustique, les interrompit à ce moment. « Mais vous êtes donc ce prince Ragoczy dont ils n'arrêtent pas de parler ! »

Saint-Germain ne tressaillit pas un seul instant devant cette accusation. « Entre autres choses, oui. Je viens d'une très ancienne lignée.

— Je... je n'ai pas voulu dire..., bégaya Hercule, horrifié par sa propre témérité.

— Ce n'est pas un titre dont j'use habituellement, dit Saint-Germain très courtoisement. Mais en quelques coteries, j'ai une certaine réputation qui y est associée. »

À présent totalement décontenancé, Hercule détourna son regard des yeux perçants et moqueurs de son maître. « Bien entendu. Je n'avais pas l'intention de...

— Mais bien sûr que si. Et tu as droit à une réponse. Je viens d'une très ancienne Maison des Carpates. Au fil des années, ceux de mon sang ont eu de nombreux titres et, durant des siècles, ils se sont alliés aux plus grandes familles. » Il sourit un peu tristement, alors que des souvenirs s'attachaient à lui. « Je crois que l'un des papes Orsini était du nombre. Et il y a eu quelques empereurs dans ma lignée. Mais c'était il y a bien longtemps. » Il avait quelques souvenirs fugaces et angoissés de la Florence des Médicis, mais il ne pouvait les évoquer.

Deux des sorciers furent manifestement impressionnés par cette récitation de ses nobles références, sauf Mme Lairrez qui ne l'était pas du tout.

« Une lignée illustre est quelque chose dont on peut être fier, admit-elle de mauvaise grâce. Mais on se doit de gagner le respect qu'avaient reçu ses ancêtres, ou cela ne vaut pas tripette.

— Voire, concéda-il. Auriez-vous à vous plaindre de moi ? » Elle secoua la tête, ne prêtant pas attention aux dénégations murmurées par ses compagnons. « Non, Altesse. Certainement pas. » Elle détourna soudainement son regard des yeux pénétrants qu'il avait portés sur elle.

Satisfait, il approuva. « Bon. Je ne voudrais pas penser que vous me trouvez incapable. » Il fit signe à Hercule. « Viens, suis-moi. J'ai à te parler. Quant à vous — il désigna les sorciers —, vous aurez votre nouvel athanor à la fin de la semaine. Vous avez ma parole. J'espère que vous me faites confiance, madame Lairrez ? » Et avec un salut ironique, il passa la porte, emmenant Hercule dans son sillage.

Les sorciers restèrent silencieux tant que la porte ne fut pas refermée sur Saint-Germain.

« Bon, Hercule, dit Saint-Germain, alors qu'il montait les marches vers le cellier. J'ai du travail pour toi. Pendant que tu retrouves l'usage de tes jambes, tu continueras à être le majordome de cette maison. »

Hercule montait aussi rapidement qu'il le pouvait, haletant un peu en répondant. « Oui, maître. Que dois-je faire ?

— Je veux que tu surveilles tous ceux qui viennent ici, particulièrement toute personne qui sera avec Saint-Sébastien ou Beauvrai. Si tu remarques la moindre chose, préviens-moi le plus vite possible. Et fais attention de ne pas te faire remarquer.

— Saint-Sébastien ? » s'écria Hercule, stoppant son ascension. Il jeta un regard surpris sur Saint-Germain qui se tenait deux marches au-dessus de lui.

— Oui. » Il observait la colère monter dans le visage d'Hercule. « Tu feras comme si tu ne le connaissais pas, Hercule. Tu seras mon majordome, et qu'a à faire mon majordome avec Monsieur de Saint-Sébastien ?

— Il m'a rendu infirme ! s'écria Hercule.

— Grâce à ces attelles, tu ne seras plus infirme longtemps. » Il monta quelques marches supplémentaires, puis s'arrêta. « Hercule, dit-il doucement. Je me repose sur toi dans cette affaire. Garde le silence sur tout ce que tu sais de moi, et tu seras bientôt vengé de Saint-Sébastien. » Il avait atteint le haut du palier maintenant, et il prit à nouveau le couloir qui s'étendait devant lui.

« Pour me venger de Saint-Sébastien, j'assurerais la protection du Démon en personne. » Saint-Germain rit silencieusement. « Vraiment ? » Il secoua la tête, puis dit d'une voix totalement différente : « Dis à Roger de préparer ma berline pour cette nuit, à la minuit. Dis-lui que cela concerne une violoncelliste qu'il connaît bien et qui a beaucoup travaillé. J'ai promis d'aider cette musicienne, car le danger la guette grandement. » Hercule se propulsa à la suite de son maître. « Ce sera fait. »

Saint-Germain inspecta la cape qu'il portait sur ses épaules. « Je dois me vêtir de façon plus appropriée. Dis à Roger qu'il me retrouve dans mes appartements. Et, Hercule…

— Oui, maître.

— Autant que tu tiens à ta vie et à ton âme, garde le silence. »

Hercule se tint là, sidéré, alors que Saint-Germain le gratifiait d'un laconique sourire éteint. « Et si tu ne tiens pas ton âme en si grande estime, alors garde le silence pour la dette que tu as contractée envers moi, car ma vie et mon âme m'ont été confisquées. » Sur ces mots, il tourna les talons et s'en fut prestement dans le couloir.

*

Texte d'une lettre du médecin Andreas Schoenbrunn au comte de Saint-Germain, datée du 30 octobre 1743 :

Andreas Schoenbrunn, médecin sis rue de l'École romaine, présente ses compliments à M. le Comte de Saint-Germain et ses regrets à cet homme, Cielbleu, qui ne s'est pas rétabli après les coups qu'il a reçus. Le médecin supplie M. le Comte de comprendre que ce n'est pas faute d'avoir pratiqué convenablement l'art de la médecine, mais que les coups ont été trop violents pour permettre le bon rétablissement.

En ce qui concerne les autres affaires dont M. le Comte fut assez bon pour nous entretenir en la nuit dernière : le médecin Schoenbrunn désire assurer présentement M. le Comte qu'il est entièrement disposé à l'assister dans l'affaire dont il a parlé et le supplie de croire qu'il sera bien à deux heures aux portes de l'hôtel de Cressie.

Comme il en a été convenu durant la discussion avec M. le Comte, le médecin Schoenbrunn est d'accord pour prendre la voiture fournie par M. le Comte et escorter la Dame que M. le Comte voudra bien lui amener jusqu'au couvent de la « Miséricorde et de la justice du Rédempteur » en Petite Bretagne. Là, elle sera remise entre les mains de sa sœur, l'abbesse Dominique de l'Affliction des Anges.

M. le Comte a bien voulu nous faire comprendre qu'un certain danger guettait cette pérégrination, et pour cette raison le médecin accepte volontiers la proposition de M. le Comte d'une garde armée. En accord avec les ordres de M. le Comte, le médecin ne cherchera pas à se loger, mais plutôt à chevaucher toutes les nuits. Le médecin accepte aussi de s'équiper en conséquence avec une épée et des pistolets, et il exprime ses remerciements à M. le Comte pour les sollicitudes qu'il lui porte.

Puisque M. le Comte a indiqué que la femme à escorter pouvait être quelque peu dérangée, le médecin s'autorisera à administrer à cette femme toute drogue qu'il jugera comme pouvant lui être bénéfique.

En attendant la seconde heure de demain, le trente et un octobre, aux portes de l'hôtel de Cressie, j'ai l'honneur de demeurer votre serviteur, etc.

Andreas Schoenbrunn,
médecin

7

On était bien plus près de quatre heures que de trois heures du matin quand Saint-Germain fit tout compte fait son entrée dans les magnifiques salons de jeux situés dans l'aile nord de l'hôtel de Transylvanie. Il était habillé d'un justaucorps de soie noire à larges basques et de ses habituelles culottes et bas noirs. Mais au lieu de sa veste noire, il portait cette fois une veste en satin d'un blanc des plus immaculés, brodée de filoselle blanche. Contre cette veste, ses rares diamants brillaient avec une lueur supplémentaire, mais le rubis dans l'épais jabot de dentelles à son col paraissait s'être quelque peu terni.

Le duc du Valloncaché leva son regard las d'un robre de piquet qu'il jouait avec le baron de Beauvrai. « Si tard, Comte ? Je désespérais de vous voir. »

Saint-Germain s'inclina et sourit vaguement. « Je crains que le travail que j'ai dû accomplir cette nuit m'ait quelque peu retenu. Mais j'espère que vous ne m'en tiendrez pas rigueur. Je suis présentement à votre entière disposition. »

Valloncaché toussa. « Je crains de devoir protester énergiquement devant un traitement aussi cavalier envers notre engagement. Je ne peux accepter que quelqu'un se prétende être meilleur que moi au trente-et-quarante.

— S'il y en eût un, surenchérit sardoniquement de Beauvrai, ce ne serait certainement pas cet imposteur. Votre annonce, Valloncaché. » Beauvrai remit en place, avec la paume de sa main, l'élégant jabot de dentelle crème et rajusta son justaucorps en brocart vert bouteille, puis défit deux petits boutons en rubis qui se cachaient dans les broderies couleur rouille, rajustant les revers du justaucorps. Il portait des culottes de soie rose et une veste rayée citron et orange. Cette nuit, il portait des bas safran et des chaussures d'un bleu turquoise.

Valloncaché haussa les épaules et dit : « Que puis-je faire, Comte ? Monsieur de Beauvrai a raison, je crains que notre partie ne doive être reportée. »

Saint-Germain sourit largement. « Je suis tout disposé à ajourner notre rencontre, ou à demeurer ici toute la fin de soirée en attendant votre bon vouloir. »

Le marquis de Chenu-Tourelle, qui avait entendu la conversation, se tourna vers son compagnon le duc de la Mer-Herbeux, et lui fit un clin d'œil entendu. « Mais qu'est-ce qui a bien pu retenir aussi longtemps Monsieur de Saint-Germain ? »

Si Saint-Germain avait remarqué le sarcasme dans le ton de la voix, il n'en fit apparemment aucun cas. « J'ai rendu visite à un musicien qui doit partir bientôt pour un long voyage hors de Paris. Je voulais le saluer une dernière fois, et les choses aidant, cela prit plus de temps que je ne l'escomptais.

— Un musicien ! se moqua ouvertement Beauvrai. Quand est-ce que des gens de notre condition s'abaissent à visiter pianoteurs et ménétriers ?

— Ce devait être un compositeur, Monsieur de Beauvrai », rétorqua très galamment Valloncaché.

Mais Beauvrai ne fut nullement satisfait. « Rendre visite à des musiciens ! répéta-t-il. Je vous le dis, cet homme est un imposteur. » Il ramassa à nouveau ses cartes mais évita de regarder Saint-Germain.

« Monsieur de Beauvrai est dans l'un de ses mauvais jours, je le crains, reprit Valloncaché comme excuse en s'adressant à Saint-Germain. Je suis en train de gagner, voyez-vous. Il ne supporte pas quand je gagne. »

Impénétrable aux sarcasmes de Beauvrai, Saint-Germain s'inclina légèrement, puis annonça : « Si la chance continue à vous sourire, Monsieur de Valloncaché, je jouerai à la hoca jusqu'à ce vous soyez prêt à vous mesurer à moi. » Il se retourna, et était sur le point de s'éloigner vers le coin le plus éloigné du salon où l'on jouait au jeu prohibé de la hoca, quand il fut arrêté par les propos du marquis de Chenu-Tourelle, prononcés doucement, malicieusement, mais suffisamment fort pour être entendus.

« Je dis que c'est diablement pratique que Monsieur le comte arrive si tard qu'il n'a nul besoin de se risquer au jeu, ne serait-ce que les diamants de sa veste. »

Bien qu'il ne se retournât pas vers celui qui avait proféré cette remarque sarcastique, Saint-Germain lui adressa les paroles suivantes et suffisamment distinctement pour qu'il les entendît. « S'il en est qui désirent se mesurer à moi, je suis tout disposé à relever le défi. Qu'ils annoncent donc leur désir. » Il se tenait là, une silhouette droite en noir et blanc, au centre de cette pièce magnifique, une main tenant sa petite canne désuète, l'autre effleurant à peine la fusée de son épée de parade. Il parut à ce moment précis avoir grandi en stature, remplissant la pièce entière de sa présence.

Le marquis de Chenu-Tourelle hésita, puis reprit la parole, mais il avait alors perdu beaucoup de sa superbe. « Nous jouons au piquet, ici, à dix louis le point. »

Saint-Germain sourit. « Alors pourquoi pas vingt, pour rendre la partie plus intéressante ? » Il bougea enfin du centre de la pièce et se dirigea sur l'épais tapis flamand vers la table qu'occupait Chenu-Tourelle avec ses amis le duc de la Mer-Herbeux et Balthazard Albert, baron d'Islerouge. À la table d'à côté, le duc de Vandonne se détourna de son jeu ; il jouait avec le chevalier de La Sept-Nuit, et l'un d'eux fit un léger signe de la tête à d'Islerouge.

« Lequel parmi vous », dit Saint-Germain en s'asseyant, il releva d'un mouvement les basques de son justaucorps pour ne pas les froisser, « va avoir le plaisir de me tondre ?

— C'est de mon défi qu'il s'agit, répondit rapidement Chenu-Tourelle, jetant un coup d'œil acéré à Vandonne.

— J'en serais enchanté », Saint-Germain eut un sourire pincé.

Mais quelque peu sur le tard, brusquement, d'Islerouge intervint. « Non, Monsieur de Chenu-Tourelle. J'ai une prétention sur la partie suivante. Laissez-moi jouer le premier robre.

— Eh bien ? Saint-Germain leva les sourcils, attendant. Qui sera-ce ? »

D'Islerouge se retourna et foudroya du regard Chenu-Tourelle. « Vous avez joué toute la soirée, fit-il remarquer au marquis. Je n'ai pas fait grand-chose cette nuit. Nom de nom, qu'est-ce que je m'ennuie ! Laissez-moi donc jouer le premier robre. Si je perds, vous relèverez le gant. »

Chenu-Tourelle se tourna et fit un imperceptible mouvement de tête en direction du marquis d'Islerouge. Le sourire sournois que portait son juvénile visage libertin contrastait étrangement avec ses habits à l'allure quasi virginale : un justaucorps en satin bleu pâle, une veste en brocart argenté, des culottes, des bas et des dentelles d'un blanc presque parfait, blanc cassé. Il jeta à travers la table une pile de louis d'or et acquiesça à Vandonne. « Je me propose de soutenir d'Islerouge, quel que soit l'enjeu. Qui accepte ? »

Il y eut un frémissement d'excitation dans la pièce et quelques-uns des joueurs attardés s'approchèrent de la table, parmi eux il y avait un frêle et ombrageux jeune *earl* anglais avec une longue tête qui ressemblait tant à ses propres chevaux pur-sang que cela en était troublant. Tous ces hommes étaient habités d'une soif étrange, la soif du risque, qui ne pouvait être étanchée qu'après leur complète ruine.

D'Islerouge distribua les cartes et tourna toute son attention sur sa main, considérant ce qu'il allait annoncer, espérant si possible faire mieux que la main de Saint-Germain.

Comparé à son adversaire, Saint-Germain semblait négligent dans sa manière de jouer, presque indifférent, un léger froncement d'impatience se voyait sur son visage chaque fois qu'Islerouge considérait trop longuement ses cartes.

« Mais il s'amuse, fit doucement remarquer Vandonne. Observe donc Saint-Germain. Il ne prête même pas attention. Deux cents louis sur d'Islerouge gagnant cette partie et le rob.

— Tenu », répondit promptement Valloncaché, qui avait arrêté de jouer sa partie pour regarder la rencontre.

Trois hommes supplémentaires vinrent alors à la table, sentant une rare compétition dans cette partie de piquet.

« Je mise avec Saint-Germain », dit une voix trop forte.

Le comte sans se retourner dit : « Rentrez donc chez

vous, Gervaise. Votre Comtesse serait ravie de votre compagnie. »

Gervaise, qui était déjà quelque peu coloré par le vin, s'empourpra et répliqua d'un air offusqué : « Je voulais uniquement vous prêter main-forte.

— Vraiment ? » Saint-Germain claqua la levée et se pencha en arrière sur sa chaise laissant d'Islerouge pensif se demandant que faire.

— Mais enfin ! Vous n'obtiendrez jamais l'as si vous jouez le roi ! dit Gervaise triomphant.

— Je suis désolé de vous décevoir », dit Saint-Germain en lui montrant l'as traître dans son jeu. Il observait les hommes autour de la table, et sut qu'il avait toute leur attention. « Je présume que l'un d'entre vous saura compter les points ? »

Les rires que provoqua cette remarque n'étaient pas des plus agréables. D'Islerouge se trémoussa désagréablement alors que Saint-Germain mélangeait, puis distribuait les cartes.

Cette fois, la partie se déroula plus lentement, bien que Saint-Germain continuât toujours à jouer avec cette manière détachée, et d'Islerouge sut qu'il ne pourrait pas gagner aussi facilement que Vandonne le lui avait dit. L'homme en blanc et noir pouvait sembler désintéressé, mais d'Islerouge comprit que c'était parce qu'il n'avait pas encore pu éprouver toute la finesse de Saint-Germain.

« Je parie un millier de louis que Saint-Germain gagnera avec plus de cent points », s'écria Gervaise d'Argenlac. Les sourcils de Saint-Germain se plissèrent dans un accès d'agacement.

« Tenu, d'Argenlac », dit mollement Chenu-Tourelle de sa chaise, accoudé près d'Islerouge. « Je double la mise et j'annonce que mon homme gagnera, lui, de cent points. »

Le *earl* anglais déposa une pile de guinées sur la table, et déclara dans un horrible français.

« Je crois que d'Islérouge va perdre et je mise cela comme ma preuve.

— Moi trois, Comte, annonça d'Islerouge à travers ses dents serrées.

— Ne vaut pas, Baron. »

La plupart des chandelles s'étaient éteintes quand le troisième rob prit fin. Saint-Germain repoussa sa chaise et observa les piles de pièces et les bouts de papier déposés sur la table. « L'aube s'annonce, Monsieur d'Islerouge. »

L'expression rayonnante du début avait depuis longtemps quitté le visage d'Islerouge. À présent, il était hagard, et la manière agitée dont il triturait ses cartes montrait parfaitement à quel point de nervosité il était parvenu. « Je ne m'en étais pas rendu compte… Que vous dois-je, monsieur ? »

Saint-Germain leva l'un des sourcils et regarda sardoniquement Gervaise d'Argenlac. « Quel est le montant ? Je suis persuadé que vous le savez. Dites-le, je vous prie, au Baron. »

Gervaise se lécha les lèvres, puis émit un petit rire, et dit : « Vous devez à Monsieur de Saint-Germain dix-huit mille deux cent quarante-huit louis. »

D'Islerouge blanchit à l'annonce de ce chiffre. « Je… je vais avoir besoin de temps, Comte. Je n'avais pas réalisé… »

Saint-Germain fit un geste d'indulgence en sa direction. « Certainement, Baron. Prenez tout le temps qui vous plaira. J'attendrai à votre convenance. » Il se leva alors, frais et dispos, et même ses cheveux poudrés étaient restés bien coiffés. « Allons, Monsieur de Valloncaché, accordez-moi l'honneur de votre soutien jusqu'à l'équipage.

— Il va de soi que nous comprenons », répondit méchamment Vandonne, d'une voix suffisamment forte pour porter par-dessus les conversations, « pourquoi Monsieur de Saint-Germain est si anxieux de nous quitter. »

À ces mots, il y eut des murmures, car un grand nombre de personnes avaient perdu de grosses sommes durant ces trois heures de jeu.

Valloncaché qui comptait ses gains regarda à travers la table. « Soyez bon perdant, Vandonne. » Il se tourna vers Saint-Germain « Je serai à vous dans un instant, Comte. Mais comme vous avez fait considérablement croître ma fortune cette nuit, je désire régler Messieurs de Chenu-Tourelle et Broadwater. »

Le *earl* anglais était déjà en train de tendre deux piles de guinées à Valloncaché, quand il dit : « Cette nuit, la chance était de mon côté, mais j'ai été trop précautionneux. Duc, vous aviez raison de tout risquer. J'ai reçu ma leçon.

— C'est moi qui ai reçu une leçon », murmura-t-il lugubrement, et se retourna pour écouter ce que Vandonne voulait lui dire à l'oreille.

« Quarante-deux mille louis ! » exulta Gervaise ivre de joie. Il vint tout près de Saint-Germain. « Quarante-deux mille louis ! Désormais Claudia saura que je ne perds pas toujours. »

Saint-Germain resta impassible. « Non, effectivement, vous ne perdez pas toujours, dit-il doucement. Ne soyez donc pas nigaud avec ces gains, Gervaise. »

Le comte d'Argenlac repoussa cette remarque du revers de la main. « Je sais que la chance est désormais avec moi, Comte. Si j'ai gagné cette nuit, pensez à ce que ce sera pour la fête de la Toussaint, à la maison Libellule. Si ma chance tient, je serai à nouveau millionnaire. » Il sourit rêveusement à cette perspective.

Troublé par ces divagations, Saint-Germain mit l'une de ses jolies petites mains sur le bras de Gervaise et usa de toute la persuasion de son regard sur lui. « Monsieur d'Argenlac, dit-il de sa voix grave et musicale, ne jouez plus. Ne vous imaginez pas que vous allez gagner à la maison Libellule. Ne sacrifiez pas ce que vous avez gagné. »

Gervaise eut un rire insouciant. « Oh ! mais je sais que vous ne serez pas de la fête. Claudia m'a prévenu que vous serez en compagnie de vos musiciens pour une répétition de votre petit opéra à votre hôtel. Mais il y aura d'autres jeux, Comte. Ne vous souciez donc pas de moi. » Il se mit à déambuler dans le salon, plus éméché par ses gains que par le vin.

Saint-Germain le suivait toujours du regard quand il entendit Vandonne qui disait : « Vous avez vu comment il a joué. Il regardait à peine son jeu. Pourtant il a gagné. »

Il y eut une pointe d'acier dans le ton de la voix. « Veuillez cessez, Vandonne ! D'Islerouge a perdu au cours d'un jeu honnête, et voilà tout.

— Un jeu honnête ? » demanda d'Islerouge, et le rouge se montra sur ses traits tirés.

Le salon devint soudainement très silencieux. Personne ne parlait, tous avaient le regard tourné vers Saint-Germain.

Durant quelques instants, le comte ne bougea pas. Puis, très lentement, il se tourna vers d'Islerouge et dit posément : « Veuillez être franc avec moi, Baron. Je suppose que vous pensez que j'ai triché. »

D'Islerouge déglutit péniblement : « Oui.

— Je vois, dit Saint-Germain, et ses yeux se plissèrent.

— Ne soyez pas plus idiot que Dieu ne vous a fait, Balthazard », dit d'un ton sec Valloncaché.

Derrière lui, le baron de Beauvrai se fendit d'un rire ironique. « C'est un sacré couard. Il n'a pas daigné me rencontrer quand je lui en ai offert l'occasion. » Il passa délicatement son mouchoir en dentelle sur le brocart de son justaucorps. « Fi ! »

Maintenant qu'il avait réellement accusé Saint-Germain, Islerouge ressentit un froid le gagner. Il avait peur que cet élégant étranger ne fût aussi bon duelliste que joueur. « Eh bien, Comte, dit-il faussement crâneur, acceptez-vous le duel ? »

Les yeux noirs de Saint-Germain l'étudiaient, ne révélant rien sur ses pensées. « Il n'est pas dans mon habitude d'accepter un duel d'un jeune homme dont je pourrais être le père, dit-il lentement.

— Pleutre. Couard, lança Vandonne.

— Ce n'est nullement vous qui êtes concerné, coupa net Saint-Germain. Monsieur d'Islerouge a gagné le droit de dire ces choses de moi, mais pas vous, Monsieur le duc. » Il se retourna vers d'Islerouge, et inclina la tête une fois.

« Très bien. J'accepte ce duel, Monsieur le baron. »

Transi jusqu'au bout des doigts, d'Islerouge s'inclina froidement. « Désignez vos témoins, et qu'ils attendent donc les miens. »

Mais alors Saint-Germain leva la main. « Non, non, Monsieur d'Islerouge. J'ai le droit de choisir le lieu et le moment. Et je choisis ici et maintenant. »

Le silence devint tout d'un coup presque insupportable, et de Vandonne leva un regard abasourdi.

« Il est évident, poursuivit Saint-Germain sur un ton des plus aimables, que vous avez ici des amis qui vous assisteront. J'espère que je peux compter sur vous, Valloncaché — le duc acquiesça à la mention de son nom — et si vous insistez sur les formes, je pense que l'un des gentilshommes ici présents se fera un plaisir de nous assister.

— Un seul suffira », répondit péniblement d'Islerouge. Il regarda, affolé, autour de lui, il ne voulut pas de Vandonne et dit : « Monsieur de La Sept-Nuit voulez-vous être mon témoin ? »

De La Sept-Nuit se leva lentement. « Très bien, Balthazard. J'accepte cet honneur. » Il ne fit aucune tentative pour lui cacher son mépris.

D'Islerouge regrettait déjà ce duel, son esprit se tordait d'agonie devant la réprobation manifeste dans chaque geste, chaque regard de La Sept-Nuit. « Les armes ? » demanda d'Islerouge d'une voix qu'il ne reconnut pas.

« L'épée. » Saint-Germain se défit de son justaucorps et enleva les manchettes en dentelle de ses poignets. « Si vous demandez au majordome, je crois savoir qu'il nous fournira des épées de combat. » Il se défit de son épée de parade. « Celle-ci est pire qu'inutile », dit-il en la mettant de côté.

Avec un rapide signe de tête, de La Sept-Nuit sortit de la pièce, avec le duc de Valloncaché derrière lui.

Après cela, d'Islerouge se défit de son justaucorps et tira nerveusement sur son beau jabot en dentelle, le retirant de son col de chemise, et le jeta de côté. Ses yeux, posés sur Vandonne, étaient remplis d'un curieux mélange de colère et d'interrogation.

« Messieurs, annonça Saint-Germain calmement, si certains d'entre vous voulaient bien se pousser de côté, pour qu'il y ait suffisamment de place… »

Même Beauvrai était satisfait d'assister à ce spectacle. Il aida à repousser jusqu'au mur l'élégante table recouverte d'une nappe où il avait pris place, tout au fond. Ensuite, il traîna sa chaise derrière lui et s'y affala, une satisfaction féline sur le visage.

Saint-Germain était sur le point de retirer ses chaussures quand un coup d'œil à la fenêtre lui montra les blêmes couleurs d'argent du jour qui pointait. Il s'arrêta net et les rattacha.

D'Islerouge le voyant s'esclaffa en direction de Vandonne : « Accepterait-il simplement que je le renverse ? Je me demande s'il se rend bien compte que je ne serai satisfait qu'après avoir pris sa vie. »

Vandonne eut un rictus étrange. « Vous le vaincrez, Balthazard, et nous vous récompenserons. » Il lui prit la main et la tint un peu plus longtemps qu'il ne parut nécessaire.

« Êtes-vous prêt ? » demanda de La Sept-Nuit alors qu'il revenait dans le salon avec sur ses talons Valloncaché.

Saint-Germain se redressa. « Puis-je suggérer que vous fermiez à clef les portes ? Il ne serait pas opportun que nous fussions interrompus, je crois. » Il regarda autour de la pièce, puis dit à son témoin. « Monsieur de Valloncaché, il serait judicieux qu'on fît éteindre les chandelles, elles sont presque mortes de toute façon. Et si l'un de vous voulait bien faire un feu… » Il ne lui paraissait pas inconvenant de demander à un noble français d'accomplir un travail de domestique.

« Je vais m'en occuper », répondit rapidement Chenu-Tourelle, qui se dirigea vers la cheminée où se consumaient lentement trois bûches. Il en prit une autre d'un tas net, près du manteau de la cheminée, et, avec une grande dextérité, la plaça sur le feu mourant. Un jet de flammes s'enroula autour de l'écorce, qui craqua ardemment.

« Quelles sont vos conditions, d'Islerouge ? » demanda Valloncaché, dans la pièce redevenue silencieuse.

« Jusqu'à la mort. »

Valloncaché s'inclina, puis marcha à travers le salon sur le tapis jusqu'à Saint-Germain.

« Les conditions sont…

— J'ai entendu. » Saint-Germain se détourna et vérifia son épée en main. « J'accepte à une condition.

— Laquelle ? lui jeta à la figure d'Islerouge.

— Que si je gagne, et que je vous épargne, vous me révélerez qui vous a engagé sur cette voie. »

Il regardait droit dans les yeux écarquillés d'Islerouge avec une formidable intensité « Ai-je votre parole ? »

D'Islerouge regarda autour de lui, acculé. « Oui, oui. Très bien. Vous avez ma parole. » Il tourna le dos à Saint-Germain.

« Avez-vous quelque instruction à me transmettre ? » demanda Valloncaché à Saint-Germain, qui se préparait à se placer à côté de La Sept-Nuit au centre de la pièce.

« Roger, mon valet de chambre, sait ce qu'il aura à faire si besoin. Adressez-vous à lui. » Il s'agenouilla et se signa. « Que je sois absous pour toutes les transgressions que j'ai pu accomplir au cours de ma vie. »

De l'autre côté de la pièce, d'Islerouge éclata d'un rire moqueur.

Mais déjà Valloncaché se tenait en face de La Sept-Nuit, ils échangèrent quelques paroles. De La Sept-Nuit fit oui de la tête et dit : « Messieurs, à vos places. Monsieur de Saint-Germain, si vous le voulez bien, à l'est. Monsieur d'Islerouge, à l'ouest. » Son épée de parade pointa vers les places respectives. « Très bien, messieurs. Vous reculez-vous davantage ?

— Non, rugit d'Islerouge.

— Monsieur de Saint-Germain ?

— Non.

— Bien. »

Valloncaché tint son épée de parade croisée avec celle de La Sept-Nuit. Les duellistes se saluèrent. Les témoins ramenèrent leur lame vers le haut, et sautèrent en arrière, juste à temps pour échapper à l'attaque féroce d'Islerouge.

Alors qu'Islerouge allongeait sa botte, Saint-Germain changea son épée de main, qui passa de sa main droite à sa main gauche, et se tourna pour se protéger, obligeant ainsi d'Islerouge à exposer son flanc droit, alors qu'ils se rapprochaient. Sentant le danger, d'Islerouge ramena son épée fortement vers le sol, essayant de lacérer les cuisses de Saint-Germain.

Saint-Germain fit un mouvement de poignet et la lame d'Islerouge se détourna de son but. Puis il se tourna avec la lente grâce d'un toréador espagnol. Il avait une poigne ferme et arborait sur le visage son mauvais sourire figé.

Quand d'Islerouge tenta de nouveau une attaque, ce fut avec plus de circonspection. Il tenait son épée plus calmement, inaccoutumé à un opposant gaucher. D'Islerouge feinta en tierce, mais fut contré et à deux doigts d'être touché par la brusque riposte de Saint-Germain. Il recula, sa respiration devenant plus saccadée. Il se prépara à mener une longue lutte.

Saint-Germain ne semblait pas vouloir le presser, mais d'Islerouge savait qu'il perdait du terrain. Il n'avait pas le terrible regard, ni la dextérité du vieil homme, ni sa force de poignet. Saint-Germain maniait l'épée à la manière italienne, avec une grâce et une subtilité qui auraient fait l'admiration d'Islerouge en d'autres circonstances. Il fit ce qu'il put mais ne parvint pas à passer la défense de Saint-Germain. Ce n'était plus qu'une question de temps avant que Saint-Germain ne l'épuisât pour finalement l'achever.

Dans cette situation désespérée, il chercha une ouverture et la trouva. Il tenta une feinte peu subtile, prétendant tomber. Il vit Saint-Germain se reculer et baisser la garde de son épée, attendant que d'Islerouge se rétablît. À ce moment-là, il s'empara d'une chaise et la lança à travers la pièce.

Elle atteignit Saint-Germain aux tibias, ce qui fit naître des cris de protestation parmi les hommes qui les observaient.

« Non ! » ordonna Saint-Germain, et sa voix avait une autorité absolue. Il tint la garde haute et se porta en avant. Il se rapprocha d'Islerouge, sa blanche veste se détachant fantomatiquement dans cette pâle lumière.

D'Islerouge s'était remis sur ses jambes et se tint en garde pour recevoir l'attaque. Le fer crissa sur le fer, mais il fut de nouveau repoussé. Il suait abondamment à présent, sachant fort bien qu'il transpirait la peur. Saint-Germain, lui, était impeccable, on ne voyait rien, pas même une légère brume de sueur sur sa lèvre supérieure, qui aurait pu trahir son épreuve.

Ils se rapprochèrent à nouveau, et cette fois, Saint-Germain accueillit l'attaque d'Islerouge par une démonstration magistrale de son art d'escrimeur. Il l'obligea à se réfugier près de la cheminée avant de le laisser délibérément sortir de ce mauvais pas, puis il laissa d'Islerouge reprendre son souffle un court moment.

Quand le jeune homme se reprit un peu, Saint-Germain lui dit : « Je suis prêt à considérer l'affaire réglée entre nous, Baron.

— Non… Non… Jusqu'à la mort. » Il observa de près le fil de son épée et vit que le bout en était tordu.

Saint-Germain soupira. « Comme vous voulez. En garde ! » Selon toute apparence, Saint-Germain avait perdu tout intérêt à ce jeu, car il accomplit une botte sauvage contre d'Islerouge, déterminé à en finir rapidement.

Et la fin vint soudainement, la lame de Saint-Germain pénétra les faibles défenses d'Islerouge, mais au lieu de le transpercer à l'épaule ou directement dans la poitrine, Saint-Germain passa sous le bras d'Islerouge.

Surpris et exténué, d'Islerouge tenta de suivre ce mouvement, mais réussit uniquement à faire un grand accroc dans la veste blanche de Saint-Germain avant que de perdre l'équilibre et de s'effondrer lourdement sur le dos.

En levant le regard, il vit Saint-Germain qui se tenait juste au-dessus de lui, son épée à quelques centimètres de son cou.

« Je suis satisfait Monsieur d'Islerouge. L'êtes-vous ? »

La colère l'empêcha tout d'abord de parler ; d'Islerouge dévisageait son adversaire. Soudain, il cracha.

« Je ne désire pas vous tuer », dit Saint-Germain sur un ton détaché. Il tenait l'épée fermement, attendant.

« Très bien. » Les mots furent prononcés si doucement que même Saint-Germain ne fut pas certain de les avoir entendus. D'Islerouge roula de côté pour se soustraire à la pointe de l'épée. « Je suis satisfait », déclara-t-il, le visage bouleversé par les affres de la défaite.

Saint-Germain s'écarta et offrit une main à d'Islerouge, qui l'ignora. Il se détourna vivement et regarda les témoins : « Vous pouvez constater, messieurs, que mes conditions ont été remplies. L'un d'entre vous pourra me communiquer l'information avant le coucher du soleil. »

Il y eut soudain un brouhaha de conversations, comme si toute la tension retenue éclatait dans une éruption de mots.

Saint-Germain marcha tranquillement à travers la pièce, se sentant très fatigué.

« Je suis trop vieux pour ce genre de choses, dit-il calmement en face de Valloncaché.

— Ce n'est que la stricte vérité, approuva Valloncaché tout en riant. Voilà qui fut le plus beau duel que j'eusse jamais encore vu. Mais, dites-moi, vous maniez toujours l'épée de la main gauche ?

— Pas toujours. » Saint-Germain s'affala dans une chaise et jeta instinctivement un coup d'œil à l'une des fenêtres. Le ciel avait maintenant pris des couleurs lilas pâle, strié de longs doigts d'or. « Juste à temps. »

Valloncaché, s'étant éloigné, revint en portant le justaucorps de Saint-Germain. Il se tint ainsi un moment observant Saint-Germain, puis murmura quelques mots.

« Qu'y a-t-il ? fit Saint-Germain, sortant un peu de sa torpeur.

— Votre veste est ruinée, Comte. L'accroc court sur tout le côté. Et votre chemise n'a pas été épargnée. Vous avez eu beaucoup de chance. Il aurait pu vous atteindre gravement. »

C'est seulement à ce moment que Saint-Germain toucha du doigt la large entaille sur sa veste. « Impressionnant », dit-il sans état d'âme.

Ces mots parurent rappeler à Valloncaché quelque chose auquel il avait pensé précédemment. « Mais qu'est-ce qui vous a pris de porter une veste blanche, Saint-Germain ? Vous qui êtes toujours tout de noir vêtu. »

Saint-Germain sourit lentement ; alors qu'il se levait, il enfila son justaucorps sur ses épaules à la manière d'une cape. « C'était pour exprimer mes intentions pures, Monsieur le duc. » Il reposa l'épée de duel et se dirigea vers la porte, où sept hommes l'attendaient pour le féliciter.

*

Extraits d'une lettre de la comtesse d'Argenlac à Madame Lucienne de Cressie, en date du 31 octobre 1743, revenue non décachetée à la comtesse le 11 janvier 1744 :

[...] *Ma chère Lucienne, vous ne savez pas à quel point vous et votre musique nous manquez à nous tous. La nuit dernière, Madeleine m'a affirmé qu'elle espérait beaucoup vous voir jouer à sa fête, qui n'est plus que dans quatre jours. Si fait, elle joint ses suppliques aux miennes.*

Nous ne savons pas jusqu'à quel point vous avez été malade. Je suis désolée de vous informer qu'Achille ne nous dit rien, j'ai fait pourtant tout mon possible, mais je n'arrive à obtenir de lui qu'une seule réponse : vous êtes indisposée. Si vous me le permettez, je voudrais vous envoyer mon médecin personnel pour vous examiner. La bienséance veut qu'on ne consulte un médecin qu'avec l'accord de son mari, mais je crois que nous tomberons d'accord que, dans le cas qui nous préoccupe, cela est bien au-delà des devoirs d'Achille. [...]

Il est exact que le baron Balthazard Albert d'Islerouge s'est fiancé avec Mlle Olympe des Radeux. Son frère est furieux, mais Beauvrai, qui voulait depuis le début cet affrontement, est, cela va de soi, enchanté. Je me souviens que vous aviez dit, il y a six mois de cela, que c'est ce qui se produirait. Vous êtes une observatrice si fine de nous tous que je me demande comment vous pouvez supporter de ne pas recevoir de visiteurs durant votre convalescence. Je vous assure que les derniers commérages vous transporteraient littéralement et vous aideraient à retrouver à nouveau la santé.

M. de Saint-Germain nous a affirmé qu'il ne composerait plus pour le violoncelle tant que vous n'aurez pas suffisamment retrouvé la santé pour jouer. Allons, vous devez nous prendre en pitié. Être privé de votre présence et de la musique de Saint-Germain est au-delà de tout. Il a composé un petit opéra pour notre fête qui, je le sais, vous charmerait. Cette nuit, il fait venir ses musiciens pour répéter, et je suis tout excitée à cette idée. Recouvrez rapidement la santé, ainsi vous pourrez entendre son travail. Je sais que cela vous plaira.

[...] *Quand je pense à vous confinée dans cet hôtel,*

j'en ai presque la tête qui tourne. Cet homme horrible — pardonnez-moi de parler ainsi de votre époux, mais nous savons toutes deux qu'il n'a pas plus d'utilité pour vous qu'une souris pour un fox-terrier — ne veut pas nous autoriser à vous parler, et quand nous demandons de vos nouvelles, il ne profère rien d'autre que des banalités.

Vous devriez écrire à votre oncle ou à votre sœur Vous ne pouvez pas demeurer plus longtemps sous ce toit, ma chérie. Cela brise mon cœur de vous savoir si malheureuse. Si je puis faire quelque chose pour vous, un ami à vous à qui je pourrais m'adresser de votre part, dites que vous le ferez remarquer. Quelqu'un doit pouvoir vous aider à vous libérer de ce détestable Achille.

Venez à moi, ma chérie, et si vous le désirez, plus jamais vous ne retournerez à l'hôtel de Cressie. Je vous offre mon hospitalité, tant que vous en aurez besoin. Si vous ne désirez pas rester à Paris, ou que vous ayez peur des représailles à cause de vos actes, je plaiderai auprès de mon frère. Il m'a dit de ne pas interférer, mais il changera d'avis quand il entendra les circonstances. Il doit voir que votre situation est critique et qu'elle se situe au-delà des considérations du mariage. Ensemble, nous le convaincrons, si vous me donnez la permission de l'approcher.

J'envoie ceci par messager spécial, et il a des instructions pour constater qu'il vous est bien porté dans la maison. Il attendra une heure votre réponse. Si vous avez la possibilité de lui donner un message ou un billet, il me les apportera aussi vite que possible.

Jusqu'à ce que je puisse vous voir par moi-même, ma chérie, croyez bien que je demeure votre plus sincère et dévouée amie.

Claudia de Montalia
Comtesse d'Argenlac

TROISIÈME PARTIE

CLOTAIRE ODON
JULES VALENCE PIEUX,
BARON DE SAINT-SÉBASTIEN

Extraits d'une lettre de Clotaire Pieux, baron de Saint-Sébastien, adressée au chevalier Donatien de La Sept-Nuit. Tirée d'une série de lettres toutes datées du 1er novembre 1743 :

[...] *Pour quelles raisons Vandonne a-t-il organisé cette absurde mascarade hier matin à l'hôtel de Transylvanie ? Vous avez suffisamment d'esprit pour comprendre que ce genre de chose ne sert en rien nos projets. Et le meurtre d'Islerouge fut bien mal orchestré. D'aucuns ne pourront croire que c'est ce fat de Saint-Germain qui l'a occis, surtout pas après leur duel et avec nos plus fines lames de la noblesse en guise de témoins. Et surtout avec Saint-Germain pleinement triomphant ! On croira bien plus volontiers qu'on l'a assassiné pour l'empêcher de révéler l'information qu'il était dans l'obligation d'honneur de dévoiler. Que ce point soit au cœur de toute cette affaire ne diminue en rien la stupidité dont chacun de vous a fait preuve en cette occasion.*

[...] *Ensuite vinrent, bien trop vite, après ce ridicule duel, les nouvelles concernant la disparition de Mme Lucienne de Cressie. Achille ne put nous offrir une explication satisfaisante à cette disparition, même après que nous l'eûmes, Tite et moi, questionné énergique-*

ment en privé. S'il vous advenait de passer chez Achille, vous le trouverez alité, ses bleus vous donneront de quoi réfléchir. Observez-les bien avant de vous embarquer pour une quelconque nouvelle sottise.

Le sacrifice de la chambrière de la Cressie en lieu et place de sa maîtresse n'a été au mieux qu'un bouche-trou. Invariablement, vous n'avez pu vous acquitter des obligations envers le Cercle, mon cher Donatien. Si vous avez l'intention de demeurer parmi nous, vous devrez vous améliorer à l'avenir. Les choses qui font de vous un mâle seraient presque acceptables comme sacrifice en lieu et place du sang d'une jeune vierge. Je vous supplie de vous en souvenir. Car si vous-même au travers de vos actions ne parveniez pas à livrer Mlle Madeleine de Montalia au Cercle pour être sacrifiée au solstice d'hiver, alors c'est vous qui prendriez la place de la sacrifiée. Je vous promets ceci : vous serez d'abord émasculé, M. de La Sept-Nuit, puis votre corps sera utilisé par le Cercle comme bon nous semble. Sans nul doute, vous vous souvenez de ce qu'il est advenu à Lucienne de Cressie ? À peu près semblable chose, mais par d'autres voies, vous sera faite. Et quand le Cercle en aura fini avec vous, je vous écorcherai personnellement. Pensez à votre peau pendant en lambeaux de vos mains et de vos jambes, Chevalier, et ne me décevez plus à l'avenir.

Je suppose que c'est encore trop espérer que d'avoir toujours Gervaise d'Argenlac sous notre coupe. J'ai entendu dire qu'il avait gagné une grosse somme la nuit dernière et, même avec sa mauvaise habitude de provoquer sa propre ruine, cela lui prendra encore un certain temps avant que d'être à nouveau en mauvaise posture. Il nous fut utile au moment de sa ruine, mais maintenant c'est un danger. Il peut se méfier de nous, ce qui veut dire que nous devrons agir prudemment. Si Chenu-Tourelle rejoint le Cercle, il doit corriger nos positions avec d'Argenlac. Nous risquons d'être découverts si l'un d'entre nous prend trop de risques dans l'affaire d'Argenlac. Il doit de nouveau se retrouver dans une mauvaise posture, avant que sa femme ne reprenne confiance en lui. On doit pouvoir le persuader que sa femme travaille à sa ruine et à sa perte ultime. C'est à cette seule condition que nous parviendrons à obtenir son aide pour gagner Madeleine.

Attendu qu'il dépend de vous de me livrer Mlle Madeleine de Montalia pas plus tard que le dix de ce mois — elle est à moi, elle m'a été promise avant le jour de sa naissance —, je ne me laisserai pas contrarier dans mon dévolu sur elle. Il me faudra quarante jours pour être prêt pour le sacrifice, c'est alors qu'elle sera toute disposée à se soumettre à nous. Je dois passer ce temps avec elle ou alors sa mort ne nous servirait en rien. Je ne tolérerai plus aucune contrariété. Elle devra venir à notre autel pour abandonner sa virginité et sa vie au Pouvoir. Chacun de nous devra l'utiliser de la manière qui nous est propre, de sorte que son sang nous libère. J'abhorre la pure et simple dégradation. Elle doit être anéantie, son corps et son âme doivent être totalement détruits.

Vous-même avec Neuville et Châteaurose, vous êtes chargés de me la livrer dans les dix jours. Je n'accepterai aucune excuse si vous échouez. Aucune raison ne sera suffisante. Il n y aura nul lieu au royaume de France assez reculé où vous terrer, ni de cheval assez rapide pour vous soustraire hors de la portée de ma vengeance.

Il reste encore, monsieur, une tâche à accomplir promptement pour le Cercle. J'ai ordonné à quelques-uns de nos membres de s'enquérir de ce mystérieux prince Ragoczy que Le Grâce dit être toujours à Paris. Il sera peut-être difficile à trouver, car il est évident que c'est un homme de grand pouvoir et qu'il n'appréciera point de partager sa science avec nous. S'il tombait entre nos mains avant que nous n'accomplissions le sacrifice au solstice d'hiver, nous nous retrouverions dans une position plus forte encore. Il nous serait possible de lui extirper le secret des pierres précieuses, et d'autres secrets encore qu'il possède assurément, peut-être même le secret de la pierre philosophale. Son sacrifice, perpétré de manière adéquate, nous transmettrait son pouvoir, ce serait très souhaitable. Mais de sacrifier ce Ragoczy et Mlle Madeleine de Montalia ensemble, l'un dans sa chair et l'autre en son esprit, apporterait infiniment plus à chacun d'entre nous.

Vous voilà donc prévenu, mon Donatien. Vous avez beaucoup à profiter du Cercle : richesse, pouvoir, et le prompt accomplissement de vos désirs. Mais vous auriez beaucoup plus à perdre en nous quittant. Votre vie est ce que vous pourriez perdre de moins capital. Je vous supplie de toujours vous en souvenir ; de la sorte vous serez bien inspiré de vous acquitter au mieux de vos tâches.

Dans cette affaire et en toutes circonstances, j'ai l'honneur d'être éternellement votre serviteur, etc.

Clotaire Pieux
Baron de Saint-Sébastien

1

Devant, sur la sente, le comte et la comtesse d'Argenlac chevauchaient côte à côte. Gervaise parlait avec excitation, il expliquait à sa femme pour la cinquième fois comment il avait réussi à gagner tant d'argent le jour précédent. « Et sur le duel, ajouta-t-il avec un enthousiasme redoublé, j'ai misé dix mille louis : Saint-Germain gagnant, à trois contre un. Ce matin même, j'ai envoyé une note à Neuville m'acquittant de la majeure partie de mes dettes. Et il me reste encore vingt mille louis, et cette somme doublera la semaine prochaine, j'en suis persuadé. »

La comtesse ne semblait pas l'écouter. Elle paraissait si jeune et si vulnérable dans son habit d'amazone bleu clair, une cocarde militaire sur son petit chapeau à la mode. « Soyez satisfait de ces gains, Gervaise, dit-elle d'un air implorant. Nous pourrions quitter Paris et vivre sur vos terres d'Anjou, si vous le vouliez. Vous avez toujours affirmé que vous étiez bien plus heureux là-bas.

— Mais vous aimez Paris, Claudia, objecta-il, malicieux.

— Bien entendu, acquiesça-t-elle. Mais je n'aime pas me tourmenter, douter, et être à moitié folle d'inquiétude craignant que notre hôtel ne soit vendu ou que mes terres soient confisquées à cause de vos dettes de jeu. Je préférerais vivre hors du monde sans chagrin, plutôt qu'endurer encore plusieurs années ainsi.

— Mais enfin, je viens de vous le dire (Gervaise expliquait avec une patience étonnante), que ma chance vient de tourner. Tout va être différent maintenant, vous allez voir.

— Oh, Gervaise ! Elle soupira, se sentant résignée et sans secours.

— Voilà comment vous êtes, l'accusa-t-il. Vous doutez de moi, vous n'avez pas la foi. Pas étonnant que je ne gagne pas. Vous me condamnez et m'insultez. Je ne peux rien faire de valable à vos yeux.

— Ce n'est pas cela », dit-elle, sachant qu'il n'écouterait pas. Elle se retourna vers les deux cavaliers qui la suivaient, les interpella.

« Madeleine, si vous voulez galoper, cette allée est très jolie. Elle est dégagée sur une grande distance. Saint-Germain, allez-vous l'accompagner ? »

Madeleine tourna ses yeux brillants vers son compagnon. « Voulez-vous ? Dites oui. » Sans attendre, elle cria : « Vous feriez bien de vous poussez sur le côté de l'allée, ma chère. Je peux être une audacieuse cavalière. » Elle décocha un regard ironique à Saint-Germain, puis éperonna sa jument andalouse pour un galop effréné.

Saint-Germain la laissa aller en tête moins d'une minute, puis précipita son étalon gris ardoise après elle, saluant galamment la comtesse au passage.

Sur le bord du large chemin, se dressait un bois. Les arbres avaient presque entièrement perdu leurs feuilles, laissant d'étranges ombres avec leurs ramures dégarnies. En face, entre des berges bien aménagées, coulait une rivière peu profonde, qui courait rejoindre la Seine en grondant. Ce jardin était magnifiquement entretenu, aménagé pour la noblesse qui l'utilisait de sorte que la nature rebelle ne dérangeât pas trop durement ces âmes bien nées.

C'était un jour automnal rude, d'une sorte qui promet dans chaque ombre l'hiver et l'immobilité, comme si la saison avait retenu sa respiration par anticipation. De fins lambeaux de nuages s'effilaient tout en haut du ciel, colorant la grise lumière, comme supportant une irréelle voûte de pierre lointaine. À dix lieues de là, un fin panache de fumée s'élevait tout droit entre la terre vide et le ciel. L'air vif embaumait légèrement de cette odeur fumée, où se mêlait celle des champignons.

La sente était très bien entretenue, façonnée de manière experte pour que les cavaliers n'eussent pas à se préoccuper de la sécurité de leur monture ou à se soucier des ornières traîtresses ou d'une quelconque racine en travers du chemin. C'était un chemin fait pour ce genre de journée, pour une dernière course folle avant que l'hiver retirât toutes les joies de la monte.

Riant, ses habits d'amazone mordorés flottant autour d'elle, le visage brillant dans le vent de son grand galop, Madeleine chevauchait dans une féroce ivresse. Elle n'avait pas monté depuis cette terrible nuit de chasse à Sans-Souci. Elle avait craint que la mémoire de cette terrifiante poursuite ne jetât une ombre définitive sur son plaisir. Mais il n'en était rien. Elle aurait pu souhaiter que cette course ne s'arrêtât jamais.

Le barbe de Saint-Germain la rejoignait. Le bruit de ses sabots était tout proche, il s'amplifiait. Elle ne se retourna pas, mais elle l'entendit lui crier : « Tenez-vous sur ma droite ! »

Obéissante, elle ralentit sa jument vers la droite, lui faisant de la place à ses côtés. Ils chevauchèrent ainsi durant quelques minutes, partageant la vitesse et la morsure du froid en lieu et place des mots, les chevaux lancés à pleine vitesse.

Après qu'ils eurent couvert une bonne distance, ils aperçurent devant eux un pont qui enjambait la rivière peu profonde. Saint-Germain l'interpella : « Arrêtez-vous au pont. Nous allons les attendre ici ! »

Madeleine était sur le point de s'y opposer, détestant confier leur sauvage intimité aux autres, mais elle put sentir à l'allure de son cheval la fatigue qui montait. Avec un certain regret, elle ralentit sa jument, passant du grand galop au petit galop, puis au trot et finalement à une marche lente, et laissa ses mains relâcher leur tenue sur les rênes. Ils s'étaient à présent bien rapprochés du pont.

Saint-Germain se laissa glisser de la selle, menant son barbe le long du chemin, attendant que son cheval se refroidisse. Ils avaient l'air d'être bien seuls dans cet après-midi.

« Est-ce que je dois descendre, aussi ? demanda Madeleine quand ils eurent fait un petit bout de chemin ainsi.

— Seulement si vous en éprouvez le désir, répliqua Saint-Germain, levant ses yeux vers elle.

— Je voudrais être avec vous. » Il y avait un étrange sourire dans ses yeux.

« Vous êtes avec moi, ma chérie, bien plus que vous ne le pensez. » Il se défit de son sérieux. « Je vous donnerai un coup de main tout à l'heure si vous en avez besoin.

— Que voulez-vous dire ? » Elle s'était allongée un peu sur la selle pour l'écouter, mais était un peu effrayée de le trouver à présent si distant.

Il se tourna vers elle.

« Que vous êtes avec moi. J'ai goûté votre sang. Vous

aviez raison de comparer cela avec la Communion. C'est comme ça, quand il s'agit d'amour. »

Elle sentit soudainement les questions jaillir ensemble, et impulsivement elle posa la première qui lui vint à l'esprit.

« Saint-Germain êtes-vous catholique ?

— Parfois. »

Madeleine lui jeta un regard mauvais.

« Parfois ! » répéta-t-elle, stupéfaite. Elle se rassit sur sa selle, cherchant un meilleur équilibre.

« Eh bien, dans l'acception générale je n'ai pas vraiment été baptisé, bien que par le passé j'aie soutenu l'Église et fait des dons quand l'occasion semblait opportune. Bien entendu, je ne prends pas la Communion (il poursuivit d'une voix différente, un léger sourire désabusé s'attardait sur sa bouche) ou du moins pas de la manière habituelle. »

Elle le frappa nonchalamment avec le bout de ses rênes. « Ce n'est pas ce que je voulais dire. » Mais son amusement disparut et fut remplacé par une calme expression de retrait. « Mais dans l'Église, Saint-Germain… »

Il haussa les épaules. « Ce n'est pas ce que vous pensez, Madeleine. Ne confondez pas ce que je suis avec le Cercle de Saint-Sébastien. » Il tourna son regard et son visage énigmatique vers la lente rivière qui coulait. « C'est de la faute de vos prélats, qui confondent la dévotion hérétique et blasphématoire de votre Démon chrétien avec les faits et gestes de ceux qui sont au-delà de la mort. La majeure partie de ce qu'on raconte sur nous n'est qu'un galimatias de superstitions. Mais je ne nie pas la nature miraculeuse de la vie de Jésus. D'après ce que j'ai lu, lui aussi est revenu d'entre les morts.

— Saint-Germain ! » Madeleine, tenta d'avoir l'air choqué, mais n'y parvint guère.

— Il est de coutume de croire que quelqu'un né au solstice d'hiver sera un vampire. » Il la vit tressaillir à ces mots, mais poursuivit. « Si c'était le cas, alors cela jetterait une lumière nouvelle sur la résurrection. Et à sa mémoire, ne boit-on pas du sang ? » Ses paroles étaient désinvoltes, mais le ton ne l'était pas. « Ah ! mais je sais que mes semblables devraient craindre la croix et reculer à l'évocation de Dieu, si vous croyez les fables. Mais bon nombre des nôtres reposent en terre consacrée, ainsi nous reposons sous des crucifix, et dans des églises et devant les autels. Ainsi sommes-nous. Ce ne sont pas les symboles sacrés qui nous arrêtent, Madeleine. Je peux tenir un crucifix dans ma main, et n'en souffrir nul tourment. Vous découvrirez qu'il n'en est pas ainsi pour ceux qui vénèrent le Démon, le pouvoir du mal et de la destruction. Ce sont eux, et non moi, qui ne peuvent supporter la croix. Ce sont eux, et non moi, qui sont incapables de toucher les symboles du pouvoir de Dieu. »

Madeleine avait laissé sa jument marcher jusqu'au pont, mais alors que l'andalou mettait ses sabots sur les vieux pavés, Madeleine l'arrêta. « J'avais oublié l'histoire de l'eau », dit-elle en se tournant vers Saint-Germain.

Lui aussi avait mis les pieds sur le pont. « Ne vous inquiétez pas. Je suis protégé. » Il la regarda, et la lumière déclinante jeta des reflets auburn dans ses cheveux noirs joliment attachés ; il avait enlevé son tricorne et le portait sous le bras. « Oui, en effet, cette croyance est véridique. En général, je ne peux franchir les eaux courantes. Mais voyez-vous, ajouta-t-il en levant sa jambe et en touchant son talon, j'ai appris il y a très, très longtemps à remplir mes talons et semelles de ma terre natale. Tant que je suis ainsi chaussé, je ne crains ni la lumière du soleil, ni l'eau courante. »

Elle éclata de rire. « Et moi qui croyais que vos chaussures étaient hautes parce que vous étiez prétentieux. J'étais certaine que vous vouliez paraître plus grand. » Alarmée par ces éclats de voix, sa jument andalouse fit un mouvement brusque de la tête et faillit partir au trot. Madeleine se ressaisit et tapota gentiment l'encolure de sa monture pour la calmer.

Il rit, et la majeure partie de son humeur taciturne disparut. « Madeleine, mon cœur, que vous êtes espiègle.

— Si je suis véritablement votre cœur, alors il m'importe peu de savoir ce que je suis d'autre. » Sa véhémence soudaine l'obligea à la regarder, et il vit la passion brûler dans ses yeux. « Quand viendrez-vous encore à moi ? Quand, Saint-Germain ? » Elle attendit une réponse, mais comme elle ne venait pas, elle poursuivit d'une petite voix. « Vous devez venir à moi, Saint-Germain. Je ne supporterais pas que vous ne veniez pas. Dites que vous le ferez. Dites-le. »

Saint-Germain étudia les rênes qu'il tenait dans ses mains comme s'il n'en avait jamais vu auparavant. « Madeleine, je vous ai pourtant prévenue de ce qui pourrait arriver. Il ne s'agit pas uniquement du sang, bien que cela en fasse partie, mais de votre devenir. Si je goûte à vous encore, si tôt... » Il ne finit pas sa phrase.

« Alors laissez-moi goûter au vôtre. Je vous en prie, Saint-Germain, pour autant que vous m'aimiez. »

Il avait fermé les yeux, comme s'il souffrait terriblement. Finalement il murmura : « Non.

— Pourquoi non ? » Elle sortit impulsivement ses jambes de la fourche de sa selle et se laissa glisser sur le sol à ses côtés et se tourna vers lui, suppliante. « Vous me permettez de connaître l'extase. Allez-vous me défendre de partager cela avec vous ? »

Ses mots furent plus forts et plus brutaux.

« Oui. Je vous l'interdis.

— Pourquoi ? » Elle se tenait à l'entrée du pont, bloquant son passage. « Pourquoi ?

— Bon, très bien, capitula-t-il. Si vous goûtiez mon sang, Madeleine, vous deviendriez assurément un vampire. Vous deviendriez pareille à moi. » Il se retourna pour regarder par-delà la rivière, ressentant ce même vertige chaque fois qu'il avait eu l'expérience de traverser l'eau courante.

« Est-ce donc si terrible ? » Elle se rapprocha plus près et le regarda dans les yeux. « Pouvez-vous me dire ce qu'il y a de si terrible ?

— C'est une grande solitude. » Il trouvait difficile de lui retourner son regard, sachant ce qu'il verrait dans ses yeux. Si elle n'était pas aussi résolue, il ne se serait pas senti si vulnérable en face d'elle. Pas depuis Demetrice, voilà plus de deux cents ans, qui avait causé autant d'émoi dans sa vie. Souvent par le passé, il n'avait été qu'un songe, comme pour Lucienne de Cressie, ou alors cette chose haïe, détestable. Mais Madeleine le connaissait, savait ce qu'il était et elle ne le rejetait pas. Elle recherchait ses étreintes ouvertement, et leur désir était partagé. Mais en même temps, il souhaitait la protéger des conséquences de sa passion.

La rivière courait sous le pont, clapotant contre les vieilles pierres, pareil à un officier impatient attendant de se faire recevoir. Dans l'eau fraîche, le ciel gris était voilé par les ondulations montant à la surface comme de la chair de poule. Deux chevaux, un pont et une jeune femme aux cheveux noirs se reflétaient dans l'eau. Mais il n'y avait aucun reflet de Saint-Germain dans les eaux courantes.

« C'est simplement cela ? Juste de la solitude ? » Elle mit sa main sur son bras et sourit intérieurement quand il ne se recula pas. Elle s'avança plus près de lui.

Mais il ne se retourna pas. « C'est très dangereux.

Vous êtes haï autant pour votre immortalité qu'à cause de votre… alimentation.

— N'est-il pas devenu plus dangereux pour vous que pour moi de vivre ainsi comme je le fais ? Étais-je moins en danger à Sans-Souci, que maintenant que je suis avec vous ? Est-ce que le fait que je sois mortelle me protège de Saint-Sébastien, Saint-Germain ? » Doucement elle le tourna vers elle. « Ne pouvez-vous pas croire en mon amour pour vous ? Cela a-t-il si peu d'importance pour vous, que vous me repoussiez ainsi ? »

Il hésita seulement un moment puis mit ses bras autour d'elle, la tenant contre lui. Il fit une dernière tentative désespérée pour la repousser. « Vous n'êtes pas la première, Madeleine. Ni la dernière. Quels que soient nos sentiments réciproques. »

Elle leva son regard suppliant vers lui. « Je le sais. »

Doucement il effleura sa bouche de la sienne, d'un baiser presque chaste. Il sentit son corps frémir d'émotion et il se laissa fléchir. « Non, ce n'est pas ce que j'ai voulu dire. Ce que je ressens pour vous est unique. Vous n'êtes pas mon amour exclusif, mais mon unique amour. »

Elle posa son front sur la ligne ferme de sa mâchoire. « Je suis heureuse », dit-elle, mais elle ne put retenir un frisson de satisfaction.

Regardant le long du sentier, il dit avec regret. « Votre tante et son mari ne vont pas tarder. » Il resserra ses bras autour d'elle.

« N'avons-nous plus le temps ?

— Non. » Avec sa main il caressa son visage. « Je viendrai vers vous, Madeleine, puisque vous voulez de moi. Après votre fête, je viendrai vers vous. »

Elle prit sa main dans la sienne. « C'est promis ! »

Il y avait une expression mi-surprise sur son visage

alors qu'il levait les sourcils. « Je l'ai dit, mon cœur. Ma parole suffit. »

Elle était sur le point d'insister sur cette promesse, mais quelque chose dans ses manières l'arrêta. Approchant sa main de ses lèvres, elle baisa chacun de ses petits doigts. Puis rapidement, elle s'écarta de lui, faisant faire un tour à son cheval pour y remonter.

Il se tint tout près d'elle. « Là. Donnez-moi votre pied. » Il attendit jusqu'à ce qu'elle fût prête, puis l'aida à se remettre en selle.

« Merci, Comte, dit-elle, reprenant le carcan des conventions.

— Ah ! regardez là-bas », dit-il indiquant au loin deux cavaliers qui venaient d'apparaître de derrière un lent tournant du sentier. « La comtesse et le comte. Juste à temps. » Il se propulsa sur la selle, sans mettre pied à l'étrier.

« Ils nous ont vus », dit Madeleine, faisant un signe de la main. Elle laissa sa jument sortir du pont, se tourna pour dire à Saint-Germain. « Je suis heureuse que nous ayons pu partager ce moment seuls. Cela aurait été affreux si j'étais restée dans l'incertitude.

— Vous étiez dans l'incertitude ? » Il poussa son étalon à côté de sa jument. « Mademoiselle, je vais penser que vous vous jouiez de moi dans ces conditions. »

Elle prononça les mots suivants à voix basse, mais il les entendit. « Je n'ai jamais été dans l'incertitude quant à moi-même. Je craignais seulement que peut-être vous ne vouliez pas de moi, ou que vous vous étiez lassé de moi après la première fois. Je sais, je suis très jeune… surtout en face de vous. Cela aurait brisé mon cœur si vous aviez recherché uniquement des sensations. J'aurais pu manifester sur-le-champ mon refus mieux que cela. »

Il laissa reposer son regard intense sur elle un moment. « Vous n'avez rien à craindre : la dernière fois que j'ai cherché des sensations de cette sorte, Héliogabale était empereur. J'ai perdu mon goût pour ce genre de sport voilà plus de mille ans. » Il fit tourner la tête de son cheval vers les cavaliers qui arrivaient et poursuivit d'une voix toute différente : « L'opéra pour votre fête sera une surprise, ma chère, et je ne puis vous en dire davantage.

— Madeleine ! Saint-Germain ! » La comtesse d'Argenlac agita sa cravache.

Ils lui retournèrent le salut, Saint-Germain fit remarquer à Madeleine, alors que le comte et la comtesse d'Argenlac venaient tout près d'eux. « Je serai enchanté de pouvoir rencontrer votre père, mademoiselle. Je crois savoir qu'il doit arriver cette nuit. »

Reconnaissante pour ce changement habile de conversation, Madeleine répondit : « Oui, c'est bien cette nuit que nous l'attendons. Il n'est pas venu à Paris depuis ma naissance. Ce sera délicieux de l'observer redécouvrir la capitale. J'espère que vous voudrez bien l'accompagner en ces lieux où il ne serait pas convenable que j'aille.

— Oh ! mais je pourrais bien le faire moi, intervint promptement Gervaise, défiant du regard sa femme. Je suppose que vous ne vous y opposerez pas, Claudia. »

La comtesse se détourna, et dit d'un ton quelque peu renfrogné. « Vous ferez comme bon vous semble, Gervaise. Si vous souhaitez m'être agréable en amusant mon frère, que puis-je être d'autre que reconnaissante de votre intérêt ? » Elle inspira péniblement et se tourna vers Saint-Germain. « Je dois vous remercier d'escorter Madeleine, Comte. Je suis sûre que notre conversation l'aurait ennuyée. Tant de disputes pour si peu de chose ! On aurait pu supposer que nous n'avions rien de mieux à faire que de nous offenser sans raison.

— Pour si peu de chose », dit Gervaise avec une

certaine malice dans sa voix mielleuse. « Mais ne sommes-nous pas parfaitement d'accord ? N'est-ce pas, mon amour ?

— Certainement », acquiesça promptement la comtesse. Elle porta un regard fugitif à l'horizon puis dit négligemment. « Comment se fait-il que je n'ai pas réalisé que la journée était si avancée. Si nous devons être à notre hôtel pour l'arrivée de mon frère, j'ai peur que nous devions rentrer tout de suite. J'espère que vous n'y voyez aucun inconvénient, ma chère nièce. Je ne veux pas vous priver de vos plaisirs. »

Madeleine remarqua un étrange regard sournois dans les yeux de Saint-Germain, et dit subtilement. « Comment ? Mais voir mon père n'est-il pas le plus grand plaisir que je puisse avoir ? Si vous le voulez bien, laissez-moi ouvrir le chemin du retour jusqu'à votre hôtel. Saint-Germain, dit-elle par-dessus son épaule, je serais heureuse de vous accompagner, mais je sais que je ne dois pas vous accaparer. Je vous verrai à la fête. Et je vous promets de ne pas espionner les répétitions de votre opéra. »

Saint-Germain sur sa selle s'inclina bien bas, son tricorne sur le cœur. « Je vous remercie, Madeleine. Ce fut un après-midi enchanteur. Madame la comtesse, Monsieur le comte, je suis votre serviteur. » Il fit faire volte-face à son étalon et se dirigea vers le pont. « Eh bien, à demain. »

Mais il attendit de l'autre côté du pont un certain laps de temps, observant Madeleine aussi longtemps qu'il put la voir, vaillante silhouette qui conduisait, dans un élégant petit trot, sa tante préoccupée et son mari vers leur hôtel.

C'est seulement quand elle fut complètement hors de vue qu'il retraversa le pont et les suivit.

*

Extrait de la lettre de l'abbesse Dominique de l'Affliction des Anges adressée au bienfaiteur inconnu de sa sœur, datée du 2 novembre 1743 :

[...] *Le médecin qui a été assez bon pour accompagner ma pauvre Lucienne au couvent m'a affirmé qu'avec des soins convenables et l'aide de Dieu, elle pourrait recouvrer sa raison et une partie de sa santé.*

Je ne pourrai jamais suffisamment vous remercier pour la bonté avec laquelle vous l'avez entourée. Que vous ayez envoyé son violoncelle avec elle, pour qu'elle pût avoir la joie et la consolation de son art dans sa retraite, témoigne de la bonté de votre âme. Si vous devez toujours redouter Dieu au jour du Jugement dernier, vous pouvez être assuré que vos efforts concernant ma sœur sauront plaider en votre faveur. Nul, en apprenant sa maladie, n'aurait pu faire plus pour elle, ou avec un plus grand soin pour sa protection et sa réputation. Que vous ayez pu la sauver sans provoquer un scandale montre à quel point vous vous souciez d'elle.

M. Schoenbrunn m'a affirmé que vous ne vouliez pas être connu, autant pour le bénéfice de Lucienne que par humilité. Il est certain que, si cela venait à être su par quelqu'un de l'entourage de son mari, des efforts seraient immédiatement entrepris pour vous faire parler, l'exposant ainsi à des punitions par la loi, la forçant à obéir à son mari. Je sais qu'il est du devoir d'une femme d'accepter les décisions de son mari, et elle doit se soumettre humblement à sa volonté. Mais avec ce que j'ai recueilli de la bouche de Lucienne, son mari a été adultérin de manière non naturelle et évitait la compa-

gnie des femmes, y compris la sienne. On ne peut douter qu'il ne peut s'agir aux yeux de Dieu d'un mariage. Car pas même la Vierge Marie ne requiert que ceux qui ne sont pas à son service renient la chair, mais bien plutôt que les femmes prient pour le bonheur des enfants, et apportent le fruit de leur mariage à Dieu en témoignage de leur respect et mutuelle affection.

Soyez assuré que moi-même et toutes les moniales garderons ma sœur et la protégerons jusqu'à ce qu'elle soit prête à rejoindre le monde. S'il devait s'avérer qu'elle préférât ne pas retourner à Paris, nous nous efforcerions de faire en sorte qu'elle vive selon les prérogatives dues à son rang et à sa situation. J'ai déjà pris la liberté d'écrire à mon cousin, le cardinal Glaivefleur. Il vit à Rome, et c'est un homme de la plus parfaite réputation. Je suis persuadée qu'il protégera Lucienne, proposera sa maison comme asile et lui offrira une ambiance propice à l'exercice de son talent dans une atmosphère des plus agréables. Probablement serez-vous d'accord avec moi : il serait hautement profitable qu'elle ne revît jamais plus Achille de Cressie.

La Sainte Vierge, qui est notre aide et intercède auprès du Très-Haut, pensera à vous avec bonté, et vous tiendra dans sa grâce pour avoir ainsi délivré ma sœur des flammes de l'Enfer. Vous serez toujours dans mes prières, et, bien que je ne sache pas votre nom, notre Dieu à tous lit dans nos cœurs et vous voit comme le plus chéri de ses enfants.

Je ne peux pas écrire une trop longue lettre, car je souhaite l'envoyer avec M. le médecin Schoenbrunn, qui repart pour Paris dans une heure. J'ai obtenu sa promesse que, si je désirais vous joindre, une lettre pour vous vous parviendrait grâce à ses bons soins. Je prendrai la liberté de vous informer des progrès de Lucienne de temps en temps, pour que vous soyez assuré de sa guérison et de son salut.

Du fond de mon cœur et avec la bénédiction et la gratitude de mon âme, dans ce monde et le prochain, en pieuse gratitude, je demeure en esprit votre très dévouée servante.

Dominique de l'Affliction des Anges
Abbesse au couvent de la Miséricorde et
de la Justice du Rédempteur

2

Quand la voiture s'arrêta enfin devant l'entrée de service de l'hôtel d'Argenlac, la pluie tombait fortement depuis plus de deux heures. Les chevaux fumaient, les roues et les panneaux armoriés de la voiture étaient abondamment recouverts de boue.

Un appel émanant du coche précipita les laquais hors de l'hôtel, et en quelques instants, des lanternes furent apportées pour illuminer cette pluvieuse et orageuse nuit.

La porte de la voiture s'ouvrit, l'on déplia les marches pour un flegmatique serviteur d'une quarantaine d'années portant une livrée verte. Il tenait une longue canne dans une main, prêt à la donner à l'homme qui était sur le point de descendre.

« Merci, Eustache », dit le propriétaire de la voiture, en sortant de l'encombrant véhicule. Même dans cette lumière, on pouvait voir que c'était un homme d'âge mûr. Ses cheveux, non poudrés, avaient la couleur de l'acier, bien qu'autrefois ils eussent été d'une riche couleur châtain foncé. Un peu plus petit que la moyenne, il était étonnamment fluet, avec le visage émacié, marqué par de fréquents jeûnes en expiation de ses péchés. Il était vêtu d'habits bien taillés mais ternes et quelque peu démodés. Une mousseline toute simple lui faisait office de jabot, et il n'y avait pas de dentelles à ses poignets. Ses chaussures étaient d'un type usuel, mais avec de bien petits talons. Il tourna son regard inquisiteur vers la porte, et on put voir que ses yeux étaient d'un bleu très pâle, couleur de glace. Il s'adressa à l'un des laquais. « Soyez assez bon pour dire à Madame la comtesse que son frère est arrivé. »

Le plus ancien des serviteurs s'inclina et entra en premier dans la maison. Il donna des ordres pour que les bagages du marquis de Montalia fussent apportés dans sa chambre, et tint la porte ouverte en signe de bienvenue.

Apparemment, l'arrivée de la voiture avait été remarquée avant que les laquais ne l'annoncent, car Madeleine s'était déjà précipitée dans le corridor, sa robe d'intérieur rose pâle ondulait autour d'elle alors qu'elle courait. « Père ! Père ! Bienvenue ! » Elle se jeta dans ses bras alors qu'il passait le seuil de la porte, éclatant de joie : « Oh, comme vous m'avez manqué ! »

Le marquis de Montalia rendit à sa fille son étreinte, puis la tint à distance, face à lui. « Ma Madeleine, vous m'avez manqué. Mais regardez-vous, mon enfant. Si élégante, si raffinée. Il me semble que je ne vous aurais point reconnue.

— Ne dites pas cela », dit Madeleine vivement, passant sa main sous son bras. « Vous m'auriez toujours reconnue, père, n'est-ce pas ? »

Il lui sourit tristement. « Cela va de soi, je ne voulais pas vous chagriner, ma chérie. Je voulais seulement vous dire combien vous êtes jolie. J'ai vu partir une enfant, je vous fais remarquer, et voilà que je retrouve une femme. C'est le sort de tous les parents, je suppose. »

Elle le suivit le long du corridor, lui souriant, tenant

son bras avec confiance. « Nous étions juste en train de souper et je sais que vous allez vous joindre à nous. Le cuisinier de ma tante est magnifique, père. Il a une façon d'accompagner le veau qui vous émerveillera : la sauce est faite à base de champignons, d'herbes et de vin, et le veau est farci d'un foie de volaille et de lanières de porcs. Je sais que vous allez l'adorer.

— Mais je ne peux pas souper sur-le-champ, mon enfant, dit-il avec des éclats de rire dans la voix. J'ai voyagé toute la journée, et je sais que je dois empester la route.

— Je suis sûre que personne ne s'en formalisera, dit Madeleine avec une douce persuasion dans la voix.

— Mais cela me gênerait, mon enfant. Vous devez comprendre mon désir. Je ne peux m'asseoir pour manger dans cette poussière. Je ruinerais le repas pour tout le monde. »

Il l'embrassa sur les deux joues, puis dit : « Je me joindrai à vous dans moins d'une heure. Eustache a mes affaires et aussitôt qu'il m'aura montré ma chambre, je mettrai les habits appropriés. Je n'ai peut-être pas été à Paris depuis quelque vingt années, mais je sais ce qui est dû à mes hôtes. »

Madeleine leva le menton, une expression obstinée sur son visage. « J'aurais préféré que vous vous joigniez à nous maintenant, père. »

Ce fut peut-être un hasard mais, à ce moment-là, le plus ancien des laquais apparut, s'inclina devant le père de Madeleine. « J'ai pris la liberté de montrer au serviteur de M. le marquis ses appartements. Si cela vous convient, je me ferais un plaisir de vous y emmener. »

Le marquis de Montalia approuva de la tête.

« Dans un instant. Je vous remercie pour votre sollicitude, dit-il en tendant doucement au laquais une livre.

— Allez-vous être long ? Ne me faites pas trop attendre, père !

— Je ne prendrai pas un moment de plus que ce qui sera nécessaire. Prévenez donc ma sœur et son estimé mari que je vous rejoindrai aussitôt que possible. Je vous en prie, ne m'attendez pas à table. Après un long trajet, j'ai rarement faim. Quelques légumes, une omelette, et des tranches de rôti me suffiront.

— Je ferai en sorte que ma tante donne des ordres à son cuisinier. » Impulsivement, elle donna à son père une accolade.

« Voilà qui n'est pas très séant venant d'une jeune fille, mon enfant, dit-il d'un petit ton de reproche. En tant que père, je suis bouleversé que vous me montriez encore cette affection sans retenue, mais vous devez vous souvenir que, dans le monde, certains gestes peuvent vous porter tort. Veuillez reprendre une attitude plus formelle avec moi, Madeleine. » Il prit sa main et la baisa galamment. « Je serai avec vous avant une heure. »

Le laquais, qui avait observé tout cela comme s'il avait été une statue de bois, revint à la vie et s'adressa au marquis de Montalia : « Suivez-moi, monsieur, si vous le voulez bien.

— Merci », dit le marquis. Il fit demi-tour dans le couloir et monta l'escalier.

Madeleine le regarda s'en aller. Un doute l'assaillit comme une étrange vague noire. Elle était enchantée de revoir son père, c'était certain, et son amour filial s'exalta comme il le faisait toujours. Mais une certaine distance qu'elle avait depuis longtemps ressentie, la séparation entre eux, s'était accrue, et si elle ne l'avait pas si bien connu, elle aurait pu juger qu'il était mal à l'aise en sa présence. Il n'y avait aucune parole qui le trahît, mais la réserve qu'elle lui avait toujours connue était plus forte et plus profonde maintenant. Elle marcha lentement le long du corridor, de retour vers la salle à manger. Le veau en sauce ne la tentait plus autant maintenant. Il y avait une touche de contrariété dans le froncement de ses sourcils, et elle marchait comme si quelque chose était prisonnier en elle. S'arrêtant devant l'une des fenêtres, elle contemplait la nuit sans fin, son doigt suivit la course d'une goutte de l'autre côté de la vitre qui glissait vers le bas. Combien elle regrettait que Saint-Germain ne fût pas avec elle en ce moment ! Il y avait moins d'une heure qu'il était parti avec ses musiciens, lui promettant de la voir un moment, le lendemain. Elle le voulait maintenant, elle aurait pu ainsi lui rapporter tout ce flot de confusion, et se sentir rassurée par la chaleur de son regard.

Se rendant compte qu'on allait remarquer son absence, elle cessa de regarder à la fenêtre et marcha vers la salle à manger d'un pas assuré.

La pièce était dans l'aile nord de l'hôtel, elle comportait une terrasse pour que les jours de grande chaleur les portes-fenêtres puissent être ouvertes laissant passer une fraîche brise sur les convives. Dans les nuits comme celle-ci, on l'arrangeait de manière à ce que des torchères fussent apportées, un large feu était allumé et d'épaisses draperies en velours habillaient les fenêtres pour empêcher tout courant d'air désagréable.

La table de repas était taillée dans un beau bois de cerisier et pouvait recevoir vingt-quatre personnes. Trois chandeliers de cristal étaient accrochés au-dessus, lançant des ombres fantomatiques sur les murs rayés vert et blanc, car on n'avait pas allumé les chandelles. À un bout de la table, était assise Claudia et à l'autre bout Gervaise. Deux larges bacs à fleurs au milieu de la table rendaient la conversation impossible sans hausser la voix, de ce fait la pièce était plongée dans le silence quand Madeleine ouvrit la porte et reprit sa place à la droite de sa tante.

« C'était Robert ? la comtesse sourit, légèrement sarcastique.

— Oui. Il est monté dans sa chambre pour se changer. Il a demandé à ce que nous ne l'attendions pas pour manger. » Elle étudia la nourriture dans son assiette comme si c'était une forme de vie inconnue et hostile.

« Qu'y a-t-il, ma chère ? » demanda sa tante quand le silence se fit trop oppressant.

Madeleine secoua la tête. « Rien. Non, probablement, rien. Il paraissait si... bizarre...

— Bien. » Claudia prit la fourchette à dessert et se servit des pêches d'hiver confites dans l'eau-de-vie. « Moi, je n'y prêterais pas trop attention, Madeleine. Il est indubitablement fatigué par sa longue journée, et revenir à Paris après tant d'années pourrait bien l'avoir troublé. Il était parti à cause d'une histoire, rappelez-vous. Il peut trouver dans ce retour quelque chose de troublant. » Elle agita une petite clochette à côté de son assiette et, l'instant d'après, deux laquais entrèrent dans la pièce. « Vous pouvez reprendre cela, et amener le plat.

— Très bien, Madame la comtesse », répondit l'un des laquais, et il se mit au travail en enlevant l'entremet.

De l'autre côté de la table, Gervaise fit signe à l'autre laquais et proféra un ordre à voix basse. Puis, se rappelant ses obligations d'hôte, il dit : « Y a-t-il quelque chose que votre père souhaite, Madeleine ? »

À sa propre confusion, Madeleine rougit. « Oh, oui ! J'avais oublié. Il voudrait des légumes, une omelette et quelques morceaux de viande. Il ne le désire pas tout de suite, c'est pourquoi en cuisine ils n'ont pas besoin de se presser. » Elle regarda sa tante, un peu intimidée. « Je n'ose pas donner des ordres dans votre maison. »

La comtesse effleura sa main. « Ne dites pas de

bêtises, ma chère. Faites comme bon vous semble. Quand vous demandez quelque chose pour votre père, je sais que c'est pour son bien. »

Elle sentit la couleur sur son visage refluer. « Merci, tante Claudia. Je ne sais pas pourquoi j'ai ressenti soudain une gêne. »

La comtesse fit un sourire entendu. « Ne savez-vous donc point que votre fête est pour après-demain ? » Elle émit un rire indulgent. « Il est certain que je n'arrive pas à comprendre ce qui vous trouble. Justement votre fête, et avec trois cents invités prévus…

— Trois cents ? Madeleine était profondément bouleversée.

— C'est le nombre de réponses que j'ai reçues jusqu'à aujourd'hui. J'ose dire qu'il y en aura plus, il y a toujours ceux qui viennent à la dernière minute et je ne sais pourquoi, mais inévitablement ils amènent avec eux la moitié de leurs amis. Nous pouvons compter sur une grande foule, samedi soir. Dieu merci, presque tout est prêt. » Elle regarda son mari alors que le laquais revenait avec le plat, et s'aperçut qu'on avait apporté à Gervaise une troisième bouteille de bordeaux. Elle sentit son cœur chavirer, sachant que l'abus d'alcool allait le mener inéluctablement dans une salle de jeu. Elle rassembla ses esprits et dit : « Vous voyez, Gervaise, ce sont des morceaux de porcelet dans une sauce au vin et du chou. Dites-nous que vous en voulez. »

Gervaise jeta un œil distrait sur le nouveau rôti et les trois plats d'accompagnement et renifla avec dégoût. « Non, merci. » Il saisit maladroitement sa nouvelle bouteille et versa une belle rasade dans son verre à vin.

« La viande n'est pas rouge, mon Gervaise, implora sa femme. Vous ne devez pas avoir de remords de la manger un vendredi. » Elle pressa ses mains l'une contre l'autre et comprit que les mets déposés devant elle auraient, à présent, le goût de cendres maintenant qu'elle savait que Gervaise courait droit vers sa destruction.

« Ne vous souciez nullement de moi, madame, je vous prie. » Déjà sa voix était devenue mal assurée, et il y avait un timbre déplaisant dans son ordre.

« Je suis désolée », dit-elle. Ses mots étaient très doux, ils venaient de son cœur. Elle mit l'une de ses jolies mains sur ses yeux, puis dit à Madeleine : « Écoutez, ma chérie, je me sentirai mieux dans un moment. Ne vous inquiétez donc pas pour moi. Je… je dois être plus fatiguée que je ne le croyais, de sorte qu'un rien me désarme. Ne craignez rien. »

Ces paroles faussement rassurantes avaient pour but de rendre Madeleine plus angoissée que jamais. « Ma chère tante, pourquoi dites-vous cela ?

— J'ai été inconsidérée. » Elle fit de grands gestes. « Ce n'est rien. Allons. Prenez donc un peu de ce succulent porcelet. Nous allons briser le cœur d'Alfred si nous ne mangeons pas de ce plat. » Elle montra du doigt le plat sans le regarder. « Alfred est toujours si prévenant. Il serait inconvenant de ne pas accepter ses grands efforts, Gervaise. Pourquoi lui payons-nous donc un si scandaleux salaire si nous ne voulons pas qu'il cuisine pour nous ? » Elle n'espérait pas une réponse à cette question, et il n'y en eut pas.

Dans l'espoir d'aider sa tante à se ressaisir, Madeleine dit : « J'ai entendu dire qu'Alfred faisait la jalousie de tous vos amis. Pourquoi donc ? » On lui servit un morceau de porcelet et un peu de petits pois à la crème, elle remercia d'un signe de tête le laquais.

Reconnaissante, Claudia fit un rapide sourire à sa nièce en guise de remerciement. « Vous mangez ici depuis plus d'un mois, et vous ne le savez pas ? Alfred a fait l'une des meilleures écoles de cuisine dans le monde, son père et son oncle ont été cuisiniers du Roi. Alfred accepte de travailler ici car il peut tout se permettre sans la critique qu'il aurait dû supporter dans un plus grand hôtel. Je suis plus que satisfaite de savoir qu'il cuisine ce qu'il veut, car non seulement il apporte à ma table une réputation que personne d'autre ne peut avoir, mais c'est merveilleux de penser qu'une grande partie de ces créations porteront le nom de *à la Claudia*. Il en existe déjà trois. » Elle regarda vers la tête de table et, durant un instant, on put lire le désespoir se peindre sur son visage alors qu'elle regardait Gervaise remplir à nouveau son verre. Elle se détourna vers Madeleine, déterminée à être joyeuse. « Il est terriblement capricieux, bien entendu, comme il sied à ce genre de personnage. Mais les mets qu'il prépare sont incomparables.

— J'ai entendu dire, reprit Madeleine, avec la même disposition d'esprit, qu'une fois il faillit se suicider car il ne pouvait pas obtenir de fenouil et une sorte de poisson bien particulière pour sa nouvelle recette qu'il venait de créer. »

Claudia eut un tout petit rire délicat, comme elle reprenait une bouchée de porcelet. « Il prétend toujours qu'il va se suicider à propos de ceci ou de cela. Il était dans un désespoir total à propos du souper du vendredi jusqu'à ce que le bon abbé l'assurât que c'était uniquement la viande rouge qui ne pouvait pas être servie, donc le porcelet ou le veau peuvent faire partie du repas. Alfred adore faire des scènes. » Elle regarda à nouveau son mari, et vit qu'il se servait un autre verre de vin en tenant le goulot de la bouteille.

Gervaise se leva de table en chancelant et observa le bout de table, avec un regard quasi méprisant sur le visage. « Madame, dit-il, la voix souillée et la langue balbutiante. Je vous laisse à votre repas. Saluez votre frère le moraliste pour moi, et plaignez-vous à lui tant qu'il vous plaira. J'ai reçu un mot de Monsieur Jacques de Châteaurose. Ce soir, nous allons jouer à l'Hôtel de Ville. Je suis fort marri de me trouver privé de votre compagnie. » Il vacilla en accomplissant son salut, puis zigzagua en sortant de la pièce ; du vin gouttait de la bouteille qu'il portait, traçant sa route.

La salle à manger resta silencieuse un long moment après le départ du comte. Mais finalement Claudia n'en pouvant plus se cacha la figure dans ses mains et laissa venir les sanglots âpres et douloureux et toutes les larmes qu'elle avait dû retenir la majeure partie de la soirée.

Madeleine attendit un moment, puis se leva et verrouilla la porte pour ne pas être dérangée par les serviteurs. Puis elle prit une grande serviette de lin d'un petit coffre près de la cheminée et l'humidifia dans un vase avec des fleurs fraîchement coupées qui était placé sur le coffre.

Quand elle fut sûre que la serviette était suffisamment trempée, elle la sortit du vase, l'essora, et revint vers sa tante. « Tante Claudia, dit-elle autoritairement, mais avec une grande tendresse, vous êtes tellement ébranlée. Venez, sortez de table un moment et ressaisissez-vous. J'ai une serviette mouillée pour vous. Laissez-moi la poser sur vos yeux, pour qu'ils ne soient pas rougis et gonflés quand mon père se joindra à nous. »

À travers ses pleurs, la comtesse acquiesça, laissant Madeleine l'aider à se lever et la guider de sa chaise à haut dossier jusqu'au feu. Elle se retenait au bras de Madeleine, tout son corps secoué par les pleurs.

« Allons, tante, ne pleurez pas tant. Je sais que vous devez en supporter beaucoup, mais ne faites pas de mal à vous-même. » Madeleine se pencha pour essuyer les pleurs du visage de sa tante avec la serviette. « Voyez avec quelle cruauté vous négligez votre beauté. Vous ne devez point pleurer. » À la surprise de Madeleine, Claudia prit quelques respirations saccadées et calma ses effusions.

Finalement, ces durs moments passèrent, elle leva son regard sur Madeleine, prenant la serviette dans ses mains, elle s'essuya le visage avec délicatesse. Elle ne s'était pas beaucoup maquillée, mais ses pleurs étaient néfastes pour ses splendides yeux, elle le savait. « Ah ! ma chère, je ne pensais pas me conduire de la sorte. » Elle se força à respirer profondément autant qu'elle le pouvait. « Mais il m'arrive parfois de me laisser dépasser par des événements incontrôlables. Vous êtes bien bonne de m'aider ainsi. Je suis sûre que je n'ai pas besoin de vous dire que je ne voudrais pas que Robert eût vent de cela.

— Vous pouvez compter sur moi, ma tante. Mon père est un homme bon et droit. Mais il n'est pas toujours très avisé, je crois. » Elle laissa la comtesse, une expression distraite sur son visage.

« Qu'y a-t-il ? questionna Claudia.

— Oh ! rien. J'aurais aimé que Saint-Germain fût là, car il est très capable dans les instants difficiles. » Elle prit la serviette et la mit dans l'un des verres inutilisés sur la table. « Mais nous allons devoir faire de notre mieux. » Elle s'arrêta, puis pencha la tête. « Je crois que père arrive. Il y a quelqu'un dans le corridor. S'il vous plaît, asseyez-vous, ma chère tante, et nous allons continuer le repas. Il n'est pas utile, comme vous l'avez dit, de peiner mon père avec ce qui vient d'arriver. »

Claudia s'était déjà levée et attendait debout derrière sa chaise au bout de la table. « Bien entendu », dit-elle avec une justesse inaccoutumée, « vous avez parfaitement raison, ma chérie. Ouvrez la porte pour Robert. Je sais que tout ira bien. »

Madeleine venait juste de tirer le verrou et d'ouvrir la porte avec un sourire quand elle vit son père arriver.

Il n'était absolument pas à la mode du jour, ses basques étaient beaucoup trop étroites, les poches trop hautes, et personne n'avait boutonné les trois boutons du haut du justaucorps depuis plus dix ans. Mais la coupe des vêtements qu'il portait était excellente, la couleur gris perle de sa faille côtelée était irréprochable. Il tendit ses mains. « Bien, mon enfant, êtes-vous venue m'accueillir ? »

Elle lui prit les mains. « Ma tante et moi, sommes absolument comblées de vous voir. » Elle s'écarta de lui, pour le laisser pénétrer dans la salle à manger.

Frère et sœur se regardèrent avec une distance qui pouvait autant se mesurer en années qu'en nombre de pas. Claudia sourit, sans assurance, accomplissant une révérence un peu trop cérémonieuse pour cette rencontre familiale. Robert s'inclina, mais sans fioritures.

« Ah ! Robert », s'exclama enfin Claudia, traversant la pièce pour le prendre avec sympathie dans ses bras. « Cela fait bien trop longtemps. »

Son frère la maintint dans ses bras, puis se recula pour la scruter. « Si fait, acquiesça-t-il. Mais les ans ont été tendres, avec vous, Claudia. Je n'aurais jamais imaginé que vous ayez trente-sept ans. Vous n'en paraissez pas plus de trente. »

Claudia accueillit le compliment avec reconnaissance et guida Robert vers un siège à sa gauche. « Je vous en prie, asseyez-vous, et joignez-vous à nous. Vous avez ce que vous avez commandé, mais ce porcelet est vraiment délicieux. »

Comme Robert s'asseyait, il parut un peu mal à l'aise. « Mais où est donc votre mari, Claudia ? J'avais espéré renouer nos liens ce soir. »

Claudia eut suffisamment de présence d'esprit pour

prendre cela à la légère. « Ah ! Robert, Gervaise est bien souvent contrariant. Il avait pris un engagement pour ce soir sans m'en parler, et il ne pouvait le rompre sans une offense. J'espère que, puisque vous êtes avec nous pour quelque temps, vous lui pardonnerez pour ce soir. »

Robert inclina la tête et accepta ces paroles sans aucune question. Il n'avait pas vu sa sœur depuis de nombreuses années et ainsi ne savait pas que les petits rires et les manières enjouées signalaient une détresse, en disaient bien plus que des mots sur son état d'esprit angoissé. « Bien, alors ce sera pour plus tard. J'en suis venu à oublier les exigences du monde. Ne craignez pas que je sois sévère avec lui. » Il sourit aux deux femmes, et fut flatté de s'apercevoir qu'elles échangeaient des regards, croyant qu'elles étaient rassurées à son sujet.

*

Extraits d'une lettre du marquis de Chenu-Tourelle au marquis de Montalia, en date du 3 novembre 1743 :

[…] *Je fus captivé par votre merveilleuse fille quand je la vis durant une fête à l'hôtel de Transylvanie. J'eus l'immense plaisir d'être son partenaire pour quelques danses, j'appris alors que son maintien et sa douceur sont bien des qualités intérieures et non de simples effets de la bienséance. Son esprit m'inspira de la considération, et sa bonté me remplit d'admiration.*

Comme je n'ai pas entendu parler d'une autre proposition la concernant, je me permets de m'adresser à vous directement, un peu cavalièrement, et d'exposer de manière si peu française mon plus profond secret : vous pouvez compter que je trouve le fait de devenir votre beau-fils comme la plus glorieuse des victoires de ma vie. Ma fortune et mon rang sont à égalité avec les siens, et en plus des avantages de ma position dans la vie, je lui offre mon dévouement et la sécurité qu'un grand attachement peut apporter.

Mais cependant, je ne recherche pas seulement votre approbation. Avant que cette affaire soit conclue, je souhaiterais la voir seule à seul, et découvrir, si cela m'est possible, si elle veut bien me prendre dans son cœur. Mes sentiments sont tels que, si elle ne veut point de moi, alors je préférerais renoncer à toutes mes prétentions pour qu'elle puisse donner son cœur aussi bien que sa main. Pour ce faire, je vous propose de me présenter à l'hôtel des Argenlac, le quatre de ce mois, pour une entrevue privée avec Mlle Madeleine. Et si M. le marquis me le permet, je l'emmènerai pour un tour avec mon attelage, chaperonnée par qui bon vous semblera. J'espère ardemment que, libérée des contraintes de ces perpétuelles réjouissances qui semblent conduire notre vie, elle voudra bien me révéler son cœur, même si cela devait l'amener à me dire que je ne dois nullement espérer la conquérir.

[...] *J'aurai le plaisir de me faire connaître de vous demain soir durant la fête qui sera donnée à l'hôtel des Argenlac. Il y a peut-être des questions que vous voudrez me poser, ou bien peut-être n'accepterez-vous pas mes prétentions. Je sais que, quoi que vous fassiez, cela aura pour but le bien-être de votre fille et non de vulgaires considérations mondaines. Une telle noblesse se doit toujours d'être respectée et tenue pour un exemple en ce monde, où nous voyons bien trop souvent garçons et filles offerts en mariage comme s'ils n'étaient que des têtes de bétail.*

C'est mon désir le plus fervent que vous considériez ma proposition avec indulgence. Il est sans conteste que le bien-être de votre fille sera de la plus haute impor-

tance pour vous, tout comme cela l'est pour moi. Je vous supplie de trouver en votre cœur de quoi me laisser un espoir, du moins jusqu'à ce qu'elle puisse avoir la possibilité de me dire ses pensées et ce qui habite son cœur.

Veuillez accepter mes salutations les plus respectueuses et ma plus profonde considération. J'ai l'honneur d'être votre très dévoué et confiant,

Samson Gilbert Égide Nicole Yves Herriot
Marquis de Chenu-Tourelle

3

Les portes de l'hôtel d'Argenlac étaient grandes ouvertes, de chaque côté, on pouvait voir un laquais posté pour recevoir les capes, chapeaux et autres accessoires des brillantes tenues des invités de la fête qui avaient commencé à arriver depuis neuf heures du soir. Toutes les pièces du rez-de-chaussée étaient illuminées, chaque chandelier scintillait avec ses longues chandelles blanches en cire d'abeille. Dans tous les coins des pièces, il y avait de hautes torchères avec des bougies rondes qui ajoutaient à la luminosité, et toutes les appliques à candélabres chatoyaient gaiement.

Madeleine se tenait à côté de sa tante dans la file de bienvenue, son beau visage empourpré d'excitation. Elle portait une robe chatoyante d'apparat couleur platine, dont l'éclat égalait les myriades de chandelles. Le bord était lourdement chargé avec un nombre impressionnant de pierreries incrustées dans les broderies, montrant les vagues de la mer où s'ébattaient nymphes et tritons, le corsage de la robe était coupé un peu bas et était ostensiblement brodé, accentuant les joyaux de son collier ras-de-cou, composé de tourmalines et de saphirs. De ses manches, descendant jusqu'à ses coudes, tombaient trois rangées de dentelles bleu clair. Et son jupon était d'un ruché de satin cousu de minuscules perles. Ses cheveux étaient poudrés et simplement apprêtés, encadrant son beau visage de deux petites anglaises.

À ses côtés, se tenait sa tante habillée dans une magnifique robe lavande. Trois rangées de dentelle marquaient le centre de son corsage et encadraient l'encolure, dont la mode remontait à deux cents ans auparavant. Son jupon était de dentelle identique, et elle portait un ruban de dentelle dans ses cheveux poudrés qui étaient apprêtés avec des coussins de crin tressés serrés, créant un charmant ensemble. Les seuls bijoux qu'elle arborait étaient des bracelets de parfaits diamants sertis d'or.

Le marquis de Montalia était habillé dans ce fin velours couleur rouille qu'il avait demandé et ses revers et larges manches étaient de satin bistre. À côté de sa sœur et de sa fille, il paraissait presque trop sérieux, mais la joie qu'on lisait sur son visage se remarquait bien plus que ses sévères vêtements.

Le flot des invités était semblable à une pluie torrentielle se déversant à travers la porte. Vers dix heures, les magnifiques salles étaient sur le point de craquer littéralement, et Claudia se sentait décidément bien satisfaite d'elle-même. Madeleine venait à peine de se retourner pour dire quelque chose à Claudia quand elle s'arrêta et sourit à l'élégant personnage dans l'embrasure de la porte.

« Saint-Germain ! » s'écria-t-elle impulsivement, et elle accomplit malicieusement une profonde révérence.

Il lui répondit par son plus grand salut, baisant sa main dans les parfaites formes avant qu'elle ne se relevât. « Eh bien, ma chère, vous me coupez littéralement le souffle. »

Elle le toisa intensément. « Vous n'êtes pas mal vous-même, ce soir. Ces noirs brandebourgs tout le long de votre justaucorps sont *littéralement* superbes. »

Il sourit à son insolence. « Il est de mon humble désir de vous plaire, murmura-t-il.

— Des jarretières double-fil, aussi. Voilà qui va faire fureur, je crois », dit-elle le scrutant de pied en cap. De ses cheveux crantés et poudrés jusqu'à ses chaussures de brocart noir, il était irréprochable. La soie de Chine noire brochée dont était fait son justaucorps montrait des phénix sortant de leurs cendres noires. Sa veste était presque aussi longue que son justaucorps et était noire, elle aussi, mais avec des broderies pourpres, dépeignant une chasse allégorique à la licorne. Contre ses bas noirs, les jarretières double-fil argenté étaient du plus bel effet, et le fermoir de rubis qui les retenait fermement sous le genou gauche brillait comme s'il était vivant. De larges revers montaient jusqu'à son coude, ils étaient de velours noir avec sur les bords de fausses boutonnières en argent. Une grande profusion de dentelle belge d'un blanc très pur faisait ressortir le rubis habituel à sa gorge. Ses yeux noirs s'attardèrent une seconde, juste assez pour qu'elle pût y lire la passion.

Se tournant vers le marquis de Montalia, il s'inclina dans un mouvement très respectueux et dit : « Je suis le comte de Saint-Germain. J'ai sans doute l'honneur de m'adresser au marquis Robert de Montalia ?

— Oui, monsieur », dit le père de Madeleine, appréciant la sévérité de la tenue de Saint-Germain, mais tiquant au sujet de ses manières.

« C'est un plaisir que de vous rencontrer enfin. J'ai tant entendu parler de vous par la comtesse et votre fille. C'est un privilège de rencontrer un homme tenu en si haute estime dans sa propre famille. »

Le marquis le toisa d'un air dubitatif et répondit :

« Vous êtes certainement très aimable, monsieur, mais je crains de ne point saisir votre réflexion. »

Saint-Germain soupira intérieurement. Robert de Montalia n'était pas précisément un idiot, mais il ne possédait pas la vivacité d'esprit et l'entendement de sa fille, et même son accueil des compliments était gâté par une terne mélancolie. « Il arrive qu'on observe comment un homme peut être prisé par le monde en général et tenu en horreur par ceux qui vivent avec lui. Mais c'est quand ceux qui sont nos proches et qui savent nos plus intimes défauts et qualités nous louent au monde que nous avons le plus grand mérite. »

Robert de Montalia s'inclina légèrement et décida qu'il n'y avait aucun mal en Saint-Germain. Manifestement, le comte était d'âge moyen, étranger, avec un air marqué pour le cosmopolitisme, et d'une indulgence charmante pour les amusements innocents de Madeleine. « Mais même eux peuvent parfois se tromper à l'occasion. Mais je suis d'accord qu'en général nos plus intimes doivent être nos plus sévères critiques et nos plus loyaux complimenteurs.

— Ceci ressemble beaucoup trop à une discussion philosophique, et je ne le tolérerai pas à ma fête », dit Madeleine finement. « Je dois rester à la porte encore une demi-heure, mais ensuite nous danserons. Je suppose que je peux demander à Gervaise qu'il me conduise pour ma toute première danse. » Elle se tourna vers Saint-Germain. « Et quand verrons-nous mon opéra ? »

Son père était sur le point de la réprimander pour sa soudaine impétuosité. Mais Saint-Germain répondit à sa question humblement. « Nous jouerons sur le coup de minuit, mademoiselle, de la sorte nous n'enfreindrons pas le sabbat avec notre représentation. »

Les yeux de Madeleine s'illuminèrent. « Je ne sais si

je pourrai attendre, mon ami. Ne voulez-vous rien me dire de la représentation ?

— Je doute que Saint-Germain apprécie votre effronterie, Madeleine », dit son père. Se tournant vers Saint-Germain, il poursuivit : « Même les Sœurs de Sainte-Ursule, qui furent ses enseignantes, avaient bien peu à se plaindre d'elle à part ses occasionnels petites crises d'effronterie et son penchant pour le fantasque.

— Eussé-je été père », dit Saint-Germain avec un aimable sourire, qui égalait celui de Robert de Montalia en bonté, « j'aurais été enchanté que mon enfant eût le même haut courage et l'esprit curieux à l'image de celui de mademoiselle Madeleine. »

Robert de Montalia fut soulagé. Il réalisa que la sympathie de Saint-Germain pour sa fille provenait de sa propre puérilité. « Assurément », dit-il et il se tourna pour adresser une parole à sa sœur, quand soudain une autre silhouette apparut dans l'embrasure de la porte.

Le regard éteint et reptilien rencontra un infime moment celui de Robert de Montalia alors qu'il pénétrait dans le hall d'entrée. « Je vous prie de m'excuser pour cette arrivé tardive, mais l'invitation de votre mari ne m'est pas parvenue avant le souper. » Il s'inclina devant la main de Claudia. « Je suis enchanté, madame, je vous l'assure. » Chaque trait de son comportement révélait son profond mépris. Son justaucorps en drap d'or de par sa magnificence même les outrageait. Il agita un mouchoir en dentelle vénitienne, tandis qu'il s'inclinait devant le père de Madeleine. « Je suppose que même une si ancienne connaissance que moi peut saisir cette opportunité pour renouer les liens distendus de l'amitié. »

Claudia darda un regard angoissé vers son frère, dont le visage était devenu plus pâle que le lin. « Mon Baron », hésita-t-elle, essayant d'imaginer quelle avait bien pu être la raison de son mari pour inviter le pire ennemi de son frère à sa fête.

« Vous n'avez nul besoin de me présenter, dit-il avec suffisance. J'ai vu mademoiselle dans d'autres occasions, bien que je ne me souvienne point que nous ayons été présentés formellement. Mais mon ancienne entente avec son père m'a fait depuis longtemps sentir qu'il y avait un certain lien entre nous. » Il prit la main de Madeleine. « Soyez assurée que nous nous connaîtrons bien mieux d'ici la fin de l'année.

— Hélas, il y a tant de monde à Paris, Baron, que je me demande si j'aurai suffisamment de temps. »

Pour une fois, la réponse discourtoise de sa fille n'amena pas de réprimande de la part de Robert qui se tenait là comme s'il était fait de marbre, et on pouvait lire le désarroi dans ses yeux azur.

« Et Monsieur de Saint-Germain…, poursuivit Saint-Sébastien se tournant vers le comte. J'ai entendu parler de votre petit incident à l'hôtel de Transylvanie. Certainement un bien singulier endroit pour un duel, mais les étrangers comme vous sont toujours singuliers. »

Le visage de Madeleine pâlit, car elle n'avait pas entendu parler de cette confrontation que Saint-Germain avait eue avec d'Islerouge.

« Mais, poursuivit Saint-Sébastien perfidement, le jeune homme est mort. Étrange comme de telles choses arrivent. Je ne peux m'imaginer en quoi sa disparition peut vous profiter, mais vous devez me pardonner de toutes ces spéculations. » Il feignit l'embarras. « Mille pardons, ma comtesse. Ce n'est point le genre de chose à dire au cours d'une fête. Mes préoccupations ont dépassé mes manières. » Il s'inclina très profondément, puis s'arrêta et regarda à nouveau Saint-Germain. « Vous devez me pardonner, Comte, mais je dois confesser que j'ai été surpris quand Beauvrai m'a décrit le duel : j'avais, jusqu'à alors, l'impression que vous ne pouviez pas, ou ne vouliez pas défendre votre honneur. »

Saint-Germain inclina la tête, gracieusement, murmurant : « C'est étrange comme on peut être déçu par les apparences, Monsieur le baron.

— Oui », acquiesça Saint-Sébastien, en articulant exagérément le mot. Il tenait son mouchoir devant son nez, comme s'il voulait se protéger d'une mauvaise odeur, mais son regard s'était rétréci à cause de certaines de ses spéculations parfaitement déplaisantes, alors que son regard s'attardait sur Saint-Germain. Puis, comme le hall d'entrée devenait très calme, Saint-Sébastien se retourna et s'éloigna d'un pas nonchalant vers la salle de bal.

Le hall demeura silencieux quelques instants encore, jusqu'au point d'en devenir presque intolérable, avant que Robert de Montalia ne tournât son visage pâle et horrifié vers sa sœur. « Qu'est-ce que cela signifie, Claudia ? Comment osez-vous permettre que Saint-Sébastien soit là ? Vous saviez que je l'avais interdit ! »

La comtesse répondit dans un cri étouffé : « Je ne savais pas, Robert, croyez-moi. Gervaise a dû l'inviter. Je n'avais pas idée…

— Il est mauvais. Indescriptiblement mauvais. La seule pensée de sa main touchant ma fille la souille dans mon esprit, Claudia. Il nous déshonore tous. Il pourrait faire… n'importe quoi. » Aussi vite que sa colère était montée, elle retomba. Ses épaules s'affaissèrent, et il eut soudain un tremblement perceptible des mains. « Sainte Mère de Dieu, qu'ai-je donc fait ?

— Ce n'est pas aussi grave que cela, mais non. » Madeleine s'était précipitée aux côtés du marquis de Montalia, sa voix étranglée par les larmes. « Vous n'allez pas permettre à cet horrible individu de gâcher ma fête ! » Elle tourna son regard désespéré vers Saint-Germain. « Pourriez-vous m'aider, Comte ? Cela me bouleverse de voir mon père dans cet état. »

Les yeux magnifiques de Saint-Germain scrutèrent son visage, et il y avait une expression impénétrable dans son regard. « Très bien, Madeleine, si vous le désirez. » Il s'adressa au marquis : « Voulez-vous vous donner la peine de m'accompagner, monsieur, pendant que je vérifie la scène et le placement de mes musiciens ? Vous pourriez aimer écouter un ou deux airs qui seront interprétés ce soir.

— Non, merci », dit sèchement le marquis.

Au lieu d'accepter cette réponse franchement négative, Saint-Germain sourit de manière affable. « Allons, ne vous faites pas prier, Monsieur de Montalia. Quand aurez-vous donc à nouveau la possibilité d'entendre le grand Ombrasalice s'exercer à nouveau ? Il y a peu de *castrati* qui peuvent se comparer à lui. »

Robert de Montalia se tint là, indécis, comme s'il cherchait son équilibre. Il prit Madeleine par le bras et dit violemment : « Tu ne sais pas ce que j'ai fait. Je n'aurais jamais dû te laisser partir. Pourquoi l'ai-je permis ? Je connaissais le danger. Peux-tu comprendre cela, mon enfant ? Je le sais. Oui, je le savais, même si je prétendais qu'il n'existait pas. Et Saint-Sébastien le savait, ou alors pourquoi serait-il venu ici ? Pourquoi est-il là, si ce n'est pour toi ? »

Il y avait de la peur et plus encore une certaine colère sur le visage de Madeleine. Elle s'échappa de l'emprise de son père. « Ce n'est ni l'heure ni le lieu, père, dit-elle de façon incisive. Si je me trouve en quelque situation périlleuse, je vous conjure de ne pas le révéler à la face du monde. »

Avant que de Montalia pût dire un mot, Saint-Germain le toucha doucement à l'épaule. « Marquis, votre fille a raison. Assurément, ce que vous avez à lui dire peut attendre jusqu'à ce que vous soyez en privé. En attendant, puis-je vous suggérer de venir voir les musiciens ? Peut-être, si vous me disiez ce que vous craignez, ensemble nous pourrions travailler à rechercher une solution. »

Il se laissa entraîner hors de l'entrée, mais dit à Saint-Germain : « Vous êtes un amateur. Mais vous ne savez rien de ce qui peut concerner ma fille.

— Alors j'espère que vous allez m'éclairer. » Il avait attiré le marquis loin du hall d'entrée et le conduisit le long d'un couloir qui menait à la bibliothèque où les musiciens attendaient. « Ne pensez plus à vos contrariétés pour ce soir, je vous en prie. Si ce n'est pour vous-même, faites-le pour votre fille. » Il ouvrit la porte de la bibliothèque et fut accueilli par une vague de sonorités qui stoppèrent net quand il referma la porte derrière Robert de Montalia.

Un homme grand, aux traits doux, dans un magnifique costume se tenait près de la cheminée, une expression de vive concentration sur son visage lisse. « Saint-Germain », dit-il d'une voix très douce et haut perchée comme celle d'un jeune garçon.

« Bonsoir, Aurelio. » Saint-Germain se tourna vers son sombre compagnon. « Puis-je avoir l'honneur de vous présenter Aurelio Ombrasalice, mon cher Marquis ? Voici le marquis de Montalia, le père de la jeune femme que nous honorons par notre petit spectacle. »

Il y eut un murmure général parmi les musiciens, et une femme dont la grande laideur la rendait intéressante vint au devant de Robert de Montalia et fit une révérence respectueuse.

« Voici Madame Inez Montoya, elle va chanter le rôle de Perséphone, ce soir. J'espère que pour vous le thème de Perséphone et du dieu des Enfers n'est pas trop déplacé pour votre fille. »

Le marquis, qui observait les musiciens, fit un geste vague de la main. « Ce n'est pas le plus disgracieux des thèmes. Mais il y a un enlèvement, n'est-ce pas ? » Il jeta un regard renfrogné.

Saint-Germain accueillit ces objections avec un large sourire et son regard le plus puissant. « Je vais demander à Ombrasalice de nous l'interpréter maintenant pour vous, et s'il y a quelque chose qui vous déplaît, nous ne le chanterons pas. » Il se tourna vivement et dit : « Aurelio, pouvez-vous faire cela pour moi ? Je sais que vous êtes payé pour une seule représentation, mais je considérerai cela comme une faveur. »

Le grand chanteur inclina gracieusement la tête. « Je vais chanter une aria. Mais doucement. »

« Merci, mon ami. J'apprécie cela grandement. » Saint-Germain désigna à Montalia un siège et attendit que les dix musiciens accordassent leurs instruments ; on ne pouvait rien lire sur son visage. Il ne pensait pas que Robert de Montalia pût entendre le message qui dans l'aria était destiné à Madeleine seulement. Quand les instruments furent accordés et que les musiciens regardèrent tous Saint-Germain, attendant, il expliqua. « L'aria, mon Marquis, est en deux parties, un *largo* et ensuite un passage pour violons suivi d'un *andante espressivo*. Messieurs, quand vous êtes prêts. »

La brève introduction en *ré* mineur sortit des cordes en trilles descendantes, et se termina par deux violons jouant *pizzicato*. Aurelio Ombrasalice se tint éloigné de la cheminée et chanta de sa puissante et haute voix :

En mon royaume ténébreux
Scellé des rayons du Soleil,
Je souffrais lors sans pareil.

Dans les prés, vos rires heureux
Rendaient indigne mon séjour,
Et majestuex vers les cieux
Pour vous s'exaltait mon amour.
Ô Perséphone, je suis perdu,
Ma flamme brûle pour vous.

Les cordes commencèrent à moduler vers le ton majeur, et attaquèrent le tempo. Saint-Germain observait le père de Madeleine et comprit que son message n'avait pas été découvert. Il hocha la tête pour lui-même alors qu'Ombrasalice commençait la seconde partie, la plus difficile :

Dans les ténèbres, ardent pour votre jour,
Cette brûlure ma nuit rejeta.
Le feu se consume pour vous, mon amour
Donne une lumière que personne ne verra.
Le vent qui souffle à travers le temps, mon amour,
jamais ne m'emportera, jamais ne m'emportera.

Les cordes parachevèrent l'aria avec une longue répétition du second thème, puis se glissèrent à nouveau dans le mineur parachevant le morceau. Aurelio Ombrasalice jeta un regard assez critique sur le marquis de Montalia, puis quand les musiciens s'arrêtèrent de jouer, il dit : « Je ne voudrais pas abandonner cette aria, Marquis. Elle est excellente pour moi.

— Quelque part, c'est insolite, répondit Robert de Montalia. Je ne suis pas familier avec la mesure ou ces accords.

— Ils sont basés sur la poésie et les chants grecs », dit Saint-Germain, se remémorant les temps anciens, quand des jeunes filles flûtistes se produisaient à Athènes. « L'histoire étant grecque, j'ai pensé qu'il fallait que cela fût suffisamment prétentieux. Mais si vous trouvez cette partie trop dérangeante... » Il laissa la phrase en suspens et feignit d'ignorer la colère sur la visage d'Ombrasalice.

« Non, non, je ne pense pas que cela puisse perturber Madeleine. C'est parfaitement dans les limites de la bienséance, et dois-je le dire, ajouta Robert de Montalia gracieusement, votre pièce est un cadeau très flatteur, je suis sûr que Madeleine en sera profondément touchée. » Il se leva et était sur le point de partir quand Saint-Germain dit : « Restez un peu, Marquis, je vous tiendrai compagnie. »

Il n'attendit pas la réponse et donna immédiatement quelques dernières instructions aux musiciens, puis se dirigea vers la porte, que pour finir il referma vigoureusement en sortant.

« À présent, mon cher Marquis, je dois vous avouer que je sais que vous vous trouvez dans une situation périlleuse face à Monsieur de Saint-Sébastien. » Il leva les mains pour contrer les protestations de Robert. « Quoi que cela puisse être, je puis vous assurer que je suis entièrement à vos ordres. »

Le marquis de Montalia se raidit derechef. « Je vous remercie de vos attentions, mais je ne puis croire qu'il y ait le moindre trouble dans ma famille qui dût requérir l'attention de quelqu'un d'autre que moi pour y remédier.

— Cela va de soi. » Saint-Germain avait presque atteint la salle de bal, mais il s'arrêta une fois de plus pour essayer d'amadouer Robert. « Si vous changez d'avis, vous pourrez faire appel à moi à tout moment. Je serais profondément honoré si vous le faisiez. »

Robert de Montalia ressentit une légère angoisse ; puis une idée lui vint, comme il se remémorait son ressentiment envers Saint-Sébastien. « Auriez-vous eu, vous aussi, maille à partir avec le baron ? »

Saint-Germain ouvrit la porte de la salle de bal. « Oui, j'ai une dette que je voudrais payer.

— Je vois, opina du chef Robert de Montalia. Je me souviendrai de votre offre, Comte. » Il s'inclina une fois et rejoignit la majestueuse assemblée, et ce ne fut pas avant la fin de la soirée qu'il reparla à Saint-Germain.

« Un grand succès, Comtesse », dit le comte à son hôtesse en s'inclinant devant sa main. En dépit de l'heure tardive, il était encore impeccable, même ses cheveux poudrés étaient bien en place.

Claudia lui sourit chaleureusement. « Si cela est bien le cas, vous êtes certainement celui à qui nous le devons le plus, Saint-Germain. Votre *Perséphone* fut un triomphe.

— Merci, Comtesse, mais j'ai peur que cela ne soit que d'une facture très ordinaire. » Manifestement, il ne s'attendait pas à ce qu'elle le critiquât, car il dit cela d'une façon si candide qu'il était impossible de le contredire.

« On l'a beaucoup apprécié. Madeleine fut transportée.

— Vraiment ? dit Saint-Germain, souriant secrètement. Alors, je suis entièrement comblé. »

Le marquis de Montalia entendit ces paroles, alors qu'il entrait dans le hall et ajouta : « J'ai peur qu'elle n'ait à la longue une trop bonne opinion d'elle-même, Comte, mais ce fut un divertissement plaisant et vous nous avez offert à tous un plaisir unique.

— J'en informerai les musicien, Monsieur le marquis. C'est leur habileté qui a rendu la musique vivante. » Il fit signe qu'on lui apportât son justaucorps et il attendit pendant qu'un laquais le lui cherchait, tout en lui rappelant : « Il est en velours noir avec des brandebourgs rouges au col.

— Je m'en souviens, monsieur », répondit le laquais.

Il revint avec le vêtement sur son bras, attendant d'aider Saint-Germain à le mettre.

« Non, merci je vais le prendre à la main. Il ne pleut plus pour l'instant. » Il prit son justaucorps, puis dit à Robert de Montalia : « Dites-moi, est-ce que Saint-Sébastien est parti ? Je ne pense pas l'avoir vu parmi les invités après *Perséphone*.

— Je ne sais pas », le marquis de Montalia, mal à l'aise, jeta un regard autour de lui.

Mais Claudia répondit. « Saint-Sébastien a eu la malséance, dit-elle d'un ton aigre-doux, de partir juste après l'ouverture de votre œuvre. Prétextant de s'ennuyer terriblement. »

À la surprise générale, Saint-Germain éclata de rire. « Eh bien, c'est en fin de compte un critique honnête. » Il souriait toujours quand il dit à la comtesse : « Je vous prie de dire à Madeleine que je la verrai à l'heure convenue. Je remarque qu'elle est encore avec les infatigables dans la salle de bal. » Puis il adressa ses dernières paroles au marquis. « Monsieur, à propos de notre dernier sujet de conversation, croyez-moi, je n'ai jamais été plus sérieux de ma vie. »

Il n'attendit pas la réponse du père de Madeleine et franchit la porte d'un pas alerte pour plonger dans la nuit sombre.

Moins de trois heures plus tard, Madeleine ouvrit sa fenêtre située au second étage de l'hôtel d'Argenlac en réponse à un tapotement et à un doux raclement sur un air qu'elle avait entendu quelques heures plus tôt, cette soirée.

« Saint-Germain ? » murmura-t-elle en voyant une silhouette agrippée aux volets de sa fenêtre. « Comment avez vous… ? C'est très haut. » Elle abandonna ses questions et se poussa pour lui laisser place. « Qu'importe votre stratagème. Entrez donc. »

Il y eut un bruissement aigu, et Saint-Germain atterrit dans la chambre. Il ne portait plus ses habits de fête, ayant délaissé ses ornements en échange d'une simple veste bistre, des culottes et des bas bordeaux avec une chemise en mousseline. La poudre avait été brossée de ses cheveux simplement retenus à la nuque par un ruban bordeaux. Il retira ses jolies gants autrichiens de ses fines mains.

« Il fait froid dehors, dit-il, alors qu'il les rangeait.

— Alors venez vous asseoir près du feu. » Elle lui présenta une chaise et attendit qu'il s'assît avant de s'affaler légèrement sur le sol à coté de lui. Sa chemise de nuit en soie indienne moulait son jeune corps. Elle ne s'appuya pas contre lui, mais rassembla ses genoux contre elle et y posa son menton.

Ils restèrent ensemble ainsi un moment jusqu'à ce que Saint-Germain effleurât tendrement son épaule. « Qu'y a-t-il, mon cœur ? »

Elle ne répondit pas tout de suite. « Vous avez eu un duel. Vous auriez pu vous faire tuer.

— Tuer ? répéta Saint-Germain riant. Pour me tuer, Madeleine, mon échine doit être complètement rompue. Une épée, un pieu ou peut-être l'une de ces désagréables nouvelles balles, tout ce qui est capable de briser l'échine me tuerait. L'un de mes frères de sang fut tué lors de l'effondrement d'une maison à Rome. Et puis le feu. Je peux brûler, comme toute chose qui vit. Mais un duel ? C'était absolument sans danger pour moi contre cet impulsif et infortuné jeune homme. » Il regarda fixement par la fenêtre. « J'aimerais bien savoir qui l'a tué.

— Pourquoi ? dit-elle, ressentant son mal-être.

— Car alors, mon cœur, je saurais qui me préférerait mort. » Il s'arrêta soudainement. « Bien sûr, j'ai bien une petite idée de qui est derrière tout cela, ajouta-t-il plutôt désabusé après un silence.

— C'est pourquoi vous ne portez pas de noir ? » Elle rencontra son regard et se mesura à lui. « J'ai bien remarqué. Ne pensez pas que je sois aveugle. »

Son rire fut doux et léger. « Je sais que vous avez des yeux. Et je sais que d'autres en ont aussi. Il est bien connu que le comte de Saint-Germain ne porte que du noir et du blanc. Un homme en brun et rouge, ça ne peut être lui. Je ne désire point que des rumeurs concernant notre liaison parviennent à des oreilles malintentionnées. »

Elle détourna la tête. « S'il ne s'agit pas de Saint-Germain, qui est venu me visiter, qui alors ? » Sous son ton badin se cachait une inquiétude.

« Oh ! le *graf Tsarogy*, si vous voulez. J'ai usé de ce nom à Schwalbach. Ou *lord Weldon*. Je pense que j'ai été celui-ci à Leipzig, puis à Milan. Ou le *comte Soltikoff*, que je fus à Genève et à Livourne. Il y a eu d'autres noms, bien sûr, vous pouvez choisir celui qui vous semble le plus attirant. »

Elle secoua la tête, l'air désapprobateur. « Veuillez cesser, Saint-Germain. Je n'aime point ces manières. Je commence à craindre que vous ne changiez de personne comme vous changez de nom. Quand vous ne serez plus Saint-Germain, vous m'oublierez. » Elle s'était détournée de lui, et il ne pouvait apercevoir que son profil.

Il y eut un amusement attristé dans sa voix. « Le croyez-vous vraiment, Madeleine ? » Il avança la main et caressa ses cheveux noirs et brillants, rougeoyant du feu qui les éclairait. « Pensez-vous que je puisse jamais vous oublier ?

— Vous avez vécu longtemps, dit-elle d'une petite voix. Vous vivrez davantage encore. Pour vous, il serait facile de me congédier… »

Il s'agenouilla devant elle, un chevalier servant devant son seigneur lige. « Vous avez ma parole que je ne vous oubliérai pas. Nous sommes liés. Je vous promets que je ne me joue pas de votre vie. » Ses mots étaient durs, et il y avait plus de sévérité que de sentiments dans ses manières.

Elle ne pouvait pas affronter son regard sans sentir le sang lui monter au visage. Elle se souvint que, dans l'Ancien Testament, on parlait d'un amour aussi terrible qu'une armée aux nombreuses bannières. Sur le moment, elle n'avait pas compris. À haute voix, elle lui dit : « Il ne s'agit pas d'une amourette, n'est-ce pas, Saint-Germain ? Toute ma vie durant on m'a dit que la passion était l'apanage des hommes, et la soumission, celui des femmes.

— Et justement vous voulez conquérir ? » Il se rapprocha.

Elle dodelina de la tête, incertaine. « Et puis je me suis fait peur, et j'ai dit des choses horribles. » Elle serra ses mains sur son côté. « J'ai vu des femmes très belles autour de moi, elles parlaient de vous, j'ai vu la manière dont elles vous regardaient, et je pense que vous avez vécu si longtemps que je veux les chasser loin de vous, ainsi vous ne me quitteriez plus. Je ne supporterais pas que vous me quittiez. » Elle le frappa de son poing. « Je sais que cela est insensé. »

Il ne fit rien pour dévier ces coups. « Êtes-vous jalouse ? Vous n'en avez nul besoin.

— Oui ! Enfin, pas vraiment... Je le suis de temps en temps quand je pense que vous pourriez m'oublier ou vous fatiguer de moi. Vous partiriez pour devenir un tsar russe ou un mathématicien arabe. Vous pourriez faire cela, n'est ce pas ? »

Il eut envie de rire mais s'en abstint. Il garda ses mains dans les siennes. « Il le faudra de temps en temps. Je devrai partir bientôt pour l'Angleterre. J'ai donné ma parole à Mer-Herbeux. Mais je reviendrai toujours vers vous. Dans votre vie, et plus tard dans la mienne, je ne vous abandonnerai jamais. L'amour n'est pas fait pour les faibles. Vous devez avoir du courage. » Ses yeux noirs brillaient à présent. « Vous êtes le sang de mon sang, Madeleine. Il m'est aussi impossible de vous quitter que de traverser la Seine pieds nus. Même si le sang ne nous unissait plus, je jure que l'amour le ferait. »

Madeleine sourit, une douce chaleur la remplissait de part en part, et elle secoua la tête. « Mais pour vous, le sang fait partie de l'amour, n'est-ce pas ? »

Il marqua une pause. « C'est tout ce que j'ai, ma chérie. Quand je devins un vampire, je perdis certaines aptitudes propres aux vivants. La plupart du temps, je ne trouve pas cela un inconvénient. Mais il va de soi que pour vous j'eusse aimé être un homme et pouvoir vous aimer avec tous les plaisirs du corps. »

Elle se leva sur ses genoux, se pressant contre lui, laissant la force de sa passion la conduire au plus près de lui. « Cela n'a pas d'importance. » Elle devança ses dénégations. « Non, ne me rappelez pas que je n'ai jamais connu d'hommes. Si j'avais eu une douzaine d'amants, je ne me sentirais pas autre.

— Peut-être », murmura-t-il, mais il la tint plus fermement alors qu'il embrassait sa brillante chevelure.

Sa passion s'enflamma, de sorte qu'il lui semblait redécouvrir la pression de ses bras autour d'elle. Elle pouvait sentir la lumière de ses yeux. Elle pouvait deviner la passion dans ses mains caressantes. Elle respira profondément, comme si elle goûtait l'air pour la première fois de sa vie, elle ressentait son attente, recherchant le désir qu'il avait pour elle jusqu'à ce qu'elle pût le partager.

« Je suis brisée de joie, dit-elle essoufflée. Je voudrais tellement, tellement que vous puissez connaître ce que je ressens. » Elle le regarda droit dans les yeux : « Ne me laisseriez-vous pas goûter votre sang ? »

Quand il parla, sa voix était comme une caresse. « Ne vous tracassez pas. Si le plaisir pouvait rendre fou… » Il avait enlevé sa veste et elle tira sur les boutons de sa chemise en mousseline. Il éprouva le cou de Madeleine, puis ses épaules, puis prit son visage dans ses mains. « Il se fait tard, Madeleine. Et je vous désire.

— Oui, oh oui ! » Elle se retourna et se laissa aller sur le dos de l'épais tapis posé devant le feu. Ses vaisseaux étaient en feu quand les lèvres de Saint-Germain recherchèrent les siennes.

Plus tôt dans la soirée, il avait composé une mélodie pour clavecin, et maintenant il jouait de ses sens. Il y avait beaucoup de tendresse dans ses yeux quand il défit sa chemise de nuit, puis la retira respectueusement de la courbe gracieuse de ses épaules, sa poitrine, sa taille, ses hanches, ses cuisses. Lorsqu'il eut retiré sa toilette de nuit, il l'enveloppa de ses chaudes caresses et baisers. Chaque caresse, chaque étreinte faisait naître l'harmonie.

Madeleine tremblait violemment tandis que son corps se soulevait pour laisser passer ses mains, elle se pressa plus fort contre ses lèvres et la délicieuse extase qu'elles savaient lui procurer. Un intense désir, jusqu'à ce moment inconnu et ignoré, la transperça. Elle poussa un cri alors que les mains de Saint-Germain assiégeaient son intimité, la découvrant dans sa totalité.

À présent, il s'était allongé à ses côtés et l'attirait plus près encore de lui — sa présence, son contact irrésistible étouffaient les flammes du brasier, de la pièce, et du monde. Puis, enfin, sa bouche se posa sur son cou. Elle rejeta la tête en arrière, les yeux mi-clos, triomphante, et la jubilation tout comme la passion la submergèrent.

*

Texte de la lettre du sorcier Le Grâce au baron Clotaire de Saint-Sébastien, datée du 4 novembre, 1743 :

Le Grâce envoie ses salutations les plus distinguées à M. le baron de Saint-Sébastien,

Obéissant à vos commandements, et anxieux d'accomplir ma tâche, j'ai diligenté, M. le Baron, une recherche dans l'espoir de trouver où les membres de la Confrérie des Sorciers avaient élu domicile. J'ai pu apprendre peu de choses, mais ils n'ont pas quitté Paris, car le sieur Valenaire a aperçu dans la rue des Cinq-Chats l'Anglais Sattin, il y a juste deux jours de cela. D'autres ont parlé à Domingo y Roxas, mais ils n'ont aucune information sur sa résidence. Le sieur Valenaire pense qu'ils se sont placés sous la protection d'un puissant seigneur, mais vous vous en doutiez probablement.

Cependant, il y a une chose qui me déconcerte, M. le Baron. Vous m'avez demandé de retrouver le prince Ragoczy, afin que vous obteniez de lui le secret des pierres précieuses. Mais il est étrange que vous m'ayez demandé cela alors que vous vous êtes entretenu en personne avec cet homme. Justement la nuit dernière, quand nous avons eu cette discussion, avant que vous n'entriez à l'hôtel des Argenlac, vous m'ordonnâtes de partir sur-le-champ et je ne compris pourquoi que quand je vous vis converser avec Ragoczy. Pour sûr, il était habillé dans ses vêtements les plus raffinés, mais c'était, sans le moindre doute, le même homme. Ce n'est pas uniquement la couleur noire de ses habits qui me firent penser que c'était bien lui. Personne ne bouge comme lui, ni n'a de tels yeux.

Je ne désire nullement paraître irrévérencieux envers vous, M. le Baron. Sans nul doute vous souhaitez que je me trouve occupé à courir sans but véritable. Si vous vouliez me tester, je ne comprends pas ce que vous espériez y gagner. Mais s'il s'agit d'une ruse subtile pour garder par-devers vous les secrets des pierres, alors je vous préviens que j'informerai les autres de vos agissements. À moins que vous ne m'offriez suffisamment d'avantages pour que je pusse garder par-devers moi ce que je sais.

Je viendrai en votre hôtel cette nuit, M. le Baron, ainsi nous pourrons approfondir notre affaire. Une poignée de diamants garantira mon silence. Deux poignées et je vous donne ma parole que j'emporterai votre secret et ma personne hors de France pour toujours et vous pourrez continuer à duper ces jeunes fous autant qu'il vous plaira. Cela ne dépend que de vous.

Le Grâce

4

Le marquis de Chenu-Tourelle offrit sa main à Madeleine et s'écarta de côté pendant qu'elle grimpait dans son plus luxueux carrosse. Puis il s'inclina respectueusement et s'écarta à nouveau pour laisser passer la bonne de Madeleine, Cassandre, qui suivait sa maîtresse, souriant d'un air patelin au marquis à cause de cette faveur.

Satisfait de lui, il se tourna pour donner ses instructions au cocher. « Comme je te l'ai dit tout à l'heure, il n'y a pas lieu de se presser, Henri. On ne nous attend pas avant une heure. Tu peux y aller doucement avec les chevaux. » Il observa le hochement de tête de son serviteur assis dans sa cabine avant de monter dans le magnifique véhicule avec une expression polie d'attention sincère. « Si vous êtes prêtes, mesdemoiselles, nous allons partir. »

Madeleine haussa légèrement les épaules. Elle n'appréciait pas ce gentilhomme mondain ; ses vêtements de chastes pastels contrastaient tant avec son visage dissolu. « Quand vous voudrez, Marquis.

— Comme il vous plaira, mademoiselle. » Il frappa de sa canne au pommeau d'ambre le plafond de la voiture. Il l'avait choisie pour l'assortir à ses superbes vêtements de jour de couleur gris-bleu et écru. Le cocher répondit en faisant claquer son fouet au-dessus de l'attelage, et la voiture s'ébranla pour quitter l'hôtel d'Argenlac.

C'était un splendide attelage, avec une volée en col-de-cygne et un harnachement complexe de lanières de cuir qui faisaient que l'attelage peinait dans les terrains lourds mais éliminait les méfaits des si désagréables nids-de-poules et dos-d'âne dont profitaient les voyageurs à travers les tortueuses rues parisiennes. La voiture était peinte dans un vert olive plutôt clair avec des accents chocolat foncé et or. Au-dessous du timbre de marquis, sur les panneaux, les portes étaient blasonnées d'hermine à une tour de gueules couronnée de neige argent à la bordure de sable. Les armoiries étaient anciennes, elles remontaient au règne de Philippe Auguste.

L'intérieur du carrosse était recouvert du plus fin velours vert d'eau, les coussins profonds étaient merveilleusement moelleux. L'ensemble était recouvert de satin paille brodé au petit point sur l'embrasure des portes. L'attelage se composait de quatre chevaux louvets assortis, dont les crinières et les queues avaient été décolorées en blanc. Ils étaient tous de bonne race et en pleine forme, et le cheval de volée était conduit par un postillon portant la livrée traditionnelle vert et ocre de la maison des Chenu-Tourelle.

« Délicieux, Monsieur le marquis », dit Madeleine après qu'ils furent demeurés silencieux un moment. Elle pensait en fait que le marquis était beaucoup trop démonstratif, que la voiture était bien trop au goût du jour, et que les chevaux louvets avec des crinières et des queues blanchies étaient maniérés, même s'ils tiraient excellemment la voiture.

« N'est-il pas ? acquiesça-t-il mielleusement. Je suis parfaitement aux confins du bonheur si cela vous agrée.

— Je n'ai jamais vu accoutrement si stylé », avoua-t-elle franchement, sur son ton le plus neutre.

Chenu-Tourelle se fendit d'un sourire des plus larges. « Si fait. Je ne recherche que ce qu'il y a de mieux. J'ose espérer que mes souhaits ont été comblés. » Il imprégna ces dernières paroles d'un douloureux double sens en se penchant pour venir toucher la main de Madeleine, illustrant ainsi ses pensées.

Madeleine retira sa main et jeta son regard résolu par la fenêtre. Sa mâchoire était volontaire, et sa position assise présageait du pire ; voilà qui découragea Chenu-Tourelle de faire une autre tentative d'approche. Pourtant c'est Madeleine qui reprit la conversation, quand la voiture eut parcouru une certaine distance, et ses remarques parurent être dites en l'air. « Comme c'est étrange que nous disposions de si peu de temps, et que seulement une petite partie nous est accordée à regret. Les désirs, les savoirs, s'estompent tous face au temps. Et pourtant nous sommes si prodigues avec ce qui nous est le plus précieux, nous qui passons le plus clair de notre temps à amuser les autres à nos dépens. »

Le marquis de Chenu-Tourelle interrompit ses pensées. « Cela est très vrai, mademoiselle, que l'ennui est le destin des hommes supérieurs. »

Surprise par cette remarque, Madeleine regarda le marquis et il y a avait indubitablement du mécontentement dans son expression. « Qu'est-ce donc ? »

Prenant cette question pour une invite à poursuivre, le marquis continua, doucereux : « C'est ainsi que vont les choses, mademoiselle. Les plaisirs, les distractions sont remportés de haute lutte. Maintes fois, je dus accepter des invitations pour faire plaisir à des amis, alors que j'aurais préféré me consacrer à des plaisirs plus personnels. » Il sourit timidement, espérant n'avoir rien dit de trop choquant.

Manifestement, Madeleine paraissait choquée, mais pas de la manière qu'avait pu craindre Chenu-Tourelle. « Oh ! décidément, vous êtes tous les mêmes. Que d'ennui ! Que d'ennui ! » Elle ramassa ses poings sur ses cuisses. « Ce ne sont pas les plaisirs qui sont courts, marquis, mais la vie. J'ai dix-neuf ans, et seulement un peu de ma vie a été gaspillé. Dans dix ans, qu'en sera-t-il ? »

Bien que ce fût de pure forme, Chenu-Tourelle, renchérit : « J'espère que j'aurai quelque chose à avoir avec cela, mademoiselle.

— Dans dix ans, poursuivit Madeleine froidement, je serai une femme avec des enfants et avec des journées, vides, vides…

— Non pas, si vos enfants sont comme les enfants des autres. » Chenu-Tourelle eut un rire nerveux et se pencha en avant tentant d'approcher sa main pour la seconde fois. « Des enfants, la dévotion de votre mari, le réconfort de la religion ; tout cela est-il si mauvais ?

— Oui ! » Madeleine ignora le regard alarmé de sa bonne Cassandre. « Il y a l'étude, les voyages et les découvertes. Et si j'avais vraiment la vocation, je serais entrée chez les Sœurs de Sainte-Ursule où je pourrais étudier. Peut-être pourrais-je voyager, voir d'autres lieux. Mais je n'ai pas la vocation et mon père n'est pas un diplomate. » Elle réfléchit un moment. « Il y avait une jeune fille, son nom était Ranégonde Chamlysse, elle était à l'école avec moi. Son père est le comte d'Etenduni. Elle a vécu dans tant d'endroits — en Turquie, à Rome, à Stockholm. Elle a même été une fois en Russie, qui, elle l'affirme, est un pays très étrange. Quand elle est partie, c'était pour se rendre en Inde avec son père. Pour les Sœurs, cela était mal de la conduire si loin de son pays et de la sécurité de sa famille. Oh mais ! comme j'aurais aimé partir en un instant, j'aurais tué quiconque aurait essayé de m'arrêter. » Elle toisa Chenu-Tourelle, le mettant au défi de la contredire.

Ne comprenant que très mal les signaux de danger sur le visage rougissant de Madeleine, Chenu-Tourelle répondit : « Les Sœurs avaient tout à fait raison, bien entendu. Etenduni a toujours été quelque peu fantasque, emmenant sa famille dans chacune de ses missions. Et vous, entendant sa fille en parler, avez imaginé tous les romans qu'une aventure peut susciter. Vous vous voyez entourée de luxe et admirée par des hommes séduisants. Mais si tout ce que j'ai entendu est vrai, ce n'est pas si confortable que cela dans ces étranges contrées.

— Vous êtes un imbécile, dit Madeleine calmement. Qu'ai-je à faire du confort quand il y a tant de choses à voir ? »

Touché au plus vif, le marquis répondit : « Je crains que vous ne trouviez, mademoiselle, les plaisirs du savoir bien faibles dans ces contrées non civilisées. Mais, bien sûr, vous le savez mieux que moi. Je ne cherchais pas à vous déplaire. »

Sa préciosité sembla l'amuser, brisant le sortilège. Elle rit, se renversant contre les coussins. « J'ai été bien déplaisante à votre égard, monsieur. Mais, en vérité, je voulais être bonne avec vous et faire ce que mon père espère. Il m'a dit que vous désiriez m'épouser, mais cela ne peut pas être, Marquis. Cela ne peut être.

— C'est mon souhait le plus profond », dit Chenu-Tourelle à travers ses dents serrées.

Madeleine secoua sa tête. « Nenni. Vous me trouveriez ennuyeuse très rapidement, et vous retourneriez à vos jeux et à vos maîtresses. Et je me retrouverais seule, sujet de pitié, de ridicule comme tant de femmes le sont. Et pourquoi en serait-il autrement ? C'est vous-même qui l'avez dit, ainsi va le monde. »

Ce résumé magistral de la situation ne rebuta pas le marquis. « Très bien, mademoiselle, puisque vous ne voulez pas de moi, il y en a qui vous veulent, et ont de moins honorables intentions. » Il vit se peindre l'incrédulité dans les yeux de Madeleine et il en tira une sardonique satisfaction. « Certes, vous n'aviez jamais pensé à cela, n'est-ce pas ? Je suis peut être un parti haïssable pour vous, mais il y a des destinées infiniment pires. Vous dites que vous ne voulez pas de moi. Qu'il en soit ainsi, mademoiselle. » Il frappa sur le plafond du véhicule avec sa canne.

« Que faites-vous ? demanda Madeleine.

— Je change mes ordres. » Il s'adressa au cocher. « J'ai changé d'avis. Je veux aller dans l'autre direction.

— Quelle autre direction ? Où allez-vous m'emmener ? »

Chenu-Tourelle eut un sourire déplaisant. « Je vous amène à ceux qui auront un usage pour vous.

— Qui ? »

Les jointures de doigts de Madeleine étaient devenues livides et une peur panique montait dans son cœur. Il lui sembla entendre le bruit de la chasse près de Sans-Souci.

« Le baron Clotaire de Saint-Sébastien et ses proches amis m'ont promis une certaine... récompense si je vous amenais à eux. J'ai dit que je le ferais si vous me refusiez. Vous avez choisi votre propre destinée, mademoiselle. » Détendu pour la première fois, il croisa ses jambes bien galbées l'une sur l'autre et commença à triturer le pommeau de sa canne.

Madeleine sentit son courage faiblir, et elle se força à parler. « Je ne pensais pas que vous fussiez si vil, Marquis ! Mais nous sommes dans les rues de Paris. Si j'appelle, je serai sûrement secourue. Ramenez-nous, moi et ma bonne, dans la demeure de ma tante, et je vous donne ma parole que je ne dirai rien qui puisse vous nuire, tôt ou tard. » Elle savait qu'elle mentait, car elle pensait à ce moment qu'elle disait ses paroles à Saint-Germain.

« Vous pouvez appeler à l'aide si cela vous chante, mademoiselle. » Il fit un brusque geste de la main et sortit une fine lame de sa canne-épée. « Mais je crois que vous n'en ferez rien. »

Madeleine se mordit la lèvre alors que la pointe de la lame s'agitait devant son visage. Elle ressentit la tension monter chez sa bonne, Cassandre, et dit : « N'en faites rien. Je pense qu'il l'utiliserait à la moindre occasion. » Elle se sentit fière que sa voix fût aussi ferme qu'avant. Croisant délibérément les bras, elle étudia Chenu-Tourelle. « Puis-je savoir ce qui vous pousse à vous conduire ainsi ? Quelle récompense vous a-t-on offerte ? »

Chenu-Tourelle agita la lame à quelques centimètres de son visage, jouissant pleinement de son trouble. « Je ne sais si je vais vous le dire. »

Désespérée, elle tenta une autre réplique. « Savez-vous pourquoi Saint-Sébastien voudrait de moi ? Il ne me connaît pas. Il ne m'a presque pas parlé. S'il s'agit de l'inimitié entre mon père…

— Inimitié, mademoiselle ? C'est son droit de vous posséder. » Il mit sa main libre dans sa large poche et en sortit un flacon, qu'il tendit à Madeleine. « Faites-moi la courtoisie de boire ceci. »

Madeleine refusa.

« Si vous ne buvez pas je tuerai votre bonne. Sur-le-champ. » Il replia son bras comme s'il allait frapper, ravi de voir la peur se dessiner sur le visage ridé de la femme. « Buvez ce vin, Madeleine.

— Ne le faites pas », dit faiblement Cassandre.

Mais Madeleine avait déjà saisi le flacon et l'avait porté à ses lèvres. Ses yeux transpiraient de haine comme elle finissait le vin et rendit le flacon à Chenu-Tourelle. « Un cépage médiocre, Marquis.

— Il est amplement suffisant pour mon but. L'effet de la drogue ne se fera pas attendre, ma belle. »

Le cou de Madeleine se raidit. « Cela ne sera jamais assez tôt, car ainsi je n'aurai plus à endurer votre compagnie. Je savais que je n'avais rien à faire avec vous. Mais vous avez convaincu mon père, n'est-ce pas ? Et je déteste lui être désagréable. » Elle se tourna légèrement vers Cassandre. « Cela ne servirait à rien de provoquer un scandale. Ne vous inquiétez pas, quand je m'évanouirai. Chenu-Tourelle a tout prévu. N'avons-nous pas de la chance ? »

Cette dernière raillerie piqua le marquis, qui raffermit sa poigne sur la lame. « Si vous croyez affaiblir ma détermination…

— Quoi ? De simples scrupules vous écarteraient de votre délicieuse récompense ? s'étonna-t-elle, en dépit de son élocution devenue difficile. Je ne peux pas le croire. »

Le désespoir gagna Chenu-Tourelle comme il regardait Madeleine. Il aurait voulu qu'elle fût contrite, suppliante, lui demandant merci, pour qu'il pût revenir sur sa décision, la sauvant ainsi de Saint-Sébastien en dépit des désirs du baron. Il décida de lui rappeler sa position. « C'est le droit de Saint-Sébastien de vous posséder. Demandez à votre père. Je ne fais rien de mal en vous amenant à lui. »

Cassandre prit peur en voyant Madeleine s'assoupir, elle tenta de la réveiller, pinçant ses poignets et mettant un linge propre contre son front, ignorant le faible mouvement de Madeleine qui la repoussait : « Ne soyez pas effrayée, ma petite », murmura la bonne dans sa frayeur.

« Il n'a aucun droit sur moi », dit lentement Madeleine, détachant les mots avec difficulté, elle tentait de lutter contre la drogue.

Ravi de cette opportunité pour la choquer et la blesser un peu plus, Chenu-Tourelle prolongea ce moment aussi longtemps qu'il pouvait se le permettre. « Mais cela n'est pas la vérité, mademoiselle. Il existe un document — je l'ai vu. Votre père l'a signé avec son propre sang. » Il toucha légèrement le haut de sa robe avec la pointe de sa lame. Coupant un petit morceau de douce étoffe. Exposant un peu de chair rebondie juste au-dessus du corset, mais ce geste ne gâchait nullement sa beauté. Il l'incita à essayer d'écarter la lame et fut rassuré. « Ce document, ma jolie, vous donne à Saint-Sébastien avant même votre naissance. Depuis le sein maternel vous lui apparteniez. »

Les vapeurs de la drogue obscurcissaient son esprit, mais Madeleine en comprit suffisamment pour sentir un dégoût âcre la remplir. « Donner… moi… ? » Soudain, il y eut un bourdonnement dans ses oreilles, et elle ne sentit pas le tremblement des mains de Cassandre sur son visage et ne vit pas le mauvais sourire qui gagna la bouche molle de Chenu-Tourelle alors qu'il la voyait sombrer dans l'inconscience.

*

Texte d'une note du sorcier Beverly Sattin au prince Franz Joseph Ragoczy, laissée dans ses quartiers à l'hôtel de Transylvanie, écrite en anglais et datée du 4 novembre 1743 :

À Son Altesse, Prinz Franz Josef Ragoczy de Transylvanie,

Beverly Sattin envoie ses salutations les Plus Respectueuses.

J'ai le regret d'annoncer à Votre Altesse que nous avons été découverts, et ce par Le Grâce. J'avais pris la Liberté de vous quérir, mais vous trouvant au loin de vos Quartiers, je prends cette opportunité pour vous Informer des Circonstances de ce Malheureux Développement.

Plus tôt aujourd'hui, Domingo y Roxas se rendit dans la rue des Cinq Chats, où se trouvent Ceux qui vous fournissent nos Nécessités pour le Grand Œuvre. Généralement, nous sommes Très Vigilants quand nous sortons, mais la journée étant très peu avancée, Domingo y Roxas ne crut pas Nécessaire d'être aussi Prudent qu'à l'habitude, une Folie dont il se repent amèrement. Il (c'est-à-dire Domingo y Roxas) se rendit dans la boutique de Valenaire, qui a souvent pourvu à nos Volontés, et Désirait que Valenaire apportât certains Sels et Composants nécessaires. Il Arriva que pendant que Valenaire était occupé avec notre Requête, une autre Personne entrât dans la boutique. Si étrange était l'Apparence de cette Personne (Domingo y Roxas nous a décrit la Manière Fantasque dont il était Accoutré) que lui (c'est-à-dire Domingo y Roxas) le fit Remarquer à cette Personne, car il craignait que l'Étranger fût une espèce de Lunatique récemment Échappé d'un asile.

À cette Sollicitation, on répondit en Français, et avec tant de Vivacité que la Suspicion de Domingo y Roxas fut Éveillée. Il prétexta une excuse pour Rester dans la boutique jusqu'à ce que l'Étranger achète quelques Composants pour son usage personnel, et quand il (c'est-à-dire l'Étranger) quitta la boutique, Domingo y Roxas le suivit, Anxieux de Découvrir où l'Étranger se rendait. Vous pouvez imaginer sa Confusion (celle de Domingo y Roxas) quand il entra droit dans l'auberge du Loup rouge. Là, à l'intérieur de la grand-salle, il

Retira son Accoutrement, et Domingo vit que c'était Le Grâce !

Le Grâce demeura dans l'auberge quelque temps, buvant du vin et jurant qu'il avait enfin trouvé le moyen d'être Riche et d'avoir une vie Sûre. Domingo y Roxas, qui Continuait à l'observer à travers une petite fenêtre crasseuse près de la cheminée, crut entendre Le Grâce se vanter qu'un Grand Seigneur allait lui donner de l'argent et des joyaux pour acheter son Silence d'une Façon Particulière.

Voyant Le Grâce Bien Saoul, Domingo y Roxas se Précipita pour nous conter cette Affreuse Mésaventure.

Le Grâce n'est pas mort comme nous l'avions Espéré. Il est Certain qu'il va tenter de nous Nuire, s'il le peut. Qu'il ait Reconnu Domingo y Roxas est Certain, car il (c'est-à-dire Domingo y Roxas) était sans aucun Travestissement. Le même Ton qu'il (c'est-à-dire Le Grâce) a eu en ses Paroles avec Domingo y Roxas montre qu'il en Sait plus sur nous qu'il n'est Sûr. Nous n'oserions pas Ignorer la Menace que Le Grâce Représente.

Votre Altesse, permettez-moi de vous Presser d'être sur Vos Gardes, Nous Sommes Partout en Danger. Je vous conjure, qu'à la Première Opportunité, vous nous fassiez l'Honneur d'une Entrevue Particulière. J'ai demandé à votre majordome de vous Avertir s'il vous rencontrait avant que vous ne Lisiez ceci.

À la douzième Heure, je demeure pour toujours votre très humble et très obéissant Serviteur,

Beverly Sattin

5

Saint-Sébastien fit le tour de Le Grâce, la lueur dans ses yeux reptiliens était singulièrement déplaisante. Il parla languissamment, mais la férocité de son visage était manifeste. « Peut-être », dit-il à Le Grâce, qui se répandait inélégamment sur le sofa de brocart, près de la plus vaste des bibliothèques, « seriez-vous suffisamment bon pour m'expliquer ce que vous espériez accomplir avec ceci ? » Il tenait en l'air une crasseuse feuille de papier couverte de l'écriture maladroite sur laquelle Le Grâce le menaçait de chantage.

Le Grâce secoua la tête, peut-être pour nier le contenu de son message, ou bien pour s'éclaircir la tête du vin qu'il avait tant bu il y a quelques heures. Il caressa sa nuque rasée et balbutia quelques paroles : « Ce… n'est pas ainsi, Baron. Vous avez… mal compris.

— J'en doute, Le Grâce », dit mielleusement Saint-Sébastien en tapotant la lettre contre sa main. « Vous menacez de tout révéler. Non », dit-il brusquement en voyant que Le Grâce s'apprêtait à l'interrompre, « ne le niez pas. Vous me faites le coup d'une histoire ridicule à propos de l'homme en noir et blanc. Vous avez choisi bien imprudemment votre sujet. Ne croyez pas que je vais accepter votre manquement. Ou des menaces.

— Mais je ne vous mens pas, protesta en vain Le Grâce.

— Vous feriez mieux d'admettre votre erreur, Le Grâce. » Saint-Sébastien s'approcha du divan et s'appuya d'une main sur le dossier du sofa. Le velours de sa robe de chambre effleura la joue de Le Grâce et, pendant un instant, Le Grâce crut qu'il allait crier. « Si vous pensiez que vous alliez pouvoir m'abuser avec vos gabatines, je vous préviens que vous vous êtes trompé.

— Je vous le dis, c'est notre homme ! » Le Grâce se contorsionna, tentant d'échapper à Saint-Sébastien, mais découvrit que la fine et longue main posée sur le dossier du sofa s'était agrippée à son col et le tordait cruellement.

« Que dois-je donc faire pour vous persuader, Monsieur Le Grâce ? Je ne peux vous permettre de persévérer dans cette voie. » La pression exercée sur le cou du sorcier s'accrut comme Saint-Sébastien tournait sa main délicatement. « Je ne suis pas un homme patient, Monsieur Le Grâce. Je vous préviens que vous ne faites qu'aggraver ma colère avec votre stupide gabatine. »

La visage de Le Grâce était devenu d'une coloration maladive, et il tira frénétiquement sur son col de chemise. « Mais c'est pourtant bien lui ! » insista-t-il tout en s'étouffant.

Saint-Sébastien soupira, résigné : « Très bien, Monsieur Le Grâce. Puisque vous ne voulez pas l'admettre… » Il se recula, relâchant sa poigne du col de chemise.

Agréablement surpris par la tournure des événements, Le Grâce était sur le point de se lever, quand il entendit une voix douce et haineuse tout à la fois derrière lui. « Ne bougez pas, Monsieur Le Grâce, dit

Saint-Sébastien glacialement. Je ne vous ai pas donné la permission de bouger.

— Mais manifestement…

— Mais je ne vous ai pas non plus donné la permission de parler. » Il s'exprimait d'une voix soyeuse, tout en faisant le tour du sofa puis revint dans le champ visuel du sorcier. « Je n'ai pas fini, Monsieur Le Grâce. Je dois vous prier de demeurer un peu avec moi. » Il manipulait le fin foüet qu'il portait amoureusement, il se tortillait dans ses doigts comme s'il était vivant.

Le Grâce se sentit s'engourdir. « Oh ! Baron… » Il se poussa sur le sofa, tentant d'arrêter le coup qu'il craignait. « Je vous le dis, je n'ai pas menti.

— Mais je ne vous crois pas. » Il s'était à présent rapproché, savourant la peur dans le regard du sorcier et la soudaine fétidité de sa sueur.

« Je le sais. Ce n'est pas de ma faute si vous n'êtes pas au courant pour Ragoczy. » Il se recroquevilla face à la haute et longue silhouette qui le toisait, toujours plus proche, ses mains caressant le fouet.

« Pauvre Le Grâce, fredonna Saint-Sébastien. Vous êtes un fieffé menteur et un idiot, mais vous avez votre utilité. » Il se recula pour donner de la portée à son bras. Le mouvement fut si rapide que Le Grâce ne s'y attendait pas quand le nerf frappa sa mâchoire, ouvrant la chair jusqu'à l'os.

Dans un cri de douleur, de trahison et de désespoir, Le Grâce plaqua sa main sur son visage sanguinolent et leva brusquement la tête vers son tortionnaire.

« Je tiens ce nerf d'un homme qui était un esclavagiste », Saint-Sébastien informa Le Grâce alors qu'il se reculait, attendant la prochaine occasion. « Il a été fait à partir d'un rhinocéros, à partir de sa verge, pour être précis. Elle a été huilée et étirée, huilée et étirée, jusqu'à ce qu'elle coupât plus parfaitement qu'une lame. Mais vous vous en êtes aperçu, n'est-ce pas ? » Il joua avec le lourd fouet, le laissant se tortiller sur le sol alors qu'il le tenait légèrement. Quelque peu rêveusement, il poursuivit : « Quand on me l'a offert, on m'a montré comment s'en servir. » Le fouet s'enroula sur lui-même sur le sol. « Il possédait un esclave rebelle, et il s'est amusé pendant tout un après-midi avec ceci. Parfois, j'ai l'impression que le sang de l'esclave macule toujours la lanière. » Sur ce dernier mot, il fit jouer une fois de plus le fouet, et cette fois-ci, il l'asséna pleinement sur les épaules de Le Grâce.

Le Grâce vociféra et tenta d'éviter le nerf de rhinocéros, mais il le reçut à nouveau ; cette fois, celui-ci ouvrit une profonde entaille dans la chair de son dos, dans sa bouche, Le Grâce sentit le goût de la bile. « Non ! Non ! » Il tentait d'échapper à Saint-Sébastien et à son prochain assaut. Il réussit à renverser le sofa sur son dossier.

Le fracas provoqué par la chute du meuble eut pour conséquence immédiate l'ouverture de la porte de la bibliothèque et Tite, le serviteur personnel de Saint-Sébastien, entra dans la pièce. « Maître ? » demanda-t-il, inquiet.

Saint-Sébastien haussa les épaules. « Non, Tite, ce n'est pas moi qui suis blessé. C'est ce pauvre Le Grâce, là-bas. Tu dois l'emmener pour un temps et assure-toi que ses plaies soient soignées. Je n'en ai pas encore terminé avec lui. Il me m'a pas donné les réponses que j'attendais. » Le baron était écarlate, excité ; et parlait avec des mots hachés. Il tenait toujours le fouet, mais à présent, la longue et terrible lanière de cuir était paisible, repue.

Tite grogna alors qu'il s'approchait de Le Grâce qui s'était réfugié dans un recoin de la pièce, où il se tassait, un bras levé pour éviter d'autres coups. Son visage et son dos étaient tout maculés de sang ; de l'entaille de sa mâchoire jaillissait un flot de sang. Le sorcier gémissait, tout en tentant de s'approcher le plus près du mur quand Tite vint vers lui. Ses mouvements laissaient une traînée rouge sur la délicate surface du mur.

« Amène-le aux écuries. Tu sais dans quelle salle. » Saint-Sébastien avait retrouvé quelque peu de ses grandes manières. Il essuya son visage avec un épais mouchoir de soie et laissa tomber la poignée du fouet sur le sol : « Je veux reparler avec lui d'ici une heure. N'oublie pas. »

Tite s'empara rapidement de Le Grâce, ses grands bras tenaient le sorcier terrifié dans une puissante étreinte. « L'étable. À vos ordres, maître. » Il se dirigea vers la porte, la face impassible, apparemment inconscient des cris de douleur que poussait Le Grâce à chacun de ses mouvements.

« Oui. Je pense que celui-ci est pour moi. » Il rajusta son jabot de dentelle et fixa Le Grâce d'un sourire béat. « Vous pouvez me mentir. Vous pouvez me tromper. Cela n'a pas d'importance. Vous pouvez aussi mourir pour moi, Le Grâce. » Il fit un geste et toucha délicatement le bord de la blessure sur le visage de Le Grâce. « On dit que le visage procure les pires souffrances après la perte de la virilité. Je me le demande. »

Le Grâce était trop brisé pour dire quelque chose, et il ne put qu'ouvrir la bouche.

« Passe par la terrasse, ordonna Saint-Sébastien à Tite. Je pense qu'il serait inopportun que les autres domestiques le vissent. »

Tite acquiesça, puis se dirigea vers l'une des grandes portes-fenêtres qui occupaient l'un des murs de la bibliothèque. Au-delà, un grand voile de pluie était tombé sur le monde, lessivant les couleurs. Quand Tite ouvrit une porte-fenêtre, une froide bise entra dans la pièce. « La remise dans les écuries, répéta-t-il alors qu'il sortait sous la pluie. C'était une matinée si prometteuse », se plaignit Saint-Sébastien alors qu'il refermait la porte-fenêtre après Tite. Dehors, il fixa pensivement cet après-midi ruisselant, son esprit rivé sur rien en particulier. Il y avait un mince sourire de prédateur au coin de sa bouche.

Il fut tiré de sa contemplation par le soudain raclement de roues sur les pavés mouillés de l'allée qui entourait l'hôtel de Saint-Sébastien. Il leva le regard et son sourire s'élargit, car à travers le rideau de pluie, il pouvait percevoir les contours du ridicule carrosse de Chenu-Tourelle. Plein d'énergie, comme si la seule vue de la voiture l'avait ragaillardi, Saint-Sébastien revint dans la bibliothèque et referma soigneusement la porte-fenêtre derrière lui, puis actionna la sonnette pour appeler un laquais.

Presque immédiatement, la porte de la bibliothèque s'ouvrit et laissa passer un jeune laquais, dans la livrée rouge et bleu foncé des Saint-Sébastien, qui s'inclina respectueusement. Il ne releva pas la tête, attendant les ordres.

« Je crois que nous avons de la compagnie, Maurice », dit sur un ton enjoué Saint-Sébastien. « Je crois avoir entraperçu le marquis de Chenu-Tourelle qui vient juste d'arriver. Je suis persuadé, oui je suis même sûr et certain, qu'il a été accueilli convenablement.

— Il l'a été, maître, ainsi que ses invités.

— Il est venu avec des invités ? Comme c'est charmant. » Saint-Sébastien acquiesça, puis agita sa main négligemment. « Je désire qu'une dépêche soit livrée. Pas tout de suite. Elle ne doit pas arriver à l'hôtel d'Argenlac avant neuf heures du soir. Je vais te la donner maintenant. Je pourrais être occupé par la suite.

— Le message sera délivré comme vous le désirez, maître.

— Bien entendu qu'il le sera. La vie est bien plus facile quand tu m'obéis aveuglément, n'est-ce pas, Maurice ? » Il se baissa pour ramasser le fouet, et laissa la lanière s'enrouler lascivement entre ses doigts. « Non, pas aujourd'hui, Maurice. Aujourd'hui, j'ai d'autres choses en tête. Mais il serait malvenu de ta part d'oublier ceci. » Il manipula l'extrémité de la lanière et vit Maurice pâlir. Avec un soupir, il abandonna cet exercice, et se dirigea d'un pas ferme vers son secrétaire près du mur. « Ce ne sera pas long, Maurice. Puis tu pourras me mener à nos invités. Où les as-tu installés ? »

Maurice bégaya dans sa réponse. « L'une des... invitées... était... évanouie... Mais le marquis... il... il... a dit qu'il fallait l'amener dans votre bureau privé. » Les dernières paroles se précipitèrent en un flot frénétique.

Saint-Sébastien s'interrompit dans la taille de sa plume. « Mon bureau privé ? Quelle charmante attention. Y a-t-il quelqu'un d'autre avec eux ?

— Non. Non. Le marquis, la jeune dame et sa matrone, qui est très inquiète.

— Vraiment ? dit Saint-Sébastien faussement préoccupé. Comme c'est dommage. Nous allons devoir remédier à cette situation. J'y pourvoirai tantôt. Mais cette dépêche, en premier, je pense. Oui. » Il venait de terminer de tailler sa plume, et prit un encrier et deux feuilles de papier satiné. Saint-Sébastien sourit à l'écu armorial en filigrane en haut de chaque feuille. C'était de bien antiques armoiries décernées à son trisaïeul d'oncle au temps de l'Inquisition pour avoir contribué à détruire les Templiers. En souvenir de cet exploit, l'écu portait une quintefeuille, dont chaque pétale portait des meubles allégoriques : au sommet, une chèvre assise sur un trône, un crâne inversé comme une coupe, puis une chandelle brûlant à l'envers, puis une racine de mandragore et, enfin, la haute et terrifiante cagoule de l'Inquisition.

Le regard de Saint-Sébastien s'attarda longuement et amoureusement sur le blason, et il se demanda si son ancêtre inquisiteur aurait été surpris de découvrir que les pratiques hérétiques et blasphématoires qu'il s'était si scrupuleusement employé à éradiquer se trouvaient être pratiquées par l'un de son sang. En se remémorant les soigneux registres de ce prêtre méticuleux décrivant le questionnement des supposés hérétiques, Saint-Sébastien pensa discerner, dans les minutieux détails de la torture infligée, un lointain écho des délices qu'il trouvait à infliger des souffrances.

Son esprit se porta une fois de plus sur Madeleine. Il savait exactement l'usage qu'il allait en faire, et cela lui plaisait de penser aux affres que sa mort allait apporter non seulement à Claudia mais aussi à Robert de Montalia. Saint-Sébastien fit un signe de tête. Il trouvait l'idée séduisante. Il n'avait pas eu l'intention d'en dire davantage à Montalia, à savoir qu'il détenait simplement Madeleine, mais en y réfléchissant bien, il comprit que, s'il détaillait ses intentions, le père de Madeleine serait poussé au bord de la folie.

Il caressa son laquais au visage cireux avec un regard brûlant, s'assurant que son serviteur serait dans l'effroi le plus total avant de déposer les feuilles de papier. Son sourire s'élargit, et il commença à écrire.

*

Texte d'une lettre du baron Clotaire de Saint-Sébastien au marquis de Montalia, délivrée en main propre quelques minutes après neuf heures du soir, le 4 novembre 1743 :

À mon très cher et depuis trop longtemps absent ami, Robert, Marquis de Montalia. Je vous envoie mon salut et mes vœux les plus sincères pour votre bien-être, en sus de mes compliments.

Quel dommage que je n'eusse pas été prévenu plus tôt que vous reveniez une fois de plus à Paris. Quand je pense à toutes ces heures que nous passâmes ensemble, il y a vingt ans de cela, je suis fort chagriné d'apprendre que vous oubliâtes de m'informer de votre venue, de sorte que je pusse orchestrer un divertissement approprié pour vous.

Mais Dame Fortune m'a comblé, mon très cher Robert. Finalement, j'ai trouvé un moyen de faire connaître l'étendue de mon estime et d'une façon séant à nos longues années d'amitié, dont les marques profondes ont su durer tout le long de notre séparation. Les obligations liées à notre coterie ne s'oublient pas facilement, Robert.

Je présume qu'en ce moment même, vous espérez voir votre fille devenir dans un futur proche la marquise de Chenu-Tourelle. Sans nul doute, vous vous imaginez qu'elle dîne, ce soir, en compagnie de la famille du marquis.

J'ai le profond regret de vous informer que j'ai pris possession de ma propriété, que vous eûtes la bonté de m'offrir si tardivement. Assurément, vous ne pensiez pas pouvoir vous dérober à vos obligations. Particulièrement quand on sait que Mlle Madeleine est si admirée et que ses manières sont si charmantes. À l'instar des jeunes éphèbes, je la trouve totalement séduisante. Il pourrait difficilement en être autrement, tant elle est belle. Je dois admettre qu'il me sera difficile d'attendre le nombre de jours nécessaires avant de la sacrifier. Mais en attendant, elle aura, bien entendu, un service à nous offrir à tous, un sorte d'exercice de préparation au solstice d'hiver. Je reste persuadé que je trouverai un moyen de l'amuser, mon cher Robert. Tite, par exemple. Vous vous rappelez mon serviteur, n'est-ce pas ? Il apprécie grandement qu'on le craigne, et je sais qu'il peut être terrible. Je prendrai sa virginité, cela va de soi, mais Tite devrait être le second, ne croyez-vous pas ? Ce sera beaucoup plus facile pour les autres quand il en aura fini avec elle. Je n'ai jamais connu quelqu'un qui résistât longtemps à Tite.

Pensez-y : votre fille en ma possession, sur l'autel, attachée, nue. Elle demeurera étendue, là, toutes les nuits, durant quarante jours, Robert, et tous l'utiliseront. Quand je l'aurai possédée, Tite s'en amusera, une nuit entière, et il utilisera ses propres méthodes pour la plier à ses volontés. Quand cela sera accompli, le reste du Cercle aura accès à elle, pour leurs plaisirs comme bon leur semble. Nous sommes assez nombreux, et certains ont attendu longtemps cette opportunité.

Sans aucun doute vous souvenez-vous des goûts de Beauvrai. Je me demande ce que pensera Madeleine quand trois d'entre nous l'utiliseront en même temps ? C'est bien dommage que Beauvrai soit si brutal, car je suis persuadé qu'il ne saura pas contenir sa passion quand il sera en présence de Madeleine. Il demandera probablement à M. de La Sept-Nuit de se joindre à lui, car Donatien apprécie aussi la passion. Vous souvenez-vous de cette machine à laquelle Beauvrai travaillait, qui lui permet de pénétrer avec son membre par devant et par-derrière avec le brûlant Membre du Diable ? Il a travaillé sur la chose et l'a grandement améliorée ces dernières années. Je constate par les réactions des sacrifiés que la pénétration est excessivement douloureuse.

Quand nous en serons sur le point de lui arracher le cœur, elle sera heureuse de mourir, Robert. Nous l'aurons prise de toutes les façons que nous connaissons. Nous le ferons en suivant nos fantaisies, avant que de la sacrifier. Nous la déflorerons, la violerons, la défigurerons, la torturerons, de sorte que sa mort sera bonne à l'Œil de Satan.

Si vous nous l'aviez confiée dès le début, tout cela n'aurait pas été nécessaire. Elle aurait été l'une des nôtres, et aurait participé plutôt que de devenir notre offrande. Car de sa défloration et de sa mort vous n'avez à vous en prendre qu'à vous-même. Pensez-y alors que vous la rechercherez vainement.

Je vous confie ceci : j'ai découvert un nouveau lieu pour le Cercle pour accomplir les sacrifices. Personne ne nous soupçonne. Vous pouvez vous tourmenter à ces pensées, et la seule pensée qu'à chaque instant votre enfant souffre ajoute à mon pouvoir.

Je ne vous pardonne pas d'avoir trahi votre serment. Je ne vous pardonne pas d'avoir soustrait ma propriété hors de ma portée. Je ne vous pardonne pas de l'avoir élevée avec les Sœurs. Bref, je vous tiens pour responsable, et je vous préviens qu'avec la nouvelle année qui s'annonce, vous serez marqué par le Cercle, et votre vie n'aura plus aucune valeur.

Laissez-moi vous avertir que si vous tentez de nous retrouver et que nous vous attrapions, cela ne sauvera pas Madeleine. Cela aura pour conséquence que votre mort surviendra plus tôt. Deux sacrifiés valent mieux qu'un. Je vous supplie de considérer cela avant d'entreprendre une recherche inutile ou une futile requête auprès du Roi. Sa glorieuse Majesté Louis le quinzième ne pourrait pas émettre d'ordres assez rapidement pour sauver votre fille. Au premier indice que vous avez tenté une telle entreprise, Madeleine mourra, mon ami.

Puissiez-vous trouver quelqu'un d'assez inconsidéré pour vous aider dans vos recherches au sujet de votre fille, ne croyez pas que cela pourrait vous apporter la victoire. Nous sommes suffisamment nombreux pour prendre soin de vingt hommes comme vous. Et quiconque viendrait à votre aide se verrait, bien évidemment, sujet à la même sentence que vous. N'est-il pas suffisant que vous perdiez votre fille ? Laissez donc vos amis vivre, Robert.

Jusqu'à notre prochaine rencontre, tôt ou tard, il est de mon bon plaisir d'être votre

Saint-Sébastien

6

Alors qu'il s'éveillait sur sa couche monacale inconfortable, Saint-Germain se sentit envahi d'un profond pressentiment. Ses yeux parcoururent son alcôve, comme s'il cherchait à lire les signes de son inquiétude dans la poussière accumulée. Il mit les mains sur ses yeux, et un froncement de sourcils assombrit son front. Le froncement s'accentua, et puis il remua la tête comme s'il s'agissait de se donner un signal. D'un mouvement rapide, il se mit debout, sa longue robe de chambre noire en coton d'Égypte balaya le sol alors qu'il repoussait le rideau de lit qui masquait l'alcôve ; il s'avança dans la salle de séjour.

C'était la même chambre que celle dans laquelle il avait amené Madeleine, il n'y avait pas si longtemps de cela. Durant un instant, il crut voir ses habits briller sur le sol, et Madeleine barrant la porte, son visage illuminé par le désir. Il sourit à ces souvenirs, mais ils s'évanouirent pour faire place à une grande préoccupation.

Une chandelle unique brûlait sur la cheminée, Saint-Germain l'utilisa pour allumer les autres dans leurs hauts bougeoirs. La pièce s'illumina, mais cette chaleureuse lumière ne se communiqua pas à son occupant.

Saint-Germain tira sur la corde de la sonnette, son esprit tentant toujours de découvrir d'où provenait son inquiétude. Il caressa l'astrolabe, comme s'il y cherchait une réponse.

« Maître ? » dit Roger avec un bref salut de la tête, effectué par pur formalisme, alors qu'il entrait dans la pièce.

« Hum ? » fit Saint-Germain se retournant. Il dit : « Referme la porte Roger. Ce que j'ai à te dire est confidentiel. »

Roger fit ce qu'on lui demandait, et attendit patiemment les instructions. Il portait dans une main une serviette et tenait dans l'autre une bassine. Il les déposa, tout en observant Saint-Germain qui marchait de droite à gauche dans la pièce.

« Je crois que je ferais mieux de prendre un bain », dit-il lentement, en s'arrêtant près de la cheminée. « Un bain, et des habits simples. Je suggère mes culottes de cheval en lin, ou en laine. Et la chemise qu'on m'a offerte en Perse, celle avec les broderies russes. Et mes bottes à large revers. Assure-toi que les semelles et les talons sont bien remplis. Je sens que je vais avoir besoin de leur protection cette nuit.

— Comme il vous plaira, répondit Roger.

— Prépare aussi ma redingote en cuir d'élan. Je partirai aussitôt après mon bain. » Il s'arrêta en remarquant la note de Beverly Sattin déposée sur le manteau de la cheminée. Il déplia les deux feuilles de papier, lut rapidement et son visage se renfrogna. « Le Grâce a vu Domingo y Roxas », dit subitement Saint-Germain en guise d'explication alors qu'il brûlait la lettre, la tenant jusqu'à ce qu'il fût assuré qu'il ne restât aucune trace dans les cendres.

« Quand ?

— Ce matin. Sattin ne croit pas qu'il sache actuellement où la guilde se trouve, mais cela n'est guère réconfortant. Si Le Grâce sait que la guilde est toujours à Paris, il trouvera un moyen pour la suivre, et cela amènera de fâcheux problèmes. » Il déboutonna sa robe de coton. « Ce sera tout pour le moment, dit-il, puis changeant d'avis : En y réfléchissant, Roger, envoie-moi Hercule. J'ai quelques instructions à lui donner avant de prendre mon bain. »

Il s'agenouilla pour refaire le feu dans l'âtre et se trouva en train d'observer les flammes, plongé dans de grandes pensées, toutes consumatrices. Il crut entrevoir Madeleine dans les flammes, et malgré la chaleur intense, il se pencha en avant, enflammant presque le coton de sa robe ouverte.

La porte s'ouvrit à nouveau, et Hercule entra dans la pièce. Il se tint juste dans l'embrasure de la porte, encore un peu maladroit avec ses attelles, mais il n'utilisait plus de béquilles. « Maître ? » annonça-t-il, voyant que Saint-Germain ne se retournait pas. « Hercule », répondit rêveusement le comte, toujours plongé dans la contemplation des flammes. « J'ai besoin de tes services, soit cette nuit, soit demain.

— Oui ? Que dois-je faire ? » Il hésita, puis referma la porte derrière lui.

Dans un geste rapide, presque maniaque, Saint-Germain épousseta les cendres de la main et se leva rapidement. « J'aurai besoin de mon barbe cette nuit, mais pour demain j'aurai besoin de ma berline. Comme tu m'aimes, tu me conduiras, n'est-ce pas ? »

Hercule montra ses dents dans son plus large sourire. « Je conduirai jusqu'en Enfer, si c'est pour pouvoir tenir à nouveau les rênes. »

Saint-Germain ne sourit pas. « Il se pourrait bien que tu le fisses. Je te demande de considérer la chose avant d'accepter : il y a un grand danger, je le crains, dans cette entreprise. Si tu ne réussis pas, je pourrais en mourir. Et il se pourrait que tu n'y survécusses pas non plus.

— Dites-moi, répondit Hercule après une pause pensive, ce danger a-t-il un rapport avec le baron de Saint-Sébastien ?

— Oui.

— Je vois. » Hercule regarda droit dans les yeux du comte et, quand il parla, il avait une ferme résolution dans la voix. « Si le danger vient de Saint-Sébastien, et que je puisse faire quelque chose qui le mène à sa perte, et même si cela devait me coûter ma vie et mon âme, je le ferais. Et je me considérerais floué si vous me refusiez ma vengeance. »

Saint-Germain acquiesça, son opinion s'était consolidée. « J'aurai besoin de ma berline, Hercule. Je te confie le soin de la préparer. Tu devras harnacher le grand attelage, car nous aurons à voyager loin et rapidement, comme si nous devions nous échapper.

— Mais où ?

— Nous partirons pour l'Angleterre. Mon ami, La Mer-Herbeux, a certain message qu'il voudrait que je transmette pour lui à Londres, en secret, cela va de soi. Personne ne se souciera de ma soudaine disparition. Et cela nous laissera la possibilité de faire deux choses à la fois.

— Qui partira avec vous ? » demanda Hercule, en repensant à la route de Calais. « Je devrai changer de chevaux pendant la route, et je ne sais pas combien de gens voyageront avec vous. Ou peut-être voyagerons-nous seuls ?

— Non je ne pense pas, dit lentement Saint-Germain. Roger viendra avec moi dans la deuxième voiture, mais cela ne nous concerne pas. Il se peut que j'emmène un ou deux des sorciers qui travaillent en dessous, dans les caves. Il ne serait pas sage qu'ils demeurassent ici. »

Hercule acquiesça, se remémorant la férocité sanguinaire de Saint-Sébastien. Quiconque demeurerait ici serait en grand danger. « Je les conduirai, répondit-il.

— Bien. Robert te dira où la berline devra nous rejoindre et à quelle heure. Tu suivras les instructions de Roger à la lettre. Il parle pour moi, et avec mon autorité. » Il hésita, puis poursuivit. « Je te charge tout particulièrement de t'assurer que de la terre fraîche soit déposée dans le second fond de la berline. Tu trouveras la terre appropriée dans une urne spéciale dans les écuries. Roger te la montrera. Assure-toi que la terre est bien entreposée avant le départ. C'est très important. »

Embarrassé par cette étrange demande, mais décidé à aider Saint-Germain, Hercule répéta. « C'est très important. Je m'assurerai que cela soit fait comme vous le souhaitez.

— Tu ne dois pas me décevoir sur ce point, car c'est ma force, la bonne terre qui m'a nourri toute ma vie. Et j'aurai besoin de toute sa force après que je me serai occupé de Saint-Sébastien. »

Hercule s'inclina. « À vos ordres, maître. Je vous obéirai. » Il se préparait à se retirer, mais se demanda s'il devait attendre, puisqu'on ne lui avait pas donné congé, Saint-Germain semblait l'avoir oublié.

« Hercule, dit-il lointain, je crois que tu ferais mieux d'avertir Sattin et les autres. Ils doivent se préparer à partir dans un bref laps de temps. Il existe un tunnel secret qui va vers le fleuve. Il fait partie de l'ancienne crypte du monastère sur lequel les fondations de cet édifice furent posées. Les moines l'utilisaient pour s'échapper quand leur monastère était attaqué. Il se trouve sous la troisième cave, une trappe t'y amènera. Elle est située dans la partie nord-ouest des caves, et de là, le passage mène dans un très vieux caveau. Le tunnel est situé dans la crypte, près de la chapelle, sur le côté nord. S'ils ne peuvent partir d'ici sans se faire remarquer, ils devront utiliser le tunnel, ou alors nous serions tous en grand danger d'être découverts.

— Alors nous allons tous partir bientôt ?

— Je n'en suis pas encore certain, Hercule. Je pense que demain, à la tombée de la nuit, je saurai ce que nous devons faire, et quand. Si tu n'as aucune nouvelle de moi, tiens-toi prêt ici, quoi qu'il arrive, et qui que ce soit qui te donnerait des instructions contraires. Que la berline soit prête, les chevaux harnachés, et trois ou quatre couvertures chaudes dans la berline, car il fera froid.

— Nous aurons des postillons ou des jockeys ?

— Un seul jockey. Je te charge de trouver quelqu'un de confiance. Peut-être connais-tu déjà quelqu'un ? Si je ne suis pas venu te voir avant le coucher du soleil, après-demain, tu devras considérer que Saint-Sébastien a gagné. Dans ce cas, va trouver le cardinal Fouet à Chambord. Dis-lui que Saint-Sébastien, et aussi de Beauvrai et les autres, ont célébré une messe noire sur le corps de Lucienne de Cressie, qui actuellement se repose en Bretagne, dans le couvent de la Miséricorde et de la Justice du Rédempteur. Elle lui donnera toutes les preuves nécessaires. Et, Hercule, ajouta-t-il très soigneusement, ne te laisse pas prendre avec ses connaissances. Si tu tombais entre les mains de Saint-Sébastien, assure-toi d'être un homme mort. Trop de vies reposent sur ton silence. » Il leva la tête en entendant la porte s'ouvrir, et Roger entra dans la pièce.

« Qu'y a-t-il ?

— Le bain est prêt, répondit Roger. J'ai mis en sécurité une fiole d'eau bénite, et j'ai mis l'hostie dans la pyxide. Au cas où vous en auriez besoin. »

Saint-Germain acquiesça. « Merci, Roger, dit-il. Je

suis à toi dans un moment. » Il se tourna à nouveau vers Hercule. « Souviens-toi de ce que j'ai dit. Si tu as la foi, confesse-toi cette nuit. »

Hercule était quelque peu abasourdi devant tant de paroles rigoureuses, mais il dit : « Je verrai un prêtre sur l'heure. Saint-Sulpice n'est pas loin d'ici, ou Saint-Germain-des-Prés.

— Bon. Mais ne dis pas au prêtre plus qu'il n'en faut. Tu ne peux pas te confesser pour Saint-Sébastien. N'en dis pas plus que tu ne le dois.

— Seuls mes péchés seront absous », promit Hercule, puis il se précipita confusément hors de la pièce.

Roger ne disait rien pendant que Saint-Germain observait le feu, d'une main il tripotait les broderies sur le col droit de sa robe. « Tu ne me crois pas sage de faire confiance à Hercule ?

— Non.

— Je t'ai fait confiance, Roger, autrefois, avant de te connaître.

— Avec de bonnes raisons. »

Saint-Germain leva les sourcils. « Et tu doutes d'Hercule ? Maintenant, pourquoi ?

— Ce n'est qu'un serviteur, maître. Il a toujours servi Saint-Sébastien. L'obéissance est une habitude chez lui. Saint-Sébastien l'a torturé, mais les habitudes ne se brisent pas facilement. Il se pourrait, que face à son ancien maître, il trouve impossible de le renier.

— Peut-être, dit doucement Saint-Germain. Pourtant, tu sais, je crois qu'il ne me trahira pas. Je crois que la haine est assez puissante en lui et que toutes ses années de service se sont consumées, comme les bûches de l'année dernière dans l'âtre. »

Roger secoua la tête l'air indécis, il était évident qu'il n'avait pas abandonné ses doutes.

« Bon », dit sèchement Saint-Germain, sortant de son état contemplatif, qu'il avait entretenu en observant la danse hypnotique des flammes. « Mon bain, et puis la pyxide. »

Roger se poussa alors que Saint-Germain quittait prestement la pièce.

*

Texte d'une lettre de l'abbé de Pontneuf au marquis de Montalia en date du 4 novembre 1743, retournée à l'abbé par la comtesse d'Argenlac le 17 décembre 1743 :

Mon cher cousin, je vous salue au nom de Dieu et de la Vierge,

J'avais espéré recevoir votre fille cet après-midi, pour qu'elle et moi puissions avoir cette petite discussion que vous aviez tant désirée. Manifestement, sa confusion de jeune fille l'a surprise et elle s'est refusée à vouloir me parler d'un sujet aussi intime, bien que je sois son confesseur. Votre missive, que j'ai eu la satisfaction de lire ce matin, m'informant de la requête du marquis de Chenu-Tourelle, explique bien des choses ; j'ose espérer que Madeleine est consciente de l'honneur qui lui est fait par ce remarquable jeune gentilhomme.

Il est dans mes intentions de l'entendre en confession mercredi ou jeudi, et, à ce moment-là, j'essayerai à nouveau de porter son esprit sur les joies du mariage et les douces obligations d'une femme. Elle a lu ma lettre qui touchait à ces sujets et qu'elle a trouvée fort instructive.

Vous avez mentionné son éducation précédemment, et je suis heureux de vous dire qu'elle continue d'occuper son esprit avec des matières supérieures. Ses lectures en histoire sont recommandables, bien qu'elle lise des sujets qui ne soient pas véritablement appropriés pour les yeux d'une femme non mariée. Assurément, il est triste de penser que tant de pans de notre histoire ne sont pas une lecture convenable pour ceux de haute naissance et de bonne éducation. Elle a affirmé que, jusqu'à présent, elle n'avait pas compris la peine et la mauvaise fortune de ceux autour d'elle, mais que ses lectures historiques lui avaient apporté une nouvelle vision de l'humanité, et que là où elle se trouvait désorientée auparavant, elle voyait maintenant l'humanité sous son véritable jour.

Vos préoccupations au sujet de votre fille sont bien légitimes, Robert. Je sais que votre amour paternel a fait beaucoup pour que votre fille soit cette excellente jeune femme qu'elle est devenue. Il n'y a pas que son âme qui me préoccupe, mais aussi la vôtre. Combien de fois vous ai-je enjoint de vous confesser et d'être à nouveau reçu au sein de notre Sainte Mère l'Église. Alors que vous pensez à Madeleine et à son avenir, vous devez penser au vôtre. Il n'est pas sage de retarder l'instant où votre âme sera en Sainte Communion avec le Saint-Siège. Pensez, Robert, au grand vide qui retombera sur vous si vous ne pouviez pas assister au mariage de votre fille. Il serait honteux si vous deviez refuser de communier avec elle en cet instant d'allégresse. Pensez à vos petits-enfants, qui sont si loin. Vous voudriez qu'ils goûtent la protection de l'Eglise, et qu'ils prennent part à toutes les cérémonies et les célébrations qui donnent un sens à notre dialogue avec Dieu à travers ses Saints.

Je prie très fortement pour que vous veniez vous confesser, mon cousin. Cela n'est pas simplement important pour moi, ou votre fille chérie, mais c'est d'une importance capitale pour vous. C'est votre âme qui est en danger de damnation éternelle. Vous ne pouvez pas nier que, quand on est plus âgé, le temps se fait un bien des plus précieux, et il vous incombe de réfléchir sur notre mortalité et de corriger vos attitudes avant la venue de l'Ange noir.

Croyez-moi, je prie pour vous journellement, et je supplie Notre Seigneur et la Vierge Marie de toucher votre cœur pour vous amener à vous repentir à nous sincèrement, une fois encore. Ce n'est pas pour la gloire de ce monde que j'accomplis ceci, mais pour sauver votre âme. En des temps moins éclairés, vous auriez été traité avec moins d'égard, et même aujourd'hui, en Espagne, vous auriez découvert que votre refus du tendre amour de l'Église Triomphante vous aurait amené dans une position des plus délicates. Assurément, les temps d'égarement de Torquemada sont révolus, mais l'Inquisition continue à conserver ses obligations sacrées. Il est bien pénible de penser aux souffrances du corps dans cette vie, mais elles sont bien moins terribles que les souffrances de l'âme en Enfer. Ne croyez pas que vous pourrez y échapper. Acceptez tout de suite une contrition et épargnez-vous les souffrances éternelles.

Mais j'en ai suffisamment dit sur le sujet. À présent, vous avez mon assurance que je tenterai tout pour obtenir une opportunité de parler à votre fille et de l'adjurer que les désirs de son mari deviennent les siens, que sa volonté soit faite, et d'aimer sa loi et ses châtiments comme nous aimons ceux imposés à nous dans la vie religieuse : ils fustigent et purgent nos erreurs.

Veuillez accepter mes salutations les plus respectueuses et les plus dévotes et croyez que je demeure en ce monde votre cousin de sang et votre frère, car nous sommes tous enfants de Dieu.

Abbé de Pontneuf, S. J.

7

Dans l'élégante salle à manger de l'hôtel d'Argenlac, tous les bavardages s'étaient tus. Au bout de la table, Gervaise entama sa seconde bouteille de bordeaux et dédaigna le turbot de bœuf aux champignons et les langoustes du jour frites au beurre. Il ne fit pas plus attention à l'autre plat composé de deux variétés de légumes, dont l'une préparée *à la genevoise* ; rien ne parvenait à détourner son palais de l'attraction exercée par le vin. Il jeta un œil bilieux au plat suivant attendant sur le plateau et souffla bruyamment.

« Qu'y a-t-il, Gervaise ? » demanda abruptement Claudia, les yeux tournés vers son frère, assis sur sa droite.

« Rien, rien. » Il attrapa son verre par le pied et le tint devant lui de manière à ce que la lumière filtrât à travers le liquide. « Je pensais que je devais partir bientôt. Il est neuf heures passées, et j'ai rendez-vous avec Lambeaugârenne à dix heures. Je doute que je puisse poursuivre ce repas avec vous. Vous serez heureuse d'avoir du temps seule avec Robert, j'en suis sûr. Vous pourrez médire à propos de la famille et vous plaindre de moi à lui jusqu'à la fin des chandelles, cela me sera bien égal. » Il était sur le point de se mettre debout sur ses jambes quand l'un des laquais ouvrit les portes de la salle à manger, très bouleversé. « Eh bien ? » demanda Gervaise.

Le laquais commença, mal à l'aise. « Il y a… il y a un message, maître. Il a été apporté par un messager…

— Je vais le lire dans le salon jaune », dit-il, se souvenant d'un air maussade de son pari de six mille louis qu'il avait perdu l'autre jour. Le visage rempli d'irritation, il se remémorait cette rencontre. « L'oie aurait dû gagner », maugréa-t-il, alors qu'il reconsidérait la course entre l'oie et le lièvre. « L'oie possède des ailes.

— Mon chéri… ? dit anxieusement Claudia.

— Je vous demande pardon, osa interrompre le laquais, mais la lettre n'est pas pour vous, maître, mais pour le marquis de Montalia. »

Robert se retourna, interdit et étrangement alarmé. « Pour moi ? » Il eut une pensée soudaine, peut-être Madeleine avait-elle besoin de son aide à l'hôtel de Chenu-Tourelle, mais il chassa cette pensée de son esprit. « Je vous remercie de me l'avoir apportée. » Il tendit la main pour recevoir le message et attendit que le laquais plaçât le pli scellé entre ses doigts. Il le mit d'abord à côté de son assiette, car c'était terriblement impoli de lire un message à table.

« Non, Robert, vous pouvez le lire. » Claudia regarda le laquais. « Qui a apporté le message ?

— Un serviteur en bleu foncé et rouge, répondit le laquais. Je ne connais pas cette livrée. »

Mais manifestement Robert de Montalia, lui, la connaissait. Son visage prit la couleur de la craie, et tout à coup, ses mains devinrent comme engourdies. Mais Gervaise secoua la tête férocement, sachant que son invitation inconsidérée à la fête de Madeleine avait jeté beaucoup de désapprobation sur sa tête. « On dirait que c'est quelqu'un de chez Saint-Sébastien », dit-il, pour prévenir toute accusation contre lui.

« Oui », dit Robert doucement. « Puis-je ? » demanda-t-il à sa sœur alors qu'il prenait le pli scellé. Un regard sur les armoiries du sceau de l'anneau confirma ce que Gervaise venait de dire. C'était bien une lettre de Saint-Sébastien. Il brisa le sceau et déplia les deux feuilles, les parcourant lentement, comme s'il traduisait une langue étrange et difficile.

« Oh ! Sainte Mère », pensa Claudia en voyant l'expression du visage de son frère qui se mua en un masque d'angoisse. « S'agit-il de Madeleine ?

— Oui », Robert froissa les deux feuilles de papier et les jeta à travers la pièce dans un soudain juron. Il se leva de sa chaise, et ses mouvements brusques déséquilibrèrent son verre à vin, renversant le bourgogne sur la nappe grise damassée.

« Saint-Sébastien ? dit Gervaise, intrigué. Elle vient de partir avec Chenu-Tourelle. Que lui veut Saint-Sébastien ? »

Robert grinça des dents. « Il est mon ennemi juré, dit-il. Il a enlevé Madeleine. Il dit... je n'ose répéter ce qu'il écrit.

— Il doit y avoir un malentendu », dit Gervaise, se le demandant pour la première fois. Il prit une gorgée de vin hâtive, essuya sa bouche avec sa main et reprit : « Voyons, Montalia, je connais Saint-Sébastien. Il a dit qu'il voulait renouer votre amitié de trente ans. Il a probablement demandé à Chenu-Tourelle d'amener votre jeune demoiselle chez lui, et veut que vous le rejoigniez. Il est un tantinet désagréable, mais vous ne devriez pas vous en formaliser.

— Un tantinet désagréable ? » La voix de Robert s'était enflée, il avait les poings serrés de chaque côté comme des maillets de bois. « Il est dangereux, il est maléfique ! Il me dit dans cette… cette lettre obscène qu'il va sacrifier mon enfant ! » Il s'arrêta brusquement, voyant l'horreur se refléter dans les yeux de sa sœur.

« Un sacrifice ? Quelle sorte de sottise est-ce donc ?

— Ce n'est pas une sottise, dit Robert gravement. Saint-Sébastien a l'intention d'offrir le corps et le sang de Madeleine à Satan. » Il couvrit ses yeux de ses mains. « Je dois l'arrêter. »

Gervaise tenta de railler, et y parvint presque. « Offrir à Satan ? La dernière fois que cela est arrivé, c'était quand la Montespan était la maîtresse du Roi Soleil. La police y a mis bon ordre, vous pouvez être tranquille.

— Gervaise, je vous en prie, le supplia Claudia.

— Non, cela n'a pas pris fin alors, dit Robert, comme si les mots lui étaient arrachés. C'est devenu invisible, c'est devenu secret, mais cela n'a pas pris fin. Et Saint-Sébastien est à la tête du Cercle maintenant. Je le sais. Je le sais, dit-il plus fortement, arrêtant Gervaise avant qu'il ne parlât. Je sais parce que j'ai fait partie du Cercle. Je sais qu'il va faire ce qu'il a promis de faire de Madeleine, parce que je lui ai donné ce droit avant qu'elle ne fût née. » Sa voix se brisa, et les larmes se répandirent sur les cicatrices de son visage. « Que Dieu me pardonne, je ne savais pas. »

Claudia s'était levée et avait pris son frère dans ses bras. Elle regarda ses serviteurs embarrassés avec angoisse, mais se maîtrisa suffisamment pour donner quelques ordres brefs. « Paulin, je voudrais du brandy pour le marquis. Ramène-le tout de suite. Soussère, envoie un mot à l'écurie afin de faire harnacher la voiture de ville. Aiguille, enlève les plats et ramène-les à la cuisine. Dis à notre chef que nous avons reçu de tragiques nouvelles et que nous ne pouvons pas rendre justice à son art. » Elle dégagea les cheveux qui couvraient le visage de Robert et le regarda. « Nous la retrouverons, dit-elle avec une conviction qu'elle ne sentait pas. Nous la retrouverons et nous la mettrons en sécurité. Vous pourrez partir très vite. Gervaise ira avec vous…

— Mais Lambeaugârenne…, interrompit Gervaise.

— Je suis sûr qu'Évrard Lambeaugârenne peut attendre une nuit avant de vous plumer, mon cher, dit-elle avec âcreté. Envoyez-lui vos excuses.

— Mais tout cela doit être un malentendu ! insista Gervaise.

— Eh bien, plus tôt vous emmènerez Robert à Saint-Sébastien, plus tôt la chose sera dénouée et vous pourrez tenir votre engagement avec Lambeaugârenne. » Elle regarda Robert. « Vous allez la retrouver, cher frère. Je vous le dis.

— Oh ! Par le sang du Christ ! dit-il, son état de choc s'amplifiant.

— Demandez de l'aide, Robert. Écrivez une requête au Roi immédiatement. Je ferai en sorte qu'elle lui soit transmise au plus vite. Je lui expliquerai. Quand il comprendra, le Roi autorisera l'arrestation de Saint-Sébastien », proposa Claudia, tentant de détourner ses pensées des visions maléfiques que la lettre avait suscitées en elle.

Il regarda par terre, murmurant. « J'ai gâché votre magnifique nappe, je ne voulais pas.

— Ce n'est rien, dit-elle gentiment. Venez, Robert, vous devez prendre votre justaucorps, si vous sortez par une nuit pareille. Gervaise ira avec vous. Tout va bien se passer. J'en suis certaine. » Elle se dégagea des bras de Robert tout en disant cela, puis annonça à son mari : « Vous aurez aussi besoin d'un justaucorps, Gervaise. Un orage se prépare.

— Bon, très bien, grommela Gervaise. Je serai à votre disposition dans un quart d'heure. Je dois écrire une note à Lambeaugârenne. Serviteur », dit-il abruptement alors qu'il accomplissait le plus parfait des saluts.

Quand il eut quitté la pièce, Claudia porta toute son attention sur Robert. « Où est-elle ?

— À l'hôtel de Saint-Sébastien, j'imagine. La lettre vient de là. » Il fit une pause. « Il est dit que je serai tué si j'essaye de venir la chercher, et que toute personne qui m'aiderait serait tuée, elle aussi. Je ne ferai pas d'objection si Gervaise ne désire pas m'accompagner.

— Et vous laisser avec ses exécrables personnes ? » Claudia était incrédule. « Gervaise sait certaines choses à propos de ces hommes. Ils ne lui feront pas de mal, Robert. Ils savent que c'est un joueur et qu'il boit souvent trop. Il ne représente aucun danger pour eux. Vous, en revanche, n'êtes pas connu dans Paris et bien peu remarqueraient votre disparition. Avec Gervaise, il en est tout autrement. S'il venait à ne plus se montrer cinq jours sur sept à l'hôtel de Transylvanie ou à l'Hôtel de Ville, la moitié de Paris le saurait. » Elle prononça ces paroles d'un ton froid et amer qui en disait long à Robert sur l'état de sa vie avec Gervaise d'Argenlac.

— Êtes-vous très malheureuse ? demanda-t-il rudement.

— Non, bien sûr, non. Enfin, peut-être, admit-elle, puis elle ajouta : J'ose le dire, si nous avions eu des enfants, il en aurait été tout autrement. Un homme sans héritier ne peut pas sentir qu'il a un grand investissement dans son futur. » Elle détourna ses pensées de ce chemin stérile. « Il sera de bonne compagnie pour vous. Il va traiter avec Saint-Sébastien. Cela pourrait nécessiter de l'argent…

— J'en doute, interféra Robert.

— Ou d'autres sortes de payement, mais ce sera fait. » Elle traversa la pièce jusqu'au manteau en marbre de la cheminée, réalisant qu'en disant ces mots elle avait eu soudain très froid. « J'ai quelques conseils à vous donner, mon cher. Et j'espère que vous ne les mépriserez pas.

— De quoi s'agit-il ?

— Envoyez un laquais chez Saint-Germain. » Elle vit le mécontentement sur le visage de son frère et poursuivit rapidement. « Écoutez-moi avant de dire non. Saint-Germain n'est pas français, et il est comme immunisé contre le scandale. Je sais qu'il ne le paraît pas, mais c'est un formidable bretteur. Il s'est battu en duel la semaine dernière et a surpris la moitié du beau monde. Il adore Madeleine. Je sais qu'il sera prêt à vous aider. »

Robert tenta de se composer une attitude, et répondit à sa sœur d'une voix qu'il se força à contenir : « Il est suffisamment dégradant de demander à votre mari d'intervenir dans cette sordide affaire. Je ne demanderai pas à quelqu'un d'extérieur à la famille, encore moins à un étranger, quelle que soit son affection pour Madeleine, de s'impliquer dans quelque chose qui assurément le choquerait. » Il se lécha les lèvres, comme pour les débarrasser d'un mauvais goût. « J'ai peur que je ne doive vous laisser à l'instant si je veux atteindre Saint-Sébastien à temps. Priez que je le puisse, ma Claudia.

— De tout mon cœur, mon Robert. » Elle résista à la tentation de courir vers lui et de s'effondrer en larmes. Avec un effort, elle resta près de la cheminée, son visage ne montrait qu'une certaine préoccupation, sans aucun doute. « Je prierai. Ramenez Madeleine aussi vite que possible.

— Je le ferai », promit Robert, puis il passa la porte et disparut.

À présent qu'elle se trouvait seule, Claudia laissa éclater ses sanglots qu'elle avait retenus. C'était une peine affreuse, rageuse, semblable à une douleur physique. Elle savait que son visage était barbouillé de rouge et de blanc, et que sa coiffure de la soirée était tout à fait fichue, mais cela n'avait plus d'importance. Elle était tellement perdue dans sa peine qu'elle n'entendit pas l'attelage quitter l'hôtel d'Argenlac, ni, vingt minutes plus tard, un cheval arriver.

Elle put sortir un peu de son accablement quand elle entendit une voix familière lui parler du pas de la porte. « Ma chère Comtesse. »

Claudia leva son visage affligé de tristesse à l'étranger familier dans l'embrasure de la porte : « Saint-Germain !

— Je dois vous demander de me pardonner. Je n'ai pas voulu que le laquais m'annonçât. J'avais peur que vous ne refusiez de me recevoir. » Il traversa la pièce et vint à ses côtés. Elle vit qu'il était habillé pour la monte et qu'il portait des habits encore plus sobres qu'à l'accoutumée.

— Je… nous… de mauvaises nouvelles nous sont parvenues tantôt.

— Madeleine, dit-il, et ce n'était pas une question.

— Oui. Elle est… captive… Et Robert est parti à sa recherche, lui… et Gervaise… Ils seront désolés de vous avoir raté.

— Je crains que non. » Il approcha une chaise. « Si Madeleine était simplement retenue captive, il n'aurait pas fallu que son père et votre mari allassent la récupérer. Et vous, ma chère, vous, ajouta-t-il d'un ton plus aimable, ne seriez pas là à pleurer. Dites-moi de quoi il s'agit en vérité.

— Robert ne veut pas…

— Si votre agaçant frère ne désire point qu'on l'aide, alors c'est un plus grand imbécile que je ne le croyais. » Saint-Germain prit l'une des mains de Claudia. « Ma chère, croyez-moi, je ne me permettrais pas d'interférer si le marquis pouvait sauver seul votre nièce. Mais cela est impossible. Ils sont déterminés à tuer Madeleine, n'est ce pas ? Saint-Sébastien et son Cercle ? »

Elle fit un geste de désespoir. « Je ne sais pas. Robert avait la lettre…

— Une lettre ? L'a-t-il emportée avec lui ?

— Je ne sais… » Elle leva le regard, et un peu de sa torpeur la quitta. « Non. Il l'a jetée au loin. Elle devrait être… » Elle regarda autour d'elle sur le sol. « Là. Près du deuxième candélabre. »

Saint-Germain se leva et prit la lettre, lissant les feuilles froissées pour pouvoir bien lire le message. Son visage se fit de plus en plus sinistre à mesure qu'il lisait. Après l'avoir terminée, il tendit la lettre à Claudia. « Brûlez-la, dit-il sobrement. Ne la lisez pas, brûlez-la simplement. » Il fit les cents pas dans la pièce, son regard brûlait, sa noirceur devenant plus intense.

Obéissant, Claudia mit la lettre contre la flamme de l'une des chandelles sur le manteau de la cheminée. « Est-ce donc si sérieux, Saint-Germain ?

— J'ai bien peur que oui. » Il s'arrêta et l'observa. « Saint-Sébastien a l'intention de la tuer. Et ce n'est pas le plus atroce. »

Claudia mit sa main devant sa bouche. « Mais assurément…

— Si vous désirez m'aider, il y a certaines choses que vous pourriez faire. »

Elle acquiesça, trouvant cet autoritarisme soudain de Saint-Germain troublant. Il avait toujours été ensorcelant, mais elle s'était dit que ce n'était juste qu'un mirage des yeux. Mais à présent, elle voyait toute sa puissance sans la façade de cour, et elle réalisa qu'il était bien plus formidable que tout ce qu'elle avait pu imaginer. « Dites-moi, Comte. Je ferai tout ce que je peux pour ma nièce.

— Bien. D'abord, vous devez envoyer un message rue de l'École romaine à un médecin nommé Andreas Schoenbrunn. Il excelle dans son art, et il est très discret. Vous pourrez louer ses services si nécessaire, sans vous inquiéter des rumeurs qui pourraient se répandre.

— Pensez-vous qu'elle aura besoin d'un médecin ?

— Très probablement. Elle aura besoin d'un prêtre aussi. Qui est son confesseur ?

— L'abbé de Pontneuf. C'est un de nos cousins. »

Saint-Germain fronça les sourcils. « J'ai entendu parler de lui. Elle ne l'apprécie pas trop, et elle craint qu'il ne rapporte certaines choses qu'il ne devrait pas. Nous aurons besoin de quelqu'un d'autre. Je vous laisse le soin de trouver un prêtre, si possible jeune, avec du courage et sachant garder le silence. Il devrait y en avoir de tels à Paris. »

Claudia remua sa tête engourdie. « Un prêtre », répéta-t-elle.

Il s'arrêta alors qu'il attachait sa cape à nouveau. « Je ne puis rester. Chaque minute de retard la place dans un grand danger. Si vous avez raison, je trouverai votre frère seul avec Madeleine à l'hôtel de Saint-Sébastien, et nous vous reviendrons avant minuit. Mais s'il en est autrement, vous ne nous reverrez pas avant le lever du soleil, peut-être. Si aucun d'entre nous ne revient avant neuf heures, envoyez un mot à mon serviteur, Roger. Il a des instructions me concernant.

— Je le ferai », dit-elle, sur un ton plus affirmé que quand il était arrivé. « Que Dieu vous garde, Saint-Germain. »

Saint-Germain leva les sourcils. « Que Dieu me garde ? Pourquoi pas. » Et puis la porte se referma, et

Claudia entendit ses pas assurés et rapides alors qu'il quittait l'hôtel d'Argenlac.

*

Texte d'une lettre du médecin Andreas Schoenbrunn en réponse à une lettre de la comtesse d'Argenlac, datée du 5 novembre 1743 :

Le médecin Andreas Schoenbrunn de la rue de l'École romaine envoie ses compliments respectueux à Mme la Comtesse d'Argenlac et souhaite l'informer qu'il a bien reçu la note en date de la soirée d'hier requérant sa présence en votre hôtel aussitôt que possible.

Le médecin est heureux d'accepter l'aimable sollicitation de Mme la Comtesse et il se présentera à elle une heure avant le coucher du Soleil. Alors, le médecin apprécierait que Mme la Comtesse lui donnât un peu plus d'informations sur la nature et les caractéristiques des maladies ou de la maladie qu'il s'agit de traiter. L'art de la médecine étant ce qu'il est, le médecin répugne à agir aveuglément.

Dans le cas où les craintes concernant Mme la Comtesse se trouveraient infondées, le médecin recommandera une garde-malade d'expérience et aux pieuses dispositions pour surveiller les victimes qu'elle a évoquées. Souvente fois, c'est l'âme qui souffre plus que le corps, quelles que soient les atteintes morbides subies dans les chairs. Le médecin a, en maintes occasions, vu qu'un homme pouvait mourir de peur ou d'un désespoir qu'on ne pouvait rattacher à une atteinte du corps. En fait, l'opinion de ce médecin est que l'esprit et l'âme seuls sont responsables de l'apoplexie et de tous ces dérèglements, car ce médecin a noté que de tels faits ont lieu quand la victime est des plus colériques. Il en est autrement des femmes. La femme, d'un tempérament des plus obéissants, soumise et tempérée, seule est victime d'apoplexie. Quand une agressivité affichée amène chez les hommes des crises d'apoplexie, les femmes, elles, succombent à ce mal en ayant des dispositions contraires.

Mais il n'est pas dans les intentions du susmentionné de s'appesantir sur un sujet qui n'aurait point d'intérêt pour Mme la Comtesse. Il vous implore d'être magnanime pour son zèle messéant et supplie Mme la Comtesse de le croire à ses ordres.

Andreas Schoenbrunn
médecin

8

Alors que Madeleine retrouvait ses sens, chacun d'entre eux ajoutait son propre poids déplaisant à ses peurs. Ses mains et ses pieds étaient liés et elle tenta de les fléchir. Elle sentit des cordes reliant ses poignets et ses genoux et elle comprit qu'elle était attachée sur une surface de pierre froide. Sa bouche se fit sèche alors que sa mémoire désordonnée se défaisait des derniers troubles de la drogue. Qu'avait-elle bien pu faire pendant qu'elle était droguée, se demandait-elle, pour être entravée de cette indécente, hideuse et inconfortable manière ? Elle ouvrit les yeux, et un éblouissement la saisit, de sorte qu'elle les referma à nouveau pour échapper à ce qu'elle venait de voir.

« Ainsi vous êtes réveillée, dit la gracieuse voix tant haïe. Je suis soulagé. »

Elle sentit ses ongles et le bout de ses doigts sur elle alors qu'il les promenait sur son ventre. Elle dit très distinctement : « Si vous recommencez cela, je sens que je vais être malade. » Saint-Sébastien ricana méchamment. « Vous ne devriez pas me promettre de tels plaisirs. Vous allez me rendre trop impatient. » Il toucha à nouveau sa chair, cette fois suivant la ligne de ses côtes.

« Vous êtes merveilleusement solide. Cela implique force et santé. » Il passa le bout de sa langue sur ses lèvres. « Non, dit-il dans un souffle. Non, pas tout de suite. Maintenant, il n'y a que de la colère, et il devrait y avoir de la peur et de l'abdication avant qu'on aille plus loin. Elle devra accepter ses tortionnaires et sa honte. »

Madeleine sut qu'elle allait entendre ce discours de nombreuses fois, et que Saint-Sébastien voulait que cela l'effrayât. Elle se fit une carapace contre ces mots, avalant la bile qui montait dans sa gorge. Précautionneusement, elle testa à nouveau ses liens, et découvrit qu'ils étaient, en fait, très sûrs.

« Ma chère, dit Saint-Sébastien dans un murmure, quand vous vous cambrez et agitez votre adorable corps dans cette posture pénible, je ne puis me retenir que difficilement de succomber à vos charmes. » Il entreprit de conduire ses ongles sur tout son corps, de son cou jusqu'aux douces pentes entre ses jambes. « Ce n'est pas encore le moment. Il y a d'autres choses que je dois faire auparavant. » Très soudainement, il la pinça près de la taille, sous la poitrine, et sur le haut du bras.

Les yeux de Madeleine s'emplirent de larmes et d'humiliation, mais elle retint le cri qui voulait surgir en elle. Puis, quand elle fut sûre de pouvoir parler sans crier, elle dit : « Que Dieu vous damne. »

Saint-Sébastien ouvrit la bouche dans un rire silencieux et répondit de sa manière la plus polie : « Vous êtes un peu en retard, ma chère. Comme votre père aurait dû vous le dire.

— Non ! » Madeleine cilla comme si elle avait reçu un coup.

« Ainsi, vous savez quelque chose à propos du serment, dit Saint-Sébastien en rusant. Qui a pu vous en parler ?

— Quel serment ? » C'était une tentative de diversion maladroite, et elle le savait. Son cœur sembla s'arrêter pendant qu'elle regardait Saint-Sébastien, se haïssant d'avoir laissé entrevoir qu'elle était si empressée de nier les allégations de Chenu-Tourelle.

« Celui qui a été proféré il y a de nombreuses années. Avant votre naissance, ma chère. » Il mit sa main entre ses cuisses et joua négligemment avec les chairs délicates. « Il vous a donnée à moi, Madeleine, pour être mienne entièrement. » Sur ces derniers mots, il introduisit violemment trois doigts à l'intérieur, souriant lentement alors qu'elle criait et se débattait en vain dans ses liens, ses cuisses tentaient de se refermer sur cette désinvolte et vile intrusion. « Pas encore, pas encore, ma chère. Résignez-vous à mes volontés. » Il la tritura et la douleur s'insinua en elle. « Pas cette nuit, mais la nuit prochaine, je prendrai votre virginité. Je ne serai pas le seul à vous abuser. Et avec les nuits, notre imagination ne fera que grandir. Vous croyez que cela est douloureux ? » Il gloussa en la voyant se remuer. « Ceci n'est qu'un avant-goût, Madeleine. Souvenez-vous-en. » Il se retira, la laissant pantelante, elle était couverte de sueur et tremblait de peur et de froid.

« Cette nuit, poursuivit-il avec un geste ample, vous resterez avec moi quelque temps. » Il jeta un regard sur son salon privé, comme si la pièce elle-même était une agréable découverte. « Au cœur de la nuit, c'est-à-dire en la troisième heure après minuit, nous nous joindrons aux autres.

— Les autres ? Les mots s'étranglèrent avec consternation.

— Il y a en a bien un certain nombre. Vous découvrirez beaucoup de visages familiers, Madeleine. » Il fit les cents pas dans la pièce, tirant de la satisfaction en voyant son regard qui le suivait partout où il allait. « Ceux qui vous ont désirée seront récompensés. Ceux qui vous méprisent trouveront les moyens de satisfaire leur rancune. Dans les quatre jours suivant, nous vous arracherons votre humanité, ma chère. Et quand vous ne serez plus rien, vous mourrez pour les puissances de Satan, qui aspire à la dévastation. » Il tira la sonnette et presque instantanément la porte fut ouverte par un homme grand et large à la face apathique et aux yeux cupides. Il portait la livrée bleu foncé et rouge de la maisonnée de Saint-Sébastien. « Voici, Tite, mon valet de chambre. Il est votre gardien, ma chère. Ne pensez pas que votre beauté ou votre effroi amènera de la pitié dans son cœur, il aime à être haï. »

Tite acquiesça, ses yeux cillèrent devant la nudité de Madeleine. « Cinq sont arrivés », informa-t-il son maître, sans enlever son regard de Madeleine. « Quand l'aurons-nous ?

— Dans la nuit de demain, Tite. Après moi. Elle sera vôtre pour le reste de la nuit. » Il dit cela comme s'il donnait un bonbon à un enfant. « Amène les autres, ainsi que sa servante. »

Dans une courbette faite de servilité et d'insolence, Tite se retira.

Saint-Sébastien se tint un moment près de la porte, puis alla à un gros coffre qui était contre le mur opposé. Il l'ouvrit et sélectionna quelques objets à l'intérieur, puis le referma et revint vers Madeleine. Son nerf de rhinocéros était enroulé autour d'un de ses bras et il tenait un objet court dans sa main, qui ressemblait à une balayette en bambou. Il tint ce dernier, le considérant avec circonspection. « Je pense que ceci sera le mieux, lui dit-il. En général, il n'entame pas la peau. »

Madeleine sentit la peur monter, une peur qu'elle combattait. Elle ne voulait pas lui donner la satisfaction de voir son courage défaillir. La table de marbre lui parut soudain plus froide encore.

« Bien, opina Saint-Sébastien. Ce serait dommage si vous étiez brisée trop tôt. C'est votre résistance qui rend l'avilissement aussi puissant. » Il frappa la dure balayette en bambou contre sa main.

À nouveau, la porte s'ouvrit, et cinq hommes entrèrent dans la pièce. Madeleine tressaillit en les reconnaissant. Il y avait sur le visage de La Sept-Nuit une expression lubrique d'expectative, à ses côtés, Châteaurose paraissait fébrile ; avec lui, il y avait Achille de Cressie, qui eut à l'encontre de Madeleine un ricanement méprisant avant de reprendre sa conversation avec des Radeux, qui était venu avec son oncle, le baron de Beauvrai.

Châteaurose traversa tranquillement la pièce jusqu'à la lourde table où Madeleine était attachée. « Heureuse rencontre, mademoiselle Madeleine », dit-il sur son ton le plus respectueux. « Vous n'avez pas idée comme je suis heureux de vous voir dans cette position.

— Nous sommes tous enchantés de vous voir ainsi, approuva de La Sept-Nuit. Et vous ne pouvez vous imaginer à quel point j'attends la suite pour pouvoir vous connaître mieux. » Lui aussi était venu à la table pour l'observer. « Délicieux, je vous assure », dit-il avec une effrontée courtoisie.

Madeleine ne dit rien mais un flot de colère lui rougit le visage et le cou.

Un cri angoissé venant de la porte la fit se tourner et elle vit Cassandre, sa bonne, que Tite traînait à sa suite dans la pièce. « Oh ! Dieu miséricordieux et par tous les saints, gémit-elle.

— Tite, rugit Saint-Sébastien, fais-la taire.

— Immédiatement », dit Tite et il asséna sa grosse main sur le cou de Cassandre. Le coup fut rude, et la vieille Cassandre, épuisée par les dramatiques événements de la journée, s'effondra d'un seul bloc sur le sol, sans un mot de protestation.

Les hommes s'étaient à présent tous rassemblés autour de la table où reposait Madeleine ; ils étaient silencieux, se préparant à la tâche qui les attendait.

Ils n'eurent pas à attendre longtemps, car Saint-Sébastien annonça d'une voix mielleuse : « Je pense que nous pouvons la retourner. Ceci — il montra la balayette en bambou — agit mieux sur le cul et les cuisses. Vous, Donatien, prenez ses bras et vous, mon cher baron — il fit à Beauvrai un semblant de salut —, ses pieds. Les autres peuvent détacher ses liens et vous les rattacherez quand nous aurons terminé de la remettre en place. Soyez prudents quand vous la retournerez, car il est fort probable qu'elle se débattra. »

Achille observait avec curiosité la balayette en bambou, sa curiosité éveillée. « Est-ce une étrille, Saint-Sébastien ?

— Je suis navré de vous décevoir, Achille, mais nous n'allons pas utiliser l'étrille avant quelques jours. Et celle-ci doit être utilisée uniquement sur la plante de pieds. Non, ceci est bien différent. Voulez-vous que je vous montre ce que cela peut faire ? »

Bien qu'elle se fût étirée, eût gigoté et se fût contorsionnée dans tous les sens et qu'elle eût même essayé de mordre, Madeleine s'était trouvée retournée sans ménagement et attachée de nouveau. Sa tête pendait hors de la table, et ses jambes toujours écartées commençaient à lui faire mal. Elle montra les dents à Saint-Sébastien alors qu'il la caressait encore une fois, promettant aux autres qu'ils auraient ce même privilège, dès qu'il en aurait fini avec le fouet en balayette.

« On l'utilise ainsi — on tape très vite et légèrement, pas plus fort que des tapes. Le rythme doit être régulier, dit-il en utilisant le bambou sur ses fesses. Vous me direz, c'est stupide. Mais attendez un peu et vous verrez dans quelques minutes l'excellence de ce petit instrument chinois. J'ai toujours pensé que les Chinois étaient le plus ingénieux des peuples. »

Madeleine ressentait déjà les effets du bambou. Le sang monta sur ses fesses et la peau commença à se dilater, faisant à chaque coup augmenter sa douleur.

« Constatez par vous-même, dit Saint-Sébastien. Dix minutes de plus, et la peau gonflerait et elle ressentirait la plus terrible des douleurs si ne serait-ce qu'une goutte d'eau ou une plume touchait sa peau.

— Allez-vous le faire ? demanda Beauvrai avec appétit.

— Non, pas encore, je pense. Mais nous devrons le faire avant d'en avoir terminé. Imaginez de la posséder alors que son corps ne peut pas supporter d'être touché. Cela ce sera pour plus tard. » Il était sur le point de poursuivre quand il y eut soudain un bruit de glace brisé et de bois que l'on casse. L'une des portes-fenêtres se trouva fracassée au fond du bureau, et Robert de Montalia se précipita dans la pièce, suivi par Gervaise d'Argenlac. Les restes brisés de la porte-fenêtre s'étalaient à ses pieds.

« Stop ! » cria Robert de Montalia comme il mettait son pistolet en joue et visait fermement Saint-Sébastien.

La plupart des hommes autour de la table eurent la délicatesse de paraître choqués, Châteaurose parut embarrassé. Seul Saint-Sébastien semblait imperturbable et même amusé, à en juger par le sourire qu'il arborait : « Bonsoir », dit-il, quand il fut certain que Robert n'allait pas tirer immédiatement. « Je constate que vous avez décidé de vous joindre à nous.

— Écartez-vous d'elle.

— Non. » Et il secoua la tête moqueusement. « Votre

fille est entre mes mains, Robert. Comme vous vous y étiez engagé.

— Vous ne pouvez pas faire ça. » Le tourment de Robert était proche de la folie. Et sa voix monta jusqu'au cri.

« Pourquoi ? Serait-ce parce que vous vous réservez cet honneur pour vous ? » Il désigna ses compagnons. « Je suis sûr que ces messieurs attendront, si c'est là votre désir. Vous avez un droit sur elle, après moi. » Il pinça les fesses endolories de Madeleine, et le cri qui s'échappa de sa gorge amena une nouvelle torture sur le visage marqué de son père.

« Laissez-la, Clotaire, dit Robert d'une voix rauque. Laissez-la s'en aller et je resterai. Quoi que vous fassiez et quel que soit le temps que cela vous prendra. Je resterai.

— Bien sûr, vous le ferez », acquiesça Saint-Sébastien agréablement. Puis, faussement amusé, il ajouta : « Assurément, vous ne pensiez pas que j'allais vous autoriser à nous quitter ? Vous avez lu mon mot, je présume. Vous, tout particulièrement, devez savoir que je fais ce que je dis. »

Gervaise, qui avait bu plus d'une bouteille de vin dans la voiture qui le conduisait à l'hôtel de Saint-Sébastien, rassembla ses faibles esprits et tituba en s'avançant vers la table. « Dieu du Ciel, articula-t-il avec difficulté. Mais que faites-vous donc à Madeleine ?

— Nous accomplissons un sacrifice », dit Saint-Sébastien, dédaigneusement, en agitant sa main pour écarter Gervaise.

Mais Gervaise n'était pas prêt à être congédié comme cela. Il avait la ténacité d'un alcoolique et avait atteint le stade où ses inhibitions étaient tombées. « Il n'est pas permis de sacrifier une noble. Ce n'est pas concevable.

Mais à quelles fins voulez-vous la sacrifier ? Dites-le-moi donc.

— Pour le pouvoir, dit Saint-Sébastien, cinglant, en réunissant à nouveau ses mains. Robert, vous choisissez vos alliés de manière bien légère.

— Mais vous n'êtes qu'un pervers fils de pute, s'écria Gervaise comme il se précipitait vers la table. Vous ne pouvez déshonorer une femme de qualité et la battre pour l'amusement de vos amis, Saint-Sébastien ! » Il regarda avec insistance les autres. « Il y a véritablement quelque chose de très bas dans cela », dit-il lentement.

Ignorant Gervaise, Saint-Sébastien dit : « Je ne suis pas un homme patient, Robert. Plus vous faites durer ce petit mélodrame, moins je serai charitable avec vous.

— Écartez-vous de ma fille, dit Robert d'une voix glacée.

— Je ne pense pas. » Saint-Sébastien ne se retourna pas en donnant ses ordres. « Tite, si je suis tué par ce simplet, je vous donne entière liberté de le tuer de la manière que vous voudrez, avec l'aide de nos amis ici présents. » Il fit signe à son serviteur de s'écarter de la ligne de mire de Robert.

« Le meurtre, énonça Gervaise, bien que personne ne semblât l'écouter, est un cas pour les tribunaux. Nous avons besoin d'un juge. » Il s'écarta de la table et passa sur le verre brisé vers le trou béant laissé par la détérioration de la porte-fenêtre. « Vous les tenez en joue, Robert. Pendant que, moi, je vais aller voir si on peut trouver un prévôt à cette heure-ci. Il devrait y en avoir un quelque… »

Saint-Sébastien avait déjà déroulé son fouet quand il dit : « Écartez-vous, messieurs ! » La lanière se déroula comme quelque chose de vivant et de carnassier, son cuir fin et dur coupa profondément dans les chairs du cou de Gervaise, juste au-dessus de son jabot mal mis. Gervaise eut une sorte de hoquet alors que du sang maculait le fouet, éclaboussant sa veste et son justaucorps alors qu'il tombait en arrière. Saint-Sébastien fit tournoyer son nerf de rhinocéros comme s'il s'agissait de pêcher un poisson à la ligne, puis il ramena le fouet une fois de plus. Dans la pièce silencieuse, on entendit un bruit comme des branches d'arbre s'entrechoquant. Follement, comme une marionnette dont les fils ont soudainement été coupés, Gervaise s'effondra sur le sol et ne bougea plus.

Pendant un moment, la pièce demeura silencieuse. « Vous êtes un monstre ! » Alors que le cri jaillissait de ses lèvres, Robert arma son pistolet ; au même moment, Saint-Sébastien déroulait le fouet de la chair de Gervaise. Il y eut un bruit assourdissant quand la charge du pistolet explosa, en même temps que le fouet faisait tomber le pistolet des mains de Robert et allait valdinguer contre un arrangement d'instruments de musique anciens.

« Saisis-toi de lui, Tite, ordonna Saint-Sébastien alors qu'il rassemblait son petit fouet africain.

— Tout de suite », répondit Tite, se dirigeant vers Robert. Sur la table Madeleine vit la scène et gémit.

Le marquis de Montalia s'écarta de Tite et tira son épée qui pendait à son côté dans son fourreau sous son justaucorps. Il y eut un crissement et l'arme fut sortie. Robert, dans un cri, se précipita en avant, enfonçant à moitié son épée dans la poitrine de Tite.

Tite hurla et agrippa l'épée puis tenta d'étreindre Robert, ses grosses mains tachées de sang s'écrasèrent sur la face du marquis, comme il tombait par-dessus le corps de Gervaise.

Robert vacilla dangereusement, mais ne tomba pas. Le coup de Tite avait été amorti, sinon Robert se serait effondré. Il glissa sur le verre et le sang, tombant sur un genou avant de retrouver ses esprits.

« Très amusant, dit lentement Saint-Sébastien. Que pensiez-vous prouver, Robert ? » Il s'approcha du marquis jouant négligemment avec la lanière du fouet. « Assurément, vous n'avez pas cru que j'allais vous laisser me contrecarrer ?

— Je ne sais pas. » Cela lui avait paru facile quand il s'était précipité hors de la maison de sa sœur. Il présentait l'exemple de la vertu et de l'amour en face du vice et de la décadence. Quand lui et Gervaise étaient arrivés à l'hôtel de Saint-Sébastien, il était seulement question de tenir Madeleine loin à l'écart du Cercle pour pouvoir la transporter en sécurité. À quel point cela était stupidement naïf, Robert ne le réalisait que maintenant.

« Pauvre Robert, si vertueux. » Saint-Sébastien fit signe aux autres hommes rassemblés dans la pièce. « Mais voyez-vous. Je l'ai, elle, et à présent je vous ai aussi, cher Robert. » Il fit une pause. « Je suppose que vous avez dit à la veuve de Gervaise où vous vous rendiez. Je vois, je n'avais pas besoin de le demander. C'est très gênant. » Il se tourna vers son Cercle. « Que l'un de vous l'amène dans la pièce attenante à l'écurie où séjourne Le Grâce. Vous, Achille, j'en suis sûr, vous allez nous trouver un amusement pour nos invités, jusqu'à ce que je trouve ce qu'on va faire de lui. »

Les yeux d'Achille s'éclairèrent. « C'est vraiment un homme attirant, Clotaire. Assurez-vous que j'aie suffisamment de temps. » Il vit Robert se tasser comme il comprenait à qui il avait affaire. « Il est non consentant. » Achille était ravi. « Il ne sera plus non consentant quand j'en aurai terminé avec lui.

— Certainement, approuva Saint-Sébastien en poussant Robert vers Achille. Prends bien soin qu'il soit fermement attaché. Il pourrait nous réserver quelques surprises. »

Achille ricanait comme il approchait. « Êtes-vous sûr que vous ne voulez pas me laisser le besogner ici, où elle pourrait l'observer ?

— Peut-être plus tard. Mais pas maintenant. » Il alla à son coffre et en retira deux longueurs de lanière de cuir. « Voilà. Attachez-le avec ceci. Ne résistez pas, mon cher Robert ou votre fille en souffrira. » Il attendit qu'Achille attache les mains de Robert derrière son dos, puis dit : « Je n'avais pas prévu de partir d'ici avant demain, mais il serait peut-être avisé de nous rendre à la chapelle, cette nuit. »

Achille fit la moue : « De combien de temps disposerai-je ?

— Peut-être une heure, pas plus. Il y a quelques petites choses à terminer ici. » Il jeta un regard en coin à Madeleine. « Nous n'avons pas accompli tout ce qu'on aurait pu.

— Très bien. » Achille poussa Robert sans ménagement devant lui vers la porte de la bibliothèque. « J'ai un couteau, Marquis. Il existe de nombreux endroits douloureux où je pourrais l'utiliser. » Avec un dernier ricanement, il poussa Robert hors de la pièce, sortant derrière lui. « Où nous rendons-nous, Clotaire ? Je n'ai pas honte de vous dire que je n'apprécie nullement ce genre d'interruption.

— Pas plus que moi, dit lentement Beauvrai. C'est pourquoi nous allons à la chapelle. C'est l'un des lieux cachés que la Voisin avait utilisés pour la marquise de Montespan quand elle pratiquait les Arts. La police en a trouvé un, mais il en existe d'autres, et celui-ci est de loin le plus pratique. » Il revint vers la table et posa les yeux sur Madeleine. « Vous et moi, nous allons la porter dans ma voiture, je pense. Les autres, vous pourrez nous suivre à cheval.

— Mais, Saint-Sébastien, protesta de La Sept-Nuit, vous m'avez dit que j'aurais un peu de temps avec elle… »

Saint-Sébastien acquiesça. « Oui, en effet. Très bien. Je dois rédiger quelques notes pour nos membres leur annonçant où nous allons nous rencontrer. Vous avez un quart d'heure avec elle, puis ce seront Beauvrai et Châteaurose. Vous pouvez utiliser vos mains, mais vous ne devez pas la frapper, pas encore. Vous avez suffisamment d'imagination pour inventer divers tourments. Mais je vous préviens, sa virginité est mienne. Je ne céderai cela à personne. » Il tint la porte ouverte aux autres et sourit à de La Sept-Nuit. « Amusez-vous bien. »

Madeleine entendit la porte se refermer et elle retint sa respiration. Du coin des yeux, elle pouvait voir les corps du mari de sa tante et de Tite empilés l'un sur l'autre comme des meubles cassés. Elle pouvait aussi voir les pieds de La Sept-Nuit venir vers elle. Elle ferma les poings dans ses liens. « De La Sept-Nuit, dit-elle aussi calmement qu'elle put. Pourquoi faites-vous cela ? C'est infâme, Chevalier ! Pensez aux châtiments. »

De La Sept-Nuit passa une main violeuse sur son corps. « Pensez au pouvoir, Madeleine. Clotaire m'a promis la tête du Cercle quand il en aura fini. Si je m'en montre suffisamment capable. Vous faites partie de l'examen. »

Elle sentait le désespoir la gagner pour la première fois. Elle tenta vainement de repousser dans son esprit la douloureuse humiliation que lui faisait subir de La Sept-Nuit pour penser à autre chose. Mais les corps couchés là, baignant dans une mare de sang, ne pouvaient pas être ignorés, pas plus que la pitoyable silhouette de Cassandre, ni les mains vicieuses qui l'abusaient. Plus que jamais, elle souhaitait que Saint-Germain vînt la sauver, qu'il l'emportât loin de la violence, de la peur et de l'humiliation. Mais deux hommes avaient déjà tenté de la sauver ; l'un d'eux était mort, allongé à moins d'un mètre d'elle et l'autre, prisonnier, dans une aussi mauvaise posture qu'elle. Alors, elle pria silencieusement, avec ferveur, éperdument. Elle pria pour devenir folle.

*

Extraits d'une des nombreuses lettres écrites par Clotaire, baron de Saint-Sébastien aux membres absents de son Cercle, non datés.

[...] *On peut parvenir jusqu'à la chapelle par un passage secret qui part de la Seine pour aboutir aux cryptes abandonnées du monastère qui se trouvaient près du fleuve il y a cinq cents ans de cela. Vous trouverez l'entrée du tunnel sur les bords de Seine, au quai Malaquais, entre la rue des Saints-Pères et la rue de Seine. Le tunnel est étayé par de lourdes pierres. Vous devrez apporter une canne avec vous, les rats y pullulent.*

[...] *Après les caveaux, on trouve la chapelle. On murmure que des pratiques semblables se perpétuent là depuis le règne du roi Araignée, ce qui est de bon augure. Il est probable qu'on l'a utilisée récemment, car la Voisin en a parlé ainsi que d'autres, dans et autour de Paris, à certains membres du Cercle, auquel mon grand-père a appartenu.*

La chapelle elle-même se situe presque sous l'hôtel de Transylvanie. Je trouve que cela est amusant pour le contraste. Au-dessus de nous, nos splendides égaux joueront aux dés et risqueront la fortune de nombreuses générations sur le retournement d'une carte, pensant qu'ils ont trouvé la réponse au pouvoir et à la gloire, alors que nous, loin sous leurs pieds, nous exécuterons les rituels qui apportent un pouvoir qu'ils ne soupçonnent même pas et un contrôle sur le Royaume de France bien plus efficace que le trône.

Laissez-moi vous avertir : il semblerait qu'il existât un moyen de parvenir à la chapelle à partir de l'hôtel de Transylvanie, bien que je ne l'aie pas découvert, et il est improbable que le propriétaire de l'hôtel ou quelqu'un de la maisonnée sache où il se trouve. Mais on doit admettre qu'il serait fort dommageable que quelqu'un de chez nous l'utilisât, et même plus ennuyeux encore que l'un des gens malchanceux de la domesticité de l'hôtel vînt à découvrir notre présence. Pour cela et aussi pour d'autres raisons, j'insiste pour que chacun de vous tienne des gardes tournantes. Vous ne serez pas privé des délices de notre sacrifice ou de l'utilisation de nos dons, qui je pense seront excellents. Le petit avant-goût que j'ai eu d'elle me confirme que cela sera magnifique de la détruire. Mais nous devons rester secrets. Les retombées du précédent scandale qui a accompagné la découverte du Cercle devraient vous démontrer la nécessité manifeste de ces précautions. Une seule affaire des Poisons est suffisante pour la France. Je ne tolérerai pas que l'un d'entre vous soit aussi maladroit que le fut la Montespan.

Alors que j'écris ce dernier message, la première heure a sonné. Je vous charge d'être à la chapelle à trois heures du matin, comme nous l'avons prévu. C'est peut-être une bonne chose que nous nous soyons installés dans la chapelle avant le moment prévu, car cela réduit d'autant plus nos chances d'être découverts et nous donne plus de latitude pour rendre nos dons acceptables.

Si vous me décevez, je saurai que vous êtes mon

ennemi, et nous nous occuperons de vous en conséquence à la première opportunité. Si vous ne vous inclinez pas devant Satan, vous aurez peut-être une utilité pour lui et pour moi. Pensez à la malmort de ceux qui se sont élevés contre moi, et que votre décision reflète les bienfaits de votre contemplation.

Jusqu'à la troisième heure du matin et jusqu'au premier rite, quand nous offrirons sur l'autel le corps de celui qui m'a trahi, soyez assuré que vous êtes dans mes pensées — pour des privilèges et la luxure au-delà de toutes vos aspirations les plus profondes, ou pour la dévastation, comme bon vous semblera. J'ai l'honneur d'être votre plus dévoué, etc.

Baron Clotaire de Saint-Sébastien

9

Alors qu'au tournant on vit enfin apparaître l'hôtel de Saint-Sébastien, Saint-Germain entendit au loin une horloge sonner la première heure. Il stoppa son barbe et, tenant fermement les rênes de son étalon gris, il étudia l'imposant hôtel. Le portail serait fermé — de cela il en était certain — et il était probable qu'il y eût des gardes. La majeure partie de l'hôtel était plongée dans le noir mais, à l'arrière, quelques fenêtres laissaient filtrer une faible lumière dorée. Il n'était pas certain de la bonne fenêtre mais, même à cette distance, il pouvait apercevoir, grâce aux mouvements des rideaux, qu'une porte-fenêtre était ouverte.

Au moment où il s'était enfin décidé à pénétrer dans l'hôtel de Saint-Sébastien par cette porte ouverte, le lourd portail dans le mur qui entourait le terrain s'ouvrit, laissant sortir deux hommes à cheval. Tous deux éperonnèrent leurs montures sur la route de Paris. Saint-Germain, heureux de s'être arrêté là où il était, amena son barbe hors de la route, sous le couvert d'un bosquet en fleurs du petit verger attenant à l'hôtel de Saint-Sébastien.

Les cavaliers passèrent en trombe tout près de lui.

Saint-Germain reconnut l'un d'eux, Châteaurose. Son appréhension, qui n'avait fait que croître depuis qu'il avait quitté Claudia d'Argenlac, monta d'un cran. Il savait bien que ces hommes n'allaient pas abandonner leur projet, et l'unique explication à cette soudaine course était un brusque changement de plan.

Alors qu'il les observait, il vit un autre cavalier émerger du portail et partir dans une autre direction.

Saint-Germain ne voulait pas risquer d'être découvert, il ne savait pas combien de cavaliers supplémentaires pouvaient surgir dans la nuit, face à lui. Il fit tourner la tête de son barbe vers le bord des buissons, forçant son étalon à passer la barrière puis à rentrer dans le verger. Quand il sut qu'il était assez éloigné de la route, il descendit de cheval et attacha la bride de sa monture à l'un des amandiers.

Les lumières de la maison s'étaient éteintes, et il n'apercevait plus que la lumière d'une lanterne alors que deux ou peut-être trois ombres se dirigeaient vers les étables.

Il se baissa et courut avec une rapidité qui n'était pas tout à fait humaine. Il garda son visage rivé sur les silhouettes. Quand elles disparurent dans l'écurie, il accéléra pour atteindre la large route carrossable près de la terrasse de l'hôtel. Il s'arrêta, incertain du chemin à prendre : soit suivre les hommes dans l'écurie, soit entrer dans la maison à travers la porte-fenêtre qui, il s'en était aperçu, avait été brisée.

Il y eut soudain du bruit dans l'écurie, et une grosse voiture de voyage conduite par quatre fougueux chevaux déboula. Saint-Germain n'avait nullement besoin de voir les armoiries sur les panneaux des portes pour reconnaître l'une de ces voitures, car le baron ne conduisait qu'avec des chevaux à la robe claire.

Saint-Germain pénétra prestement à travers la porte-fenêtre brisée dans la pièce sombre. Il glissa, se retint, sa main devenant poisseuse au contact avec le sol. Il n'avait nul besoin de lumière pour savoir que c'était du sang, tous ses sens le lui criaient. Sa vue s'intensifia, et il put apercevoir les deux silhouettes disloquées. Tite lui faisait face et Gervaise gisait avec des yeux absents, dans un coin éloigné de la chambre.

Saint-Germain se tint un moment parfaitement immobile puis, s'adressant aux pathétiques silhouettes, murmura : « Pauvres imbéciles… Pourquoi ne me crûtes-vous pas, Gervaise ? » Il savait que c'était bien futile, mais il fit néanmoins un signe de croix sur le front de Gervaise, avant que de revenir vers la porte.

Un gémissement provenant de l'un des recoins de la chambre le fit s'arrêter net. Il se retourna rapidement, prêt à attaquer l'être ou la chose qui avait émis le son. Il aperçut alors Cassandre, recroquevillée contre le mur. Marchant précautionneusement, il retraversa la pièce et se mit à genoux devant la servante de Madeleine.

Le regard de Cassandre était vague et bien que, manifestement, elle essayât de bouger son corps, ce dernier n'émit qu'une faible et molle réponse aux injonctions de sa volonté. Finalement, avec un grand effort, elle dit : « Ils sont partis. Madeleine est… avec eux… Je les ai entendus. »

Avec sa douce voix, mais néanmoins insistant, Saint-Germain la calma, sachant que, s'il l'effrayait, il n'obtiendrait rien d'elle. « Oui. Vous allez y arriver. Vous n'avez plus rien à craindre. Ils sont partis, et je vais vous aider. Je veux vous aider. Je veux également aider Madeleine. Si vous me dites ce que vous avez entendu, je vous promets que je la retrouverai avant que l'on ne lui fasse du mal. »

Des larmes perlèrent aux yeux de la servante, elle essaya vainement de les retenir. « Madeleine…

Madeleine… Oh ! ma chère enfant… » De profonds sanglots étouffèrent ses mots.

« Non, non, Madame », dit Saint-Germain, la calmant à nouveau avec ses paroles. Si vous pleurez ainsi, vous ne pourrez pas me dire où se trouve Madeleine. » Il attendit ce qui sembla être d'interminables minutes, alors que Cassandre se calmait et rassemblait suffisamment de force pour parler de manière rationnelle.

« Je me sens mieux maintenant, dit-elle doucement. Mais je suis effroyablement épouvantée. Oui, très épouvantée. Le baron a enlevé Madeleine… » Elle réprima des tremblements. « Non, je ne peux pas. Il, le baron, a enlevé Madeleine et son si bon père avec elle. Il a dit qu'il avait un endroit, il l'appelait *la chapelle*. Mais elle doit être consacrée au Diable si ce monstre peut y pénétrer.

— Soyez assurée que vous êtes dans le vrai, intervint sinistrement Saint-Germain.

— C'est dans la chapelle qu'il sacrifiera Madeleine et le marquis. Oh, ma douce Madeleine !

— Mais où est cette chapelle ? L'a-t-il dit ? »

À nouveau, Cassandre tenta de réprimer son chagrin. « C'est… elle se trouve là où il y en avait une autre, près du repaire de la Montespan.

— Ont-ils dit où exactement ?

— Non. »

Le visage de Cassandre se crispa, et elle ne retint pas les larmes qui mouillaient son visage ridé.

Saint-Germain sentit ses poings se crisper. Il était sur le point de partir quand une nouvelle pensée le frappa. « Reste-t-il quiconque ici, madame ? Y a-t-il une chance pour que quelqu'un sache où est parti Saint-Sébastien ? »

Cassandre secoua la tête en silence, seul un petit gémissement passa à travers ses lèvres serrées. Puis elle dit d'une voix tremblante.

« Non… attendez… L'écurie… Le marquis a été emmené dans l'écurie… Il pourrait bien y avoir quelque chose…

— Bon. Vous avez bien agi, madame. » Saint-Germain prit les deux mains de Cassandre dans les siennes, et remarqua avec inquiétude qu'elles étaient très froides. « Maintenant, je veux que vous m'écoutiez. Je vais retrouver Madeleine et son père. Vous avez ma parole que je vais vous envoyer de l'aide, mais il se peut que cela prenne un peu de temps. Vous ne devez pas désespérer, ni avoir peur. » Il se pencha vers elle. « Vous allez vous reposer maintenant, madame, car vous l'avez bien mérité. Vous dormirez bien, et vous ne souffrirez plus. Vos peurs vous auront quittée à votre réveil, et votre cœur sera léger. Dormez maintenant. » Il passa l'une de ses petites mains sur ses yeux, qui se fermèrent avec obéissance, et comme il se levait, il put entendre que sa respiration devenait plus régulière. Elle allait s'en sortir, il en était certain.

Avant de quitter le cabinet de travail de Saint-Sébastien, il tira à terre les rideaux violets et en recouvrit ce qui restait de Gervaise, comte d'Argenlac, et du valet Tite.

Sans grande précaution, il se dirigea vers l'écurie, espérant en fin de compte y trouver quelques indices sur le lieu exact où Saint-Sébastien et son abominable cercle s'en étaient allés. Il trouva les écuries béantes sur la nuit. Les chevaux remuaient sans cesse dans leurs boxes. Il n'y avait pas âme qui vive, mais les chevaux transpiraient de peur. Saint-Germain passa sa main sur les flancs d'un grand hongre installé dans un box près de la porte. Le cheval se poussa nerveusement, ses oreilles repliées contre sa nuque ; on pouvait voir le blanc de ses yeux. Toutes les tentatives pour calmer le cheval demeurèrent sans succès, et Saint-Germain se demandait bien pourquoi. De tous les chevaux de l'écurie il était le plus nerveux. Il était aussi installé le plus près de la sellerie.

Déterminé à examiner cette pièce, Saint-Germain quitta le box juste à temps, car le hongre décocha une ruade de ses postérieurs à son encontre. Saint-Germain s'arrêta un instant, juste le temps de fermer le loquet du box avant de passer la petite porte de côté qui menait à la sellerie.

Des harnais et des selles scintillaient dans la faible lumière émanant d'une lanterne mourante. Le parfum des cuirs travaillés et du métal poli, chacun avec son odeur si caractéristique, se mêlaient aux chaudes senteurs des chevaux. Saint-Germain avait toujours apprécié cette odeur si particulière, et il en aurait tiré du plaisir s'il n'y avait pas eu cet homme attaché à un palonnier. Il marcha prestement à travers la sellerie, espérant que ce ne serait pas là une nouvelle rencontre inutile et que l'homme serait, contre toute logique, vivant.

Il approcha et vit que le visage, bien que grimaçant dans une mortelle agonie, était celui de Le Grâce.

Le Grâce bougea un peu, le palonnier accompagna ses mouvements. Il aperçut la noire silhouette au bout de la pièce, et un horrible gargouillement sortit de sa bouche. La majeure partie du corps de Le Grâce était brûlée et disloquée, quelques-unes de ses très vilaines blessures suintaient.

Saint-Germain s'arrêta à mi-chemin dans la sellerie, comprenant qu'il ne devait pas trop effrayer le sorcier s'il voulait apprendre quelque chose de lui. « Le Grâce, dit-il de sa voix la plus autoritaire. Le Grâce, pouvez-vous m'entendre ? »

Le Grâce émit un gémissement.

« Le Grâce, où sont-ils allés ? Où se trouve Saint-Sébastien ?

— Je… ne… veux pas. Je… ne… peux pas.

— Le Grâce, dit sèchement Saint-Germain. Le Grâce, je suis le prince Ragoczy. Vous allez me répondre. Où est Saint-Sébastien ? »

L'espace d'un instant, les yeux de Le Grâce s'emplirent de terreur ; puis un peu de l'aspect imposant de Saint-Germain pénétra son esprit rempli de terreur. « Saint-Sébastien… Saint-Germain. Saint-Germain… », acheva-t-il dans un sifflement rauque et, miséricordieusement, il glissa dans l'inconscience.

Saint-Germain se tint immobile, se sentant vaincu. Désormais tout effort était vain. Saint-Sébastien s'était montré plus malin que lui. Il quitta la sellerie et courut rapidement pour fuir son impression d'échec. Mais il pensa qu'il aurait dû s'y attendre. Le Grâce avait perdu ses esprits à cause de ce qu'il avait dû endurer et n'était capable que de comprendre la question, avant que des peurs abjectes ne le submergeassent.

Saint-Germain s'arrêta net à la porte des écuries : Le Grâce ne savait pas qu'il s'appelait Saint-Germain. Le Grâce ne le connaissait qu'en tant que prince Franz Josef Ragoczy. Ce que Le Grâce avait dit se rapportait en fait au « faubourg Saint-Germain », aux environs de l'église de Saint-Germain-des-Prés et du boulevard Saint-Germain, le quartier de Paris où se trouvait l'hôtel de Transylvanie.

Il fit une pause juste un instant, puis se mit à courir vers le verger et son cheval qui l'attendait.

*

Texte d'une note du comte de Saint-Germain à son valet Roger, écrite en latin et délivrée par un porteur de torches vers 2 heures du matin le 5 novembre 1743 :

Mon fidèle Roger,

Vous choisirez deux serviteurs de confiance et vous les enverrez à l'hôtel de Saint-Sébastien. Son maître a été très occupé ces derniers temps et il y a plusieurs choses désagréables auxquelles il faut pourvoir. Il serait salutaire d'envoyer Domingo y Roxas avec les serviteurs, car il connaît quelque peu la chirurgie et les drogues que l'on utilise en cas de meurtrissures et contre la douleur. Dans le cabinet de travail, reconnaissable en raison de sa porte-fenêtre brisée, vous trouverez la bonne de Madeleine, Cassandre, qui, bien que vivante, est gravement blessée, ainsi que le corps du valet de pied de Saint-Sébastien et le comte d'Argenlac, tous deux recouverts de draperies violettes.

Mais ce n'est pas tout. Dans la sellerie, on a laissé Le Grâce attaché sur un palonnier. D'après son aspect, Saint-Sébastien a utilisé des tenailles rougies au feu, si chères à l'Inquisition de Tomás de Torquemada. Il doit être secouru promptement si l'on veut qu'il vive. Je vous charge d'exécuter, avec toute la célérité nécessaire, mes ordres.

D'après ce que j'ai appris, je crains fortement que Saint-Sébastien ne vienne rendre visite à la crypte de l'hôtel de Transylvanie. S'il n'y vient pas, alors il se pourrait qu'il se rende dans la crypte de l'église Saint-Germain-des-Prés, mais cela me paraît improbable, car il s'agit d'une terre consacrée, et je doute que Saint-Sébastien veuille y mettre les pieds.

Quand cette missive vous parviendra, je veux que vous fassiez évacuer de l'immeuble toute la domesticité et tous les laquais qui ne désireraient pas y demeurer plus longtemps. Si vous deviez trouver un prétexte, vous allégueriez une contagion suspecte survenue dans la maison, ce qui n'est pas si loin de la vérité.

N'essayez pas de m'aider ! Préparez nos affaires et attendez-moi avec Hercule, qui a la charge d'avoir ma berline prête au moment convenu. Vous me serez d'un bien plus grand secours si vous demeurez là-bas plutôt que si vous venez à être impliqué ici, dans cette bataille.

Vous verrez M. Sattin et vous vous assurerez que lui et ses Frères de la guilde parviennent à quitter l'hôtel de Transylvanie. Vous leur fournirez, si nécessaire, une charrette pour le transport de l'équipage et de l'athanor. Vous pouvez être aussi franc envers eux que vous le jugerez sage, mais ne sous-estimez pas le danger qu'ils encourraient, dussent-ils rester.

Si nous ne devions plus nous revoir, j'aime à croire que vous pourvoirez à ce que mes Volontés soient exécutées scrupuleusement, et que mon lieu de repos soit marqué de la manière que je vous ai indiquée.

Suivez mes ordres comme vous le fîtes auparavant et sachez que vous avez ma reconnaissance éternelle.

Saint-Germain
(son sceau, l'éclipse)

10

L'eau avait terni les pierres du tunnel, les pavés inégaux qui servaient de dallage étaient recouverts d'une fine couche de boue qui rendait la marche difficile. Une désagréable odeur persistante remplissait l'air renfermé, de sorte que même les torches paraissaient moins lumineuses dans cette pestilence.

« Ne le laissez pas tomber », ordonna Saint-Sébastien aux hommes qui le suivaient dans le tunnel.

Achille de Cressie, qui tenait les épaules de Robert de Montalia, dit en se plaignant :

« Pourquoi l'avez-vous drogué ? Nous aurions dû le ligoter.

— Pour que vous puissiez être entretenu par ses douces paroles, Achille ? Le ton de Saint-Sébastien était un poison doucereux. »

Mais il n'eut pas l'effet escompté sur Achille, qui gloussa de manière déplaisante.

« Vous auriez dû l'entendre dans la sellerie. Comme il se détestait quand sa chair me réchauffait. »

Radeux, qui tenait les jambes de Montalia, soupira, désapprobateur :

« C'est bien joli de vous vanter de vos exploits, Achille, mais vous ne laissez personne regarder ou partager. » Il glissa sur la boue et jura.

« Faites attention ! aboya Saint-Sébastien.

— Il est pesant, insista Radeux, maussade.

— Alors votre attention devrait être plus grande encore, regardez ce que vous faites, loin de votre vaine rivalité avec Achille. Si vous ne pouvez pas accomplir ce qui vous est ordonné, vous ne m'êtes d'aucune utilité. » Radeux grommela une malédiction à voix basse, mais raffermit sa prise sur Robert de Montalia drogué. Le reste du chemin, jusqu'à la crypte, il se tut.

Enfin la qualité de l'air s'était quelque peu améliorée, devenant moins renfermé, et comme ces vieilles pierres étaient éloignées du fleuve, la crypte n'avait plus cette moite froideur qui rendait le tunnel si insupportable. Cependant, c'était un lieu sinistre. Tout autour, dans des niches, gisaient les restes partiellement momifiés de moines morts il y avait plus de trois cents ans. En regardant de plus près, on pouvait voir que la plupart des corps avaient été profanés, les crucifix qui reposaient entre leurs phalanges squelettiques avait été remplacés par des glands, et là où l'huile consacrée avait marqué leur front comme hommes de Dieu, il y avait des taches rougeâtres séchées, symboles de Satan.

Saint-Sébastien leva plus haut sa torche et marcha rapidement à travers la crypte. Il parvint finalement à une lourde porte dans le mur. Elle était quelque peu dépareillée dans ce lieu si romanesque, car son aspect avait celui du neuf, les gros gonds en fer et les emboîtements portaient encore des traces d'huile contre la rouille. Diverses sculptures sur la porte révélaient clairement à quel usage pervers la chapelle située derrière était destinée.

La porte s'ouvrit en grand sur des gonds presque

silencieux, révélant la première partie de la chapelle. Saint-Sébastien soupira d'aise alors qu'il tenait la porte ouverte pour Cressie et des Radeux. Les choses allaient être beaucoup plus simples maintenant. Ils avaient échappé à toute détection. Il n'y avait aucune trace. Personne n'avait découvert la chapelle, ni ne l'avait nettoyée de la présence du Démon.

Saint-Sébastien pénétra dans la chapelle, sa torche éclairant les fresques grossières qui ornaient les murs et qui dépeignaient tous les excès des pratiques sataniques. Saint-Sébastien sourit à l'une des représentations particulièrement horribles, puis se dirigea vers l'autel et dit aux hommes hors d'haleine derrière lui : « Ici, ce sera bien. Dévêtez-le et attachez-le. Je ne veux pas avoir à le mater de nouveau. »

Radeux dit sur son ton le plus aigre : « Je suis honoré d'accomplir une telle tâche. » Il jeta un regard à l'autel, à Saint-Sébastien puis à l'homme qu'il portait. Ce n'était pas là du tout ce qu'il avait escompté. On lui avait dit que les cérémonies du Cercle étaient de grandes célébrations. Son oncle, de Beauvrai, s'était longuement étendu sur les savants fantasmes qu'on pouvait assouvir pour chacun de ses désirs et aussi sur la possibilité d'obtenir plus de pouvoir grâce à ces pratiques. Mais voilà qu'il se trouvait dans cette pièce glacée, en pierre, sous la terre, à porter le marquis de Montalia tout en accomplissant des courbettes devant Saint-Sébastien comme s'il était un roi ou un archange et lui le plus insignifiant des manants de France. Et ce qui rendait les choses encore plus insupportables, c'était que la moiteur avait ruiné son manteau de satin et ses hauts-de-chausses en beau satin blanc. Il aurait aimé avoir eu la présence d'esprit de garder ses hautes bottes d'équitation.

Dans un ultime effort, des Radeux et Achille de Cressie déposèrent Robert de Montalia sur l'autel et se mirent à le dévêtir, tâche qui s'avéra étrangement difficile.

Tout en allumant les quinze torches qui s'alignaient sur les murs, cela prit environ dix minutes à Saint-Sébastien pour réciter les nécessaires incantations. La luminosité s'accrut, mais le vacillement des torches rendait l'éclairage instable, irrégulier, sautillant. Cela procurait une vie étrange aux peintures grotesques sur les murs.

Un bruit sourd derrière la porte attira l'attention de Saint-Sébastien sur la tâche qui restait à accomplir. Il prononça à voix haute le mot de passe et attendit la réponse. Comme la bonne réponse se fit entendre, il se dirigea vers la porte pour l'ouvrir.

C'était Neuville, avec Madeleine dans les bras. « Où dois-je la déposer ? »

Saint-Sébastien étudia la molle silhouette. « Je pense que l'on devrait la mettre là où elle aura le loisir d'observer ce que nous faisons à son père. Peut-être là. » Il montra le crucifix inversé qui était accroché au-dessus de l'autel.

« Cela ne me paraît pas très sûr, dit Neuville doucement. Elle est assez forte pour se détacher du mur.

— Je vois ce que vous voulez dire. » Saint-Sébastien réfléchit quelques instants. « Nous pourrions l'attacher ici. Elle pourrait alors voir ce que nous faisons à son père, et nous verrions quelle est sa réaction. Une excellente combinaison. » Il avait désigné le panneau qui avait autrefois gardé une partie du sanctuaire, quand la crypte avait été utilisée par les moines et non par le Cercle qui en avait pris possession.

« Elle est solide, admit Neuville. Très bien. J'imagine qu'il y a des cordes disponibles ?

— Derrière l'autel. Prenez ce dont vous avez besoin. »

Neuville acquiesça, puis se dirigea vers l'endroit où

des Radeux et Achille de Cressie travaillaient à immobiliser Robert de Montalia sur l'autel. Achille travaillait plus lentement, s'arrêtant de temps en temps pour caresser le corps nu. Une lumière déplaisante éclaira son visage, comme il se plaisait à décrire : « Nous pourrions attacher aussi sa virilité. De cette manière, sa douleur serait décuplée, tout comme notre amusement. »

Radeux dévisagea Achille, totalement dégoûté. « La concupiscence de la chair est-elle votre unique marotte ? N'avez-vous donc point d'autres aspirations ? »

L'éclat de rire qui accueillit cette question fit se retourner Saint-Sébastien en colère. « Pas de ça ici, Achille, où je vous interdirai de prendre part à la célébration. »

Achille fit la moue, puis après un haussement d'épaules, retourna négligemment à son travail.

Soudain, il y eut un nouveau coup à la porte. On échangea une seconde fois les mots de passe. De la Sept-Nuit fit son entrée, ses yeux cherchèrent et trouvèrent la pathétique figure de Madeleine. Il montra le sac qu'il tenait. « Ce sont les robes, Monsieur le baron. Elles ont toutes été préparées. Elles n'attendent plus que votre malédiction pour que nous puissions les endosser. »

Saint-Sébastien traça un pentacle dans les airs et prononça quelques syllabes de latin à l'envers. « Vous pourrez les endosser quand bon vous semblera. Assurez-vous que tous vos effets aient été enlevés.

— Ce sera fait. » De La Sept-Nuit se mit de côté dans une alcôve et revint quelques minutes plus tard dans la robe du Cercle en soie plissée. Elle ressemblait à une soutane, mais la soie plissée collait au corps d'une manière qu'aucun vêtement de prêtrise ne le faisait, et le décolleté descendait jusqu'à l'ourlet, de sorte que le tissu s'ouvrait pour laisser entrevoir le corps quand de La Sept-Nuit traversait la chapelle.

« J'ai mis votre robe de côté, dit de La Sept-Nuit. C'est la rouge, celle avec les broderies, n'est-ce pas ?

— Oui. Si vous prenez cette torche et la mettez à sa place près de l'autel, je pourrai m'introniser moi-même. Les bracelets s'y trouvaient-ils aussi ?

— Deux en argent, et un de verre noir. Ils sont avec la robe. Vous les y trouverez. Ils sont bien enveloppés comme vous l'aviez spécifié.

— Je suis heureux de l'entendre. C'est tout à votre avantage. »

De La Sept-Nuit secoua la tête. « Vous savez quelle récompense me ferait le plus plaisir. » Il agita une main languissante vers Madeleine, que Neuville avait terminé d'attacher au lourd panneau. Elle était nue, et des bleus commençaient à apparaître sur son corps.

« Peut-être. Avec Tite mort, peut-être. » Il marcha à grandes enjambées pour mettre sa robe.

Quand il revint, le reste du Cercle était arrivé et achevait les préparatifs pour la première cérémonie. Châteaurose était légèrement saoul, mais il connaissait suffisamment bien les gestes pour pouvoir les accomplir sans se tromper.

« Les sacrifiés sont-ils éveillés ? » demanda Saint-Sébastien alors qu'il marchait de l'allée centrale vers l'autel. Il était magnifique dans son lourd habit rouge flottant qui laissait entrevoir son corps ferme et mince, assez peu touché par l'âge. Les belles manières qui marquaient son comportement en public s'étaient envolées pour laisser place à une domination terrible, accentuée par les signes du culte qu'il portait autour de son cou, le symbole du pentacle et l'obscène crucifix.

— Pas encore, bien que la femme s'anime un peu.

— Ils devront être éveillés dans vingt minutes. Assurez-vous de cela. » Il se retourna, ne prêtant aucune attention aux efforts déployés par le Cercle pour forcer Madeleine et son père à s'éveiller.

Beauvrai se dirigea vers Saint-Sébastien. « Eh bien, Clotaire, où en est votre revanche ? » Hors des ridicules finasseries de la cour, il n'était plus l'idiot mollasson qu'il semblait paraître si souvent. Dans sa robe de soie noire, il n'avait plus rien d'imbécile, et seule la malignité brillait de toute sa force, plus du tout entravée par d'ostentatoires apparats.

« Je n'y ai pas encore goûté. Mais bientôt. Bientôt.

— Et pour Robert ? Y avez-vous songé ?

— Cela va de soi. Il manipula les deux médaillons qui pendaient à mi-hauteur sur son torse.

— Cela vous plaira, Monsieur le baron.

— J'y compte bien. »

Il se retourna et dit à voix basse : « Ce mien neveu est plutôt un benêt, Clotaire.

— Il me semble également l'être, admit Saint-Sébastien, le plus mielleusement du monde. On aurait pu croire qu'il était trop stupide pour vivre.

— C'est précisément ce que je pense. » Il s'inclina devant Saint-Sébastien et se dépêcha de prendre place au premier rang des adorateurs.

Finalement, Achille de Cressie pensa à amener deux baquets d'eau, qu'il jeta sur Madeleine et Robert de Montalia. Il fut content d'entendre la femme balbutier quelque chose et son père avoir un haut-le-cœur. « Je pense que nous sommes prêts », dit-il très satisfait.

« Tout cela est très bien. Nous sommes très proches de l'heure. » Saint-Sébastien s'avança et pinça douloureusement les seins de Madeleine et ses joues. Cela lui fit pousser un petit cri bref et rassura Saint-Sébastien. « Oui, ma chère, dit-il doucement, sur un ton câlin, c'est bien moi. Vous ne m'avez pas échappé. »

Madeleine ouvrit à moitié ses yeux violets et se sentit

devenir froide comme la glace, mais cette eau-là avait bien peu de rapport avec celle qui l'avait aspergée. « Saint-Germain », murmura-t-elle dans son désespoir.

Saint-Sébastien émit un ricanement grandiose. « Ainsi donc, vous placez votre espoir en ce fallacieux fat, n'est-ce pas ? » Il tendit la main et la gifla. « Ce n'est pas cet imposteur qui vous possède maintenant ! » Il se détourna de la fureur de son visage et se dirigea vers l'autel.

« Il est éveillé, dit Achille à Saint-Sébastien. Vous n'aurez qu'à le toucher pour qu'apparaisse sur son visage une expression de dégoût. » Il mima la scène dans une spectaculaire imitation des mœurs majestueuses et maléfiques de Saint-Sébastien.

« Vous avez bien fait, Achille. Je pourrai peut-être vous autoriser à vous amuser encore une fois avant que nous nous occupions de Robert. » Il posa une main insolente sur la chair froide de Robert. « Quel dommage, mon ami, que je ne puisse point vous offrir une chape. Mais vous avez ma parole que vous serez sous peu bien réchauffé d'une tout autre manière. Vous savez que je tiens toujours mes engagements. »

Robert, dont les mâchoires s'étaient crispées à cause de ce nouvel affront, cracha sur Saint-Sébastien. Il fit mouche, puis à nouveau se mura dans un silence stoïque.

« Robert, vous ne faites qu'aggraver votre cas. » Saint-Sébastien recula, levant les bras et interpella les membres du Cercle, qui attendaient en robes, assemblés silencieusement devant lui. « Nous sommes rassemblés ici, au nom de Satan, pour monter en puissance et obtenir une plus grande force, la force du grand mensonge. Nous nous sommes assemblés pour pouvoir le rejoindre en son pouvoir, être avec lui, omnipotents et féroces, et à cette fin, nous lui offrons ces sacrifices.

— Nous lui offrons ces sacrifices, entonna le Cercle.

— Des vies, payées par le sang et par l'avilissement.

— Par le sang et l'avilissement ! »

Madeleine, dont les bras la faisaient souffrir atrocement à cause des nœuds qui la retenaient au panneau, blessée dans sa chair par la cruauté des hommes assemblés en cette chapelle de la débauche, se laissa aller dans ses chaînes, quasiment emportée par la peur et la tristesse. Elle savait qu'en ce qui la concernait, ces hommes atroces n'avaient pas même commencé à accomplir ce qu'ils étaient capables de faire. Elle se souvint que sa destruction ne devait pas s'accomplir avant quarante jours. Elle se dit à elle-même, dans un recoin de son esprit, qu'ils ne pouvaient pas réussir, qu'on allait s'apercevoir qu'elle n'était plus là, ni elle ni son père, que quelqu'un la retrouverait, la sauverait. À nouveau, elle sentit son âme appeler Saint-Germain. Elle était emplie d'un désir ardent pour lui autant que frappée et prise de panique par son envie de fuite. Mais elle ne savait pas ce qu'elle devait espérer, pas avec ce chant qui montait de plus en plus fort.

« Ce parjure, votre félon, Satan !

— Votre félon !

— Ramené pour expier sa félonie. » Saint-Sébastien leva haut une dague façonnée de manière étrange. Il fit étinceler la lame dans la lumière vacillante des torches.

« Votre félon ! »

Saint-Sébastien mit la pointe de la dague contre la poitrine de Robert de Montalia et avec une précision appliquée, il excisa un pentacle dans sa peau. « Il est marqué comme vôtre, Satan !

— Marqué ! » Le cri de triomphe couvrit le gémissement que Robert ne put retenir.

« Car on ne doit pas repousser votre puissance et on ne se moque pas de votre pouvoir !

— Le pouvoir et la force sont vôtres uniquement ! »

Madeleine secoua la tête, comme si ce mouvement

pouvait endiguer le bruit qui l'assaillait. Elle ne put regarder vers son père alors qu'il s'armait de courage contre tout nouvel outrage, et elle ne voulait pas regarder vers Saint-Sébastien. Le chant s'accrut.

« Qu'il goûte à votre colère !

— Qu'il goûte à votre colère ! » vociféra le Cercle alors que Saint-Sébastien assénait un coup avec sa lame, puis montra l'une des oreilles de Robert, trophée ensanglanté. La grande clameur du Cercle se combina au cri de douleur et le bruit continua à enfler comme une vague alors que Saint-Sébastien portait l'oreille à sa bouche et la léchait. Le Cercle se précipita en avant, l'hystérie les poussait vers ce monstrueux spectacle. Saint-Sébastien leur fit signe de se taire, la dague tenue haut alors qu'il attendait.

Toute cette mise en scène dramatique fut presque entièrement gâchée quand une voix s'éleva de l'arrière de la chapelle, une belle voix modulée, teintée d'un léger accent piémontais. « Je suis heureux d'être arrivé à temps, messieurs », dit le comte de Saint-Germain.

Le soulagement, qui peut affaiblir l'âme bien plus que ne peut le faire la peur, emplit Madeleine et liquéfia littéralement ses os. Les larmes qu'elle avait retenues coulèrent de ses yeux, et une douleur fulgurante comme la lame de Saint-Sébastien lui perfora la poitrine.

Les membres du Cercle se retournèrent, leurs visages n'arboraient qu'une expression d'hébétude, pareille à celle que l'on affiche quand on sort d'un profond sommeil. Leurs mouvements étaient saccadés, et leur élan féroce s'arrêta.

Saint-Germain descendit l'allée vers le terrible autel. Dans ses splendides vêtements, tous ses élégants étalages de bonnes manières avaient disparu. Désormais, ses mouvements s'accordaient parfaitement avec cette redingote de cuir noir près du corps et ces culottes serrées en laine, noires elles aussi. Ses hautes bottes et la chemise simple sous sa redingote étaient décorées de broderies russes avec un motif de fleur sauvage de la steppe, des tulipes. Il ne portait pas d'épée, ni d'autres armes, et il était seul.

Saint-Sébastien le dévisageait, on pouvait voir la colère dans ses petits yeux plissés et son sourire malveillant. Il fit un signe de tête, enjoignant à son Cercle de ne pas avancer. « Ragoczy ! s'écria-t-il. Je n'arrive pas à le croire. Je ne vous avais pas reconnu… »

Saint-Germain inclina la tête. « Je vous l'ai déjà dit auparavant, les apparences sont trompeuses.

— Mais c'était il y a trente ans. » Il s'approcha, tenant fermement la dague dans sa main.

« Tant que cela ? Mais je vous crois sur parole. » S'il pensait être en danger, seul son regard enflammé aurait pu le laisser paraître.

« Votre père, alors ? » Saint-Sébastien se rapprocha de Saint-Germain, suffisamment près pour frapper.

« Je ne m'étais pas rendu compte que j'avais tant changé durant ces années. » Il comprit l'utilisation de la crypte alors qu'il y pénétrait. Il était maintenant prêt à affronter Saint-Sébastien sur son propre terrain. Il toucha le petit réceptacle en forme de boucle qui pendait à une chaîne à son cou.

Saint-Sébastien avait déjà levé sa dague et était sur le point de frapper, quand le bras de Saint-Germain jaillit, lui attrapa l'épaule, non pour la retenir, mais pour l'attirer vers lui, l'envoyant valser derrière lui pour s'écraser dans les rangées de bancs cassés, déposés derrière la chapelle.

Saint-Germain jeta un bref coup d'œil à Saint-Sébastien, puis dirigea son regard pénétrant sur les membres du Cercle qui étaient alignés tout autour de l'autel. « Mais que vous êtes ridicules, dit-il sur un ton léger. Vous devriez vous voir debout dans vos belles robes, avec votre virilité, si on peut l'appeler ainsi, vous hasardant à toiser le monde comme de vulgaires volatiles. » Il attendit que leurs paroles hostiles cessassent. « Vous êtes stupides. Pensiez-vous donc pouvoir rehausser votre place dans le monde, obtenir du pouvoir et une position en suivant les ordres de Saint-Sébastien ? C'est sa position et c'est son pouvoir que vous rehaussez ainsi par vos messes impies. Ce sont ses désirs que vous assouvissez. Et vous, en croyant obtenir tous ces bienfaits pour vous, vous vous donnez à lui sans questionnement. Si j'étais celui que vous prétendez adorer, je n'apprécierais pas tant que cela vos pratiques. »

Beauvrai fut le premier à émettre une objection. « Vous croyez que nous sommes stupides, mais vous, vous êtes venu ici sans rien pour vous protéger… »

Saint-Germain leva bien haut la boucle sur sa chaîne. « Je vous demande pardon, Baron. Je porte ceci. Vous n'êtes pas devenu tellement étranger à la religion dans laquelle vous fûtes élevé pour ne pas reconnaître une pyxide. »

Le Cercle qui s'était animé un peu retomba dans le silence.

« Vous vous demandez si elle est véritable. » Il leva plus haut la pyxide. « Vous pouvez essayer de la toucher si vous le désirez. J'ai cru comprendre que la brûlure est instantanée. » Il attendit, alors que les hommes en robe de soie reculaient. « Je vois. »

Un bruit soudain derrière lui le fit se retourner et, à cet instant, il se maudit de ne pas s'être assuré que Saint-Sébastien était bel et bien inconscient, car voilà que le chef du Cercle se précipitait vers Madeleine, et bien qu'il ne tint plus de dague, il avait un morceau de planche brisé dans les mains, prêt à frapper.

À cet instant précis, le silence, la transe presque somnambulique qui retenait les membres du Cercle à leur crétinerie et à l'emprise de Saint-Sébastien se rompit dans la brusquerie d'une digue hollandaise qui cède pour laisser s'engouffrer la mer. Dans un cri terrifiant, les hommes en robes de soie se jetèrent sur Saint-Germain.

*

Extrait d'une lettre écrite par l'abbé de Pontneuf à sa cousine, la comtesse d'Argenlac, en date du 5 novembre 1743 :

[...] *En mon âme et conscience, je prie Dieu pour qu'Il vous réconforte et qu'Il ouvre vos yeux sur la gloire qui attend tous les bons chrétiens par-delà la tombe et les ténèbres de la mort. C'est avec bien du regret que je remplis le triste devoir de vous annoncer une cruelle nouvelle, ma chère cousine. En cet instant, ma plume défaille, et j'ai bien du mal à trouver les mots pour vous conter ce qui est arrivé. Je vous supplie de contenir votre cœur pour pouvoir affronter la terrible nouvelle avec courage, car tous ceux qui vous connaissent et vous aiment auraient souhaité que jamais vous ne subissiez les épreuves qui désormais vous attendent.*

Il y a moins d'une heure, une voiture est venue me chercher et m'a conduit à une église dans les faubourgs de la ville. Vous pouvez imaginer ma surprise à cette invraisemblable demande, car il n'est pas banal de recevoir de telles sollicitations à une heure si tardive. Mais n'ai-je pas servi comme prêtre durant ces vingt années pour accepter sans me plaindre les épreuves que Dieu nous envoie ? C'est ainsi que je parvins dans cette voiture à l'église dont je viens de vous parler. Nous arri-

vâmes juste à temps et je fus immédiatement introduit dans le sanctuaire, où une vision effroyable s'offrit à mon regard. Là, étendus devant moi, se trouvaient les corps de trois hommes. L'un était un saltimbanque, d'après ses habits, et je ne sais rien de lui. L'autre était l'un des laquais de Saint-Sébastien, je le reconnus à sa livrée. Saint-Sébastien est un pécheur si impénitent que je ne connais en rien l'homme, et son maître n'a certainement pas entrepris de suivre les pas de Notre Seigneur et de Sa Sainte Mère.

Mais c'est du troisième homme que je dois vous parler, et mon cœur se serre à cette simple évocation. Le troisième homme était le comte d'Argenlac, votre mari bien-aimé, que vous avez tant aimé, et qui a toujours été votre dévoué protecteur. Il est de mon pénible devoir de vous informer qu'il n'est point mort accidentellement, ou par l'acte de Dieu. Il a été, mon infortunée cousine, assassiné de sang-froid par une ou plusieurs personnes inconnues.

Le curé de l'église m'a permis d'utiliser son étude pour que je puisse vous envoyer ces nouvelles sur l'heure. Il n'est pas très compréhensif, mais c'est un prud'homme, et je lui ai affirmé que le comte était de mes amis et qu'il serait plus avisé que vous entendissiez parler de cette tragédie, en tant que ma cousine, par l'intermédiaire de quelqu'un qui soit au fait de ces circonstances si particulières.

Ne vous laissez pas dépasser par les événements. Priez la Sainte Vierge pour le repos de l'âme de votre mari. Vous verrez que ces pieuses pratiques aideront à alléger grandement votre peine, qui autrement pourrait bien vous consumer. J'ai souvent déclaré que quand Dieu fit de la Femme la compagne de l'Homme, Il fit d'elle la proie de lubies et de faiblesses que son compagnon ne connaît point. L'excellente consolation des

Écritures vous aidera à contrôler ces émotions qui doivent emplir votre cœur alors que vous me lisez. [...]

Je me charge du transfert du corps du comte en son église paroissiale immédiatement et pour que les notifications qui sont nécessaires soient délivrées aux autorités compétentes. Si vous n'êtes pas frappée d'incapacité par ce terrible événement, peut-être m'autoriserez-vous à vous rendre visite pour lire avec vous les Saintes Écritures qui sauront bien apaiser votre peine.

Au nom du Très-Haut qui, en cet instant, accueille votre mari bien-aimé dans les gloires du Paradis, je demeure à jamais votre très obéissant cousin.

Abbé de Pontneuf, S. J.

11

Hercule, satisfait, referma la porte de la berline avec un sévère hochement de tête. Il avait exécuté tous les ordres de son maître et avait encore le temps d'aider les sorciers à charger leur équipement sur une charrette à gros fond qui se trouvait à l'arrière de l'écurie. Il fit le tour de la voiture pour vérifier une dernière fois les harnais et les trouva trop serrés sur le cheval de droite. Il les rajusta et ressentit une nouvelle fierté alors qu'il caressait le flanc gris pommelé du cheval de volée droit. Il était pressé de reprendre les rênes en mains et de sentir cette vague de plaisir que seule la conduite pouvait lui procurer. Sa démarche claudicante était aussi gauche que celle d'un ours se dressant sur ses pattes arrière mais avec les appareils que lui avait élaborés Saint-Germain, il n'était plus un infirme. Il appela un palefrenier et en moins d'une minute, deux d'entre eux apparurent.

« Je m'en vais charger la charrette, dit-il noblement. Mais s'il y a quoi que ce soit que vous estimez nécessiter mon attention, que l'un de vous vienne me chercher au pas redoublé. Mais assurez-vous qu'il y ait quelqu'un ici, auprès des chevaux. Je ne veux pas entendre mon maître dire que ses bêtes ne sont pas correctement traitées. »

L'un des palefreniers s'inclina en guise d'acceptation, et l'autre hocha la tête comme s'il reculait sous le poids redoutable du regard d'Hercule.

« Je reviendrai, de temps en temps, voir que vous travaillez correctement », les avertit-il. Puis, de cette curieuse démarche bancale, il sortit de l'écurie en se balançant. C'était une nuit noire, pensa-t-il, et il allait certainement pleuvoir bientôt. Il pouvait sentir l'humidité dans ses genoux couverts de cicatrices. Il se remémora Saint-Germain lui annonçant qu'il pourrait bien ressentir cet inconvénient pendant un bon moment, et peut-être même toute sa vie. La plupart du temps cela ne gênait nullement Hercule, mais cette nuit, sa conduite pouvait faire toute la différence entre la vie et la mort de son maître, il n'appréciait pas d'être dans l'inconfort. Il raidit ses épaules et se dirigea vers la charrette stationnée entre les écuries et l'entrée de derrière de l'hôtel de Transylvanie.

« Bien le bonjour », dit-il à la sorcière qui, à ce moment-là, se débattait avec deux énormes paniers remplis de boîtes de diverses tailles.

« Si vous vouliez que je passe une bonne journée, répondit-elle, cassante, vous m'aideriez à charger ces paniers. »

Secrètement satisfait de la possibilité de montrer à cette sévère sorcière l'étendue de ses capacités, il se hissa sur le fond de la charrette, puis y transborda les paniers. « Où sont les cordes ? Vous devriez les attacher si vous ne voulez pas retrouver toutes ces boîtes sur la route, entre ici et la côte.

— Bon, eh bien, attachez-les alors. »

Il fit comme elle disait, arrimant les cordes avec deux

gros nœuds. « Que vous reste-t-il à ramener du caveau ? »

Madame Lairrez posa une main sur ses lèvres et ses yeux gris intelligents sur Hercule.

« On a plusieurs chargements supplémentaires du même genre et, bien entendu, l'athanor. Nous laisserons l'ancien ici, mais le nouveau… »

Hercule descendit de la charrette. « Je ne veux pas quitter les écuries, mais je peux vous aider à charger tout ce que vous ramènerez. » Il sentit une certaine attirance vers la volontaire Mme Lairrez. « Si je reste là, je pourrai entendre si on m'appelle. Dites à vos amis que je ferai le chargement pour eux. »

Mais Mme Lairrez n'était pas sûre d'être prête à accepter cette nouvelle amitié. « Nous avons un équipement très spécial. Vous pourriez ne pas savoir qu'en faire. »

Il lui sourit. « Je ne suis qu'un cocher, madame. Il se pourrait bien que je ne sache pas qu'en faire, mais je sais plus que vous tous réunis comment charger correctement une charrette. »

Cet argument parut très sensé à Mme Lairrez. Elle étudia le fond de la charrette, puis hocha deux fois la tête pour elle-même. « Très bien, mon cher Hercule. Vous pourrez vous occuper du chargement. Nous vous sommes reconnaissants pour votre aide.

— Je vous fais confiance pour m'indiquer lesquels de vos équipements nécessitent une attention particulière.

— Il y a une grande quantité de matériaux en verre, dit-elle doucement, mais c'est l'athanor qui reste le plus dangereux. Voyez-vous, nous venons tout juste de le réchauffer, et il atteindra bientôt la température à laquelle il peut produire des joyaux. Mais la chaleur est terrible. L'athanor a été fabriqué suivant les indications du Prince, et il a été imprégné avec diverses substances, sinon il aurait tout simplement fondu à cause de la chaleur. » Elle dut s'arrêter soudain de parler, s'apercevant qu'elle en avait peut-être trop dit.

« Vous m'apporterez le..., enfin quel que soit le nom que vous lui donnez, et je m'assurerai qu'il soit chargé comme il le faut. » Il avait l'air sûr de lui en le disant, alors qu'il ne savait pas ce qu'il ferait si la chose était aussi brûlante que Mme Lairrez le prétendait.

« Très bien », dit-elle, mais son ton était dubitatif.

Quand elle fut partie, Hercule se hissa à nouveau sur le fond de la charrette. Il se tenait debout quand Roger arriva de l'hôtel plongé dans la pénombre, avec trois caisses dans les bras. « La berline est-elle prête ?

— Oui, répondit Hercule. Elle pourra se trouver sur la route en quelques instants. » Il se sentit légèrement sur la défensive dans cette position sur la charrette, et ajouta : « Les sorciers ont besoin d'un coup de main pour le chargement. »

Roger n'y vit rien à redire. « Ils n'ont pas l'habitude d'être si peu nombreux. Quand Cielbleu est mort, ils se sont retrouvés trop peu nombreux dans leur Confrérie pour poursuivre tous les projets qu'ils avaient entrepris. Je ne suis pas outre mesure surpris qu'ils travaillent si lentement. » Il dressa la tête vers la façade de brique de l'hôtel. « C'est bien étrange de le voir ainsi, n'est-ce pas ? »

Hercule observa les fenêtres obscures et ressentit ce pesant silence. « On dirait une tombe, dit-il en frissonnant.

— Je me demande ce qu'il va se passer ? répondit Roger en s'adressant à la façade éteinte de l'hôtel de Transylvanie.

— Quoi qu'il advienne, j'ai promis au comte de l'attendre, et je le ferai, quand bien même le Diable en personne viendrait me chercher.

— Un sentiment noble, dit Roger tout en regardant le cocher installé sur la charrette. J'espère que ta résolution ne viendra pas à se réaliser. » Il décocha à Hercule un regard ironique puis se dirigea vers les écuries et revint quelque temps après, les mains libres. Il étudia à nouveau l'hôtel. « Ce n'est pas naturel », murmura-t-il.

Hercule l'ayant entendu, répondit.

« Il attend.

— Oui. » Roger se débarrassa un peu de cette humeur fataliste ; il fut rassuré en voyant apparaître dans l'escalier de la cave le sorcier anglais. « Vous allez avoir besoin d'aide, dit-il, soulagé.

— Merci, mon bon, je veux bien. » Beverly Sattin suait abondamment en essayant de traîner deux sacs en haut des escaliers. Il s'arrêta pour reprendre son souffle. « Il y a un total de vingt-sept marches entre ici et la cave.

— Laissez-moi vous aider pour les six dernières », dit Roger, en allant prendre le plus gros des deux sacs.

Sattin le remercia pour la seconde fois, puis se remit à tirer le sac restant jusqu'en haut des escaliers, puis jusqu'à la charrette.

Alors qu'Hercule était en train de charger le second sac, un bruit étrange attira l'attention des trois hommes. Ils se retournèrent vers l'hôtel, une certaine appréhension se lisait sur leur visage. Le bruit, semblable à une lointaine cascade, mourut. Il ressemblait maintenant à un essaim d'abeilles souterraines bourdonnant.

« Cela vient de l'hôtel, dit doucement Hercule.

— Cela vient des souterrains ! » Beverly Sattin se retourna vivement et descendit prestement les escaliers qu'il venait tout juste de monter.

« Pensez-vous que… ? » Hercule n'arriva pas à achever sa question.

« Je pense que vous feriez bien de rentrer dans votre

box, cocher. Si notre maître parvient à s'en sortir, il ne voudra certainement pas s'attarder. »

Hercule accepta cette remarque sans broncher. Il descendit de la charrette, puis se dirigea vers les écuries.

Roger se tenait debout, indécis, écoutant le bruit qui semblait littéralement jaillir du sol. Il ne faiblit, ni ne forcit, mais Roger, tout en l'écoutant, sentait la peur le paralyser. Il regarda par terre comme pour forer le sous-sol avec ses yeux, vers le combat qui, il le savait, devait se dérouler sous ses pieds. Puis, comme mû par une immense force invisible, il courut vers les marches de la cave et s'y précipita.

Domingo y Roxas se retourna, interloqué, quand Roger pénétra brusquement dans le caveau des sorciers. Mme Lairrez, qui était occupée à emballer quelques fioles en terre cuite dans de la paille, accueillit l'arrivée de Roger avec une exaspération qu'elle avait contenue depuis bien trop longtemps.

« Sattin, dit-elle excédée, si tu veux que je termine l'empaquetage avec toutes tes fioles intactes... »

Mais Beverly Sattin, qui avait les bras chargés de très vieux grimoires reliés de cuir épais, était tout aussi surpris qu'elle. « Qu'y a-t-il Roger ? » demanda-t-il au serviteur de Saint-Germain qui écarquillait les yeux en scrutant anxieusement la pièce.

« N'entendez-vous donc rien ? leur cria Roger.

— Entendre ? Mais entendre quoi ? » dit Domingo y Roxas en mettant de côté les supports en bois qui devaient servir à transporter le nouvel athanor vers la charrette.

« Ce bruit. Ce son. Il est plus fort ici. » Roger scruta le sol. « Vous devez l'entendre. »

Les trois sorciers se figèrent. Puis Domingo y Roxas dit : « C'est l'athanor. » Mais le ton de sa voix était faux, et les autres secouèrent la tête.

« Je ne sais pas ce que c'est, dit Sattin. Mais, ce n'est pas l'athanor.

— Il y a un passage vers les souterrains, dit Roger tout en écoutant le bruit. Quelque part, il doit y avoir une entrée !

— Oui, son Altesse nous en a informés récemment », dit Sattin, essayant alors de se souvenir où exactement. « C'est une trappe, je crois, dans le sol. Au nord ? Peut-être dans la partie nord des caves.

— Alors dépêchez-vous de la trouver », s'écria Roger, se rappelant tout ce que Saint-Germain lui avait appris sur Saint-Sébastien, quand il lui avait demandé de le surveiller.

Mme Lairrez s'arrêta de faire ses paquets une fois de plus. « Vous pouvez vous mettre à sa recherche si cela vous chante, mais j'ai d'autres obligations qui m'attendent. Je dois charger tout ceci dans la charrette, et nous devons être tous partis d'ici avant le lever du soleil. Je ne vous laisserai pas m'en empêcher. » Elle prit une fiole empaillée supplémentaire et l'enfonça dans le grand panier avec les autres.

« L'un de vous ? insista Roger. Ragoczy est en danger. Il est en très grand danger. »

Beverly Sattin posa les grimoires. « Si vous le voulez, je vais vous aider à trouver la porte. » Il se refusa à soutenir le regard désapprobateur de ses deux frères de guilde. Pour les amadouer, il annonça : « Cela ne sera pas long, et nous devons beaucoup à Son Altesse.

— Alors allez-y, dit Mme Lairrez changeant finalement d'avis. Et puissiez-vous le retrouver sain et sauf. »

Roger la regarda. « Amen, madame. » Et il s'éloigna dans le noir à la suite de Beverly Sattin.

*

Extraits d'une lettre du duc de la Mer-Herbeux adressée au comte de Saint-Germain datée du 5 novembre 1743 :

[...] *Le projet que vous m'avez confié concernant votre voyage en Angleterre vient fort à propos. J'espère qu'il tient toujours et que vous voudrez bien porter pour moi un ou deux plis adressés à la Couronne. Vous ne devrez nullement délivrer les pièces ci-jointes de manière officielle. Le mieux serait que vous les portiez à mon bon ami Mr. Walpole, qui saura exactement qu'en faire.*

[...] *J'ai bien reçu votre lettre, mais la nature délicate des messages que je viens de vous faire parvenir aujourd'hui ont retardé ma réponse. J'avais escompté vous voir en l'hôtel de Transylvanie ce matin, mais il était barré. Apparemment l'un de vos domestiques était malade. Ainsi donc, j'ai pris la liberté de vous adresser le tout par courrier extraordinaire à votre valet de chambre, qui, comme vous me l'aviez certifié, a votre entière et totale confiance.*

Quand vous serez en Angleterre, j'espère que vous pourrez en apprendre davantage sur les prétentions des Stuarts. Charles Stuart nourrit apparemment de sérieuses prétentions sur le droit à la couronne de George. Loin de moi, ou de la France, de remettre en question le droit au trône de George II, mais il vous est aisé de comprendre pourquoi notre bien-aimé et très catholique Roi Louis XV se soucie des affaires de Charles Stuart, lui-même bon catholique, et dont les prétentions au trône lui viennent d'un plus ancien lignage que sa très britannique majesté George II. Vous serez idéalement placé pour observer les sentiments du gouvernement et toutes les informations que vous voudrez bien me faire parvenir seront grandement appréciées.

J'ai préparé une note à l'intention de cet alchimiste

que vous connaissez, Sire Sattin, qui, comme vous me l'avez confié, a étudié en France durant de longues années. Dans cette note, je le recommande pour ses capacités et je suggère qu'il procède dans la même voie, mais tout au crédit de son digne patron en Angleterre. Je compte sur ce que votre ami Sattin ne me discrédite pas trop.

[...] *Il y a quelques semaines, vous m'aviez confié en passant l'éventualité d'une visite en Prusse. Comme vous l'avez dit, vous escomptez revenir en France cet été ; j'espère qu'alors nous pourrons nous entretenir à ce sujet.*

[...] *Il se fait tard et j'ai hâte de me retirer. Je vous souhaite une agréable et rapide traversée sur une mer calme (bien que mon expérience m'ait presque toujours contredit).*

Cette lettre et les pièces jointes de par ma propre main vous apportent les plus grands remerciements de votre très redevable serviteur, etc.

Pierre René Maxime Ignace
Fernand Vivien Laurent Montlutin
Duc de la Mer-Herbeux

12

La course effrénée de Saint-Sébastien, le long de l'aile, porta presque ses fruits. Saint-Germain était encerclé par les adorateurs de Satan, et bien qu'il lui fût facile de les envoyer bouler, il n'arriverait pas à s'en débarrasser en même temps.

Madeleine fortifia son âme contre le coup qui, elle le savait, allait lui ouvrir le crâne. Elle eut un moment de ressentiment car il n'y avait pas eu assez de temps, ou de sang, écoulé pour devenir une vampire et pour échapper à l'horrible destinée qui l'attendait.

C'est alors que Saint-Sébastien trébucha. Le bout de bois qu'il tenait lui échappa et tomba dans un bruit retentissant. Sa rage s'accrut encore plus ; il voulait des souffrances pour pouvoir s'y abreuver.

Mais il n'y parvint pas. Robert, marquis de Montalia, le retint de ses mains écorchées jusqu'à l'os. Il avait dû les extirper des cordes qui le retenaient à l'autel. Son visage était maculé de sang à cause de sa plaie à l'oreille. Ses mains agrippèrent le genou de Saint-Sébastien, du sang coula le long de la jambe du baron.

Saint-Sébastien se tordit dans cette féroce étreinte, essayant d'y échapper, donnant des coups avec son pied libre sur la main de Robert de Montalia. Chaque coup qu'il assénait sur ses mains écorchées devait être terriblement douloureux pour Robert, mais il ne lâcha pas prise. Il se mit à crier soudain de manière incohérente, tout chancelant, alors que Vandonne s'affalait sur lui. Mais il ne lâcha pas Saint-Sébastien.

Vandonne reposait maintenant contre l'autel, son jeune visage anéanti montrait un rictus étrange. Il était incapable de bouger ses bras : Saint-Germain avait, en deux rapides mouvements, déboîté ses deux épaules. Il pensa qu'il ne pourrait plus jamais se relever et ne s'y essaya donc pas ; ses pieds étaient tout flasques là où le talon des bottes de Saint-Germain les avaient écrasés. Il vit Robert de Montalia, tel un monstre sortant de *La Tentation de saint Antoine*, tirer Saint-Sébastien vers lui, scellant en chacun de ses mouvements l'anéantissement contenu dans ses mains décharnées.

De La Sept-Nuit avait attrapé Saint-Germain par les cheveux. Il tira, espérant pouvoir délivrer une série de coups violents sur sa gorge et sentit une touffe de ses cheveux châtain foncé légèrement bouclés se détacher du crâne. Mais il fit la grimace quand une jolie petite main l'agrippa et se fixa sur ses bras au niveau du coude, serrant, serrant, jusqu'à ce que, lâchant prise, de La Sept-Nuit criât. Ses mains retombèrent inutiles ; il avait les avant-bras largement brisés. Saint-Germain fit volte-face, puis il retourna de La Sept-Nuit de manière à coller les bras du jeune chevalier derrière son dos, et d'un coup bref vers le haut, à l'aide de son genou, il brisa la colonne vertébrale de Donatien de La Sept-Nuit.

Bien que tentant de résister avec une force fanatique, Saint-Sébastien était inexorablement tiré, toujours plus près, par les mains assassines de Robert de Montalia. Il savait sans l'ombre d'un doute que, si de Montalia parvenait à agripper ses doigts ensanglantés sur sa gorge, il était un homme mort. Il cramponna ses mains sur le sol inégal et se jeta dans le sens opposé, luttant contre la force quasi inépuisable de son adversaire, mais sans succès.

« Je vais vous tuer », articula lentement et distinctement Robert de Montalia, et Saint-Sébastien entendit ces paroles par-delà le brouhaha, les cris et les jurements.

Résolu, Neuville détacha deux torches du mur et les mit devant lui comme des épées courtes. Il fit signe à son cercle de complices de s'écarter et se dirigea vers Saint-Germain, poussant les torches dans le visage du comte.

C'était un moment que Saint-Sébastien pouvait saisir. Il joua désespérément des pieds, puis cria de toutes les fibres de son corps : « Au nom de votre Serment de Sang, aidez-moi ! »

Châteaurose et des Radeux l'entendirent et se retournèrent vers ce cri d'appel. Il n'hésitèrent pas un seul instant et se précipitèrent sur Robert de Montalia, le clouant au sol.

Madeleine, qui observait cette terrible bataille, était presque certaine qu'on l'avait oubliée. La terrible colère de son père et la brutale attaque qui venait à présent de le terrasser la menaient bien au-delà des larmes, de la haine ou de la folie. Elle ne ressentait plus rien, et dut se convaincre que tout cela ne se déroulait pas dans un rêve, ou devant quelqu'un d'autre, très loin. Mais la vision d'Achille de Cressie portant un brasero en fer vers cet homme, son père, cloué à terre, la força à une soudaine action. Elle fit un nouvel effort pour tester la solidité de ses liens. À la troisième tentative, elle nota du mou dans la partie du panneau qui retenait son bras gauche. Fermement, elle y porta toute son attention, déterminée à se libérer.

Achille de Cressie écarta Châteaurose hors de son

chemin avec des mots durs, puis se plaça au-dessus de Robert de Montalia. Il prit le brasero par sa base et le leva bien au-dessus de sa tête, criant dans son geste à Robert : « Personne ne vous possédera après moi. »

L'instant suivant, le lourd bassin en fer écrabouillait le visage de Robert de Montalia ; à présent, sa face n'avait plus rien d'humain.

Saint-Sébastien eut un mouvement de tête morbide. « Bien fait, Achille. Voilà qui rétablit un peu la balance. » Il regarda dans la direction de Saint-Germain, puis pointa son bras vers lui. « Lui, je le veux mort. Mais faites-le lentement. »

Une nouvelle fois, le Cercle commença à s'approcher de Saint-Germain. Il reçut la menace avec calme. Il avait judicieusement évité les torches que Neuville brandissait devant lui. Son agilité et sa vitesse avaient plus d'une fois surpris Neuville, obligeant ce dernier à reculer.

« Si vous arrivez à le tenir, je le brûlerai », cria Neuville à ses acolytes.

Entendant ces mots, Madeleine releva la tête, la peur et le désespoir l'assaillirent à nouveau. Elle se souvint que Saint-Germain lui avait dit que le feu pouvait le tuer. Après une si longue vie, cela lui faisait mal au ventre de penser qu'il pût mourir si stupidement. Elle poursuivit ses efforts pour se libérer.

Saint-Germain entendit bien leurs paroles, mais ne dit mot. Au contraire, il s'écarta un peu de Neuville, comme s'il cherchait à éviter les torches et les hommes qui tentaient de la capturer. Mais c'était une ruse. Soudainement, et sans que cela fût prévisible, il se jeta au sol et roula rapidement vers Neuville. Alors qu'il passait entre ses jambes écartées, il asséna à Neuville des coups rapides à l'arrière des genoux.

Alors que Saint-Germain continuait à rouler, Neuville

s'affala lourdement vers l'avant et retomba sur les torches qu'il tenait. Il poussa un cri affreux alors que des flammes se mettaient à lécher sa robe de soie.

« Madeleine ! » s'écria avec insistance Saint-Germain. « Madeleine ! »

Elle cria son nom et tira jusqu'à la limite de ses liens.

« Pouvez-vous marcher ? » demanda-t-il quand il fut à ses côtés, gardant un œil inquiet sur les membres du Cercle, qui à nouveau se rassemblaient pour les encercler.

« Je le crois.

— Il va falloir. » Saint-Germain asséna un coup de poing au panneau contre lequel elle était attachée. Le bois éclata sous sa force. Rapidement, il enleva la pyxide autour de son cou et la passa autour de celui de Madeleine. « Elle porte une hostie. Ils n'oseront pas vous toucher.

— Mais vous…, commença-t-elle.

— La porte est à l'arrière de la chapelle, dans le petit narthex. Elle vous mènera jusqu'à l'hôtel. De là, vous devrez trouver votre chemin jusqu'à la sortie.

— Mais Saint-Germain », dit-elle, et tout son corps tremblait alors qu'elle se tenait là, debout, libre et sans entraves pour la première fois depuis de nombreuses heures.

Il lui baisa les doigts. « Partez », dit-il doucement. Puis, après avoir plongé son regard dans ses yeux, il se retourna pour faire face aux hommes qui se rapprochaient. Un bref instant, il se tint immobile, puis se jeta sur eux, les bras levés. Surpris, le Cercle recula. Ce bref laps de temps lui fut suffisant pour attraper à pleines mains Achille de Cressie.

Madeleine n'hésita pas un instant et courut. Mais elle trébucha, manquant presque de tomber à deux reprises ;

ses jambes à moitié engourdies se dérobaient sous elle. Arrivée au fond de la chapelle, elle ne parvint pas à trouver la porte, les ténèbres rendaient les recoins difficilement palpables.

Derrière elle, Saint-Germain souleva Achille de Cressie par les épaules puis le tint bien haut en l'air. Il se mit alors à l'utiliser comme un bélier. Il asséna de toutes ses forces un coup sur Beauvrai, qui tomba en arrière, meurtri. Achille de Cressie se mit à crier d'une voix chevrotante et haut perchée ; son cri forcit alors que Saint-Germain le ramenait vers le sol une nouvelle fois. Puis, soudain, à la suite d'un bruit mat et mou, les cris cessèrent.

« Reculez ! » ordonna Saint-Sébastien, et son Cercle lui obéit. Il se tenait à bonne distance des mains et des pieds si destructeurs de Saint-Germain.

Au fond de la chapelle, Madeleine cherchait toujours la porte. Alors qu'elle était sur le point de pousser un cri de désespoir et de frustration, il y eut un crissement un peu au-dessus d'elle, et un cône de lumière argentée tomba sur le mur. Instantanément la porte s'ouvrit ; là se tenaient Roger et Beverly Sattin.

« Oh, que Dieu soit loué ! » soupira Madeleine et elle tomba dans les bras du sorcier anglais.

Au centre de la chapelle, plus rien ne bougeait, si ce n'est de temps en temps une convulsion du corps d'Achille de Cressie.

« Maître, dit Roger, imperturbable. Je crois que votre voiture est prête, à présent.

— Merci, Roger, dit Saint-Germain, seulement un rien essoufflé. J'ai une petite affaire à terminer, ici. »

Roger acquiesça, mais fit remarquer : « L'infortuné, ici présent, a malencontreusement mis le feu, monsieur. »

C'est à cet instant que Saint-Germain remarqua les flammes qui se dirigeaient vers la pile des bancs brisés, se nourrissant avidement du bois sec. Tous les hommes présents dans la cave se retournèrent vers l'incendie naissant.

« Comme vous pouvez le voir, remarqua Roger d'une manière quelque peu sarcastique, vous ne pouvez pas sortir par les tunnels. Il n'y a que les escaliers. » Il s'écarta.

Saint-Germain hocha la tête : « Je vois. Amène Madeleine à ma voiture, alors. Et laisse la porte ouverte. »

Saint-Sébastien fit signe à Beauvrai, qui titubait péniblement sur ses jambes. « La porte ! » lâcha-t-il, aussitôt que Roger, Sattin et Madeleine furent partis.

Beauvrai se traîna vers la porte, avec sa robe de soie flottant gauchement autour de ses jambes arquées.

« Maintenant », dit Saint-Sébastien en levant les mains dans une invocation démoniaque. Il entonna un chant et les flammes s'assombrirent. Saint-Germain se dirigea précautionneusement vers la porte, puis s'arrêta alors que les flammes devenaient plus hautes, courant le long des poutres en bois de la chapelle. Il réalisa qu'en très peu de temps le plafond allait s'effondrer.

Radeux regarda son oncle puis, poussant Beauvrai de côté, il se mit à courir de façon effrénée à travers la pièce vers les escaliers.

Si Saint-Sébastien nota cette désertion, il fit semblant de ne rien voir, mais poursuivit le lugubre chant. Il dirigea ses mains vers les flammes, puis vers Saint-Germain.

Les flammes se ruèrent entre Saint-Germain et la porte, ratant de peu Châteaurose, qui sauta en arrière, pestant.

« Je suis désolé de vous quitter, Saint-Germain, ou

Ragoczy, ou quel que soit votre nom, cria Saint-Sébastien pour être entendu par-dessus le brasier rugissant. Mais je crains que notre rencontre ne prenne fin. » Il sourit au mur de feu qui coupait à Saint-Germain le chemin vers la sortie. « Je suis certain qu'il vous reste encore quelques minutes. Durant ces instants, vous pourrez imaginer à loisir la vengeance que j'exercerai sur vos compagnons. » Il accomplit une terrible révérence en guise d'insulte et se précipita par la porte, faisant signe à Beauvrai et à Châteaurose de le suivre.

Après quelques secondes, Saint-Germain entendit la porte se refermer et le son implacable du verrou que l'on tourne. Il regarda les flammes qui couraient fermement vers lui, dévorant bois et tissus qui avaient composé cette crypte depuis plus de mille ans. La chaleur brûlait ses poumons alors qu'il respirait, et il sentit ses sourcils roussir.

Il ne pouvait plus attendre. Reculant jusqu'à l'autel, il rassembla toutes ses forces et se précipita vers les flammes. Il effectua un long saut périlleux par-dessus elles, tout son corps bien recroquevillé, et se fit aussi petit que possible.

Il retomba sur ses pieds de l'autre côté du brasier, plia les genoux, puis se releva en un éclair, toussant pour chasser la fumée qui remplissait ses poumons.

Il y eut un terrible boum, et une grande partie du plafond s'écroula, révélant la cave vide du dessus, offrant du même coup une nouvelle vie au feu qui s'y engouffra par cet appel d'air frais.

Saint-Germain se tint coi, indécis. Il se demandait s'il ne valait pas mieux tenter de forcer la porte. Mais le feu s'attaquait déjà aux poutrelles de la cave supérieure. Il ne pouvait plus tergiverser.

Une des poutres du plafond, qui s'était effondrée, n'était pas complètement calcinée. Il la souleva et la posa contre le mur, puis commença à grimper dessus. La chaleur devenait insupportable, la fumée lui piquait terriblement les yeux.

Tout en parvenant sur le sol de la cave, il entendit le bruit de pas courant. Il comprit qu'il avait en fait devancé Saint-Sébastien, et que ses acolytes venaient derrière. Il respira une grande bouffée d'air, puis courut jusqu'au laboratoire des sorciers. Là, il savait qu'il pourrait les arrêter.

Il venait juste d'ouvrir la porte quand Saint-Sébastien, Beauvrai et Châteaurose apparurent. Le laboratoire des sorciers était vide à l'exception des deux athanors, dont l'un rayonnait avec une chaleur bien plus intense que le feu qui commençait déjà à lécher les murs à l'extérieur.

« Heureuse rencontre », dit Saint-Germain, en entrant dans la pièce.

Châteaurose le premier se figea. Il poussa un cri bizarre. Son visage avait l'expression de quelqu'un qui, englué dans ses pires cauchemars, essaye désespérément de s'éveiller.

Beauvrai, trop épuisé pour parler, fit un geste de la main pour se protéger d'un hypothétique coup.

Mais Saint-Sébastien sourit. « Je ne crois pas », dit-il, puis il tenta d'attraper l'athanor le plus proche, le nouveau, le plus imposant.

Ce qu'il avait l'intention de faire, on ne le sut jamais, car à l'instant précis où ses mains touchèrent les briques surchauffés il cria et se jeta en arrière, renversant le four alchimique. Il y eut un bruit étouffé, les parois de brique de l'athanor renversé gonflèrent, se ramollirent, puis explosèrent, révélant tout un mécanisme fait de métal chauffé à blanc, mais brisé à présent, et qui laissait échapper la précieuse combinaison de carbone et d'azote liquide sur le sol en un ru brûlant aux rives enflammées.

Châteaurose, qui était le plus éloigné du lieu de l'incident, courut à côté. La folie distordait ses traits, de la bave sortait de ses lèvres. Tout en courant, sa robe effleura les éléments brûlants, mais sa course était trop effrénée pour que même les flammes dévoreuses puissent l'arrêter.

Là où le carbone et l'azote liquide touchaient du métal froid ou du bois, il se formait de petits diamants, aussi fins que les fins grains de sel gemme que l'on trouve sur le sable à marée basse. Les diamants clignotaient dans cette chaleur montante et scintillaient dans les flammes qui les caressaient.

« Le secret des gemmes, dit Saint-Germain à Saint-Sébastien. Réfléchissez-y alors que vous mourrez. » Il s'approchait déjà de la porte.

Désormais, les murs étaient noirs, et une fumée épaisse envahissait la pièce. Beauvrai se tenait près de la porte ouverte qui menait à la crypte, l'indécision se voyait dans tous ses gestes. Il toussa une fois ou deux, puis dit à Saint-Sébastien. « Vous ne m'avez jamais parlé des gemmes, Clotaire. Je n'aime pas cela. » Il mit sa main devant la bouche et eut un haut-le-cœur.

À présent, Saint-Germain se trouvait sur la première montée des longues marches menant hors des caves. Il s'arrêta pour observer la pièce infernale. S'adressant aux deux hommes de l'autre coté du feu, il dit : « Je regrette seulement de perdre mon Vélasquez. Quel dommage qu'il doive brûler à cause de vous. »

Saint-Sébastien vomit une terrible injure par-delà le feu qui s'étendait, ses mains essayèrent désespérément d'attraper le cou de Saint-Germain. Il courut à travers les flammes qui l'entouraient, pareilles à des ailes impossibles.

Juste avant que Saint-Sébastien n'atteignît son but, Saint-Germain mit la main dans sa chemise et en sortit un petit crucifix en or qu'il fit miroiter. Il étincelait d'une étrange lueur. « Il a été béni il n'y a pas quatre heures, à l'église Saint-Germain-des-Prés », avertit Saint-Sébastien.

Mais déjà, Saint-Sébastien s'était arrêté à mi-hauteur, tenant les mains devant son visage pour éviter la vue de l'objet sacré.

« C'est bien ce que je pensais, dit Saint-Germain. Je vous souhaite bien du plaisir dans cet avant-goût de votre particulière éternité. *Adieu*, Baron. Ou devrais-je dire *à Satan* ? » Il gravit les escaliers, tenant toujours le petit crucifix devant lui, tel le naufragé s'accrochant à un espar de bois. Les murs commençaient à se craqueler et noircissaient tout autour de lui, mais il ne se laissa pas distraire un seul instant.

Le bruit de l'incendie se fit plus fort, et tous les trois comprirent qu'il venait de pénétrer dans le rez-de-chaussée de l'hôtel de Transylvanie. Si Saint-Germain douta un instant de pouvoir quitter l'hôtel en vie, il ne le montra pas. En haut des marches, il se glissa derrière la porte et la ferma à clé derrière lui.

Dès que la menace du crucifix ne fut plus présente, Saint-Sébastien s'élança dans les escaliers. Il courut sans se soucier apparemment des flammes et de la fumée qui l'encerclaient. Il tira vigoureusement sur la poignée de la porte, mais sentit la peau de sa main se détacher à cause du métal surchauffé.

Derrière lui, Beauvrai s'était réfugié dans le coin le plus reculé de la pièce, les mains appliquées sur ses yeux, sa respiration était haletante alors que la fumée devenait toujours plus dense autour de lui. Puis il cessa de respirer.

Saint-Sébastien se tenait devant la porte fermée, la rage

emplissait sa bouche ; il vociféra ignominieusement en l'air. Sa voix était pareille au rugissement d'un enragé, il ne voyait presque plus à cause du feu qui grossissait toujours plus, s'ouvrant en larges corolles lumineuses tout autour de lui. Le bord de sa robe commença à roussir, puis aspira des flammèches comme si elle ressentait un besoin d'ornements. Ses cheveux commencèrent à fumer, envoyant des volutes serpentines en l'air. La peau de son bras commença à se craqueler.

Dans un ultime cri de haine, Saint-Sébastien se retourna et, dans un terrible rire, qui ne pouvait être que l'écho des flammes, il se jeta en bas des marches ; il tomba, tomba comme une terrible étoile filante plongeant au cœur du soleil.

Hercule et Roger étaient debout près de la grosse berline, ils observaient les premiers rougeoiements de l'incendie ; on le voyait se propager au cœur de l'hôtel de Transylvanie. Ils avaient distinctement entendu l'affreux bruit qu'avait fait le toit de la chapelle en s'effondrant. Et plus tard, le cri presque humain qui avait été éructé quand les flammes s'étaient engouffrées dans les étages supérieurs de l'hôtel. Ils s'entre-regardèrent, ne cachant pas bien l'inquiétude qui les rongeait, mais ils n'échangèrent aucune parole. Prononcer les mots aurait rendu la chose tangible, possible.

Et voilà que l'incendie s'attaquait à l'immeuble tout entier. Ils n'osaient plus espérer que leur maître eût survécu à l'enfer des profondeurs de la maison.

Madeleine se tenait à leurs côtés, enveloppée dans l'une des capes noires de Saint-Germain. Elle observait l'hôtel avec une fascination qui ne trahissait ni ses préoccupations, ni sa peur alors qu'elle voyait les flammes s'élever toujours plus haut.

Ils avaient tous aperçu Châteaurose se précipiter hors de l'hôtel, sa robe fantasmatique flottant derrière lui. Il avait couru le long du quai Malaquais et s'était jeté dans la Seine avant que quiconque n'eût pu l'en empêcher. Ils espéraient tous apercevoir une autre silhouette, mais personne n'apparut.

Des piques de feu se voyaient maintenant dans le petit salon de jeu. Hercule retroussa sa lèvre inférieure. « Je lui ai dit que je l'attendrais jusqu'à ce qu'il vienne. »

Roger acquiesça, le visage défait. Il scrutait l'incendie. « Alors, tu ferais mieux de bander les yeux aux chevaux. Ils pourraient s'affoler sinon. »

Hercule avait à moitié achevé sa tâche quand le feu pénétra puissamment dans les étages supérieurs. Les trois protagonistes se regardèrent à nouveau, Madeleine mit les mains sur son visage, et commença à pleurer à chaudes larmes.

« Peut-être que… ? commença Roger avec délicatesse.

— Non. » Hercule monta sur son siège.

Deux des hautes fenêtres se brisèrent, et le feu hurla son affreuse victoire.

Tout à coup, du dernier étage, une corde fila le long du mur et une silhouette habillée de noir descendit rapidement en frôlant les flammes ; c'était une silhouette trapue se mouvant avec une agilité et une grâce étonnantes pour un homme de son âge. Il toucha terre, se réceptionna, puis traversa la basse-cour qui séparait l'hôtel de Transylvanie des écuries.

« Maître ! » s'écria Roger. Il écrasa littéralement la main de Saint-Germain.

« En voiture, mes amis. Les veilleurs de nuit ne vont pas tarder à donner l'alarme, et il faudra que nous soyons alors loin d'ici. Il nous reste encore un long chemin à parcourir cette nuit. » Il jeta un coup d'œil à Hercule installé sur son siège. « Je vois que tu as attendu. »

Le ton laconique qu'Hercule comptait utiliser échoua misérablement. « J'ai suivi vos ordres, monsieur. J'aurais conduit dans les flammes, si cela avait été nécessaire. » Il fit une pause. « Saint-Sébastien ? »

Saint-Germain effectua une révérence ironique. « Je crains qu'il n'ait été retenu. »

Hercule serra ses poings. « J'aurai voulu le tuer de mes propres mains. Je voulais me venger. »

Une sourire s'insinua dans le regard de Saint-Germain. « Veuillez donc accepter mes condoléances. Mais qu'attendons-nous, Madeleine ? »

Madeleine recula, effrayée de toucher Saint-Germain ou de lui parler, de peur qu'il ne disparût et ne s'avérât être rien de plus qu'un fantôme de son imagination. « Saint-Germain ? » murmura-t-elle.

Il se retourna vers elle, lui prenant les épaules et la fixa droit dans les yeux. « Je suis sain et sauf, mon cœur. Et vous êtes saine et sauve.

— Saint-Sébastien est mort ? »

Saint-Germain regarda derrière lui l'hôtel de Transylvanie et vit que l'incendie courait maintenant vers la salle de bal. « Je le présume. » Il la poussa gentiment vers la berline. « Venez. Il est temps de partir. »

Elle se laissa faire, monta dans la voiture et s'assit immobile alors qu'il criait à Hercule « À l'hôtel d'Argenlac ». Il fit un signe à Roger, qui allait être leur escorte durant ce voyage vers l'Angleterre.

« Je croyais que Roger devait suivre avec vos bagages, dit-elle.

— Moi aussi, c'est ce que j'avais prévu à l'origine. Mais Sattin s'en chargera. » Il ferma la porte de la voiture et s'assit profondément près d'elle.

Durant un temps, il restèrent silencieux — la fatigue, les contusions et la peur leur laissaient peu de place pour autre chose. Puis, alors qu'ils quittaient les rues grouillantes du faubourg Saint-Germain, Madeleine s'aventura à prononcer quelques rares paroles. « Était-ce si terrible que cela ? »

Saint-Germain se tourna vers elle. « Oh, oui !

— Je vois. Elle fixa ses propres mains. Et vous devez donc partir.

— Comme je vous l'ai dit, pour un temps. Je serai de retour pour le mois de mai.

— Je vois, répéta-t-elle, puis elle éclata en sanglots.

— Allons. » Il se redressa, la prenant dans ses bras, secrètement soulagé qu'elle n'eût manifesté aucune aversion à son contact. « De quoi s'agit-il, Madeleine ?

— Vous me détestez », dit-elle entre deux sanglots.

— Moi ? Jamais. » Il mit sa main sous sa cape, l'avançant avec précaution pour éviter de l'effrayer. Après ce qu'elle avait enduré de Saint-Sébastien, il savait qu'elle pouvait facilement retomber dans cette aversion que les Satanistes lui avaient inspirée. Lentement, gentiment, il la caressa. « Je déteste, je hais Saint-Sébastien et son Cercle. Je les déteste pour ce qu'il vous ont fait. Mais cela ne change en rien les sentiments profonds que je vous porte, mon cœur. Rien ne pourrait me faire changer d'avis. »

Elle dit quelque chose d'incompréhensible, puis enfouit son visage dans son épaule. Il la tint ainsi un long moment, murmurant de temps en temps des mots, le visage dans ses cheveux ; enfin elle parla à nouveau. « Tes sourcils sont tout roussis. Et tes cheveux aussi.

— Vraiment ? Il toucha son visage d'un doigt insistant.

— Même tes cils. » Elle le serra plus fort autour de la taille. « Je t'ai presque perdu.

— Presque, presque… » Il l'embrassa et sentit son amour pour elle chanter dans ses veines. « Ma très vaillante Madeleine, ma Madeleine chérie. »

Elle était hors d'haleine et le repoussa un peu, ses yeux brillaient d'une lumière intérieure. Elle mit sa main contre la poitrine de Saint-Germain, elle avait pris sa décision. Et même la pesanteur de la voiture n'aurait pu lui faire changer d'avis. « Tu as dit que tu me laisserais goûter. Avant de partir pour l'Angleterre. Permets-le-moi. Oui, laisse-moi. »

Il l'observait dans la noirceur oscillante, testant la sincérité de son regard incisif. Elle portait des marques sur tout le corps, mais la majeure partie de sa torpeur avait quitté son esprit. Ce n'était pas le désir d'une enfant cherchant un réconfort, mais la ferme volonté de son âme tout entière. En échappant à cette horreur innommable, elle en avait gagné le droit. Il acquiesça. « Lève les jambes.

— Quoi ? » L'incongruité de cette demande la surprit et elle se demanda s'il ne refusait pas ainsi. Elle s'apprêtait à insister.

« Je ne me moque pas, Madeleine. Allons, lève les jambes. » Il attendit tandis qu'elle s'exécutait ; puis il attrapa le siège qui leur faisait face, et tira sur un levier caché. Les sièges se transformèrent, basculant l'un vers l'autre pour se rejoindre alors que les dossiers se rabaissaient.

Madeleine sentit la gaieté la gagner de nouveau. Voilà qui était typique de Saint-Germain : un mécanisme à l'intérieur de sa voiture.

« Je dors souvent durant mes voyages », expliqua-t-il alors qu'il mettait la sécurité.

Timidement, Madeleine s'installa sur ce lit. Elle trouva que les durs cousins des sièges faisaient un matelas plutôt confortable. Elle étendit la cape en guise de couverture, puis attrapa Saint-Germain.

« On ne peut pas accomplir cela précipitamment, dit-il doucement. Là... » Il avança la main et, dans sa paume, il y avait la broche avec le rubis qui habituellement ornait le jabot de son col.

Elle toucha le joyau, et dit avec une crainte révérencieuse dans la voix. « Que dois-je faire ?

— Attendre. » Il se défit de sa chemise, brûlée par endroits, et la jeta. La nuit caressa sa peau lisse. Il frissonna alors qu'il s'allongeait près d'elle, bien que ce ne fût pas de froid. Doucement, il mit le rubis dans sa main, et prit sa main dans la sienne. Les yeux dans les yeux. « Tu fais cela. » Il lui prit la main et le rubis fit une entaille tout le long sa poitrine.

« Je ne veux pas te blesser, s'écria-t-elle en voyant du sang noirâtre perler le long du parcours du joyau.

— Je ne suis pas blessé », il la rassura de sa manière la plus convaincante. Une transe joyeuse s'empara de lui. Il s'allongea en arrière, les yeux légèrement fermés, et l'attira à lui. « Ceci est ma vie. Je te donne ma vie. » Cette voix chaude et profonde éveillait les plus intenses désirs de son cœur.

Sans un mot, elle se baissa et déposa ses lèvres sur la blessure qu'il avait ouverte, tremblante alors que son corps se cambrait au contact de sa bouche. Ses mains recherchaient le plaisir, amenant réponse sur réponse, jusqu'à ce que l'air vibrât de toute la force de son amour. La passion aveuglait Madeleine, il n'y avait plus que Saint-Germain et la splendeur de leur extase. Toute son âme était au creux de ses petites mains. Gonflée par cette ardeur brûlante qu'ils partageaient. La douceur féroce de son cœur s'ouvrit pour lui, elle sentit son ineffable solitude se couler dans la gloire de son contentement.

Soudain, elle lui échappa, il tenta de l'atteindre dans sa passion effrénée. « Madeleine. Qu'y a-t-il, mon cœur ? » Il sentit la peur le gagner, une peur terrible :

leurs ébats n'avaient pu finalement guérir les blessures que Saint-Sébastien lui avait infligées.

Mais il vit qu'elle tenait le rubis dans sa main, immobile, en équilibre au-dessus de son sein gauche. Avant qu'il ne pût l'en empêcher, elle se fit une entaille sur son sein, identique à la sienne. Il y avait une sorte de folie dans son regard alors qu'elle se tortillait sur l'oreiller, puis elle se lova autour de Saint-Germain pour qu'il pût partager sa passion.

Doucement, lentement, il pencha la tête sur les courbes gracieuses de son sein. Leurs visages étaient proches l'un de l'autre et, alors que ses lèvres trouvèrent l'entaille qu'elle avait faite pour lui, il vit le merveilleux spasme changer ses traits, la transfigurant.

Les horribles tourments de cette nuit s'évanouirent avant que le triomphe étourdissant ne les atteignît, et ni les trépidations de la voiture ni les quartiers encombrés ne pouvaient les tirer de l'extase qui les collait l'un à l'autre, les exaltait, les consumait dans une ferveur qui se nourrissait de leur plaisir.

Enfin, la voiture s'arrêta aux portes de l'hôtel des d'Argenlac. Les clochettes du harnachement retentirent tel un glas pour Madeleine alors qu'elle s'extirpait de l'ivresse qu'elle éprouvait dans les bras de Saint-Germain. Il sentit son chagrin et la prit pour l'embrasser une nouvelle fois. « Ne sois pas trop triste, mon cœur, lui dit-il, la voix emplie de musique. Quand je reviendrai, nous serons à nouveau réunis.

— Pardonnez-moi, maître, dit Roger en s'excusant à travers la fenêtre. Nous ne pouvons plus attendre.

— Je sais », répondit tristement Saint-Germain. Il enroula Madeleine dans les plis de la cape pour ne plus être tenté par sa présence. Après un moment, il dit d'une voix presque normale. « Partez, Madeleine. Partez, main-

tenant. Je vous écrirai souvent, par porteur spécial. En mai, mon cœur. Ce n'est pas si loin.

— En mai », répéta-t-elle, alors que Roger lui ouvrait la porte. Elle enroula plus fermement la cape de Saint-Germain autour d'elle, mais pas par pudeur ; elle cherchait à le garder auprès d'elle, même si ce n'était que la chaleur familière de sa cape. Elle posa à nouveau sur lui son regard, et les bras de Saint-Germain l'enlacèrent. « Je suis heureuse que ce soit vous, Saint-Germain, dit-elle. Je suis heureuse que vous m'ayez aimée et que je vous aie aimé. »

Il serra ses mains plus fort. Le bonheur adoucit ses traits, effaçant le sourire narquois de son visage. « Je suis heureux, moi aussi, Madeleine. Je serai éternellement heureux. »

Elle descendit de la voiture. « Il se fait tard », dit-elle levant le regard. Le ciel de cette nuit était constellé, presque blanc. Un vent vif décoiffait ses cheveux. Encore une fois elle répéta : « Au mois de mai. »

Il ne parvenait pas à se séparer d'elle. Il se pencha de la voiture pour déposer un baiser sur ses yeux, sa bouche. « Partez maintenant, Madeleine, ou je n'aurai plus suffisamment de volonté pour vous renvoyer. »

Elle acquiesça et s'écarta du chemin, d'une main elle tenait la cape enroulée autour d'elle, l'autre était levée en signe d'adieu. Elle souriait, et son sourire était radieux. Elle suivit la voiture du regard jusqu'à ce que, avec Roger chevauchant tout près et Hercule en pleine forme tenant les rênes, elle empruntât un tournant sur la route et disparût de sa vue.

*

Extraits d'une lettre de la comtesse d'Argenlac à la marquise de Montalia, en date du 15 novembre 1743 :

[...] *Je pleure avec vous, ma sœur, la perte de mon frère Robert, votre époux. C'était un homme gentil, un frère juste, et sa dévotion paternelle allait bien au-delà de toutes ses autres qualités. J'ai pleuré, tant pleuré pour lui en priant, mais ni les larmes, ni les prières ne le ramèneront parmi nous.*

J'ai appris par l'abbé de Pontneuf, notre cousin, que finalement Robert s'était réconcilié avec Dieu, et que le martyre qu'il avait souffert à cause de sa fille (Madeleine en parle peu, mais nous avons appris suffisamment à propos de cette terrible nuit pour comprendre que sa vie a racheté la sienne) lui a donné une place parmi les bienheureux. Si cela peut vous être d'une quelconque consolation, sachez que M. de Saint-Germain a envoyé de l'argent d'Angleterre à l'abbé pour acheter des messes pour le repos de l'âme de Robert. C'est lui, comme vous le savez peut-être, qui a sorti Madeleine des flammes et qui nous l'a ramenée.

Comment se fait-il que les malheurs n'arrivent jamais seuls, comme les gouttelettes de la pluie ? Il est de mon pénible devoir de vous informer que la santé de Madeleine ne s'améliore pas depuis cette terrible épreuve. J'ai fait appel aux prêtres et aux médecins, mais rien ne semble pouvoir l'aider. Son esprit n'a pas, semble-t-il, été trop affecté, ce qui est une bénédiction. Elle est parfaitement lucide. Mais son âme est possédée d'une tristesse. Elle passe la majeure partie de son temps seule, dans la nuit, à lire. Ses louables études doivent être sa consolation, car elle est très heureuse dans ses études, qui comprennent désormais des langues étrangères et l'histoire. Sa beauté n'est nullement affectée, mais s'est plutôt affinée. En la voyant, vous pourriez

croire, en voyant l'acuité de ses yeux violets et la légère couleur rosée de ses joues, qu'elle est parfaitement en bonne santé. Mais ce n'est pas le cas. Son médecin, Andreas Schoenbrunn, m'informe que cette apparence de bonne santé n'est que le signe de son mal et qu'il la ravira inexorablement.

J'ai fait tout ce que je pouvais faire, et j'aurais fait tant et plus si je savais quoi, mais je ne sais rien sur ce qui pourrait la sauver. Pas plus que son médecin ou le prêtre.

Priez la Sainte Vierge pour qu'elle nous la laisse. Pourvu que je ne disparaisse pas, qu'elle ne reste pas seule. J'ai cependant toujours peur de ce que les gens peuvent dire car, depuis la mort de mon mari, les spéculations et les ragots entourant sa disparition me sont devenus une intolérable souffrance. Je réalise que Madeleine ne sera plus de ce monde d'ici un an, mais j'aimerais tant partager ses derniers mois avec elle, et trouver quelque soutien pour moi en l'aidant.

Si cela peut vous apporter un quelconque réconfort, sachez que M. de Saint-Sébastien et beaucoup de ses horribles compères furent irrémédiablement anéantis dans l'incendie qui détruisit l'hôtel de Transylvanie. Des prêtres de l'église de Saint-Germaindes-Prés ont fouillé les décombres à la recherche de cadavres, mais n'ont pu découvrir suffisamment d'ossements pour composer un homme entier. Ils gardent avec attention les lieux et ont accompli un rite d'exorcisme pour que les choses maléfiques laissées derrière eux par ces hommes méprisables puissent reposer en paix.

[...] *Je vous supplie de m'écrire rapidement, non pas seulement pour que nous puissions nous consoler de la douleur, mais aussi pour que je puisse avertir Madeleine de votre décision.*

Je ne souhaite pas vous chagriner davantage, je com-

Épilogue

Texte d'une lettre adressée par Madeleine de Montalia au comte de Saint-Germain, écrite dans un arabe quelque peu maladroit et portée en personne par le sorcier anglais Beverly Sattin ; lettre datée du 29 avril 1744 :

Mon très cher Saint-Germain,

Votre cadeau est arrivé à bon port, grâce aux bons soins de votre Hercule qui, voilà une semaine, s'en est retourné à Paris. Mais comment se peut-il que la verte calcédoine puisse se charger d'une couleur rouge quand on l'illumine de l'intérieur ? Je suis certaine qu'en temps et en heure, vous me l'enseignerez.

Comme vous pouvez le constater, j'ai suivi votre conseil du dix janvier : je passe toujours plus de temps à étudier. L'arabe peut sembler compliqué au début ; d'ailleurs je reste persuadée que ce billet est bien plus fautif que je ne peux l'imaginer. Mais avec le temps, je saurai bien le maîtriser, tout comme vous.

Schoenbrunn est venu me voir à nouveau. L'abbé de Pontneuf et lui me font si avenante figure quand ils sont avec moi que je sens que je ne suis plus tout à fait la même. J'aimerais tant pouvoir vous dire que je ne m'inquiète nullement de mourir. Car je me meurs. Cela est une chose si douce, pas plus difficile que d'enlever mon corset pour la nuit. À la fin de cet été, je crois que je serai dans ma tombe.

Que c'est étrange de pouvoir dire ces choses-là tout en sachant que ces mots ne dissimulent nulle peur. Le mois prochain, à votre retour à Paris, vous devez venir me voir à nouveau, mon très cher amour. Vous ne pouvez me le refuser. Car pendant que j'écris ses lignes, je brûle de désir pour vous. Mon médecin affirme qu'il s'agit là de mon mal. C'est lui qui me donnerait ces couleurs si vives et ces yeux rougissants. Mais cela ne saurait être. C'est votre sang qui coule en moi, me faisant pareille à vous, aussi inévitablement que le Soleil se couche après être passé au zénith. En mai, il ne nous restera que quelques rares moments pour nos doux ravissements, puis je m'en irai rejoindre la bonne terre, comme vous le fîtes autrefois, et elle me redonnera de la force pour venir vous rejoindre à nouveau.

Je n'aurai alors plus jamais peur des heures trop brèves. J'aurai tout loisir pour apprendre et pour étudier, pour comprendre et pour voir tout ce qu'il y a à voir. Et si c'est une solitude, c'est aussi une victoire. À travers les âges et l'espace, je rechercherai toujours votre étreinte, et avec le temps, je parviendrai à atteindre cette perception qui fait de vous ce que vous êtes. Grâce à vous, ma vie n'est plus une chose inutile, pas plus que ma mort.

Tout au long de mes lectures sur l'histoire du Monde je n'y ai vu que guerre, ruine et pillage et toutes ces vies évanouies avec une telle prodigalité que je manque de souffle devant ce manque de sens. L'on aurait pu croire que toute l'Humanité n'a eu de cesse que de se nourrir de ces cadavres. Pensez à toutes ces destructions que vous vîtes, et cette folie sans bornes. Des peuples entiers ont péri à cause de la cupidité de quelques-uns, ou par leur unique volonté, ou simplement par jeu.

J'ai pensé, tout en lisant ces ouvrages, qu'il y avait des choses dans le monde bien plus terribles que les vampires.

Connaître votre liberté. Vivre dans le sang donné par amour.

Saint-Germain, Saint-Germain, je n'en puis plus d'attendre !

Votre Madeleine éternellement

UNE SAGA QUI S'ÉCHELONNE SUR PLUS DE 500 ANS :

"Les Chroniques des Vampires"

Avec "Les Chroniques des Vampires", Anne Rice a totalement renouvelé le roman fantastique, en lui apportant sensualité et démesure. "Entretien avec un vampire", le premier volume, roman culte et classique incontournable de la littérature moderne, a fait d'elle la Reine incontestée du genre, et de son personnage principal, Lestat, une véritable légende. Elle a depuis commencé une nouvelle série, avec "Pandora", intitulée "Nouveaux contes des vampires".

prends ce que c'est que de voir sa fille mourir dans une résignation toute chrétienne, juste après la perte d'un mari. C'est un poids terrible placé sur qui que ce soit, et surtout sur vous qui avez l'amour d'une mère et l'affection de votre fille. Je vous supplie encore : que Madeleine puisse demeurer avec moi.

Au plus profond des regrets, j'ai l'honneur de me recommander à vous, en ces temps de malheur mutuel, comme votre très dévouée sœur.

Claudia de Montalia
Comtesse d'Argenlac

Achevé d'imprimer sur les presses de

BUSSIÈRE

GROUPE CPI

à Saint-Amand-Montrond (Cher)
en août 2001

POCKET - 12, avenue d'Italie - 75627 Paris Cedex 13
Tél. : 01-44-16-05-00

— N° d'imp. 14726. —
Dépôt légal : septembre 2001.

Imprimé en France